【馬上診斷
你的對白有以下的
毛病嗎？】

" 1 "

可信度的瑕疵

可信度不必然等於真實度。不論故事的背景和類型再怎麼寫實，可信的對白也不會模仿現實。評估對白的標準應該是「虛構可信」，而不是「實際為真」。

內容空洞

找不到潛文本的對白，例如：某個角色對另一角色說起兩人都已經知道的事，目的無他，單純為了拯救作者於解說之危。

情緒過激

角色講的話讓人覺得比他實際該有的感覺還要激動，觀眾／讀者就會到潛文本裡找解釋。要是找不到，他們就會認為角色在發神經，或是編劇／作者小題大作。

知道太多

作者把自己的知識灌注到角色的腦中。例如角色說出的話擁有作者才有的知識廣度和深度，或是小說裡的第一人稱主人翁在回顧往事時超出其經驗。

洞悉太深

當角色講起自己時有如佛洛伊德上身，擁有非比尋常、不可盡信的自知之明，等於是作者自己挖坑跳下去。角色的自知之深，不能比你更了解你自己。

| 場景意圖 | —— | 在故事的這一刻，角色的場景意圖是什麼？從表面來看，他要的是什麼？他潛意識裡的場景意圖是什麼？ |

場景意圖————在故事的這一刻，角色的場景意圖是什麼？從表面來看，他要的是什麼？他潛意識裡的場景意圖是什麼？

動機————這角色為什麼會有這個需要？

場景驅力————這個場景是由誰在驅策，是由誰造成的？

對立力量————這個場景的衝突起源於什麼？是起自角色本身嗎？別的角色？還是故事或場景設定？

場景價值————角色的人生在這個場景裡有什麼價值陷於危急之中？一開始的價值取向是怎樣的？結束時又是怎樣的？

潛文本————在角色表面所做的事情底下，他真正在做的是什麼？角色為了達成場景意圖，可能採取什麼對策？

節拍————角色在每一句台詞的潛文本裡所做的事到底是什麼？他做這些行動所引發的反應大約有哪些？這句台詞在這一拍是在哪一面發揮作用？是屬於行動，還是反應？

推展————這個場景是怎麼由節拍推展向前？每一拍都踩在前一拍上往前推進嗎？

對策————用這樣的字句、用這種方式來說，表示角色是採用怎樣的對策？角色到底希望帶來怎樣的效果？

轉振點————場景內的價值在正值／負值動線上是怎麼走的？這個場景的轉振點在哪裡？價值是在這場戲哪一拍的行為裡變成最後的取向值？

深層性格————這個場景裡，是哪一個行動抉擇透露出角色的本色？

場景推展————這個場景會怎麼推展我要講的故事？

文本————表面上，我這個角色為了得到他想要的東西，會說些什麼？他會選擇使用怎樣的字詞和句子，以此表明他的對策、行動和反應？

解說————這一句台詞蘊含了哪些歷史、社會、個人生平的相關事實？安排的時機會不會太早？太晚？還是掐得正好？

角色塑造————角色的口語格調是否契合角色的性情、背景，以及性格塑造的特徵？

⋯⋯⋯⋯⋯⋯⋯⋯⋯⋯⋯⋯⋯⋯⋯⋯⋯⋯詳細的完整問題清單，請見本書第19章

改述的陷阱

以為寫作的問題就是遣辭用字的問題,在需要重寫時,就把有問題的對白換個說法,一換再換,但換得愈多,對白就愈淺白露骨,直到後來潛文本被修得精光,場景又悶又假,無可救藥。

⋯⋯⋯⋯⋯⋯⋯⋯⋯⋯⋯⋯⋯⋯⋯⋯⋯⋯⋯⋯⋯⋯⋯⋯⋯⋯⋯⋯ **詳情見本書第9章**

DIALOGUE ——————————————— THE ART OF VERBAL ACTION FOR
THE PAGE, STAGE, AND SCREEN

【想寫出好對白
先問自己這些
關鍵問題!】

只要針對下述的問題找到答案,
你就抓得到潛文本,也就寫得出犀利的對白

背景欲求———————— 角色在人生、在他和其他角色的關係當中,有哪些背景欲求的叢集?它們會如何限制、控制他選擇的行動、使用的語言?

欲求目標———————— 角色為了回復生活的平衡,會跟自己說他應該要取得什麼?往潛文本裡找,他是否還有潛意識的欲求?這兩層欲求有何矛盾?

最高意圖———————— 角色是因為什麼需求而逼出他的行動骨幹?只在意識的層面上才有嗎?他是不是自己最大的敵人?

藉口偽裝成動機

當角色的行為太過火時，作者往往回頭到角色的童年去找，加進創傷來權充動機。作者若是愛走這類的心理學捷徑，表示他沒弄清楚藉口和動機是有差別的。

··· 詳情見本書第6章

"2"

語言的瑕疵

陳腔濫調

場景很老套，用語也老套，演員要怎麼演讓人一猜就中，要說什麼，觀眾／讀者在他開口前就可以搶先說出來。

對白要寫得新穎、獨到，就要把標準拉高，絕對不拿現成常見的作法將就一下就好，應該絕對不以顯而易見的作法為滿足。

籠統無奇

拿日常生活的無聊閒話來寫對白，用「逼真」的訴求來為筆下的貧乏作辯護，以籠統代替確定，這樣的對白就叫做「無主對白」。

隨手擷拾的現成用語放在對白裡，只會害得演員就算想為角色帶出一窺本色的時刻，也無用武之地。

鋪張賣弄

作者自鳴得意炫耀文筆，只管台詞是不是寫得漂亮生動，不管是不是切合角色的性格，擺明要人看看他筆下的功夫有多了得。

觀眾／讀者都很清楚，想要參與講故事的儀式，就必須自動把故事中的人物當成真的，但只要有一句台詞讓他們覺得這是在為藝術而藝術，聽起來很造作，他們和角色之間的信任紐帶就會應聲而斷。

枯燥無味

鋪張賣弄的反面就是枯燥，句子又臭又長，對白長篇大論，或是寫出空洞無謂的閒言碎語，以為日常寒暄可以增加寫實感，例如：「嗨，你好嗎？」「喔，好啊。」「孩子好不好啊？」「孩子也都很好。」

對白寫得不好，一般都是寫得太淺白，也就是意思就明擺在字面上，沒什麼好再挖掘的了。

··· 詳情見本書第7章

“3”
內容的瑕疵

淺白露骨

指角色心裡轉的念頭、情感的波動，無不從角色說的話就直接表露無遺。

◎**真實人生是同時循著「已說」、「未說」、「不可說」三條軌道在運行。**

已說：是我們日常在私生活、社會中做出來的一言一行（也就是文本）；

未說：是做出一言一行之際，私下暗藏的念頭和感覺（也就是有意識的潛文本）；

不可說：是一個人潛意識的驅迫力、原始性情這一片廣大的領域，個人的內在能量就是由這些所推動的（潛意識的潛文本）。

淺白露骨的對白等於把潛文本改寫到文本裡，以至於角色把心裡的想法、感覺和盤托出，一絲不剩，因此也等於是用全天下沒人會用的方式在講話。

獨白的謬論

真正的獨白不會引發回應，而是長長一段、持續不停、不屬於行動也不算是反應的宣洩話語，沒有特定的說話對象，使角色成為作者發表哲理的傳聲筒。

但若有角色孤單一人呆坐，對著牆壁發愣，他內心流竄的思緒是內心的對白，不算獨白。這股內心的洪流便是現代小說常用的材質。這類一來一往無不帶有目的的內心活動，就是對白，只是出之以思緒，而不是開口說話。又比如電影《八月心風暴》的女主角，言行舉止都是由長篇大論所驅動，卻也是編劇打造每個場景的樞紐。

角力對白

指兩個演員捉對廝殺，你一言我一語作對質，把當下的問題講得直接、明白又激動。它聽起來像有硬邦邦的磚頭聲，因為每一句台詞都講得又直又白，把意思搾得一滴不剩。

看戲最快樂的就是學習，也就是看穿人類行為的表相，一窺底下的真相。對白若是把角色沒說出口的需求和情緒變成有意識地公告周知，場景要表達的內涵全被你不打自招，毫無保留寫了出來，結果就是斬斷洞察內情的路，剝奪了觀眾／讀者理所應得的樂趣。更糟的是，這並未反應真實人生。

詳情見本書第8章

"4"

結構的瑕疵

嘮叨重複

字句重複，或是感覺一成不變。角色以行為帶出來的「行動／反應」，就叫做「節拍」。要是同樣的節拍一再重複，就會拖垮場景，以致劇情變悶。

七零八落的台詞

寫壞的台詞，會逼得看不懂的讀者回頭重讀，或沒聽懂的觀眾倒帶重看，或是問鄰座的人：「他是在說什麼？」

◎**意思含糊：**籠統的名詞和動詞串接起形容詞、副詞的句式，容易導致意思模糊，有可能逼得觀眾／讀者得想一想才能搞清楚它到底在說什麼。

◎**時機不對：**台詞傳達意思的時機若是不對，會打亂「行動／反應」的節奏。時機太晚：一段話拖上好一陣子都沒說到重點。時機太早：一段話早早就破題，意思盡現，之後就剩下拖時間。

◎**提示失準：**每段對白都會有提示對方作出反應的核心字詞。它若太早出現，引發對方作出反應，但由於角色還沒說完，對方只好硬生生把要作的反應吞回去，乾等角色把話講完。失準就是這樣冒出來的。

歪歪扭扭的場景

轉捩點放的地方不對。

◎**太早出現：**第一拍就蹦出強震，讓情節繞著轉捩點來了個大迴轉，之後角色做的只剩下連番的解說。

◎**太晚出現：**一連好幾拍嘮叨重複的對白囉嗦個沒完，直到觀眾／讀者興味索然，轉捩點才姍姍來遲。

◎**找不到轉捩點：**看不到走勢，抓不出弧線，場景結束時的核心價值和開始時一樣，從頭到尾只是一場無事忙。

四分五裂的場景

◎內在的欲求雖然完全化為動機，但對白太過平淡，結果把場景打趴了。

◎內在的心願雖然化為動機但是不強，對白卻情溢於辭，搞得場景很煽情。

◎內心意圖和外在行為互不相干，對白找不到關聯，觀眾／讀者抓不到場景要傳達的意義。

◎個別角色的欲求並駕齊驅，始終未見交錯，於是未能爆發衝突。沒有衝突，對白偏向解說，場景單薄成無事忙。

對白的解剖

跟好萊塢編劇教父學習角色說話的藝術，
在**已說**、**未說**、**不可說**之間，
強化故事的深度、角色的厚度、風格的魅力

DIALOGUE: THE ART OF VERBAL ACTION FOR
THE PAGE, STAGE, AND SCREEN

對 白 的 解 剖

跟好萊塢編劇教父學習角色說話的藝術，
在**已說**、**未說**、**不可說**之間，
強化故事的深度、角色的厚度、風格的魅力

羅伯特·麥基 Robert McKee ———— 著

周蔚———譯

獻給米雅
她一開口，我心就聽

致謝

　　寫作的人都需要有小圈子，讓信任的人讀一讀自己的草稿，寫幾條一針見血的眉批，從來不用顧惜交情而筆下留情。如此，卡洛・譚波（Carol Tambor）、巴辛・艾拉—瓦基爾（Bassim El-Wakil）、詹姆斯・麥凱柏（James McCabe）、喬爾・伯恩斯坦（Joel Bernstein）、保羅・麥基（Paul McKee）、米雅・金（Mia Kim）、瑪西雅・佛里曼（Marcia Friedman）、史蒂芬・普雷斯斐（Steven Pressfield）、派屈克・麥葛雷（Patrick McGrath）諸人便惠我良多。[1]

1　卡洛・譚波（Carol Tambor），雅好戲劇的美籍慈善家，創立「譚波戲劇基金會」（Carol Tambor Theatrical Foucation），二〇〇四年起於蘇格蘭的「愛丁堡國際藝穗節」（Edinburgh Festival Fringe）設立「譚波愛丁堡藝穗獎」（Carol Tambor Best of Edinburgh Award），全額資助獲獎的戲劇作品於紐約製作上演。
巴辛・艾拉—瓦基爾（Bassim El-Wakil），劇作家，與羅伯特・麥基聯手著作、講課。
詹姆斯・麥凱柏（James McCabe, 1966~），愛爾蘭作家，畢業自牛津大學，寫詩歌和戲劇，也與羅伯特・麥基合作。
喬爾・伯恩斯坦（Joel Bernstein），美籍演員，近期名作有《叢林莫扎特》（Mozart in the Jungle, 2014~）。
史蒂芬・普雷斯斐（Steven Pressfield, 1943~），美籍作家、編劇。
派屈克・麥葛雷（Patrick McGrath, 1950~），英國小說家。

目次

【自序】
對白禮讚

大家都會講話。

講話，比起其他事情更能說清楚我們是怎麼樣的人。和愛人喁喁私語，對敵人破口大罵，找水電工吵架，誇幾句小狗，拿老媽的屍骨發一發毒誓。人類的關係追根究柢，不外就是拿自己過的日子是吉是凶等糾葛，翻來覆去、繞來繞去、深入淺出、迂迴曲折地一說再說，說個不停。家人、朋友面對面講話，這關係的歷史說不定一拉就是好幾十年；在心裡和自己講話，可就是沒完沒了的事，像是良心有愧時就叱責自己的無恥欲望，腦袋空空時就嘲弄自己的大智若愚，魯莽衝動時就挖苦謹小慎微，絕望無告時用希望安慰自己，當我們最好和最壞的自己在心底吵個不停、爭個你死我活時，又機巧幽默地笑對這一切。

喋喋不休一講好幾十年，可以把字句的意義搾得涓滴不剩，而意義一旦消蝕，我們的日子跟著淺薄。不過，時間稀釋的，就由故事來濃縮。

作家濃縮意義的手法，首先便是刪除陳腔濫調、枝微末節，以及日常生活的嘮叨絮聒。之後就將要說的事情漸次推升，直到諸般夾纏、矛盾的欲求爆發出危機。字詞一經壓縮，便飽含深深淺淺的內蘊和細膩幽微的差異。角色身陷衝突時說出來的話，會流露掩蓋在字面下的寓意。意味深長的對白，

會像半透明一般，供讀者或觀眾透過角色的雙眼看出籠罩在語言之外的心緒和感情。

寫得好的作品，能將觀眾、讀者變得像會通靈似的。戲劇對白就是有能耐將未曾形諸言語的兩塊疆土——一塊是角色的內心，一塊是讀者／觀眾的內心——連通起來。就像無線電發射器，一邊的潛意識對準另一邊，憑直覺就知道角色內心正在翻江攪海。肯尼斯·柏克[2]說過，故事讓我們有本事活在這個世上，有能耐和他人親近，最重要的是有辦法和自己親近。

這樣的能力，是作者透過幾道步驟幫我們打下基礎的：首先，作者創造出那些代表人性的比喻，我們稱之為「角色」。接下來，作者挖掘角色的心理，揭露意識中的願望和潛意識裡的欲求，也就是驅迫內在自我、外在自我的那些想望。掌握了這樣的洞察後，作者再安排角色壓制不下的欲求出現牴觸，布置出衝突的引爆點。故事在作者筆下一幕又一幕推演下去，將角色的行動和反應環繞著轉捩點的變化交錯纏結。到了最後一步，作者讓角色說話，但不是日常絮叨的單調碎語，而是半帶詩意的對白。作者就像煉金術士，拿角色、衝突、劇變來捏塑調和，再以對白為角色鍍金，將凡間人生的卑金屬陶鑄成金光燦爛的故事。

對白一說出口，就帶領大家頂著感覺和內涵的風浪強渡波濤，四下迴盪，穿透已說到未說，再到不可說。「已說」是角色選擇講給人聽的心思和感情。「未說」是角色內心只對自己說的心思和感情。「不可說」是潛意識裡的驅力和欲求，角色說不出口，連對自己悄悄私語也做不到，因為這是沉默無聲、覺察不到的。

戲劇的製作再豪華，小說的描寫再生動，電影的攝影再絢麗，角色一開

2　肯尼斯·柏克（Kenneth Burke, 1897~1993），美籍著名文學理論家，就讀名校但受不了學院束縛而輟學，以編輯維生，另闢蹊徑以獨樹一幟的分析路線和創見為二十世紀的哲學、美學、批評、修辭理論開拓新異的視野。羅伯特·麥基於文學的見地，師從柏克之處甚多。「故事讓我們有本事活在這個世上」（stories equip us to live in the world），麥基先前於《故事的解剖》一書便已提出「故事是生存所需的才具」（Story is the equipment for living）為扉頁題辭，指其出自柏克，實則引申自柏克的文章〈文學是生存所需的才具〉（Literature as Equipment for Living），「文學是生存所需的才具」就此成為文論的名句。倒是二〇〇七年有一本書以美國著名人類學家芭芭拉·麥爾霍夫（Barbara Myerhoff, 1935~1985）為主題，書名便作《故事是生存所需的才具》（Stories as Equipment for Living: Last Talks and Tales of Barbara Myerhoff；2007）。

口講話，就決定了在故事底層湧動的糾葛、諷刺和內蘊。沒有意味深長的對話，事件就少了深度，角色就沒有厚度，故事也就塌陷下去。塑造角色的技巧有許多（諸如性別、年齡、服裝、階級、選角），當中足以拉著故事穿透人生層疊的萬象百態破殼而出、將原本夾纏糾結的敘述推升至經緯萬端的，就以對白技壓群雄。

　　另外，各位是否跟我一樣，看到喜歡的台詞就會記在心裡不忘？我想，我們會把對白記在心裡，就是因為回味起來時，不僅由對白描繪出來的文字畫面會重新襲上心頭，我們也會從角色心理的反響聽到自己的心聲：

明天又再明天又再是明天，
磨磨蹭蹭一天天窸窣前行，
直到史載時間的最後一聲，
我們一天天的往日為傻子
照亮塵歸塵的幽冥路途。

—— 馬克白[3]

全天下那麼多鎮上有那麼多酒館，怎麼她偏偏走進我這裡來。

—— 瑞克（Rick）[4]

看吧，我要滾到你那邊去啦，你這大鯨魚毀掉一切卻征服不了一切！
我跟你鬥到底，拚到幽冥地府也要朝你胸口刺上一槍；洩恨也好，
最後一口怨氣我就是要吐到你身上。

—— 亞哈（Ahab）[5]

3　出自莎士比亞著名悲劇《馬克白》（*The Tragedy of Macbeth, 1606*）第五幕第五景，劇情已近尾聲。馬克白聽聞妻子死訊，自知天理昭彰、報應不爽，愧悔說出長篇獨白中的其中一段。

4　出自名片《北非諜影》（*Casablanca, 1942*），廣為流傳的經典電影台詞，亨佛萊‧鮑嘉（Humphrey Bogart, 1899~1957）飾演的瑞克這裡說的是舊愛竟然偕同夫婿光臨他開的小酒館，而她這位夫婿還是捷克地下反抗軍領袖，正遭到德國納粹追捕。瑞克百感交集，借酒澆愁，無人傾訴，只能帶醉對著鋼琴旁的琴師訴苦。

5　出自赫曼‧梅爾維爾（Herman Melville, 1819~1891）名作《白鯨記》（*Moby Dick*）尾聲之前人鯨一決死

倒不是說那有什麼不對。

——傑瑞（Jerry）[6]

　　我們便如同這四個角色，都被冷嘲熱諷傷過，也都曾靈光一閃乍見這世界是怎麼作踐我們的（或者更慘，看到我們是怎麼自作孽的），還有些時候根本左右不是人，老天爺偏要捉弄我們，搞得我們哭笑不得。不過，要是沒有作家把這些人生的作弄釀成一字一句，我們怎麼可能嘗到苦中帶甘的滋味？沒有對白來當記憶的口訣，人生的弔詭怎麼放得進我們的記憶裡？

　　我就是鍾愛對白的種種妙境。這一份投契，讓我提筆寫下《對白的解剖》這本書，深入探索講故事這件事無可爭鋒的最大絕招：要角色說話。

戰的第二三八章。主人翁亞哈著魔似地追捕大白鯨復仇，死前的驚天怒罵中就出了這麼一段。

6　出自美國電視影集《歡樂單身派對》（*Seinfeld, 1989~1998*）一九九三年二月播出的第四季第十六集〈出櫃〉（*The Outing*），主角傑瑞・賽恩菲爾（Jerry Seinfled, 1954~）和朋友先前惡作劇假裝是同性戀，引起連番誤會，後來要解釋他們不是真的同性戀，又擔心別人誤會他們恐同，愈抹愈黑，結果慌張脫口而出：「我不是同性戀——倒不是說那有什麼不對。」（I'm not gay — not that there is anything wrong with that.），「倒不是說那有什麼不對」這句話就這樣流行起來，常被人拿來和「政治正確」作文章。

【引言】
作家的導航系統

第一部：對白的奧妙　大幅擴張對白的定義，提出更多的用法。第二章起到第五章，談角色說話在講故事的四大媒介中的功能、內容、形式與技巧。

第二部：診斷你的對白　把對白的毛病抓出來一一點名，從難以取信到陳腔濫調，再到淺白露骨、嘮叨反覆，一一挖掘出病灶，再開立藥方。廣泛引用小說、戲劇、電影、電視劇來說明，闡述琢磨對白的種種技巧。

第三部：如何寫作對白　檢視作家怎樣踢進這臨門一腳：找到該用的字寫出台詞。當我們說某個作家「聽人說話的耳朵特別尖」（ear for dialogue），就是在說他為角色寫出來的話語都能恰如其份。角色講話應該各有其句法、節奏、聲調，外加最重要的用字等特點，所以角色嘴裡吐出來的話語，還非他這角色講不出來。寫對白最理想的境界是每一個角色活脫脫是長了腳的字典，收錄該角色專用的字詞。所以，對白獨創的源頭，便在於用字。

為了向各位展示角色獨有的對白施展起來有何等威力，我會以幾個作品為例來說明，包括：

- 莎士比亞的悲劇《凱撒大帝》（*The Tragedy of Julius Caesar*）；
- 艾爾摩・李奧納（Elmore Leonard, 1925-2013）的長篇小說《視線之外》（*Out of Sight*）；

- 蒂娜・費（Tina Fey, 1970-）的電視影集《超級製作人》（*30 Rock*）；
- 亞歷山大・佩恩（Alexander Payne, 1961-）和吉姆・泰勒（Jim Taylor, 1963-）合寫的電影《杯酒人生》（*Sideways*）。

第四部：如何設計對白　從故事的組成和場景的設計下手。第十二章談它們如何決定角色會說出怎樣的話，討論以下六件個案研究──

- 有線電視台影集《黑道家族》（*The Sopranos*）中的「平衡式衝突」（balanced conflict）；
- 無線電視台影集《歡樂一家親》（*Frasier*）的「喜趣式衝突」（comic conflict）；
- 舞台劇《太陽底下的葡萄》（*A Raisin in the Sun*）中的「非對稱衝突」（asymmetric conflict）；
- 長篇小說《大亨小傳》（*The Great Gatsby*）的「間接衝突」（indirect conflict）；
- 《伊瑟小姐》（*Fräulein Else*）和《純真博物館》（*The Museum of Innocence*）兩部小說中的「反身式衝突」（reflexive conflict）；
- 電影《愛情，不用翻譯》（*Lost in Translation*）中的「極簡衝突」（implied conflict）。

　　檢視這些例子，重點在於探討決定對白效力的兩大原則：第一，對白在一來一往之間製造出「行動／反應」，進而推動場景發展；第二，雖然「行動／反應」是透過講話這種外在行為來表現，角色行動的泉源卻是從潛文本（subtext）悄無聲息流洩出來的。

　　《對白的解剖》一書便像作家的衛星導航系統，對那些有志於寫作的人，可以作為方向的指南；對於有惑於寫作的人，則是方向的校正。要是你才剛放膽踏上這一條藝術的道路，卻被堵進創作的死胡同，《對白的解剖》也可以把你拉出來，送回康莊大道，邁向出類拔萃。而若你鬻文為生卻走得暈頭轉向，本書也可以領你找到回家的路。

第一部
對白的奧妙

01
對白的完整定義

對白──只要是角色說出來的話都算。

　　歷來都把對白界定為「角色之間的對話」，但我認為，對白要作完整透徹的探討，反而要先退回去一步，把「講故事」這件事情放大到最大來看。而從這樣的角度，我最先看到的是角色講話可以劃分為三條涇渭分明的軌道：對別人講的，對自己講的，對觀眾或讀者講的。

　　我把「講話」的這三條路線，一併放在「對白」這個名詞之下，原因有二：一，不論角色於何時、何地、對誰講話，作者都應該賦予角色個性，透過一字一句的台詞，為角色套上獨一無二的講話嗓音。第二，不論是心裡的話或嘴裡的話，不論是腦子裡的念頭或開口公諸於世，所有的台詞都是在將內心的活動形諸於外。

　　但凡有所言語，便是在回應某種需求，都有想達成的目的，也都是在演出一種行動。就算講的話再含糊、再隨便，也不會有角色雖然開口講話了，卻一點也不為什麼或沒做什麼，即使只是自言自語也一樣。也因此，作者必須為角色講出來的每一句話，製造潛伏其下的目的、意圖、行動。有了行動，就會形成口語對策，也就是我們所說的「對白」。

以下讓我們來大致檢視一下對白的這三條軌道：

第一，對別人講的。兩人一來一往講話，有個正確的術語，叫做「雙人對話」（duologue）。三個角色在講話，就形成了「三角會談」（trialogue）。若是一大家子十幾個人吃團圓飯，大概就可以叫做「眾聲雜談」（multilogue）——假如有這樣的詞存在。

第二，對自己講的。寫電影劇本的作家不太會要角色自言自語，寫舞台劇的作家反倒經常如此。至於小說[7]作家，自言自語不論形、質都是他們的行當。小說有武器可以穿透角色的心理，將內心的衝突投影到思緒的天地。作者不論是以第一人稱或第二人稱來講故事，講述的嗓音都是屬於角色的。所以，小說通常飽含反身式、自顧自的對白，讀者反而像是在偷聽。

第三，對觀眾或讀者講的。用在劇院舞台上的「自言自語」（soliloquy，獨白的一種，角色在舞台上獨自表達其內心思緒，具有解說功能）和「私語」（aside）手法，慣常會安排角色直面觀眾把悄悄話大聲講出來。電視和電影的習慣，則通常把角色拉到畫面之外去作只聞其聲不見其人的「旁白」（voice-over），但偶爾也會安排角色面對鏡頭直接對觀眾說話。這便是第一人稱小說的根本精神：角色直接對讀者講他的故事。

對白的英文 dialogue，字源可以回溯到兩個希臘字：dia-，意思是「透過」（through），以及 legein，意思是「講話」（speech）。這兩個字直接譯成英文，形成一個複合名詞「透過—講話」——經由字詞而不是行為所產生的行動。角色講的每一句台詞，不論是大聲講給別人聽，還是無聲在心裡自述，用英國語言學家奧斯丁（J. L. Austin, 1911~1960）的話來說，叫做「行為話語」（performative）：履行一件事情的言語。[1]所以，說了話就等於做了事，據此我為對白重下定義：角色講出來的話，不論是對自己說、對別人說，還是對讀者／觀眾說，一字一句都是為了滿足需要或達成欲求而採取的手段。角色

7　此處原文用「prose」（散文），泛指所有非以韻文（verse）寫作、有故事的敘事性書面作品，以相對於電影、電視劇、舞台劇的戲劇形式。但是在華文世界裡，「散文」一詞很容易與「近代散文」（essay）——即法國文藝復興時期作家蒙田所創立的「隨筆」文體——混淆。為免造成讀者誤解，中文版不得已將 prose 譯為「小說」、「小說敘事」，取其最廣義：描寫人物故事，有完整布局、發展與主題的文學作品。

只要開口講話，不論是走這三條路線的哪一條，都是在以話語而非肢體作演出；角色每一次「透過講話」而展示的行動，都會將角色身處的場景朝下一拍（beat）推進，同時也主動將角色朝達成核心欲求推得更近（正值）或更遠（負值）。「對白等於行動」（dialogue-as-action），便是本書的立論綱領。

而對白是循以下兩條途徑在執行行動：「戲劇」或「敘述」。

戲劇對白（dramatized dialogue）

這裡所說的戲劇，代表對白在場景中是連說帶演出現的。戲劇對白的語氣，不論是喜是悲，台詞都是在有衝突的角色之間一來一往。每句台詞內含一件行動，帶有特定的企圖，也會在場景當中引發反應。

即使場景內只有一人在場也一樣。當有人說「我氣死我自己了」，這是誰在氣誰？我們照鏡子看得到自己，在想像裡也看得到自己。自己和自己吵架，是可以在心裡叫出第二個自己，把「它」當成別人，跟「它」吵架。角色的內心對話，成了同一個人的兩個衝突自我在演出，戲劇張力依然強勁，其中一個恐怕還吵不贏。所以，嚴格來說，獨白（monologue）其實也一概算是對白。角色只要說話，就一定是在跟人講話，就算對象是自己的另一個自我也算。

敘述對白（narratized dialogue）

敘述的意思表示對白不是角色在場景裡說的。這時候，寫實主義（realism）說的「第四面牆」[8]就不見了，角色一腳踏出故事的戲劇之外。敘述的言語也一樣，嚴格說起來不算獨白而是對白：角色仍是以聲音在作演出，只是在直接對讀者、觀眾或是自己講話。

8　「第四面牆」（the fourth wall），指戲院的舞台除了左、右、後面三堵牆外，觀眾和演員之間還有一道看不見的牆，這就是第四道牆。觀眾可以看穿這一堵牆，但是演員不行。此一說法源自十七世紀中葉的法國戲劇界。

關於角色的欲求，小說的第一人稱主述，或是舞台、銀幕上有角色在作敘述的時候，可能只是在針對過去的事為讀者／觀眾作前情提要，勾起大家對未來發展的興趣。角色可能只是利用敘述對白來達成這簡單明瞭的目的，此外無他。

不過，情況也有比較複雜的，例如角色也可能利用言語強力引導讀者／觀眾去原諒角色犯過的錯，同時扭轉讀者／觀眾的心理，令他們改以偏向角色的心態去看待角色的敵人。我們可以從一則又一則的故事，看到角色採取行動的可能動機，以及角色對讀者／觀眾說話時運用的策略，看起來可謂千奇百怪，無窮無盡。

角色若是在心裡對自己講話，也是一樣的道理，應該都有其目的：像是重拾往事回味過去的歡樂，忖度情人的愛是不是可以信任，幻想未來的人生以為自己堆砌希望，諸如此類。角色的心思在過去、現在、可能會有的未來，在真實和想像之間，漫遊飄蕩。

這裡就以長篇小說《葛拉斯醫生》中的一段為例，看看同樣的內容放進三類不同模式的對白會是怎樣的情況。《葛拉斯醫生》是瑞典作家亞勒瑪·修德貝寫於一九〇五年的作品。[9]

修德貝將小說寫成日記體，主述者就是書名中的葛拉斯醫生。真人的日記寫的是對自己說的最親密話語，因此虛構的日記一定也要寫得教讀者感覺像是在偷聽別人內心最隱蔽的對話。

在修德貝的小說當中，葛拉斯醫生想要將自己的一位病人（也是他暗戀的女子）從她嗜好性虐待的丈夫手中解救出來。醫生日日在腦子裡翻來覆去，時時爭論著究竟殺或不殺那個丈夫的道德問題；他也夜夜作噩夢，夢見自己犯下殺人的重罪（後來他在小說裡確實對病人的丈夫下了毒）。小說在八月七日那天的日記寫到醫生又作噩夢了，嚇醒時一身冷汗。讓我們聽聽這時葛拉斯喃喃自語的敘述對白，翻來覆去就是要說服自己恐怖的夢境不是預言：

9　亞勒瑪·修德貝（Hjalmar Söderberg, 1869~1941），瑞典作家，寫小說、戲劇、詩歌，在瑞典國內名望極盛，足可與瑞典國寶作家史特林堡（August Strindberg, 1849~1912）匹敵。《葛拉斯醫生》（*Doctor Glas*, 1905）一般以為修德貝的傑作。

「夢境即如逝水東流。」……老掉牙的古諺，你啊，我還不清楚嗎。現實裡，人作的夢大多不值得再多想一下——鬆散零碎的經驗，往往還是蠢得不得了、無聊得不得了的零星片段，大多是意識判定沒有保存價值的，但就算這樣，也還是躲在暗無天日的陰影裡面，躲在心裡的小閣樓、儲藏室裡，自過自地賴著不走。但還有別的夢。我記得少年時有一天呆坐整個下午，一直在想一道幾何題，到最後上床睡覺時還是沒想出來。睡著後，我的大腦自己繼續想，結果作了個夢，得出了答案，而且是正確的。也有的夢像是從深淵冒出來的泡泡。現在我回頭去想，就覺得清楚多了：很多時候我作的夢會教我看清楚自己一點什麼，常常把我不想要有的願望，我在大白天不想承認的目的，叫出來給我看。這些目的、這些夢，之後我都拿到光天化日之下去作掂量、作檢驗，只是它們極少經得起陽光那麼一晒，每每只能被我再扔回臭氣沖天的深坑裡待著，哪裡來就哪裡去。它們到了深夜可能捲土重來，再來騷擾我，但這些我都認得了，所以就算在夢裡我也照樣拿來譏笑、鄙視一番，弄到它們最後棄甲投降，保證絕對不再興風作浪，不再妄想光明正大到現實裡來搗亂作怪。」[2]

葛拉斯在開頭第一行提到腦中浮現的古諺，說得像是古諺有自己的心思似的。之後他轉過去跟自己悶不吭聲的邪惡黑暗面爭辯，也就是殺人的念頭不停在心頭翻攪的那一個我。到了最後一句，葛拉斯覺得他的那個「好人我」占了上風，至少這一回合算是贏了吧。請注意作者是怎麼將這樣的一段句子拉成絮叨、堆砌的反覆思量。

這時，想像一下如果修德貝把這一段寫成葛拉斯醫生直接對讀者娓娓道來的敘述對白，又會變成怎麼樣。葛拉斯這時跟人講話，聽起來會是什麼樣？修德貝大概會選擇醫生對病人下達醫囑時的權威口吻吧。句子變短，口氣帶著命令，說不定還加進一點「可以、不准、但是」來急轉彎一下。

「夢境即如逝水東流。」這樣的諺語,我知道你準聽過。別當真哪。夢到的大多不值得你多想一下。那都是些零星片段的經驗,無聊,不痛不癢,都是我們的意識判定為無足輕重的東西。即使如此,這些卻還是躲在你心裡的小閣樓過它暗無天日的日子。這樣子不健康啊。但也不是說作夢就一無是處。我小時候有一次一坐就整個下午,想一題幾何題要怎麼解,到了上床睡覺的時候還是沒想出來。可是睡著後我的大腦還在跑,結果作夢作出了答案。然後呢,也有的夢很危險,從深淵像氣泡一樣咕嘟嘟往上冒。你要是放膽多想一下,夢就像在教你去認識自己似的,像是你不覺得自己會有的願望,你不敢說出口的目的——但你可別真的相信。掂量一下,測試一下,這些夢根本禁不起陽光考驗。所以,心智健全的人會怎樣你就怎樣吧。扔回去原本的地方,留在臭氣沖天的坑裡待著就好。假如它們到了晚上又來騷擾你,就好好取笑一番,笑到這些夢再也不敢來瓜分你這個人為止。」

還有第三種做法。由於修德貝也寫劇本,應該也可以考慮把這些搬上舞台作戲劇演出。醫生的角色可以一分為二,像是一個叫葛拉斯,另一個就叫馬可(Markel)吧。馬可在小說裡是記者,也是葛拉斯的知交,但要是放進舞台劇,大概可以當作葛拉斯正義這邊的分身,葛拉斯本人則是在殺人的念頭當中痛苦掙扎的那一面。

所以,在下述場景的潛文本中,葛拉斯為了擺脫夢境的困擾而向馬可求助。馬可感覺到了,並針對醫生的疑惑,義正辭嚴提出了他的道德宣言。劇本的文字保留小說的意象(劇場運用起語言比喻其實更好發揮),但要把台詞設計從累進句(cumulative)改成掉尾句(periodic)[10],以協助演員提示。(參

---

10 累進句(cumulative sentence),英文句型,指獨立子句後面堆砌一串片語或是附屬子句,描述人事時地物之類的,也叫做「右岔」(right-branching)句型,例如《葛拉斯醫生》英譯本於正文引文中的這一段「現實裡,人作的夢大多不值得再多想一下……在心裡的小閣樓、儲藏室裡,自過自地賴著不走。」(And in reality most of what one dreams is not worth a second thought—loose fragments of experience,often the silliest and most indifferent fragments of those things consciousness has judged unworthy

見第五章有關台詞設計的討論）

葛拉斯和馬可坐在小餐館內。

薄暮轉為夜色，兩人小酌餐後白蘭地。

葛拉斯：「你聽過『夢境即如逝水東流』這句話嗎？」

馬可：「聽過，我奶奶常說啊，但其實晚上作的夢大多是白天的片段而已，沒什麼好掛心的。」

葛拉斯：「是不用掛心，但它就是耗在一個人內心的閣樓裡過它暗無天日的日子。」

馬可：「是在你的內心，醫生啊，別把我算進去。」

葛拉斯：「你不覺得作夢也會帶我們去領悟一些事嗎？」

馬可：「看時候吧，我十幾歲時，有一天下午全耗在解一個幾何題上，到了要上床睡覺時，還是沒做出答案來。但我的腦子沒停，還在想，結果作夢夢出了解答。第二天早上我趕快檢查答案，要是不對可就氣死人了。」

葛拉斯：「不是這意思，我說的是藏起來的，讓人忽然看清楚自己的一些事，從很深的地方冒出來，像泡泡一樣抓不著的真相，黑暗的欲望，早上起來吃早餐時，死都不會跟人說的那種。」

馬可：「我要是有啊，我可不是說我真的有，一定會把它一把扔回原來的地方，要它在臭烘烘的坑裡待著別出來。」

葛拉斯：「但要是它硬是要回來呢？每天晚上都回來？」

馬可：「那我就再作個夢，好好取笑它一番，笑到它逃之夭夭，再也不敢跑回我的腦子來。」

---

of preservation but which，even so ，go on living a shadow life of their own in the attics and box-rooms of the mind。）

掉尾句（periodic sentence），中文名稱也有作「圓周句」，指英文句子沒看到結尾無法確定意思，有懸疑效果，因此也叫做「懸疑句」（suspended sentence）。例如本頁改寫成劇本的這一段：「不是這意思，我說的是藏起來的……早上起來吃早餐時，死都不會跟人說的那種。」（I mean something hidden，insights into oneself，bubbles of truth from the depths，those dark desires one wouldn't dare admit over breakfast。）

這裡的三種版本，基本內容都沒變，但光是變換說給自己聽、說給讀者聽，或是說給另一個角色聽，言語的句式、措詞、口氣、質感就截然不同。對白的這三類基本類型，必須用截然不同的寫作風格才行。

對白與說故事的主要媒介

但凡對白不論形諸戲劇或敘述，都是「說故事」這首大交響曲中的一環。不過，在樂章當中演出對白的樂器和編制，從舞台到銀幕再到書頁，卻有不小的差異。因此，作家選用哪種媒介，對於對白的組織便有重大的影響——既影響質，也影響量。

例如劇場這個媒介是以聽覺為主，觀眾用的耳力比眼力要多，因此劇場演出是聲音重於影像。電影就反過來。這個媒介以視覺為主，觀眾看的比聽的專心，所以電影劇本是影像重於聲音。電視的美學則游移在劇場和電影之間，電視劇本自然偏向要求聲音、影像二者平衡，要觀眾既聽且看，兩邊大致相當。

再如小說這樣的媒介，靠的是腦力。故事拉上舞台或放上銀幕去說，會直接打進觀眾的耳裡、眼裡；文字走的卻是迂迴的路線，必須取道讀者的心智。讀者先要解讀文字，再將文字描寫的聲音、影像想像出來（讀者的想像力可是各自獨立、自行作主的），最後針對自己的想像作出回應。不只如此，由於文學角色不經真人演出，作者有權自由揮灑，不論對白是多是寡，出之於戲劇或敘述，悉聽作者尊便。

現在我們來看看用什麼媒介說故事會講出什麼樣的對白。

舞台上的對白

戲劇對白

四大媒介說起故事，最基本的單位都是場景（scene）。劇場裡講的話，泰半是

以戲劇對白來推展，由演員在場景中講給其他的角色聽。

連獨腳戲也不例外。縱使舞台上只見一人走來走去，但是這一個人要是拆成兩半那樣捉對廝殺、天人交戰，依然可以透過戲劇對白帶出連番不同的場景。若角色只是枯坐在台上喃喃自語，那麼他說出來的往事、幻想、哲理，當作內心活動來演出最好，這是有欲求作為動機、有目的在執行的事。這樣的沉吟，不論表面看起來有多被動、多隨興，其實都屬於戲劇對白，角色因內心衝突而輾轉掙扎，在場景中自言自語。它是在剖析自我也罷，拋棄過往也罷，自欺欺人也罷——只要是劇作家想得出來的內心活動都可以。薩繆爾‧貝克特寫的《最後一卷錄音帶》，便是獨腳戲中戲劇對白的翹楚。[11]

敘述對白

依劇場的古老傳統，劇作家也會運用敘述對白，要角色退到場景的流變之外，轉而對觀眾直接自言自語起來；這樣的對白若是很短，也會用私語來處理。[3]這種對白透露的多半是內心的告白、祕密，或是角色真正的想法、感覺、意圖，只是絕對不能對另一角色明白說出來，例如田納西‧威廉斯在《玻璃動物園》為湯姆‧溫斐爾寫下的痛苦懺悔。[12]

在獨腳戲如《奇想之年》、《馬克吐溫今夜劇場》、《我的老婆就是我》[13]

---

11 荒謬劇場宗師薩繆爾‧貝克特（Samuel Beckett, 1906~1989）寫的《最後一卷錄音帶》（Krapp's Last Tape, 1958），是貝克特聽了北愛爾蘭演員派屈克‧麥吉（Patrick Magee, 1922~1982）的朗讀而特別為他寫的獨腳戲。麥吉飾演的老人，在六十九歲生日時翻出三十九歲錄的錄音帶重聽一遍，同時錄一卷新的帶子講述過去一年的生活，亦即不同年歲的同一個人在講自己過的日子。

12 田納西‧威廉斯（Tennessee Williams, 1911~1983），人稱美國二十世紀戲劇三傑之一，早年沒沒無聞，後以《玻璃動物園》（The Glass Menagerie, 1944）如彗星劃空，開啟連番豐收。這部劇作略帶自傳色彩，劇中的湯姆‧溫斐爾（Tom Wingfield）有當詩人的夢想，卻因母、姊拖累而必須到工廠工作養家。全劇由他作為主述，回憶被他拋棄在家鄉的母、姊當年的往事。

13 《奇想之年》（The Year of Magical Thinking, 2007），美國女作家瓊‧狄地恩（Joan Didion）將她喪夫一年的心境寫成《奇想之年》，二〇〇五年出版，之後由她自己改編成舞台劇，二〇〇七年三月在百老匯上演，女星凡妮莎‧雷葛瑞芙（Vanessa Redgrave, 1937~）擔綱出飾狄地恩，一人力扛全場。
《馬克吐溫今夜劇場》（Mark Twain Tonight, 1954），美國演員哈爾‧郝爾布魯克（Hal Holbrook, 1925~）創作的獨腳戲，由他本人出飾美國作家馬克吐溫（Mark Twain, 1835~1910），以朗誦馬克吐溫的作品選萃串接成戲劇演出，大獲好評，數度得獎，奠立了他在演藝界的地位。
《我的老婆就是我》（I Am My Own Wife, 2003），美國劇作家道格‧萊特（Doug Wright, 1962~）根據他對德國古物學家夏洛特‧馮‧馬爾斯朵夫（Charlotte von Mahlsdorf）的訪談而寫成的獨腳戲，檢視生為男兒身的德籍主人翁幼年殺死父親、逃過納粹毒手、後又以變性女子的身份在東柏林撐過共黨政權的一生，二〇〇四年贏得普利茲獎。

當中，一整齣戲都是自言自語。這樣的戲劇通常是拿傳記、自傳改編搬上舞台，所以演員演的是著名的時人如瓊·狄地恩，或著名的古人如馬克吐溫。一晚上的戲演下來，演員可能三種類型的角色對白都要用上，但還是以敘述對白向觀眾吐露心聲為多，甚至可能不時得化身為別的角色，以戲劇對白演出過去的場景。

西方現代單口喜劇[14]崛起的年代，正好是滑稽戲從講笑話演進到敘述對白之時，以至於這時的單口喜劇演員必須自行發明角色來演出，例如史蒂芬·柯貝爾，或是以真人本色憑著經過篩選的個人切面來作演出，例如路易希奇[15]。這是因為全天下沒人有辦法拿一早起來的那同一個本尊上台表演。所謂表演，沒有面目（persona）就不能成其「表演」。

戲劇對白、敘述對白在舞台上的份際並非一成不變，端視演員的詮釋而定。例如，《哈姆雷特》（Hamlet）質疑自己何以還健在人世而說出：「是或否」[16]，他這是在對觀眾還是對自己說的？全由演員決定。

旁白敘述（narration）

戲劇的劇情若是涵蓋大批演員，縱橫數十年時間，劇作家便會在舞台邊緣安排一個人作主述替大家說書。這種非角色（non-character）的演出人員得做的事還不少：要說明歷史淵源，要介紹劇中角色，或是針對劇情無法在場景當中直接演出的部份提出想法、說法。

舉例來看：唐納·霍爾寫的《一晚佛洛斯特》，將詩人羅伯·佛洛斯特的生平搬上舞台，以及艾爾文·皮斯卡托將托爾斯泰（Tolstoy, 1828~1910）的《戰

---

14 單口喜劇（stand-up comedy），指一個人站在觀眾面前講話，逗大家發笑的演出形式，另有「獨腳喜劇」、「單人喜劇」等譯名，由於表演形式近似中國傳統的單口相聲，故從「單口喜劇」。

15 史蒂芬·柯貝爾（Stephen Colbert, 1964~），早年在《史都華每日秀》（The Daily Show with Jon Stewart, 1999~2015）演出時，扮演虛構的記者角色作單口喜劇演出，後來自己開節目《柯貝爾報告》（The Colbert Report, 2005~2014），便以右翼時政評論員的角色演出。

路易希奇（Louis C.K., 1967~），在他自創、自演、自寫、自導、自製的喜劇影集《路易不容易》（Louie, 2010~）當中，以半自傳形式在單口喜劇的主線之外穿插舞台下的半真實人生切片，把他年紀老大又離過婚的中年父親生活演進影集裡去。

16 「是或是否」（To be or not to be），莎士比亞這幾個字響徹古今，解釋卻也言人人殊，莫衷一是。加上後人動輒引用，本義、引申意看脈絡一樣各有變形，所以在此回歸到最基本的字面試譯作「是或否」。

爭與和平》改編成為「史詩劇」（epic theatre）演出。這兩齣戲劇於舞台上的說書人，之於觀眾宛若神祇，古往今來無所不知，芸芸眾生無所不識，但沒有凡人的愛嗔怨癡。[17] 這樣的主述凌駕戲劇，指點敘事。反之，劇作家桑頓‧懷爾德在《我們的小鎮》當中負責說書的人就身兼數職，還被安上一個名號叫做「舞台監督」（Stage Manager）。這人除了動輒插嘴說明人物劇情的來龍去脈，還要敲敲邊鼓，策動觀眾去作怎樣的反應，甚至不時插一腳到場景裡跑龍套。[18]

銀幕上的對白

戲劇對白

大小銀幕上的對白一如劇場，以戲劇對白為多，由演員出飾的角色在鏡頭前作真人演出，或是在動畫片中作幕後配音。

敘述對白

銀幕上的敘述對白分成兩類做法：一類是在鏡頭之外為場景作幕後旁白，另一類是直接面對鏡頭在電影中自言自語。

---

17 唐納‧霍爾（Donald Hall, 1928~），美籍作家，作品以詩歌、評論為主，二〇〇六年獲頒美國桂冠詩人頭銜。他十六歲時參加作家大會，因緣際會認識了詩人羅伯‧佛洛斯特（Robert Frost, 1874~1963），在佛洛斯特過世之後寫下《一晚佛洛斯特》（*An Evening's Frost*, 1965）搬上舞台演出，擷取佛洛斯特的作品段落拼貼成佛洛斯特其人的生平。飾演老佛洛斯特的演員威爾‧吉爾（Will Geer, 1902~1978）本人也認識佛洛斯特。全劇只有三名演員，外加一名旁白主述。
艾爾文‧皮斯卡托（Erwin Piscator, 1893~1966），德籍劇場導演，與布萊希特（Bertolt Brecht, 1898~1956）同為「史詩劇場」（epic theatre）的旗手，標舉戲劇的社會政治內涵重於煽動情感或是形式美感。早年在納粹掌權時期，他便想改編《戰爭與和平》搬上舞台作為抗議，惜因流亡國外時運不濟，直到一九五〇年代回到西德，才有機會以音樂劇形式推出改編的劇作，紅遍多國，也重振他在德國戲劇界的名聲。他在劇中安排了旁白主述，在劇情裡穿進穿出作說明，份量極為吃重。旁白主述也是史詩劇場慣用的手法。

18 桑頓‧懷爾德（Thornton Wilder, 1897~1975），美國作家，以小說和戲劇作品贏得三次普利茲獎，戲劇《我們的小鎮》（*Our Town*, 1938）是其中之一，描寫一九〇一到一三年間美國一個虛構小鎮居民的日常人生。小鎮就是一座空盪盪的戲台，沒有布景，道具也少之又少，劇中的「舞台監督」工作極為吃重，既在戲裡也在戲外，縱橫全場，無所不知，無所不管，因此叫做「監督」。

打從電影會講話起，戲劇角色在鏡頭之外自說自話便一直是簡中主力。這種敘述的口氣有時平和、理性、安穩可靠，例如電視影集《追愛總動員》（*How I Met Your Mother*）；有時喋喋不休外加不合常理，未可盡信，像是電影《少年 Pi 的奇幻漂流》（*Life of Pi*）；有時絮絮叨叨夾纏不清，卻又浮現清晰合理的脈絡，例如《記憶拼圖》（*Memento*）；再有時又像《謀殺綠腳趾》（*The Big Lebowski*）一樣配合劇情作對位（counterpoint）[19]。有的角色暗自在心裡利用戲劇對白吐露痛苦的心聲，例如《蘭花賊》（*Adaptation*）；有的把自己不為人知的一面藏在種種藉口、理由之下，例如《發條橘子》（*A Clockwork Orange*）；還有的拿自己的困境大發妙論，諧趣橫生，例如電視影集《樂透趴趴走》（*My Name is Earl*）。

　　角色若是欺身看向攝影鏡頭，壓低聲音透露個人的私事或祕密，一般都是別有用心，也就是要拉我們站到他們那邊去，例如《紙牌屋》（*House of Cards*）。至於喜劇演員，由鮑伯・霍伯（Bob Hope, 1903-2003）作開路先鋒，也常在隨口插科打諢一番之後直視鏡頭，祭出笑點所在，例如《山德林劇場》（*It's Garry Shandling's Show*）。

　　這樣的手法運用之妙，就屬伍迪・艾倫無人能出其右。他的敘述對白不論放在鏡頭內、外，都能勾起觀眾共鳴，搔到癢處，例如《安妮霍爾》（*Annie Hall*）。

　　英格瑪・柏格曼（Ingmar Bergman, 1918-2007）的電影《冬之光》（*Winter Light*），片中英格麗・圖林（Ingrid Thulin, 1926-2004）飾演的女子去信昆納・畢昂史傳德（Gunnar Björnstrand, 1909-1986）飾演的昔日愛人，數落他太過怯懦不敢放膽愛她。男子捧信展讀的時候，柏格曼把鏡頭切換到女子的臉龐作特寫，由女子道出信函內容，眼神直視鏡頭長達六分鐘未曾間斷。柏格曼運用「主觀鏡頭」（subjective camera）[20]引導觀眾進入女子昔日愛人的腦中，心頭和他一起浮現女子娓娓述說的神情。英格麗・圖林在鏡頭前的演出重新點燃兩人的情愫，從而

---

19 對位（counterpoint），西洋音樂術語，指一首曲子中有多條旋律線同時並行，各自發展又並非各自為政，錯落交織起來的音符仍屬於和弦的關係。轉用到其他領域時，常指事件、情節之內的多條路線有對應、對比、牴觸等交互作用。

20 「主觀鏡頭」（subjective camera），又稱為「觀點鏡頭」（POV shot，point of view shot），以鏡頭代表角色的眼睛，呈現其眼前所見的畫面。

帶著觀眾感同身受，一起體會他的痛苦。

敘述

《亂世兒女》（*Barry Lyndon*）、《艾蜜莉的異想世界》（*Amélie*）、《你他媽的也是》（*Y Tu Mamá También*）這些電影都安排了非角色作幕後的主述（畫外音），分別由麥可・霍敦（Sir Michael Hordern, 1911-1995）、安德烈・杜索里耶（André Dussollier, 1946~）、丹尼耶爾・戛秋（Daniel Giménez Cacho, 1961~）以渾厚的嗓音、清晰的口齒，或串起故事的情節，或另作補充說明，以及針對講述的事情作對位。

「對位敘述」（counterpoint narration）的意思是從劇情之外拉進想法和見解，為講述打開廣度和深度。例如主述可以為喜劇注入正劇[21]的氣勢，或反過來為正劇添加喜劇的趣味；主述也可以拿現實為錯覺作調劑，或反過來拿幻想為現實作調劑。主述的評論還可能拿政治事務在私人生活中興風作浪，製造出衝突，或是反過來也可以。非劇中角色說出來的冷嘲熱諷，每每還能抵銷掉一些角色感情氾濫的災情，以免作品流於無病呻吟，例如《風流劍客走天涯》（*Tom Jones*）。

書頁上的對白

故事搬上舞台或是大小銀幕，是透過聲、光的物理媒介進行演出，由聽覺、視覺傳入大腦。故事若是放進小說來搬演，則是透過語言以大腦為媒介，由讀者發揮想像力去賦予故事生命。由於想像力之錯綜複雜、多重面向，遠較感官為大，以文字來施展對白技巧所能發揮的類型和變化，也比劇場、電視、電影來得多。

用小說寫故事，可以透過角色以身歷其境的局內人角度來開講，或是由

---

21 此處原文作 drama，一般想當然是作「戲劇」，不過，drama 在西方世界從古希臘以來的傳統便是合指「喜劇」和「悲劇」兩大類型。衡諸麥基行文，顯然與這歷史悠久的用法略有不合，應是屬於英文進入現代之後的用法，也就是英文原以 play、game 指稱戲劇，而以 drama 一詞指稱古希臘悲劇、喜劇傳統之外的戲劇類型，於中文也不叫做「戲劇」，而是「正劇」。故於此針對行文脈絡不作「戲劇」，而作「正劇」。

旁觀者的局外人角度來敘述。這樣的劃分看似簡單，卻因為文學可以採行三種方向的觀點——第一人稱，第二人稱，第三人稱——而變得複雜。

第一人稱。角色以第一人稱作敘述，便是以「我」自稱，對讀者訴說自己記得的事。這個角色說起事情，會把自己放進故事當中，直接與別的角色對話，也可能轉向內心自言自語。在自言自語的情況下，讀者就像跟在角色的屁股後面，偷聽別人內心的話語。

由於第一人稱的敘述來自故事中人，在角色周遭的生活是當局者的身份，因此不算十全十美的證人，對事情不會有完整透徹的觀照，往往還因為不能說出來或不自覺的目的，而不盡客觀。所以，第一人稱的敘述，可信度從實話實說到謊話連篇，橫跨的幅度很大。

不止於此，第一人稱的敘述通常偏重自己而非他人，所以容易出現內心活動、自覺、沉思等充斥作品的情形，以至於其他角色的內心世界，大概就只能由第一人稱的揣測或讀者自行從字裡行間去推敲琢磨了。

至於以全知的第一人稱敘述，帶著超乎自然的洞察力去窺探其他角色的心思和感情，這倒是罕見的手法。這樣的奇想需要格外的解釋來打底才行，例如愛麗思・席柏德（Alice Sebold, 1963~）寫的《蘇西的世界》（*The Lovely Bones*），是以遇害女孩的鬼魂作第一人稱敘述，從死後世界如入無人之境的制高點，看進家人因她失蹤而痛苦掙扎的心靈。

第一人稱敘述可以出自故事的主人翁，例如朱利安・巴恩茲（Julian Barnes, 1946~）寫的小說《回憶的餘燼》（*The Sense of an Ending*）當中的東尼・韋伯斯特（Tony Webster），或是主人翁的知心密友，例如華生醫生和福爾摩斯的關係，還可以是一群人以複數的第一人稱來作敘述，例如傑佛瑞・尤金尼德斯（Jeffrey Eugenides, 1960~）寫的《死亡日記》（*The Virgin Suicides*, 1993），又或者是遠遠的旁觀者，例如約瑟夫・康拉德（Joseph Conrad, 1857~1924）在小說《黑暗之心》（*Heart of Darkness*）當中安排的無名主述。

第三人稱。第三人稱的敘述是由一位知者作主述，帶領讀者走過故事的情節。每個角色的心思、感覺，這位知者通常無不洞悉。這樣的知者即使不是故事當中的角色，對於故事的虛構世界與其社會，可能還是會有堅定的道

德觀點。不過，第三人稱的主述提到故事角色時，依慣例用的是「他／她／他們」等第三人稱呼，維持的是旁觀的距離。

由於第三人稱的知者不是故事中的角色，所作的敘述不算對白。他也不是在代言作者的心聲。這世上，任誰也無法以第三人稱在講話過日子，就算是美國國家公共廣播電台（NPR）談話節目請來的口才最伶俐來賓也力有未逮。

這位非角色主述，論起愛心、手腕、觀察力、道德感等，說不定還強過作者，也說不定不及作者。然而，不論超過或不及，作者既然要以小說敘事為筆下每一個角色塑造各自該有的嗓音，非角色主述自然一樣會有量身訂製的語言風格來作搭配。畢竟，看戲的觀眾會任自己被舞台或是畫外音的旁白主述牽著走，看書的讀者也一樣會將旁白主述的手法當作講故事本來的慣例，既不是故事中的角色，講的也不是對白。

知者主述的語言說不定富含生動的表情，讀者憑想像會覺得像在聽人說話，其實不是。唯有角色才真的有「嗓音」（voice）可言。我們說它是第三人稱主述的「嗓音」，不過是作者的文學風格罷了。正因為如此，讀者才會對這人聲既沒有同理心的移情作用，也不會關心這人聲背後的那個人的命運。

讀者透過這種歷史源自荷馬（Homer）之前的傳統手法，很清楚作者發明這類非角色的目的，無非只是要將敘述形諸文字以便閱讀而已。但若是這樣的知者突然以「我」自稱，這時非角色就搖身一變成為角色，主述就會跟著變成第一人稱。

第三人稱主述的知識廣度，從無所不知到所知不多，所在多有；有不作道德評價的，也有作道德批判的；有堂而皇之打進讀者心裡的，也有不露痕跡暗渡陳倉的；可信度從千真萬確（少之又少）到謊話連篇，不一而足。小說的作者在拿這些作文章時，還可以為第三人稱主述套上深深淺淺的客觀或主觀，有隔岸觀火冷嘲熱諷的，也有跟著一起水深火熱的。

以第三人稱作客觀主述的模式（亦即身處暗處，或戲劇式觀點），演的遠比講的要多。這個模式只作觀察，不作詮釋。這樣的知者，像是在人生這一場戲中買票進場的清閒看倌，從不入戲，絕對不說破哪個角色在打什麼主意，或有什麼感覺。著名的例子有海明威的短篇小說，例如《宛如白象的山嶺》

（*Hills Like White Elephants*）、《雪山盟》（*The Snows of Kilimanjaro*）。二十世紀中葉，法國的「新小說」（nouveau roman）將這樣的手法推展到極致，例如阿蘭‧霍柏－葛里葉寫的《嫉妒》（*Jealousy*）。[22]

以第三人稱作主觀主述的模式，則會滲透到劇中人物的內心世界，還可能遊走在數名角色的心思、感覺當中，自在切換，如魚得水，但作者一般會將遊走的途徑限定在故事的主角身上。這樣的模式感覺像是第一人稱，但是拉開了距離，用的是人稱代名詞的「他／她」，而不是「我」。

例如喬治‧馬丁（George R.R. Martin, 1948~）在《冰與火之歌》（*A Song of Ice and Fire*）的長篇系列小說中，便安排每一章各有獨立的故事線，每一條故事線各以情節主角的觀點來講述。

以主觀作探究的手法，不論是無所不知或所知不多的變體，都是二十世紀小說創作最流行的敘事觀點。主觀的主述，可能難免流露出個性或是不假修飾的意見，參見下述《修正》（*The Corrections*）的引文；然而，不論第三人稱主述的口吻有多戲謔、多譏誚、多熟悉、多親暱，一概是作者創作出來的嗓音，是他個人特意虛構出來的一面，專門站在劇情之外來講故事用的。

也有人甚至故意要筆下的主述去打壞這千百年來一直綁在詩文的作者與讀者之間的信任關係。在這類罕見的敘述當中，作者為旁白主述套上角色才會有的困惑不解或口是心非。然而，不管第三人稱主述是怎樣背地使壞、不可信任或是搖擺不定，第三人稱說出來的話都不算對白。這是作者隱身在面具後面所說的話，而且第三人稱的主述需要運用一些獨特的策略和技巧，但這就不是本書的重點了。

第二人稱。第二人稱的模式是第一人稱或是第三人稱喬裝改扮出來的。這個模式中，講故事的人聲捨棄了第一人稱的「我」和第三人稱的「他／她／他們」，而指稱某人為「你」。

---

22 海明威（Ernest Hemingway, 1899~1960），短篇小說秉承記者的訓練，文句簡潔俐落、文風清冷透明，卻能帶出飽滿的意象和豐富的情感。
阿蘭‧霍柏─葛里葉（Alain Robbe-Grillet, 1922~2008），法國一九六〇年代新小說運動的旗手。他寫的《嫉妒》（*Jealousy*, 1957），將旁觀的清冷透明推到極致，以他自稱「不在場」因此從頭到尾沒說過一句話的第三人稱主述，來講他這位主述懷疑太太外遇而準備抓姦的故事。

這裡的「你」，可以是故事當中的主角。例如有人在心裡痛罵自己「你這個大笨蛋」，便是自己在罵自己。所以，第二人稱的人聲可以給自己作分析、為自己打氣、陪自己話舊，例如米歇·布托寫的《轉念》。[23] 又或者，「你」也可以是悶不吭聲、無名無姓的另一角色，將敘述變成單方面的戲劇對白，例如伊恩·班克斯寫的《石之歌》[24]。

除此之外，還有第三種做法，「你」也可以是讀者。傑·麥金納尼（Jay McInerney, 1955~）的長篇小說《燈紅酒綠》（Bright Lights, Big City）便瀰漫著一股難以捉摸的知覺力，時時以現在式帶領讀者跟著故事前進。到後來，讀者甚至覺得自己便是故事中人：

> 你也不知道自己到底是在往哪裡去。只覺得自己應該是沒力氣走到家了。你加快腳步。要是被街上的陽光趕上，準會出現什麼恐怖的化學變化。
>
> 過了幾分鐘，你發覺自己的手指頭上有血。你舉起手湊到眼前。你的襯衫也有血。你從夾克口袋翻出面紙，按住鼻子。你繼續往前走，頭往後仰，歪向一邊，搭在肩上。[4]

這一段要是換成過去式來寫，把「你」也改成「我」，就成了傳統的第一人稱小說。若是再把「你」換成「他」，那就是傳統的第三人稱敘述了。但是用第二人稱現在式，就會讓這一則故事依違在第一人稱、第三人稱之間，模稜兩可，像主觀鏡頭一樣穿行在電影似的氛圍當中。

為了釐清這中間的複雜糾葛，在此就拿小說寫作的傳統，和舞台、銀幕

---

23 《轉念》（Second Thoughts, 1957），米歇·布托（Michel Butor, 1926~2016）寫的這部作品，劇情相當簡單，講一名中年男子搭乘鐵路列車從巴黎前往羅馬找情婦幽會，原本準備告訴情婦他要離開妻子和情婦雙宿雙飛，卻在途中左思右想，最後改變主意，沒去見情婦，一人在羅馬度過周末之後，回到巴黎重拾先前外遇幽會的生活，直到外遇關係自然結束為止，而這名男子也把這件事寫成小說，書名就叫做《轉念》，以第二人稱「你」來指稱書裡的男主角，也就是他自己。

24 伊恩·班克斯（Iain Banks, 1954~2013），蘇格蘭作家，《石之歌》（A Song of Stone, 1997）寫的是一對貴族夫婦在十七世紀中葉英國內戰時期的遭遇，主述是丈夫，在講到妻子的時候，用的稱呼是「你」，尤其是妻子就在眼前時。

的劇本略為比較一下。

戲劇對白

小說的戲劇對白，可以從第一、第二、第三人稱當中任選一種來寫。這三類主述的人聲，場景都落在主述身處的時間和空間中，由主述描述角色與其行為，逐字複述角色的對話。可想而知，這樣的場景足可以從書頁抓出來直接轉移到劇場或攝影棚由演員演出，還能大致完好無損。

敘述對白

戲劇場景之外由第一或是第二人稱說出來的話，依我的定義便是敘述對白。這樣的話出自角色之口，有推動劇情的目的，對讀者發揮的作用一如演員在舞台上的自言自語，或是在銀幕上直視鏡頭說話。敘述對白若是變形為意識流（參見下文），書頁上的段落讀起來就會像舞台劇的內心獨白或電影主角的畫外音旁白，例如《記憶拼圖》與《少年 Pi 的奇幻漂流》。不論哪一種例子，作者都是進入角色（也就是入戲）在寫的。

間接對白

在說故事的四大媒介中，不論哪一種，作者都可以考慮是要把過去的場景叫回來作描述，還是直接擺在讀者／觀眾的面前搬演。作者若是選擇描述，原本的戲劇對白就會變成間接對白。

　　要是作者安排筆下一名角色去描述過去的事，那麼該角色當時講的對白就是在轉述另一角色之前的對白。

　　這裡以布魯斯‧諾里斯寫的戲劇《克萊彭公園》[25] 當中這一段為例，貝芙

---

25 布魯斯‧諾里斯（Bruce Norris, 1960~），美籍演員暨劇作家，住在芝加哥。他寫的《克萊彭公園》
（*Clybourne Park*, 2010），是從蘿蘭‧漢斯貝里的戲劇《太陽底下的葡萄》衍生出來的，劇情放在漢斯貝里的故事之前、之後，也加入芝加哥的歷史事件。此劇贏得二〇一二年普利茲戲劇獎。劇中的貝芙和丈夫是白人，打算賣房子，想買的夫婦正是《太陽底下的葡萄》劇中楊格（Younger）家的黑人夫妻。

（Bev）正在埋怨她的丈夫。

貝芙

整晚不睡啊他。像昨天晚上，半夜三點不睡坐在那裡，我跟他說，
「欸，你還不睏？要不要吃一點安眠藥？或者玩玩牌？」結果他說，
「那又怎樣？有意義嗎？」一副不管什麼事都一定要有冠冕堂皇的
理由一樣才行。[5]

貝芙的轉述對不對，觀眾只能用猜的，但在這脈絡中，當初到底是怎麼
說的並非重點。諾里斯只是運用間接對白來讓觀眾自己去聽出重點：貝芙是
怎麼用自己的話在詮釋丈夫的行為。

第三人稱旁白敘述在轉述別人的對白時，一樣有勞讀者自行去判斷當初
到底是怎麼講的。例如強納森·法蘭岑（Jonathan Franzen, 1959-）在小說《修正》
中的這一段夫妻對話：

有孕之後她很開心，變得隨便起來，不該跟艾佛瑞（Alfred）說的話
也變得口無遮攔。當然不會講性啊、成就還是公平什麼的，這不用
多說。但還有別的話題一樣該避不避，伊妮德（Enid）樂得得意忘形
了，於是某天早上還是踩到底線。她跟艾佛瑞說有一支股票她覺得
他可以買。艾佛瑞回說股市是渾水十分危險，最好還是留給有錢沒
處花，或是遊手好閒的投機客去蹚就好。伊妮德還是說她覺得有一
支股票他好歹可以買。艾佛瑞說黑色星期二（Black Tuesday）他還記得
很清楚，跟昨天才發生過一樣。伊妮德覺得有一支股票買下來一點
也不礙事。艾佛瑞說買那一支股票很不恰當。伊妮德說她覺得他儘
管買又不會怎樣。艾佛瑞說他們挪不出錢來，而且還懷了第三胎呢。
伊妮德又說她覺得錢可以去借。艾佛瑞說不行。他這聲「不行」說
得大聲許多，人也從早餐桌邊站了起來。這聲「不行」聲音之大，
連掛在廚房牆上當裝飾的那個大銅盤也震得嗡嗡低鳴一下。艾佛瑞

沒親她作道別就出門去了，而且一去就是十一天又十夜沒回家。[6]

　　法蘭岑一連用了五次「她覺得」，把伊妮德的嘮叨、艾佛瑞的暴怒推到滑稽的邊緣。「十一天又十夜」則先一步為他們的遊輪假期卜了一卦，牆上嗡嗡作響的大銅盤也把這個場景從滑稽推到荒謬。

　　由於間接對白是要讀者自行想像畫面，當中轉述出來的直接對白，即使火爆甚至用上濫俗的語言，經過讀者自己發想後，可能就變得比較切身、可信了。

02

對白的三種功能

對白不論於戲劇或敘述中，一概具有這三種基本功能：解說（exposition）、
角色塑造（characterization）、行動（action）。

解說

「解說」在此是術語，意思是將虛構的背景、歷史、角色等指明出來，供讀者、
觀眾在某個當口吸收消化，以便跟上情節與入戲。作者在此有兩條途徑可以
將解說嵌入敘述中：一是描寫，一是對白。

　　故事搬上舞台和大小銀幕，要由導演與眾多設計師將作者筆下的描寫轉
化成對白之外的種種表達元素，例如布景、服裝、燈光、音效等。漫畫家和
圖像小說作家要講的故事有圖為證。小說的作者就必須經由遣詞用字，以文
學描述將文字意象投射到讀者的想像當中。

　　對白一樣具有這樣的功效。比方說，想像一下這個畫面：金碧輝煌、鋪
設大理石的門廳，一個個西裝革履的金髮男子在接待櫃台簽訪客簿，櫃台還
配置了制服警衛，背景可見一具具電梯不時開合起落。乍然一瞥這樣的景象，
立即說明了幾件事：地點－北半球某座大城市中的辦公大樓；時間－工作日，

早上八點到下午六點之間；社會－西方文化的專業階級，雇用武裝警衛保護高踞層樓之上的高級主管，隔開街頭巷尾的貧民大眾。除此之外，掩蓋在這畫面下的潛文本，透露的是爭強好鬥、白人男性主宰的商業世界，追逐財富和權力，與腐敗只有一線之隔。

這時候，再想像某個精力旺盛的投資經紀人在和潛在客戶一起用餐，聽聽他怎樣以三寸不爛之舌大玩一語雙關的言外之意：「上去吧，看看我那批小老鷹。我們一夥人在七十七層樓上作窩，準備痛宰華爾街呢。」這樣的文字畫面連字素（grapheme）也用不到推特（tweet）限定的那麼多，表達出的層次卻比攝影鏡頭還要豐富。

凡是可以用畫面表達或直述說明的，幾乎都可以暗含在對白當中。所以對白的首要功能，就是把解說講給隔牆有耳的讀者／觀眾聽，而且不露痕跡。下述的規則，可視為這件困難工程的指南。

步調和時機

「步調搭配」（Pacing）是指「解說」嫁接到敘述當中的比率或頻率。「時機」（Timing）是指選擇哪一場景、在該場景中又要選擇哪一句台詞來透露某一件事情。

安排解說的步調搭配和時機，首先要考慮的風險是：給的解說太少，讓觀看的人一頭霧水，無法繼續入戲。但若是反過來，靜態解說一口氣給得太多，又會扼殺他們看下去的興趣：讀者會扔下手裡的書，觀眾則是在座位動來動去，叨唸著先前應該多買一點爆米花才對。所以，解說推送出來的步調和時機都要仔細考慮、巧妙布置。

因此，為了抓住觀看者，出色的作家都懂得把解說化整為零，一點一點放出來，唯有在觀眾或讀者一定要知道也想要知道的時候，才把他們非知道不可的訊息透露出來，半刻也不會提早，而且只給最少量，足以維持其好奇心、讓同理心不要中斷就好。

現代的讀者、觀眾看故事都看成精了，解說若是給得太多，不僅他們的反應會變得消極被動，連作者安排的轉捩點與結局都會搶在劇情之前被他們

看破。這時他們當然會火大失望，瞪著眼前閣下的大作在心裡暗嗆：「我就知道是這樣。」所以，就如同十九世紀小說家查爾斯・瑞德所說的，你就是要「逗他們笑，惹他們哭，教他們等。」[26]

最後一點，作者要解說的事在敘述當中未必每一件都同樣重要，因此也未必要等量齊觀。對此，不妨將故事中的每一件事條列存檔，從讀者／觀眾的角度排出輕重緩急，後來在改稿或潤飾時就會知道哪些需要強調，哪些需要加進不止一幕的場景裡去複述，以便讀者／觀眾後來在關鍵的轉捩點一定仍記得這些。其他沒那麼重要的，提示一次或比劃一下就可以了。

「演出來」相對於「講出來」

「用演的，不要用講的」（Show, don't tell），這一條原則是在警告作家不要拿靜態的解說去取代動態的戲。

「用演的」意思是寫出場景，搭配可信的布景，由可信的角色演出為了達成其欲求所作的掙扎，做的是斯時斯地會有的事，講的是合情合理的話。「用講的」就是強行要角色放下做到一半的事，改以長篇大論講出自己的生平或心裡的想法、感覺、好惡、過去、現在等等，看不出場景或是角色本身有什麼理由要來這麼一下。故事是人生的比喻，不是哲學的命題，不是環保的危機，不是社會不公，也不是角色人生的外在成因。

劇情出現這一類朗誦，多的是作者這邊的需求強行外加上去的，只為了把作者自己的思緒強行灌進被作者當作俘虜的讀者／觀眾耳裡，而非角色自然生成的行動需求。尤有甚者，潛文本還會被這種敘述硬生生抹煞。角色在種種對立之間掙扎，奮力要達成欲求之際，演員的聲音反應和手法會帶領讀者／觀眾去推斷演員沒講出來的意思和感覺。若是作者把找不到動機的解說硬是塞進角色的嘴裡，這些渾沌模糊的台詞反而會堵塞了連結看故事的人與說故事者內心的那一道門路。角色一旦壓縮為作者理念的發言人，讀者／觀

---

26 查爾斯・瑞德（Charles Reade, 1814~1884），出身英國牛津大學，終身都在牛津任職，但也寫作，擅長小說和戲劇。這句「逗他們笑，惹他們哭，教他們等」（make the cry，make them laugh，make 'em wait），是在講連載小說的寫作訣竅。長篇小說連載在十九世紀中葉因為狄更斯（Charles Dickens）而大為風行，令作家趨之若鶩。

眾看故事的興趣就會大減。

最後是，「用演的」會加快入戲的速度和劇情的步調；「用說的」反而會抵銷好奇心，拖慢節奏。「用演的」是把讀者、觀眾當作成年人，力邀大家入戲，鼓勵大家敞開情感迎進作者的想像，看進事物的核心，跟著一起邁向未來的發展。「用說的」則像是把讀者／觀眾當成小孩子，摟著坐在膝頭上，像父母說教那樣拿一目瞭然的事來細細解說。

下面這段話便是這樣的例子。當哈利和查理打開門鎖、往他們的乾洗店走去，查理說：

查理

喔，哈利啊，我們倆認識多久了？有沒有——二十年？不只？我們從小學就認識了。很久了，是吧？老朋友，欸，今天早上天氣真好，你怎樣呢？

這一段對白的目的，單純在告訴讀者／觀眾查理和哈利的交情有二十多年了，從小一起上學，而且這時候正是早晨。

下面這段話就不一樣了，而且這樣就叫做「用演的」：

查理打開門鎖，往乾洗店走去。一臉鬍渣的哈利穿著 T 恤，身子斜靠在門框上，嘴裡叼著大麻菸捲，止不住格格傻笑。查理轉頭看他一眼，忍不住搖頭。

查理

哈利啊，你到底什麼時候才肯長大？你看看你，還有那些什麼紮染襯衫，笑死人了。你二十年前在學校念書時就是這一副幼稚的蠢相，到現在一點也沒變。你醒一醒啊，哈利，你聞聞你這一身臭的。

讀者的想像或觀眾的眼睛會朝哈利轉過去，去看他被人這樣子糟蹋後有

什麼反應，同時也神不知鬼不覺地順便把「二十年」和「念書」這些事聽了進去。

故事中的每一件關鍵事實，都有它終究必須揭露的時刻，這時候就需要抓準緊要關頭一口氣送進去，製造恍然大悟的效果。這些事情和隨之引發的領悟傳入讀者／觀眾的意識時，絕不可以反而把他們的注意力從劇情的發展拉開。作者就是要有能耐一邊拉著讀者／觀眾的注意力朝某個方向前進，一邊把事情從另一個方向偷渡進來。

這一招瞞天過海需要擇一使用或同時並用以下這兩種技巧：「敘述驅力」和「解說彈藥」──前一種技巧攪和的是知性的好奇心，後者攪和的是感性的同理心。

敘述驅力

敘述驅力是我們看故事看到入戲時的副作用。劇情峰迴路轉，內情點滴透露，在在激得看故事的人忍不住要問：「接下去會怎樣？在這之後又會怎樣？這樣子下去會變怎樣？」一小段、一小段釋出的解說，從對白悄悄滲透到讀者或觀眾的意識背景裡，惹得讀者或觀眾忍不住好奇而伸出雙手，想要抓住一些未來的發展，牽引他走完故事全程。讀者或觀眾在必須知道的時候知道他應該知道的事，卻始終不覺得有誰特地講出什麼事要他知道，因為只要知道了一點什麼就急著再往下看。

舉例來說，有一部小說的篇名取自一份說明文件，解說的威力卻能蓄積出強大的敘述驅力，那就是《第二十二條軍規》（*Catch-22*）。作者約瑟夫・海勒（Joseph Heller, 1923-1999）自創了這個名詞，意指官僚制度的陷阱將人困在邪惡的邏輯循環中無法脫身。

這個故事的背景設在第二次世界大戰期間地中海的一處空軍基地。小說的主人翁約翰・尤塞里安（John Yossarian）上尉，在第五章裡向基地的軍醫丹尼卡（Dan Daneeka）醫生打聽一位名叫「奧爾」（Orr）的飛行員：

「奧爾是瘋子嗎？」

丹尼卡醫生說，「確實是瘋子。」

「那你可以要他禁飛嗎？」

「當然可以。但要他先來找我下禁飛令。規定是這樣子說的。」

「那他為什麼不來找你下禁飛令？」

「因為他是瘋子嘛。」丹尼卡醫生說。「要是不瘋，怎麼會死裡逃生那麼多次還繼續出作戰任務。是啊，我是可以要奧爾禁飛，但要他自己來找我下禁飛令才行。」

「這樣就可以禁飛？」

「對，這樣就好，只要他自己來找我。」

尤塞里安問，「然後你就可以要他禁飛？」

「不行，那我反而不能要他禁飛了。」

「你是說這裡面有詐（catch）？」

「怎麼會沒詐。」丹尼卡醫生回答。「第二十二條的詐。有誰主動想要被禁就不是真瘋。」

這裡的詐只有一條，就是第二十二條。依這一條規定，遇到真實、立即的危險時會有擔心反應，是神智清楚才有的作用。奧爾是瘋子，應該要禁飛。他只需要開口要求就好；但是他一開口，等於在說他不是瘋子，就必須再飛更多任務。奧爾飛更多任務，表示他是瘋子，不飛，表示他不瘋。但他要是不瘋，就必須飛。他若想出任務，就是瘋子，就不用飛；但他要是不想飛，他就不是瘋子，那就不飛不行。尤塞里安對於這第二十二條使的詐竟然簡單得不得了，十分欽佩，吹了一記口哨表示真是要得。

「這詐還真是了不得，第二十二條的詐。」他有感而發。

「舉世無雙的。」丹尼卡醫生附和他。

請注意海勒怎麼把一段間接對白插進一幕戲劇對白的場景裡。從這一段文字概述，我們看到丹尼卡對尤塞里安說了什麼，尤塞里安又為什麼以一記

口哨作回應。即使用的是第三人稱，為行文添了一絲權威評論的氣味，這一段仍然屬於「演」，而不是「說」，原因如下：（1）這一段出現在戲劇場景之內；（2）這一段將場景的動態往前再推進了一步；丹尼卡要尤塞里安不要煩他，不要再找藉口退出作戰行列，尤塞里安也恍然領悟到自己說自己發瘋純屬徒勞。丹尼卡透露的事成了轉捩點，將尤塞里安的計謀朝否定的方向推去。

就「敘述驅力」而言，讀者只要看懂了第二十二條軍規內藏的邏輯教人逃不出生天，心頭的期待就馬上往前躍一大步。讀者會心想：這樣一來，這麼荒謬的規定，尤塞里安或其他角色該如何才能從制度箝制的魔掌中逃脫呢？從解說透露出來的內情進而引發疑問，激得讀者／觀眾想尋求解答，這就是推動敘述的驅力。

解說彈藥

悄悄將解說塞給讀者／觀眾的第二門功夫，是要去勾起看故事的人投入感情。同理心／移情作用，起自這樣的念頭：「這個角色和我一樣都是人。所以，不管他要什麼，我都希望他得到，因為我要是他，我也會想得到這些。」看故事的人一旦覺得自己和角色之間有共性，不僅會把自己和角色劃上等號，也會把自己於真實人生會有的目的，套在故事角色的虛構欲求上。

移情的紐帶一旦把人綁得入戲，以解說為彈藥的技巧就可以這樣發威：既然你寫的角色知道故事的來龍去脈，知道自己怎樣、別人如何，讀者或是觀眾也必須知道這些才跟得上你要講的故事。所以，在角色掙扎著想要達到目的之時，作者必須抓緊關鍵時刻，安排角色拿自己知道的事來當作彈藥。透露出前所未知的內情，對入戲的讀者／觀眾而言等於有挖到寶的樂趣，它也會很快遁入看故事的人的意識背景裡。

以《星際大戰》（Star Wars）最早的三部曲為例來看。這三部片都扣在同一件事上：「黑武士／達斯・維達」（Darth Vader）就是天行者路克（Luke Skywalker）的生身父親。喬治・盧卡斯（George Lucas, 1944- ）講述這個故事的難處，在於這件事應該在什麼時候拿出來說，又要怎麼說才好。他可以在第一集安排機器人 C-3PO 隨便找個時候把 R2-D2 抓過來說悄悄話，用這個方式來透露。

「你可別跟路克說啊，他知道了準會氣炸了。那個達斯是他老爸呢。」這樣處理，觀眾當然接收得到，只是效用微乎其微，甚至還有一點搞笑。盧卡斯最後選擇的，是拿解說當作彈藥，去引爆三部曲最有名的一幕。

在第二集《帝國大反擊》（ *The Empire Strikes Back* ）的故事走到高潮時，路克作出英勇的決定，選擇面對黑武士決一死戰。光劍肅殺交鋒之際，大魔頭勢如破竹，落水狗左支右絀。對路克的移情，對結果的焦慮，就這樣把觀眾牢牢釘在那一刻。

依照傳統的劇情高潮，主角在千鈞一髮之際應該會急中生智，反敗為勝。不過，喬治‧盧卡斯在雙方纏鬥不休之際，把他一直藏在潛文本內的動機放進來攪和：黑武士想要他這不像兒子的兒子加入他惡名昭彰的黑暗世界，卻左右為難，必須兩害相權取其輕：是要殺了自己的親生兒子，還是被親生兒子所殺。為了脫困，黑武士選了電影史上最著名的一手絕招來當解說彈藥，要兒子繳械：「我是你父親。」只不過他這麼一透露沒救得了兒子，反而逼得路克想一死了之。

深藏在前兩部片中不為人知的真相，突如其來嚇得觀眾既同情路克的處境，也擔心起路克的未來。身世之謎揭曉就是彈藥，炸出觀眾對深層性格和過去情節的後見之明，澎湃洶湧，五味雜陳襲上觀眾的心頭，為三部曲的最終回鋪下了道路。

揭露內情

不論悲劇或喜劇所講的故事，最重要的解說是揭露祕辛，戳破角色藏得不欲人知、說不定連自己也不自知的黑暗真相。

至於祕辛要選在什麼時候攤在陽光下？陷在兩害相權取其輕的困境，一邊是「祕密若是講出來，愛我的人準會嫌棄我」，另一邊就是「但要是不講，情況會更慘」——這時，左右為難的壓力會撬動原本深藏不露的祕密，使它開始鬆脫，最後終於曝光，衝擊之大也攪出天翻地覆的轉捩。這樣的祕辛，是從哪裡來的？

背景故事：推動未來事的過去事

背景故事（backstory）這名詞，常被人誤以為是「生命故事」（life history）。角色的生平，涵蓋了基因加上長達一輩子的經歷二者間的交互作用。背景故事則是從生到死的總和當中的一個子集——一段往事的節錄，以祕密為多，由作者安排揭露，作為推動故事衝向高潮的關鍵時刻。由於洩露出來的背景故事比起平鋪直述的情節，一般來說衝擊力還更大，因此常保留到重大轉捩的時刻才會出手。下面便是使用此一手法的著名例子。

《誰怕吳爾芙？》（*Who's Afraid of Virginia Woolf*？）

艾德華‧艾爾比（Edward Albee, 1928-2016）於一九六二年寫成此劇，劇中人物喬治（George）和瑪莎（Martha）是中年夫婦，婚姻不和諧，衝突不斷。兩人二十多年來為了兒子吉姆，連雞毛蒜皮都要吵個不休。這天晚上，在筋疲力竭、吵吵鬧鬧、喝個不停、罵個不停、搞七捻三的聚會鬧了這麼一場下來之後，他們夫婦又拿兒子的事在客人面前惡狠狠吵上一架作為壓軸。喬治對瑪莎說：

喬治：我們有個小小的驚奇要給妳，小心肝。跟我們寶貝兒子吉姆
　　　有關。

瑪莎：別搞了，喬治……

喬治：怎麼不搞！……甜心，我恐怕這對妳而言是個壞消息……啊，
　　　當然，對我們倆都是。相當悲慘的消息。

瑪莎：（害怕，懷疑）什麼事？

喬治：（欸，耐性十足）那個，瑪莎，妳不在房裡的時候……嗯，
　　　門鈴響了……呃，……唉，這真的很難啟齒，瑪莎……

瑪莎：（聲音怪怪、啞啞的）你快說。

喬治：呃……就是……就是那個西聯電報，七十歲那個老小子。

瑪莎：（精神來了）瘋子比利？

喬治：對，瑪莎，應該就是……瘋子比利……他那裡有一封電報，
　　　說是給我們的。我就是要跟妳說這封電報的事。

瑪莎：（聽起來像心思飄到很遠的地方）怎麼不打電話？為什麼還要送過來，打電話不好嗎？

喬治：有的電報是要送到人手裡的，瑪莎，有的電報是不能打電話來說的。

瑪莎：（站起身）你這是在說什麼？

喬治：瑪莎……我也不太說得出口……（重重歎口氣）啊，瑪莎……我看我們兒子是沒辦法回家過生日了。

瑪莎：怎麼會不回來！

喬治：他不會回來了，瑪莎。

瑪莎：怎麼不回！我說他會回來他就會回來！

喬治：他……回不來了。

瑪莎：會！我說他會他就會！

喬治：瑪莎……（停頓良久）……我們的兒子……死啦。（沉默）他……傍晚的時候……（低笑一聲）……開車在鄉下的路上出車禍，口袋裡有他的學習駕照，為了躲一頭箭豬，車子急轉彎，直接撞上……

瑪莎：（勃然大怒，強硬凌厲）你！不！可！以！這！樣！

喬治：……一棵大樹。

瑪莎：你不可以這樣！

喬治：（神色平靜，不帶感情）我覺得應該讓妳知道一下。

瑪莎：（暴怒又茫然，渾身發抖）不可以！不可以！你不可以這樣！你不可以自己作這樣的決定！我不准你這樣！

喬治：我們大概中午的時候就得出發。我看……

瑪莎：我才不會讓你決定這些事！

喬治：……因為有認屍的事情要處理，當然了，還有別的事情也要安排……

瑪莎：（衝向喬治，但撲了個空）你不可以這樣！我不准許你這樣做！……

喬治：……妳好像沒搞懂啊，瑪莎。我啥也沒做。妳自己要振作。
　　　我們兒子死了！妳聽進去沒有？

瑪莎：這不是你在決定的！

喬治：吶，妳聽好，瑪莎，聽清楚。我們收到電報，說是出了車禍，
　　　他就死了。轟！就這樣死翹翹了！妳說怎樣呢？

瑪莎：（哀號轉弱為嗚咽）沒——有——……（可憐兮兮）沒有，
　　　沒有，他沒死，他沒死。

喬治：死了。上主，求你垂憐。基督，求你垂憐。上主，求你垂憐。

瑪莎：你不可以這樣。這些事不是你決定的。

……

喬治：沒錯，瑪莎，我不是神，沒有權力決定生死，對吧？

瑪莎：你不可以要他死！你不可以要他死！

喬治：有電報啊，瑪莎。

瑪莎：（站起身，面向喬治）那就給我看！你把電報給我看啊！

喬治：（停頓許久，然後一臉嚴肅）我吃掉了。

瑪莎：（一愣，接著一臉難以置信，夾著稍許歇斯底里）你說什麼？

喬治：（幾乎要爆出笑聲）我，吃，掉，了。（瑪莎瞪著他看了好久，
　　　然後朝他臉上啐了一口唾沫）真有妳的，瑪莎。[27]

　　《誰怕吳爾芙？》的高潮戲，就是喬治和瑪莎兩人藏在背景故事裡的祕
密一舉曝光：吉姆，老是害他們吵得不可開交的寶貝兒子，是他們想像出來的。
他們捏造出這樣一個兒子，來填補婚姻的空虛。運用背景故事作為劇情的轉
捩點，在作者要進行解說時，就以這一招的威力最為強大。

---

27 這一段出自《誰怕吳爾芙？》第三幕〈驅魔〉（Exorcism）。艾爾比這一段原本另有兩個角色，也就
是瑪莎當晚請來家裡小聚的年輕夫婦。喬治、瑪莎這對中年夫婦當晚不脫長年婚姻的積習，以相
互惡毒攻訐發洩積怨為基調，甚至波及不熟悉的年輕夫婦。瑪莎在外人面前連番羞辱喬治，還暢
談她的教子之道，喬治便以通報兒子死訊為還擊。麥基的引文未納入在場的兩個外人，應是這對
年輕夫婦插進來的對白和反應與他的論述無關，而且份量極少。此處中譯依循麥基的引文處理。
引文中的「上主，求你垂憐。基督，求你垂憐。上主，求你垂憐。」（Kyrie, eleison. Christie, eleison.
Kyrie, eleison），出自天主教舉行彌撒時吟唱的《垂憐經》（Kyrie）。

直接告知

用演的不要用說的，這一條金科玉律適用於演出場景中的戲劇對白。老練巧妙、直截了當的告知，不論在書頁、舞台或大小銀幕上，不論是敘述對白或第三人稱的旁白敘述，都必須發揮以下這兩大優點：速度和對位。

（1）速度。旁白可以把一大堆解說塞在簡單的幾個字裡，在讀者／觀眾心裡種下理解的種籽之後揚長而去。內心獨白能在一眨眼的工夫之間，將潛文本轉化成文本。角色和自己說話，可以循自由聯想而隨意從一段記憶跳到另一段，或是從潛意識迸現影像一閃而過。這樣的段落寫得精采的話，足以在一句之內就帶動情緒，例如馬奎茲（Gabriel García Márquez, 1927-2014）的小說《百年孤寂》（One Hundred Years of Solitude, 1967）：「多年後，面對行刑隊，邦迪亞上校會再想起遠遠逝去的那一天午后，他的父親帶他去見識冰塊。」[28] 輕描淡寫卻栩栩如生的直述鋪陳——單憑一句話便勾勒出繁複、濃縮的意象。

然而，影像加旁白敘述這樣的手法淪為平淡乏味的解說，套用「然後……然後……再然後……」的格式，卻所在多有。這就是因難就簡，拿好做的「直說」取代費勁的「演出」。複雜的人物角色要在電影、電視的對白場景中作戲劇呈現，確實要有過人的才華、知識、想像力，缺一不可。至於嘮叨累贅的敘述，只要有鍵盤讓你打字就行。

將敘述性解說轉化為戲劇場景，需要擇一應用以下這兩門技巧：

一，在場景當中插話。把「然後……然後……再然後……」的直白報告，改為戲劇式的「我說／他（她）說」敘述場景，主述（不論是小說寫作、舞台演出，或是大小銀幕的旁白第一人稱）可以一字一句複述回憶當中的場景對白，或是利用間接對白來提示。

網飛（Netflix）的影集《紙牌屋》便會不時拿間接對白穿插到場景中。凱文・史貝西（Kevin Spacey, 1959- ）飾演的法蘭克・安德伍（Frank Underwood），常會轉身直視鏡頭對觀眾講話，像大學教授在對學生上課講授政治權謀。下述的私語，是安德伍以一段戲劇解說帶領觀眾一窺他的內心世界，順帶看一下叫做唐納

---

28 出自《百年孤獨》第七章。

（Donald）的這個角色。安德伍單憑兩句話就勾勒出生動鮮明的比喻，點出唐納其人的性格弱點：

> 烈士夢寐以求的，以利刃加身為最。所以，磨劍霍霍之後，就可
> 以高舉劍柄，找好角度，然後，一、二、三……

下一拍，不出大教授法蘭克所預言，唐納自願成為安德伍知法犯法的替罪羔羊。[29]

二，製造內心衝突。把自我之間的角力搬上銀幕，由作旁白的角色娓娓道出內心正反兩面的掙扎，範例可見以下兩部電影：尼可拉斯・凱吉（Nicolas Cage, 1964~）在馬丁・史柯西斯（Martin Scorsese, 1942~）執導的《穿梭鬼門關》（Bringing Out the Dead）中飾演的法蘭克・皮爾斯（Frank Pierce），或是鮑伯・克拉克（Bob Clark, 1939~2007）拍的《聖誕故事》（Christmas Story）當中尚・薛柏德（Jean Shepherd, 1921~1999）出飾的成年版拉飛・帕克（Ralphie Parker）。

（2）對位。依照我的經驗，用敘述技巧為故事添色增光，效果最大的當推對位這個手法。有些作者不用主述來說故事，而是將故事全本寫成戲劇，再指派一名角色來敘述，牴觸或譏諷劇情的主題。作者或以詼諧機智來玩弄劇情，或以劇情來加強諷刺，或拿私人和社會作對位，或拿社會和私人作對位。

例如約翰・符傲思（John Fowles, 1926~2005）的後現代歷史反小說（antinovel）《法國中尉的女人》（The French Lieutenant's Woman）。這部長篇小說有一半篇幅在寫英國維多利亞時代的仕紳查爾斯・史密森（Charles Smithson）與有蕩婦之名在外的家庭教師莎拉・伍卓（Sarah Woodruff）之間的感情牽扯。不過，這則故事穿插了另一人作主述，他對於十九世紀的文化和階級衝突具有現代人才有的知識見解，在暗地裡侵蝕查爾斯和莎拉的戀情。經由一次又一次的對位，這個主述主張女性身在十九世紀要是沒有身家財產，追求到的痛苦多於愛情。

---

29 出自《紙牌屋》第一季第二集。安德伍一講完這句旁白，鏡頭馬上轉到劇中的唐納，由他接口說道：
「那應該是我。」安德伍獲勝。

其他的例子尚有《你他媽的也是》，當中的旁白不時在提醒觀眾墨西哥社會的疾苦，作為這一齣成年禮電影的對位。伍迪・艾倫在《安妮霍爾》中的詼諧旁白，相對於主人翁的自問自疑，也是對位。薩繆爾・貝克特寫的舞台劇《戲》（*Play*），三個角色分別埋身大甕只露出頭部直視著觀眾，各自口述腦中看似突發的隨想，就形成了三角對位。

作者想走明白直說的路線，小說是最天然的媒介。作家寫長、短篇小說，可以隨心所欲把解說明明白白擺在最突出的位置，愛寫多少頁隨他們高興，只要他們的文字功力足以虜獲讀者、滿足所需即可。例如查爾斯・狄更斯（Charles Dickens, 1812-1870）寫《雙城記》（*A Tale of Two Cities*），一開場就迸出一段對位解說，牢牢勾住讀者的好奇心：

> 那是最好的歲月，那是最壞的歲月，那是智慧的年代，那是愚昧的年代，那是信仰的時期，那是懷疑的時期，那是光明的季節，那是黑暗的季節，那是希望的春日，那是絕望的冬季，我們眼前應有盡有，我們眼前一無所有，我們正直奔天堂而去，我們正直奔地獄而去……

請注意，狄更斯用了全知的第三人稱主述，卻使用「我們」一詞，像是伸手攬上讀者的肩頭，把讀者帶進述說當中。勞夫・艾利森（Ralph Ellison, 1913-1994）寫《隱形人》（*Invisible Man*），一開頭便以第一人稱的「我」說出一長串急促的話，可以拿來和《雙城記》作比較：

> 我是隱形人。不，我不是說我是艾倫坡（Edgar Allan Poe, 1809-1849）筆下那種陰魂不散的鬼；也不是你們好萊塢電影裡的那種靈體（ectoplasm）。我是有實體的人，有血有肉，有筋骨會流淚——搞不好還有人說我有心靈。我是隱形人，麻煩你們搞清楚，純粹是因為大家都不肯看到我這個人。就像你們在馬戲團的串場節目中有時候會看到的那些沒有身體的頭一樣，我的身上彷彿包裹著那種會扭曲

影像的玻璃鏡面。大家靠近我的時候，只看到我周遭的事物，只看到他們自己，只看到他們想像出來自以為是的東西──總之，管他什麼都看得到，就是看不到我。

　　狄更斯和艾利森在後續的章節裡，將所有事件與場面都寫成戲劇表現，但有些小說作者不這麼做，而是一頁接一頁直述下去，沒將任何事件寫成戲劇場景。

　　想像一下，若是換成你來寫，前面引述的這兩段文字，要怎樣改寫成戲劇場景、以對白來演出？按理說應該可行。莎士比亞大概就做得到，問題是，要費多大功夫？寫給讀者看，直說可能有奇效，但寫給演員去演出，情況可就反過來了。

　　解說用在舞台和大小銀幕的表演藝術中，理想中應該是要透過講出來的話來傳達到觀眾那邊，做得神不知鬼不覺。如前面所述，解說要做到不露痕跡，這樣的功夫需要耐心、天份和技巧。三者缺一，沒耐心、沒創意的編劇就會強行將解說塞給觀眾，還妄想觀眾會多多包涵。

強行解說

從電影問世起，拍電影的人便經常在影片中插入報紙標題的鏡頭，照出斗大字體串成的標題，宣布諸如「開戰！」之類的大事。片中的角色也常會順勢聽到廣播或看到電視正好在播新聞，連帶向觀眾報告這時候他們應該知道的事。快速剪接的蒙太奇鏡頭或分割畫面的拼貼，能在最短的時間內往銀幕塞進最多的訊息。拍電影的人為這些手法提出的理由，是解說要給得又快又急，觀眾才不會厭煩。這種想法未必是對的。

　　像是《星際大戰》一開始的片頭語，是一長串解說字幕，口吻莊嚴肅穆；或是像《笨賊一籮筐》（A Fish Called Wanda）的片尾語不僅博君一粲，還添上一種有始有終的感覺──這兩者都選擇了反其道而行。驚險刺激的片子演到時間緊迫、分秒必爭時，會像跳房子一樣從一地跳到另一地，這種「場景建立鏡頭」（establishing shot）一般會疊上地名、時間等。這樣的手法說得再少也意味無窮。

稍事停頓穿插簡單明瞭的畫面或是快打的字幕，劇情推進的步調雖然因此像是稍稍拐了一下腳，卻又隨即邁開大步繼續往前走，觀眾也就順勢看下去了。

但要是把滔滔不絕的話硬生生塞進對白裡，不論角色或是場景本身都找不出理由要說這樣的對白，觀眾可就會不假辭色了。寫作技巧笨拙，強迫角色在對白講出彼此原本就知道的事，這種步調就像一腳踢到高大的欄架，不在煤灰跑道上摔個狗吃屎才怪，搞不好還就此倒地不起。

舉例來看：

> 內景。寬敞的豪華大房間。白天。
>
> 約翰和珍坐在有絲絨流蘇裝飾的沙發上小啜馬丁尼。
>
> 約翰：天哪，親愛的，我們從認識、談戀愛到現在，妳看看有多久了？
> 欸，有超過二十年了，對吧？
>
> 珍：是啊，我們從大學時就在一起，你們兄弟會辦聯誼，邀請我們「女性社會主義俱樂部」參加。你們會所還真有錢，我們一群窮光蛋女生都把你們「救贖錫安會」叫做「億兆無限會」。
>
> 約翰：（環顧一下兩人的豪宅）是啊，但後來該我繼承的份兒沒了。不過，我們倆這麼多年賣命工作，還不是照樣實現了夢想。每一樣都實現了，對不對，我的小托派？[30]

這一段對話向觀眾報告了故事裡的七件事：這對夫妻很有錢，年紀都是四十多歲，兩人是在大學的菁英社團當中認識的，男方出身大富人家，女方出身貧困，以前兩人政治觀點相左但是後來合流，多年下來兩人養成了互相挖苦取笑的習慣，甜到害人牙疼。

---

30 「救贖錫安會」，原文作 Zeta Beta Tau，簡稱 ZBT，美國歷史悠久、名聲響亮的大學兄弟會，成立於一八九八年，是美國境內第一支猶太人錫安運動（Zionism）兄弟會，成立宗旨後來隨時代演進，一九五四年起取消入會身份限制。中文譯名作「救贖錫安會」，是因為 Zeta Beta Tau（ZBT）是 Zion Be-mishpat Tipadeh 的簡稱，出自《希伯來聖經》，意思是「錫安必因公平得蒙救贖」。文中打趣作：「億兆無限會」（Billioni，Zillion，Trillion），是拿 ZBT 作文章。
小托派，原文作：Trotskyite，指崇奉托洛茨基（Leon Trotsky, 1879~1940）一派馬克思主義的人。

這樣的場景很假，對白空洞，因為作者寫得言不由衷。角色在做的事情表裡不一：看似在回憶，其實在裝模作樣進行解說，特地講給正在偷聽的觀眾聽。

如前所述，小說作者要是能將他們的婚姻史用一番簡筆速寫，以怡人的筆調將重點串起來，就不會出現這段虛情假意的戲了。作者若是願意，甚至直接告訴讀者應該知道的事情也無妨，只要分寸拿捏得當就好。有些劇作家、編劇也有樣學樣，直接拿長篇小說的旁白敘述來套用，不過，除了少之又少的例子，在舞台上直接作報告或是在銀幕上插嘴加旁白，用這種方式發送解說都做不到百分之百的戲劇對白才能發揮的知性威力和感性衝擊。

各位若是想要掌握要領，不妨自行練習拿解說作彈藥，將上述場景改寫成兩個角色在爭吵，以要解說的事項作武器，由其中一人逼使另一人去做他不想做的事。

之後，重新再寫一次，但這次把同樣的事情改寫成誘人入轂的場景，由其中一人拿自己知道的事為彈藥來擺布另一人去做他不想做的事，而且擺布得不露痕跡。

把解說插進這樣的場景必須做得天衣無縫，完全看不出扞格，角色的行為也要有說服力才行。換言之，不論衝突或引誘都要寫得讓讀者、觀眾看得目不轉睛，無法自拔，他們需要知道的解說也就不動聲色、不露痕跡地偷偷送進他們心底了。

角色塑造

對白的第二個功能是為每個角色塑造鮮明的個性，並明確勾勒出來。

把人性劃分成兩大面來看，其實滿有用的：一是表相（這個人看起來像是怎樣的人），相對於另一面的真相（這人到底是什麼人）。所以作家便從這兩面來設計角色，創造人物的本性，這就叫做角色塑造。

本性，顧名思義是角色豐厚的心理、道德本體，是在角色被人生的際遇逼到壓力深重的角落，負隅頑抗之下作出抉擇，方才透露出的真面目。只要

是講故事，不論虛構、非虛構，一概有「抉擇原則」（the Principle of Choice）在打底：意思是角色真正的我，唯有在為了達成欲求而身陷種種風險不得不作出抉擇的時候，才會透露出來。

角色塑造是指角色的整體面目，是表相看得到的特徵和行為加起來的總和。它有三種功能：勾起興趣（intrigue）、取信說服（convince），以及賦予個性（individualize）。

（1）**勾起興趣**。讀者、觀眾知道角色的表相不等於真相，角色塑造勾勒出來的是「面目」，是人格的面具，虛懸在人世與面具背後的本性之間。讀者／觀眾見識到一種非常特殊的性情，聽角色講話時自然忍不住要想：「她看起來是這樣沒錯，但她到底是什麼樣子？她真的是老實人，還是其實是大騙子？有愛心還是很狠心？聰明還是愚蠢？冷靜還是魯莽？堅強還是軟弱？善良還是邪惡？這樣的角色塑造是很眩人耳目沒錯，但她在背後的真正自我又是如何？她真正的性格是什麼樣？」

把讀者／觀眾勾得好奇心大起之後，故事的情節就可以接二連三揭露出乎意料的內情，為這些問題作解答了。

（2）**取信說服**。角色塑造若是有周詳的構想、細膩的設計，便能匯聚起能力（心理、生理）和行為（情緒、口語），促使讀者／觀眾相信虛構的角色跟真的一樣。詩人柯立芝（Samuel Taylor Coleridge, 1772-1834）兩百年前就點出讀者／觀眾知道故事和角色都不是真的，但也知道他們若想要沉浸到故事裡，必須暫時信以為真——或是更精確來說，願意主動把不信暫時放下，全盤接受角色的行動和反應，不帶懷疑、不作爭辯，也就是所謂的「懸置不信」（suspension of disbelief）。

要是讀者／觀眾覺得角色是個騙子，心裡冒出「她說的，我一個字都不相信」這種念頭，那麼角色的本性大概就傳達出來了。但若讀者／觀眾是因為覺得角色這樣子很假，心裡才有這樣的念頭，這表示作者要重寫才好。

（3）**賦予個性**。經由透徹的想像、透徹的研究而做出來的角色塑造，將角色的生理、身世、體型、心智、教育、經歷、態度、價值觀、品味等集合為獨一無二的大成，連文化影響可能在這當中帶出種種的細膩差異也無一遺

漏，就能夠賦予角色個人特質了。角色於日常生活、於事業追求、於人際關係、於性活動、於健康、於幸福，凡此等等的一舉一動，就這樣聚沙成塔，成為角色僅此唯一的人格。

而其間最重要的特徵便是：講話。角色講起話來，絕對不可以給我們似曾相識的感覺。角色一開口，語言風格不僅立即將他和人物表中的其他角色劃分開來，要是寫得精采，還可以立即將他和史上其他虛構角色區隔開來。最近的例子有如伍迪‧艾倫電影《藍色茉莉》（*Blue Jasmine*）裡由凱特‧布蘭琪（Cate Blanchett, 1969~）飾演的茉莉（Jeanette "Jasmine" Francis）（對白中的角色塑造會在第十、十一兩章再作完整的探討）。

行動

對白的第三項基本功能是為角色安排行動的手段。故事中的行動分成三類：心理、肢體、口語。

心理行動：話語和影像構成思緒，但思緒在帶動角色變化之前——像是引發態度、信念、期待、理解等方面出現變化——不算是心理的行動。心理行動未必會轉化成為外在的行為，不過，即使心理行動始終祕而不宣，一旦它在角色心裡出現，角色就不再是以前那同一個人了。角色隨心理行動而改變，在現代是說故事極為常見的推動力。

肢體行動：肢體行動分成兩大類，「姿態」（gesture）和「做事」（task）。我說的姿態，是指各式各類的肢體語言：臉部表情、手部動作、姿勢、觸摸、人際距離（proxemics）、語言嗓音（vocalics）、舉止動作（kinesics）等。這些舉動或修飾話語，或取代話語，在在傳達出話語未能表達的感覺。[1]而我說的做事，是指做成某件事情的各種活動，例如工作、遊戲、旅行、睡覺、作愛、打架、作白日夢、閱讀、欣賞落日，諸如此類，而且都不需要講話便做得到。

口語行動：口語行動就像小說家伊麗莎白‧鮑文（Elizabeth Bowen, 1899-1973）所說的，「對白是角色之間在進行的事。」[2]

從外在行為來看，角色的對白風格是交織在其他特徵中，從而構成角色

塑造於外的表相，但朝內往角色的本性看去時，角色於外做出來的事便透露出角色是否具有人性。尤有甚者，場景當中的壓力愈大（也就是當下角色的得失承擔愈大），從角色做出來的事透露出來的本性也就愈多。

然而，角色說的話能否打動讀者／觀眾，端看角色在台詞背後所做的事在當下那一刻，依那角色的性格，能否取信於讀者／觀眾。所以，作者在寫台詞之前，不妨先問這幾則問題：我這角色在這樣的處境下，想要取得什麼？在這一刻，我這角色為了達到目的會怎樣去做？而這角色為了做這樣的事，又會說什麼話？

角色講出來的話，會暗示出角色在想什麼、有什麼感覺；而角色在講話之餘實際做出來的事，透露的才是其人本色。若要挖掘角色的內心，先找出潛文本裡的行動，然後加上英文的主動動名詞就可以了。下述這四段對白是序文裡引用過的，請研究一下每一段的潛文本，找出角色的行動後套上動名詞，然後將各位自己的詮釋和我的詮釋作比較。

明天又再明天又再是明天，
磨磨蹭蹭一天天窸窣前行，
直到史載時間的最後一聲，
我們一天天的往日為傻子
照亮塵歸塵幽冥路途。

——馬克白，莎士比亞悲劇《馬克白》

全天下那麼多鎮上有那麼多酒館，怎麼她偏偏走進我這裡來。。

——瑞克，電影《北非諜影》

看吧，我要滾到你那邊去啦，你這大鯨魚毀掉一切卻征服不了一切！我跟你鬥到底，拚到幽冥地府也要朝你胸口刺上一槍；洩恨也好，最後一口怨氣我就是要吐到你身上。

——亞哈，《白鯨記》

倒不是說那有什麼不對。

——傑瑞，《歡樂單身派對》

上述四段都帶著厭惡，但馬克白、瑞克‧布連（Rick Blaine）、亞哈、傑瑞‧賽恩菲爾（Jerry Seinfeld）四人表達輕蔑的語言風格南轅北轍，透露的人格也就天差地別。（以對白風格為角色塑造的門戶，放在第三部當作重點來談）

對於這四段話內含的深層性格，我覺得掩蓋在潛文本下的活動大概是這樣：馬克白——否定生命；瑞克‧布連——因情逝而感傷；亞哈——褻瀆神的力量；傑瑞‧賽恩菲爾——嘲弄政治正確淪為笨蛋拿來抵擋嘲諷的擋箭牌。各位對於字裡行間暗示的行動，詮釋容或與我有別（倒不見得有對錯之分），不過，做這個練習的目的在於把說話、行動二者的差別提點出來。

到了第四部，我會再針對這個技巧作進一步說明，屆時會用七個場景當例子，逐一分出節拍，將外在語言從內心行動劃分出來，追索這類動態設計是怎樣在推動角色說出怎樣的話，帶動場景繞著轉捩點打轉。

03

表達（一）：內容

《皆大歡喜》，第二幕，第七景

賈克，對大公爵（Duke Senior）說：

人世便是戲台，世人都是戲子

有下場的時候，有出場的時候；

人人一生分飾多角⋯⋯

　　賈克（Jaques）相信所有人在世間的大舞台上各有自己的諸般角色要扮演，每十年一個階段，從嬰兒長大到成人，再長成怪老子。他後退一步，從哲理、客觀、長遠、由外而內、公眾的角度，來審視這樣的人生形態。但為了打造出賈克的黑暗信條，（我猜）莎士比亞是從顛倒的視野來寫——也就是從心理、主觀、斯時斯地、由內而外、極度隱密的角度來看。

　　各位在寫對白時，要是能把三層同心圓套在一起來構想角色應該如何設計——也就是一層我套在另一層我又再套在另一層我的裡面——應該頗有助益。這三層我的集合體，既為對白注入心思、感覺的內涵，同時又以姿態和話語捏塑出想作的表達。最裡面的一圈有「不可說」在洶湧翻騰，中間的一圈壓下了「未說」，最外面的一圈則釋出「已說」。

已說（the said）

一般人說出來的事情，相較於說出來、寫出來的字詞表面，多少都有直接表達出來的基本義和引申義在支撐。例如蛇（snake），字面的意思就是一種「沒有腳的爬蟲」，但它在西方文化裡同時象徵背叛和邪惡。屋子（house）的引申義也不止於住所（domicile），還夾帶了家（home）、爐灶（hearth）、家人（family）等言外之意（overtone），外加陋室（shack）、地鋪（crash pad）、廉價旅社（flophouse）的言下之意（undertone）。

正因為這緣故，有些句子膾炙人口，例如瑞德（Ellis Boyd "Red" Redding）在電影《刺激一九九五》（*The Shawshank Redemption*）當中說的「要麼忙著活，要麼忙著死。」（Get busy livin' or get busy dyin'），或是艾蜜莉·查爾頓（Emily Charlton）在《穿著 Prada 的惡魔》（*The Devil Wears Prada*）裡所說的「再鬧一次肚子，我就達到目標體重了。」（I'm just one stomach flu away from my goal weight），都比劇情或角色流傳得更為久遠。而且這些句子不論由誰來說、在什麼時候說，意思都不會跑掉。

作者筆下遣辭用字（忙著死，鬧肚子），會從虛構設定以外的文化自然地帶進引申義，使台詞的內涵更豐富。不過，由於這是某一角色在某一情況下為了某一目的而講出來的話，也因此會有一種完全不同、更深層的東西加進來運作：角色的智力、想像力，以及其他先天的基因條件。

作者經由選字、措辭、造句、語法、口氣、修辭、聲調，為角色創造出獨有的對白風格，同時也造就了角色塑造。遣辭用字可以透露出角色的教育程度、是否機智風趣、人生觀、種種感情反應，諸如此類——這些都是觀察可見的特徵，像拼圖一樣湊成角色的人格。

未說（the unsaid）

第二圈當中的「未說」，就是在角色的內在打轉。角色的我是從這一塊內在的空間向外去端詳外在的世界。由這一圈萌生出來的心思和感覺，會被角色的自我刻意壓下不表。不過，一旦角色開口講話（也就是有了文本），讀者

和觀眾憑直覺就會看穿字裡行間，去領會角色沒說出來的意思，去窺探角色真正的想法和感覺（也就是潛文本），只是這些角色選擇不講。所以，作者一定要將對白琢磨得教人往這方向去想，讓沒說出來的意思可以間接推敲出來。【1】

　　愛密莉・布朗特（Emily Blunt, 1983-）飾演的艾蜜莉・查爾頓，對安・海瑟威（Anne Hathaway, 1982-）飾演的安蒂・薩克斯（Andy Sachs）說：「再鬧一次肚子我就達到目標體重了。」她沒說破，但我們心領神會的言下之意大概就像這樣：「在服裝界討生活，逼得我當厭食症患者來過日子，而我這人把事業看得比健康還要重，所以對於餓肚子樂此不疲。妳呢，要是珍惜這裡的遠大前途，就要懂得有樣學樣。」

　　長篇小說就是要不說破才精采。伊恩・麥克尤恩（Ian McEwan, 1948-）的《愛無可忍》（Enduring Love）在第一章寫到一名男子在某件意外當中慘死。下一章，主人翁喬・羅斯（Joe Rose）夾在幾位僥倖生還的人當中檢視殘局，對讀者透露如下：

> 　　克蕾莉莎（Clarissa）走到我身後，伸出雙手抱住我的腰，臉頰貼在我背上。沒想到她竟然哭了（感覺得到襯衫濕濕的），至於我，悲傷還離我很遙遠。像在夢裡的人，我既是當局者也是旁觀者。我做出這個、那個動作，也看著自己這麼做那樣做。我心裡想著事情，也看著它們從眼前的畫面掠過。我就像在夢裡，情緒反應不是沒有，就是不恰當。克蕾莉莎的淚不過就是淚，我則對自己擺出來的姿勢相當滿意：兩腳張開牢牢定在地上，兩手環抱胸前。我朝大片田野眺望過去，一個念頭緩緩掠過：那個男的死了。一股暖流驀然滲透我的全身，那種人不自私天誅地滅的感覺。我環抱在胸前的兩隻手抱得更緊了。它推導出來的結論似乎是：而我還活著。不管什麼時候，誰死、誰活，都是機遇。我就是正好沒死。

不可說（the unsayable）

埋得最深、藏在未說之下，不可說的這一圈鼓盪著潛意識的驅力和需求，煽動角色作出抉擇、採取行動。

唯有遇到人生難得幾回的重大壓力，為了追求畢生的心願而不得不作出抉擇，這時候，角色才會原形畢露。掣肘的種種壓力累積得愈來愈強時，角色選擇怎麼去做，便洩露出角色深藏不露的那一個我。到最後，壓力大到無以復加，角色所作的抉擇便是最原始、赤裸裸的真性情寫照。這世上有千奇百怪的動機在驅策世人作抉擇，而這些動機是出自處心積慮抑或直覺本能，相關的爭辯已經糾纏好幾百年仍未止息。不過，無論動機如何，世人作出選擇，一概起自最裡面的這一層自我。

所以，語言表達的不是角色的本色，而是角色的表相。基督教《聖經》也有識人應該觀其行而非聽其言的教誨傳世。然而，一旦作者明白「言」也是「行」，角色的真相就可以圓滿了。

講話是人類行動的首要載具。角色開口說話，事實上也是一種行動。它或是安慰親人，或是收買敵人，或是祈求協助，或是拒絕相助，或是反抗官府，或是付出代價，或是回憶舊日，林林總總，不一而足，人類行為的清單永無止境。對白表達出來的內涵，遠遠超過字面的意義。把對白當作語言來看，是在塑造角色，但若當成來行動來看，便是在傳達角色的本色。

故事中的角色時時刻刻都在掙扎以求達成欲求，時時刻刻在以行動或是話語遂行意志。但同一時間，角色選用的詞語也在透露其人的內心狀態，不論有意識或是潛意識，毋須明白告知。對白只要寫得好，不論是讀、是演，都是清透的，可供讀者／觀眾看穿話語的文本。如此一來，看故事就成了讀心術。

在書頁上讀到寫得意味深長的對白，或是看到出色的演員演出複雜的一場戲，讀者／觀眾的第六感會自動侵入角色裡，變得像有心電感應，對角色的內心往往比角色自己了解得還要透徹。讀者／觀眾身上像是備有善於感應故事門道的聲納，會去追蹤角色潛意識暗流在深處暗自洶湧鼓盪的波濤，一

路追到角色將台詞潛文本下的行動付諸實現，披露了角色的真面目，挖掘出角色豐厚的諸多個人面向。

有些人認為全天下沒什麼事是文字無法表達的，果真如此的話，就不用再說什麼故事了，全都去寫文章就好。但大家依然熱衷於說故事，因為當推到生命的最底層，在潛意識翻騰鼓搗的不可說者畢竟是真千萬確的，而且爭相在尋找出口。

說出來的話語會在三層同心圓內一起掀起共鳴，因此對白能將三者結合起來。對白像是具有雙重火力，既能表達說得出來的（角色塑造），又能點破說不出來的（真實性情），也就是既形諸言詞兼又見諸行事。所以，對白是作者為角色填充內容的首要利器

行動相對於活動

「虛有其表」這幾個字，道盡了人生表裡、名實二元的本質；所見者，皆屬人生的貌似。但凡看得到的，聽得到的，角色說什麼、做什麼，顯露在外的行為無不是如此。而人生的實質，就落在角色在活動（activity）表面之下的行動（action）。

表面上在做的事，例如打牌、健身、小酌，尤其是講話，都是簡單明瞭的活動。這些是屬於文本層次的行為，將角色確實在做的事掩蓋其下。即使在公車站和陌生人閒聊幾句，看似無心，卻絕非如此。所以，除非下面這則問題有了答案，否則沒有一條台詞算是完成的：我這角色在話語活動之下的潛文本內，到底是在做什麼行動？

拿冰淇淋來想好了。一般人吃冰淇淋絕不會是因為肚子餓。吃冰淇淋就像其他的事一樣，在活動的表相之下一概帶著有意識或潛意識的行動。因此應該要問：這人吃冰淇淋到底是為了什麼？說不定是在拿甜點來壓抑悲傷，說不定在故意違反醫囑，說不定在犒賞自己節食有成。這些行動——壓抑悲傷，違反醫囑，犒賞自己——都是拿吃冰淇淋這個活動來表達。

講話也是一樣。某甲和某乙在講話，他們到底是在做什麼？某甲講的話，

是在安慰某乙還是譏諷某乙？而某乙作回應時，講出來的話像是受制於某甲，還是在控制某甲？某甲是虛情假意，還是一見鍾情？某乙是在欺騙某甲，還是在招認？各種問題都有可能。在角色的文本活動之下，到底有什麼潛文本的行動在驅動這一場戲？

所以，活動不過是行動在表面的顯像，是角色在執行他內在的行動。行動是說故事的基礎，活動無不內含行動。

「drama」（戲劇）一字，回溯到古希臘文的字源，意思就是「行動」，出自動詞 draō，意思是「做」或「動」。古希臘觀眾看戲，都知道不管表面看似在演什麼，一概另有內在的行動在驅策外在的活動。將這個原則延伸到場景寫作，就會知道即使悶不吭聲也暗自帶著行動。有情況需要講話卻不講話，一樣是行動，而且可能是某種殘酷的行動。角色開口講話，就是在做什麼：要麼幫人要麼傷人，要麼哀求要麼收買，要麼說服要麼勸阻，要麼指點迷津要麼帶入歧途，要麼攻擊要麼護衛，要麼讚美要麼侮辱，要麼埋怨要麼道謝，諸如此類，不一而足。就連停頓，在「行動／反應」那一拍也是有作用的：角色一出現「略頓」的狀態，不是在對該場景之前的一件行動作反應，就是在籌謀下一步。

「對白」（dialogue）一詞常被拿來和「獨白」（monologue）作對比，彷彿對白一定是有來有往，但這麼想就走岔了。我在第一章中提過，對白是由兩個希臘字合併而成，意思是「透過」加「講話」。所以，對白的引申義就是透過講話來行動。也因此，角色喃喃自語的時候，是自己在進行一項行動。至於獨白，其引申義就是有一個人在講話，但沒有講話的對象，只是這在現實中是不可能的。話只要想到了或是講出來，就一定有個對象（什麼人、什麼東西），或是有自己的某個分身當作發送的目標。

文本相對於潛文本

活動和行動，可以和另一組名詞配對：文本和潛文本。

文本是指一件藝術作品的表相，以及它在媒介中施作的成果，例如塗在

畫布上的油彩、鋼琴奏出的和弦、舞者跳出來的舞步。在說故事的藝術中，文本指的就是小說印在書頁上的文字，或是角色表演出來的外在舉止——亦即讀者腦中所想見，觀眾眼中所見、耳中所聞。而在對白中，文本就是說出來的話，角色確實開口吐露的字句。

潛文本指的是藝術作品的內蘊，也就是潛流在表相之下的意義和感情。我們在實際生活中也像這樣，真正想「講」的什麼，其實都藏在講出來的話下面。彷彿在有意識的知覺之下，有無聲的語言在流動。故事中的角色，其隱藏的心思、感情、欲求、行動，不論有意識或是潛意識的——也就是沒說出來的、不能說出來的——就是包裹在潛文本裡。

對白寫得巧，會有透明感。角色明講出來的文本中，藏著不讓其他角色知道的心思，讀者／觀眾卻可以看穿角色行為的表相。對白寫得精，會為讀者／觀眾帶出領悟，像是摸透了角色的心理，看穿角色真正的想法、真正的感覺、真正在做什麼，簡直比角色還要了解角色自己。

身在以文字為中心的歐洲文化傳統中，我們很容易認定人類的經驗是以語言為界線。語言固然會塑造思考，其影響幽微難辨，然而，要當作家就必須領會其他的表達模式——例如手勢姿態、臉部表情，連同聲調口氣、衣著、動作，諸如此類的周邊語言（paralanguage）——同樣也會影響角色於內、於外的經驗，尤其是對於角色要不要以字句來表達某件事，更是格外重要。

舉例來說，某甲告訴某乙「欸，你好啊，唉喲——你瘦啦！」在文本的層次，某甲做的就是跟某乙打招呼，還誇人家一句。但要是把兩人的關係和過去的事情放進來考量，那麼在潛文本的層次，某甲對某乙說這話的意思就可以從打氣、勾引到嘲弄，甚至侮辱都有可能。表面上風平浪靜的說法，在潛文本可能波濤洶湧，端看當事人的狀況。

人性向來綜合了外部的一種舉止（文本）和內隱的好幾個自我（潛文本）。雖然少見，但的確有古怪的人會把一般人不說出來的事直接一語道破，但這樣的人會給人死板、失真、非人、脫節、甚至失常的感覺，例如希特勒（Adolf Hitler, 1889-1945）這人就沒有潛文本。《我的奮鬥》（*Mein Kampf*, 1925）不是比喻，

而是屠殺猶太人的時間表[31]。他把心裡的打算在文本和盤托出。只是他想見的情景實在太恐怖，令人難以相信，搞得盟軍在一九三〇年代一直忙著找根本就不存的潛文本，聊以自慰。

---

31 麥基的文學思想深受肯尼斯・柏克影響，此處關於《我的奮鬥》的觀點，請參考柏克一九三九年剖析《我的奮鬥》的著名評論〈希特勒奮鬥的修辭〉（*The Rhetoric of Hitler's 'Battle'*）。

04
表達（二）：形式

對白的質和量，因說故事時運用的衝突層面多寡而異。

衝突叢集

衝突於人生的干擾有四個層面：自然面（時間、空間，以及其間的一切）、社會面（當中的體制和個人）、私人面（親密關係，包括親朋好友和情人），以及內心面（有意識和潛意識的心思、感覺）。說故事的人把故事講得難解（complicated）或是複雜（complex），對白是精妙簡潔或是囉嗦累贅，端賴作者在戲劇上層疊的衝突而定。

動作片一般都把主人翁放在對抗自然界的衝突裡，幾無例外，例如錢鐸執導的電影《海上求生記》。另一方面，小說家筆下的意識流手法就不同了，講述的故事宛如徹底淹沒在內心的衝突當中。翻騰的夢境、記憶、悔恨、期盼，激盪橫流、洶湧鼓盪在主人翁的腦海。例如維吉尼亞・吳爾芙寫的《達洛威

夫人》。[32]

　　錢鐸這樣的電影人追求的是純粹客觀，而像吳爾芙這樣的作家尋求的是純粹主觀，其作品都側重單一的衝突層面，而且將之推演到極致。他們循著這條路線匠心獨運的成果，便是講出來的故事劇力萬鈞，卻只需要少之又少甚至全無對白。聚焦在人生的一面，並以極度飽和的動能來講故事，這是很難解沒錯，也因此往往頗精彩耀眼，但依照我的定義，這不叫做複雜。

　　故事要涵蓋人性衝突的兩個層面、三個層面，甚至全體四個層面，才算複雜。作家的世界觀若既深又廣，說故事時往往會將內心的掙扎、自然面的衝突框定在兩頭，然後把社會面、私人間的鬥爭包夾在其間作為重頭戲，而社會和私人這兩方面才是角色會講話的場合。

　　私人面的衝突會把朋友、家人、愛人等牽扯進來。關係要親密，本來就要從講話出發，之後依然是在講話中培植、扭轉，最後也要由講話來作了斷。也因此，私人面衝突會有層層疊疊、多重含意的對白攪和在裡面。

　　例如《絕命毒師》（*Breaking Bad*）第四季第六集，華特・懷特（Walter White）和妻子史凱樂（Skyler）之間的對話。華特・懷特的角色塑造從第一季第一集開始就是個神經緊張、情緒不穩、心防很重的人，但是到了這一場戲要結束時，我們稍微窺探到他的真性情。

　　　內景。臥室。白天。
　　　丈夫和妻子坐在床上。

　史凱樂：我不是說過了嘛，你要是有危險，我們就去找警察。
　　華特：不行。妳少跟我提警察兩個字。
　史凱樂：我不是隨口說說的。我也知道去找警察的話，我們這個家會

---

32 錢鐸（J. C. Chandor, 1973~）的《海上求生記》（*All Is Lost*, 2013），講述一個人搭船遭遇了海難，獨自在救生艇上奮鬥求生的歷程，全劇除了主角一人喃喃自語沒有對話。
　　維吉尼亞・吳爾芙（Virginia Woolf, 1884~1941）寫的《達洛威夫人》（*Mrs. Dalloway*, 1925），以意識流的技巧寫下達洛威夫人一天的生活歷程，全書沒有對話，只有人物的內在心思和自語。

變成怎樣，但要是我們沒別的路可走了，不找警察那就只有
等著哪天你一開門就中槍──

華特：──妳別跟我提警察兩個字。

史凱樂：你又不是什麼十惡不赦的大壞蛋，老華。你只是一時糊塗，
我們就跟他們這樣說，反正你也真的是這樣。

華特：但我不是。

史凱樂：怎麼不是。一個當老師的人，得了癌症，被錢逼得走投無路。

華特：（起身）──別說了。

史凱樂：──不小心被捲進去後就沒辦法脫身。這是你自己說的，老
華。欸，不對，我在想些什麼啊？（略頓）老華，拜託，我
們倆就別再給這件事找藉口了，直接承認你是真的有危險吧。

華特慢慢轉過身，看向她。

華特：妳以為妳在跟誰講話？妳以為妳眼前的這個人是誰？

（略頓）妳知不知道我一年有多少進帳？我說了妳也不會信。
妳知不知道我要是真的說不幹就不幹，會是什麼狀況？大到
可以在那斯達克（NASDAQ）掛牌的生意馬上就會倒，咻一下
就不見。沒有我就什麼都沒了。

（略頓）沒錯，妳很明顯不知道自己是在跟誰講話，所以讓我
來幫妳指點一下。我沒有危險，史凱樂，我才是危險本身。
要是有人一開門就中槍，妳以為那人會是我？才怪，我是那
個敲門的人。

他走出臥室。史凱樂在後面瞪著他，呆若木雞。

　　華特說的是他全新的另一個我，也就是我們知道的那個叫海森柏格
（Heisenberg）的分身。史凱樂被丈夫這一番話說得目瞪口呆，只能自己去琢磨
意思。

　　至於社會衝突，牽涉到各種面對公眾的機構，例如醫療、教育、宗教、
政府、企業等等，但凡是群體事業，不論合法、非法都算。一般人從私人關

係轉進社會關係，講話通常也會跟著少了幾分真誠，多了幾分拘束。而一旦公眾議題方面的衝突升高，角色會爆出台詞。

　　以《紙牌屋》的這一段為例。法蘭克・安德伍想要招攬某個政治操盤手到他的旗下，結果遭到回絕。該員走人之後，法蘭克轉向鏡頭說出這樣一段私語：

法蘭克

空有一身本事又何奈。寧可要錢不要權。在我們這裡，幾乎每個人都會犯這樣的錯。錢這東西不過就是薩拉索塔（Sarasota）的麥克堡豪宅（McMansion），十年之後就會坍倒；權才是石塊蓋的老房子，數百年屹立不搖。誰看不出來這中間的差別，要我看得起他也難。[33]

　　概括來說，故事中的衝突若是在自然面、社會面的份量愈重，對白就愈少；私人面和內心衝突的份量愈重，對白就愈多。

　　所以，要寫出複雜的故事，作者必須有本事駕馭對白的雙重層面——說出來的字面，相對於內心真正的心思和感覺——而且必須游刃有餘。台詞剛說出口時，傳遞的是字面的意思，是說這話的人要其他角色相信的意思，並據此有所行動。這個乍聽之下的意思，放在該情境下顯得合情合理，給人角色有所圖、有對策的感覺，並在觀眾打量這場戲、確認它造成什麼影響時，勾起我們的好奇。台詞的語言本身，說不定也帶著修辭手法或在玩文字遊戲，而教人興味盎然，特別是在舞台劇上。看戲的人會發現，才一下子而已，原本實在牢靠的話語似乎開始崩塌，字面下忽然像是帶著另外一層深意。

　　幸好我們有直覺和知覺可以發揮，屬於某個角色才能講出來的對白，可帶領人恍然領悟該角色內心難以言詮的那一個我，看破角色未曾形諸於外的需求和欲求。透露真性情的話語，能讓人看穿意識裡的心思，領會出角色沒說出口的感覺，直達潛意識的衝動驅力。這效力非常強大，使我們對於虛構

---

33 《紙牌屋》第一季第二集。

角色的洞察，其完整性和深入程度往往超越我們對自己身邊那些活生生的人經年累月下來的見解。

對白要是寫得精妙，會懸浮擺盪在角色外露的表相和隱密的自我之間。宛如多重切面的水晶，角色講出來的話無不在折射、反射其內心與外在的生命。由於私生活和社交活動是由對話開啟、由對話推演、由對話終止，人與人之間的複雜關係和衝突若沒有屬於角色特有且意味深長的對白，就無法形諸戲劇。

反之，要是對白寫得笨拙，不僅聽起來很假，還會害得講出對白的角色變得淺薄。對白之所以蹩腳，出錯的因素有很多，例如遣辭用字的功力不佳，不過，根源其實更深：

對白有問題，就是故事有問題

故事和對白的關係，幾乎就像代數學的對稱一樣：故事愈糟糕，對白就愈糟糕。由於故事多得是陳腔濫調，因此多得是電影、舞台劇與電視影集動輒冒出前言不搭後語的對白在荼毒觀眾的心靈。小說也不例外。雖然現代的小說經常借助一頁接一頁的對白來加快閱讀速度，但各位想得起來什麼時候讀過一整章的對白而受到感動的？出版品或是演出作品中的對白，大多數頂多只能稱為堪用，而且還教人過目就忘。

故事之所以抓得住我們，不僅在於它能反映我們周遭的人生，也在於它能照亮我們內在的生命。看故事的最大樂趣之一，便是渾然忘我沉浸在虛構的鏡像世界中。透過對白，我們發覺自己是怎麼騙別人，怎麼騙自己，怎麼愛人，怎麼求人，怎麼奮鬥，怎麼看世界。透過對白，我們學到在人生最艱困或最銷魂的時刻，我們可以說什麼，或是應該說什麼。

劇場的對白

戲台是象徵的空間。它起自不可知的千萬年前第一次有人為族人表演一齣戲，看戲的人憑直覺就了解那一塊奇妙的空間中所說的話、做的事，傳達的不光

是說出來的話、做出來的動作而已。[1]

　　戲台將藝術的人為製造這一面，公然演示在眾人面前。演員依照劇場的儀式，在活生生的真人面前扮演虛構的人物，台上、台下呼吸的是同樣的空氣，卻又假裝台上的虛假在這一刻便等於真實。看戲的人一旦就座，等於是和劇作家簽下無形的契約，任由劇作家把戲台上的空間變成隨他高興去想像的世界，代表隨他想要表達的意義；至於看戲的人，就暫時把懷疑擱在一旁，看著劇作家創造出來的「活像真實人物」角色在自己眼前經歷他們的人生。

　　而大家在這裡奉行的「活像」（as if）[34] 協議，有沒有界線呢？似乎沒有。打從達達主義（Dada）在百年前崛起以降，看戲的觀眾就報名坐上最刺激的雲霄飛車，擁戴超現實派（surrealism）的戲劇如安德烈・布勒東（André Breton, 1896~1966）的《麻煩你》（If You Please/ S'il Vous Plaît），荒謬劇場（Theatre of the Absurd）如歐仁・尤內斯庫（Eugène Ionesco, 1909~1994）寫的反戲劇（anti-play）《禿頭女高音》（The Bald Soprano）、喬治・佛斯（George Furth, 1932~2008）和史蒂芬・桑德翰（Stephen Sondheim, 1930~）宛如斷簡殘篇拼貼出來的概念音樂劇（concept musical）《夥伴們》（Company），還有每年八月在「愛丁堡國際藝穗節」（Edinburgh Festival Fringe）推出的好幾百齣各種前衛戲劇。

　　作者、觀者兩方暗通款曲私定這樣的「活像」之盟，給了劇作家逾矩破格的特權，寫下種種對白展現「壯美」（sublimity）的高低丘壑，在在不是世間凡人真能說出口的。從古典希臘的戲劇大師到莎士比亞、易卜生（Henrik Ibsen, 1828~1908）、尤金・歐尼爾（Eugene O'Neill, 1888~1953），再到當世名家如傑茲・巴特沃斯（Jez Butterworth, 1969~）、馬克・奧羅（Mark O'Rowe, 1970~）、理查・馬許（Richard Marsh），劇作家運用語言的意象和韻文的節奏，為對白加入詩歌的勁道而更顯遒健。至於觀眾，只要潛心聆聽就好。畢竟，到劇院來就是以聽為先，看倒是居次。

---

34 「活像」（as if），出自理查・寇特尼（Richard Courtney, 1927~1997）的著作。寇特尼是英籍戲劇學者，尤以兒童戲劇馳名國際。他在《戲劇和智力》（Drama and Intelligence：A Cognitive Theory, 1990）一書當中，率先從智能和認知活動來檢視戲劇經驗，分析看戲為什麼會入戲、「活像真的」又是怎麼回事，進而提出戲劇有益兒童智能發展。

除此之外，劇場也是語言得以不斷深掘、新生的沃土。莎士比亞找不到他要用的字就自己發明，因此有了 barefaced（面不改色）、obscene（傷風敗俗）、eyeball（眼珠子）、lonely（孤單）、zany（耍笨）、gloomy（陰鬱）、gnarled（節瘤）、bump（碰）、elbow（手肘）、amazement（驚奇）、torture（折磨）這些字，總計還有一千七百個以上的字都是莎士比亞發明的。[35]

從尤金·歐尼爾在《賣冰的來了》（ *The Iceman Cometh* ）當中以自然主義路線寫出酒吧內的含恨告白，到 T. S. 艾略特（T. S. Eliot, 1888-1965）在《教堂凶殺案》（ *Murder in the Cathedral* ）當中展現詩歌的典雅悠揚，劇場內的語言涵蓋幅度之廣，誠乃其他說故事的媒介難望項背的。

例如雅思敏娜·黑薩（Yasmina Reza, 1959-）的戲劇《殺戮之神》（ *God of Carnage / Le Dieu du carnage* ），以克里斯多福·漢普頓（Christopher Hampton, 1946-）的英譯為本，劇中有一段咖啡桌邊的對話，是兩對夫婦在傍晚時分圍坐矮几旁，準備談談兩家孩子在公園遊樂區打架一事。原本客客氣氣的討論，卻因為酒精催化而急轉直下，淪為兩對怨偶大揭自家婚姻瘡疤。下述對話，兩家的女主人同時用了尖酸的「活像」直喻來貶低自己的丈夫。

麥可：妳一喝酒就不開心。

薇若妮卡：麥可，從你嘴裡說出來的每一個字都讓我生不如死。我本來
　　　　　是不喝酒，剛才卻喝了一口你這什麼馬尿一樣的蘭姆酒，
　　　　　因為看到你拿著酒瓶四處晃、活像拿著杜林裹屍布（Shroud of
　　　　　Turin）給教堂裡的信眾瞻仰一樣。我是不喝酒，現在很後悔自
　　　　　己為什麼不喝。遇到什麼小麻煩就灌幾口黃湯來鎮一鎮邪，
　　　　　應該滿消火氣的。

安妮塔：我先生也不開心。你們看，垂頭喪氣的樣子，活像人家把他
　　　　　一個人丟在路邊就自己跑了。我看今天是他這輩子最不開心
　　　　　的一天了。[2]

---

35 所謂莎士比亞造字，主要是把名詞變動詞、動詞變形容詞，把沒人會連起來的兩個字連接來用，加前綴，加後綴，當然也自創前所未見的新詞。

接下來，我們再把這兩位太太冷冰冰的挖苦拿去和賈西亞・羅卡（Federico García Lorca, 1893-1936）在《血婚》（*Blood Wedding*）中寫的激動對話，作一下比較。這裡的《血婚》英譯本出自斐南妲・狄亞茲（Fernanda Diaz）。女僕在擺桌子為婚宴作準備，嘴裡不忘警告新娘子一場悲劇即將到來，修辭手法一個接一個耍：

女僕

新婚夜，歪斜的月兒撥開暗影中的樹葉，從她白晃晃的窗口向下凝視。新婚夜，白霜燒起來，發酸的杏仁變得甜如蜜。欸，秀麗的美人兒，妳的新婚夜就要來到。抓緊嫁衣，躲在妳夫君的翅膀下吧。他是鴿子燃著一腔烈火。絕對別到屋外去。野地正等著私奔的熱血喊出聲來。

正規劇場奉行不輟、源遠流長的「活像」協議，在音樂劇中還添加了另一層釉彩，將口白裡的詩藝轉化為歌詞和旋律，像舞蹈強化動作一般拉高情緒。沒錯，本書談到的原則、技巧，一概適用於音樂劇。從歌劇的宣敘調（recitativo）到現代音樂劇的「通唱」（sung-through），角色又唱又跳，口白化作樂曲。這時，歌曲不過是另一類的角色口白。

只要戲劇創造出的背景在劇中連貫得起來，角色在其間講話（或是唱歌）看起來也合乎他們那個世界、那個角色的情理，劇院裡的觀眾就會願意信守「活像」原則。

換言之，只要對白符合角色就好。畢竟，少了可信度這條件，故事就有膨風的危險，攪和成一幕幕沒有意義、沒有情感的景觀（spectacle）。

電影中的對白

攝影機可以作三百六十度旋轉拍下全景的實境，所經之處，所有事物、形狀、色彩無一遺漏。現今只要人腦想得出來，電腦成像技術（CGI）就做得出來，

超乎人腦所能想像。由於大銀幕是影像在前景、聲音在背景，電影觀眾憑直覺就會以眼睛去吸收劇情，對於配樂、音效、對白只是半聽半就。

其實有些人還主張「電影純粹論」[36]，認為完美的電影應該是有影無聲才對。我懂他們的美學理想，不過，縱使影片角色在移動的時候以不講話為多，但拿最好的默片去和最好的有聲電影作比較，依我一己之見，還是覺得劇情有聽得到的對白作搭配，所講的故事怎樣都勝出，不費吹灰之力。例如《末路狂花》（*Thelma and Louise*）片尾，兩位狂花開車衝下大峽谷的斷崖，那一幕始終在我腦海閃著耀眼的光芒，但我也記得她們倆同時興奮大喊著「衝啊！」沒有這一句台詞，兩人這樣子走上絕路的衝擊力應該會砍半。

雖然在大銀幕上講故事明顯是以影像為重，語言為輔，不過二者的比重仍會因類型而有別。

動作／探險電影如《海上求生記》，講故事就完全不用對白，但若是教育性質劇情的片子，例如《與安德烈晚餐》，就全是對白。[37]

也因此，大小銀幕相較於劇場和書頁，最大差別不在於對白的量，而在對白的質。攝影機和麥克風放大行為的功能之強大，眼神一假，動作一虛，口白一做作，聽起來、看起來都比在最糟糕的晚宴會上被迫玩比手畫腳遊戲還像個大外行。

銀幕上的演技講究自然、可信，而且要看似輕鬆自在。要做到這樣，銀幕上的對白就必須給人即興自然的感覺。硬要他們擠出辭藻堆砌的對白，再出色的演員也會講得滑稽突梯，惹得觀眾只想回嘴：「哪有人是這樣子講話的！」這一點不論在哪種類型的片子都成立，寫實也好，不寫實也罷，電視、電影皆然。

當然，天下事無不會有例外。

---

36 電影純粹論，主張「電影」只要有「影」就好，不應加入聲音，是一九三○、四○、五○年代爭論的議題。例如著名的格式塔（Gestalt）教育、藝術心理學家魯道夫‧安海姆（Rudolf Arnheim, 1904~2007）也涉獵電影美學理論，便對電影技術加入聲音、色彩的前景十分擔憂，曾經大加撻伐。

37 《與安德烈晚餐》（*My Dinner with Andre*, 1981），全片就是兩個人在紐約曼哈頓一家餐館裡聊天，繞著兩人的戲劇工作經驗和理念打轉，從頭講到尾。除了兩人，只再出現過一名侍者和一名酒保。

其一：風格化的寫實

就是讓寫實的標準多一些彈性。把故事設定在不為人熟悉的世界，相較於尋常得見的地方，作者想利用語言的比喻去強化對白，施展身手的餘地會更大。不過，角色的對白務必維持在故事所在世界的可信限度之內。電影或電視影集的故事背景若是設定在國外，像是電影《歡迎來到布達佩斯大飯店》（*The Grand Budapest Hotel*），以及電視影集《反恐危機》（*Homeland*），或是黑社會如電影《黑色追緝令》（*Pulp Fiction*）、電視影集《化外國度》（*Deadwood*），又或是區域文化如電影《南方野獸樂園》（*Beasts of the Southern Wild*）、影集《火線警探》（*Justified*），古代如電影《萬夫莫敵》（*Spartacus*）和影集《維京傳奇》（*Vikings*），劇中的對白就可以超出日常甚遠，只要在劇情自設的限度之內尚屬可信即可。

但像這類「異域」的例子，維持連貫性就成了問題。作者要有本事全程寫得怪裡怪氣又煞有介事，貫串影片從頭到尾都不會走音變調，連《火線重案組》（*The Wire*）這種播出多年的長篇影集也要做到。這不是簡單的事。

其二：非寫實

非寫實的類型（科幻小說、音樂劇、動畫、奇幻片、恐怖片、鬧劇），說的故事以寓言居多，演出的是原型（archetypal）或象徵的角色。觀眾面對這種類型，不僅能夠接受高度風格化的對白，甚至還會樂在其中，看看《駭客任務》（*The Matrix*）、《300壯士：斯巴達的逆襲》（*300*）、《地獄新娘》（*Corpse Bride*）、《魔戒三部曲》（*The Lord of the Rings*）、《魔法靈貓》（*Dr. Seuss's the Cat in the Hat*）等電影，以及電視影集如《冰與火之歌：權力遊戲》（*Game of Thrones*）或是《歡樂合唱團》（*Glee*）就知道了。

其三：極端角色

人生當中確實有人就是會感人所不能、想人所不能、講人所不能。這樣的角色，理所當然應該套上古裡古怪、獨樹一幟的對白。

想一想這類極端角色該怎麼寫對白，例如布萊恩・克蘭頓（Bryan Cranston, 1956-）在《絕命毒師》中飾演的華特・懷特；強尼・戴普（Johnny Depp, 1963-）

在《神鬼奇航》（*Pirates of the Caribbean*）中飾演的傑克‧史派羅船長（Captain Jack Sparrow）；傑克‧尼克遜（Jack Nicholsonn, 1937- ）分別在《愛在心裡口難開》（*As Good as it Gets*）中飾演的梅爾文‧尤道爾（Melvin Udall）、在《最後巨人》（*Hoffa*）中飾演的吉米‧霍法（Jimmy Hoffa）、在《神鬼無間》（*The Departed*）中飾演的法蘭克‧柯斯帖洛（Frank Costello）等角色；或是梅麗‧史翠普（Meryl Streep, 1949- ）在《蘇菲的選擇》（*Sophie's Choice*）中飾演的蘇菲‧薩維斯托夫斯基（Sophie Zawistowski）、在《來自邊緣的明信片》（*Postcards from the Edge*）中飾演的蘇珊‧維爾（Suzanne Vale），或是在《鐵娘子：堅固柔情》（*The Iron Lady*）中飾演的瑪格麗特‧柴契爾（Margaret Thatcher）。

出色的劇作家都會為這些「出格超常」的角色特地寫一些意象豐富的語言，抓得到要領的演員就會慕名前來施展身手。

以下面這兩個角色為例：在電影《夜長夢多》（*The Big Sleep*）當中，亨佛萊‧鮑嘉（Humphrey Bogart, 1899-1957）飾演的菲利普‧馬婁（Philip Marlowe），和洛琳‧白考兒（Lauren Bacall, 1924-2014）飾演的費雯‧羅特利基（Vivian Rutledge）。電影是由威廉‧福克納（William Faulkner, 1897-1962）、莉‧布雷基特（Leigh Brackett, 1915-1973）和朱爾斯‧佛斯曼（Jules Furthman, 1888-1966）三人合力改編自雷蒙‧錢德勒（Raymond Chandler, 1888-1959）的小說。用好萊塢的「行話」來說，這部片子應該叫做「犯罪喜劇」（crimedy），也就是犯罪故事加上浪漫喜劇的合體，還加入妙答、穿插學舌，在詭計和槍戰中發酵。例如片中有一場戲是馬婁這位私家偵探假扮為同性戀珍本書收藏家。

馬婁在下面這一場戲遇到了客戶的女兒費雯。兩人用賽馬作比喻，以馬匹自比，以跑馬影射性愛。兩人之間的調情，塑造出他們的機智、世故、自信、風趣，以及兩人受到相互吸引（對白裡所謂的替馬「配速」〔rate〕，意思是在開賽之初要先控制馬匹的跑速，保留馬匹的體力以便最後作衝刺）。

> 費雯：說起馬呢，我喜歡自己上。但我喜歡馬兒起跑後多賣一點力，
> 　　　看看牠是一馬當先的料，還是後來居上那種，也就是把底牌
> 　　　找出來，看是什麼可以讓馬兒努力跑。

馬妻：所以妳找出我是那一種了嗎？

費雯：找到了吧，我看。要我說呢，我看你不會喜歡配速，你喜歡
　　　一馬當先，一開始就衝到最前面，拉開領先的距離，到了終
　　　點線前的直道就可以稍微緩口氣，穩穩地直達終點奪冠。

馬妻：妳自己也不喜歡配速吧。

費雯：我還沒遇過有誰可以給我配速的。你說呢？

馬妻：喔，沒看妳上場跑一段，我也說不上來。妳看起來是有一點
　　　段數沒錯，不過……不知道妳能撐多久。

費雯：那要看是誰在馬鞍上啊。

馬妻：有件事我也還沒弄清楚。

費雯：你是指要怎麼讓我向前衝嗎？

馬妻：嗯—哼。

費雯：給你一點提示，給糖沒用。試過了。[38]

　　寫影視劇本的時候，即使是最奇幻空想的類型，也一定要以演員為基準
來寫。語言沒有極限，演技卻有極限。作品一旦進入製作的流程，就會有演
員來說你寫出來的台詞，而且要說得清楚、有說服力。所以，台詞一定要落
在演得出來的範圍內。從這樣的要求，衍生出舞台和銀幕兩方在對白上的一
大差異：即興發揮。

　　在劇場方面，戲劇的版權是在劇作家手裡，因此演員未經作者同意，不
得擅自即興發揮或改動對白。但在電影、電視這邊，作者將劇本的版權售予
製作公司，所以有需要的時候，導演、剪輯、演員等人都可以剪裁、改變或
是添加對白。影視劇本寫作這一行的現實，就是寫好的劇本未必有機會如實
演出，一字不改。也因此，說來也悲哀，演員的即興發揮搞不好會害作者的
心血付諸東流。

　　搞砸的即興演出，一眼就看得出來。入戲的感覺一旦變鈍，演員抓不準

---

38 給糖沒用：馬兒愛吃糖。一般人要討好馬兒，會準備方糖去餵馬。又，這部電影編劇群中的福克納，
　　就是美國大作家福克納（William Faulkner, 1897~1962）。

狀況，為了拖時間往往會重複對方的尾白（cue），以至於把戲演得像在迴音室裡一樣：

> 演員甲：看這時間你該走了。
> 演員乙：所以你是要我走囉？啊？哼，你沒把我要說的全都聽進去，我就不走。
> 演員甲：你說的我都聽啦，一點道理也沒有。
> 演員乙：道理？道理？你要我跟你說道理？我跟你說的哪裡沒道理，你說啊？

像這樣子可以一直扯下去，無止無休。

但也有罕見的例子，像是勞勃・狄尼洛（Robert DeNiro, 1943-）在《計程車司機》（*Taxi Driver*）片中有一段即興重複的「你在跟我說話？」（you talkin' to me?），演員即興發揮的光芒反而蓋過了劇本。[39] 其他像是《阿甘正傳》（*Forrest Gump*）片中，湯姆・漢克斯（Tom Hanks, 1956-）飾演的佛瑞斯特（Forrest）從軍之後，和麥可提・威廉森（Mykelti Williamson, 1960-）飾演的軍中同袍布巴・布魯（Bubba Blue）結為朋友。在新兵訓練營的蒙太奇剪接段落，銀幕上的這一段是威廉森即興演出的成果，抄錄如下：

布巴・布魯

總之呢，就像我常說的，蝦子是大海賜給我們的果實，可以燒來吃煮來吃烤來吃烘來吃爆香吃。下面這些你聽好，串燒蝦克里奧蝦秋葵濃湯蝦煎蝦炸蝦炒蝦，還有鳳梨蝦檸檬蝦椰子蝦胡椒蝦洞穴蝦燉蝦羹蝦沙拉馬鈴薯蝦蝦漢堡洞穴蝦。就——就這麼多了吧。

---

39 「你在跟我說話？」（you talkin' to me?），《計程車司機》片中大紅的一段，是孤獨、抑鬱、失眠的計程車司機在房間練習找碴掏槍殺人的一幕，自言自語的戲中戲，成為影史的經典，尤以多次重複的「你在跟我說話？」更為風靡，為影評名家羅傑・艾伯特（Roger Elert, 1942~2013）標舉為「真實到透頂的台詞⋯⋯」。

注意到沒？威廉森把「洞穴蝦」（cave shrimp）講了兩次，這是一種沒有顏色的甲殼動物，是美國阿拉巴馬州和肯塔基州一帶洞穴地底伏流的特產。[40] 所以，就算是絕頂出色的即興發揮，也難免不小心說到打結，結果就重複了。

電視上的對白

拿電影、電視來比較：電影喜歡把攝影機拉到戶外拍攝，例如街頭或野外（有例外）；電視則偏重在室內進行的故事，像家人、朋友、戀人、工作的同事等（同樣有例外）。於是，電視劇本寫的多是面對面的場景，對白與畫面的天平也就倒向對話這邊了，原因有三：

（1）**銀幕小**：面部表情在全身鏡頭（full-length shot）裡不太看得出來，所以電視攝影機會朝角色的臉部推近，如此一來，演員就得說話。

（2）**類型**：電視偏好的類型是家庭喜劇、家庭倫理劇、愛情劇、友情劇，以及形形色色的職場劇（警察、黑道、律師、醫生、心理學家等）。這些影集把私人的關係設定在家庭和職場當中，在這樣的環境裡，親密感從產生到變化再到結束，首要便是透過對話。

（3）**預算小**：有影像就要花錢，以至於電影的預算都很高。而由於對話相對於場地和攝製而言沒那麼貴，電視的預算既然不多，話自然就多了。

　　展望未來，若是壁掛式大銀幕的尺寸日大、流行日增，電視影集的預算也會跟著攀升，訂閱的費用就會暴漲了。假以時日，大型家用銀幕終究會將電影、電視結合為同一類「大媒介」——就稱它為「銀幕」（the screen）好了。另外，不在家裡時，一般人看故事用的是 iPads、iPhones，以至於對話依然會

---

40 洞穴蝦（cave shrimp），洞穴蝦不僅不能吃，還不容易捕撈，而且自一九八三年起便名列瀕危物種名單，只剩幾千隻。也就是說，要知道這種蝦，沒多一點知識大概沒辦法，所以，演布巴·布魯的演員知識太好，超過布巴·布魯了。

是講故事不可或缺的一環。不過，不論哪一種狀況，電影院都會關門大吉。

小說的對白

內心、私人、社會、自然等範疇的衝突，在小說中都會轉化成文字畫面，每每還抹上角色的內心色彩，之後才投影到讀者的想像裡。因此，小說作者會把筆下最精采、最濃烈的文字傾注在第一或第三人稱的主述，而不是對白的對話。是的，當話語轉進自由的間接對白時，就是會轉化為主述。小說作者運用直接對白寫戲劇場景時，語言往往固守嚴格的自然主義，以簡單樸素的口語，去和主述的比喻威力作對比。當然也有例外的情況，例如史蒂芬·金（Stephen King, 1947~）寫的《桃樂絲的秘密》（Dolores Claiborne），許多寫長、短篇小說的作家會運用引述的對白，為的是轉換步調或打散長篇敘述。

舞台和銀幕會把對白限定在演出的場景之內，外加偶爾直接對觀眾說話作自言自語或敘述。舞台和銀幕這兩種媒介，都要靠演員以潛文本和口氣聲調、動作姿態、臉部表情等周邊語言，為角色添色增光。因此，不論劇場、電影或是電視，作者發揮起表現力，必須顧及演技的限度。但由於小說是在讀者的腦海演出，作者能用的對白風格涵蓋幅度也就最廣。

在各種風格構成的光譜中，一頭是場景中規中矩、可以一字不改直接移植到舞台或銀幕上的小說。中間段是第一人稱講述的小說敘事，連續不斷一講好幾萬字，每一句都是對讀者而說的。也有些作家選擇不對讀者說話，把思緒提煉成內心的對話，讓多重面目的自我以眾多聲道在作爭辯。最後，光譜的另一頭則是經常拿掉引述對白和角色的嗓音、將角色發言一概放進自由的間接對話中的第三人稱小說。

第一章裡談到小說所用的三類觀點，以及其於對白之質與量的影響。談到這裡，我們要再針對這三類劃分作更深入、更仔細的討論，進一步地將小說對白的種種類別劃歸為兩大模式：一類是「內屬角色」（in-character），另一類是「非角色」（non-character）。

非角色的主述

小說在非角色這一面,是從第三人稱的主述來說故事,也就是有「知者」既不是故事中的角色也不是作者其人獻聲在講話,是作者創作出來作嚮導的指南,賦予或高或低的全知與客觀,為大家描述角色和劇情,兼或在種種對話當中插嘴作批注。

非角色的主述可以把對白放進戲劇場景中堂皇登場,也可以安插成為主述的間接對白來暗渡陳倉,例如大衛・閔茲(David Means, 1961-)這部短篇小說〈新寡的窘境〉(*The Widow Predicament*)當中的這一段:

> 他們在赫德遜宅內隔著桌子對坐,聊了一下。他的皮膚滿布風霜的痕跡,嘴裡講的大多是冰島的事,講到後來還很自然地從話裡帶出暗示,說她搞不好哪天也會想去那裡看看。但他沒說站在火山口邊緣上跳舞,或乾脆跳進去當祭品什麼的,就是點到為止而已。[3]

在非角色主述中使用間接對白,對作者而言無異於擁有直接對白的常備資產。在讀者需要知道相關的對話與對話的結果時,間接對白可以帶出所需的解說。而由角色對話的內容,也可以塑造出說話該人的特質,只是不包括他是怎麼說的。依上述的例子,繞著間接對白打轉的主述還可以傳達出潛文本來。請注意閔茲用「很自然地從話裡帶出」來說潛文本,並且用「暗示」、「點到為止」來表達盡在不言中的感覺。

由非角色的主述說出間接對白,這個手法最重要的兩大優點是(1)加快步調;(2)免得流於無趣。在晚餐桌邊談冰島,閔茲用一句話就帶過去,真要講的話,可是能夠一連講上一小時,但他幫我們擋了下來。除非他的角色作起描述有海明威的眼力,懂得描寫風景的種種形容詞,否則作者還是別把它搬到書頁上比較好。

第三人稱主述是非角色娓娓道來的嗓音,可以是隔著一段距離,冷眼觀察,相當客觀。例如約瑟夫・康拉德筆下的主述所描述的熱帶破曉:

填滿遮板孔洞的濃稠黑暗愈來愈淡，有如一塊塊說不出形狀的斑駁，恍若一個新的宇宙正從沉鬱的混沌中發展生成。接著，輪廓漸漸浮現，勾勒出形狀但沒有細節，點出這裡有一棵樹，那裡有一塊矮樹叢，遠處有一道黑黝黝的林子，幾條直線是一棟屋子，附近有高高的屋脊。……白晝來得很快，黯淡淒涼，被河面的霧氣和天空重重的水氣壓得陰陰沉沉──沒有色彩、沒有陽光的白晝，帶著缺憾、失望、悲傷。[41]

非角色的「知者」若是走相反方向，變得親暱、肖似、主觀，就會以意識流的模式侵入未說、不可說的範疇，映照角色的內心。這樣的手法將第三人稱主述的冷靜沉著，攪和到角色的情緒能量和選詞用字裡，陶鑄到角色中，複製角色的思慮，帶出內心對話的印象，但不至於越界變成內屬角色的嗓音。

看看下面的例子。維吉尼亞·吳爾芙的小說《達洛威夫人》中有這麼一段，吳爾芙安排非角色主述從女主角克蕾莉莎·達洛威（Clarissa Dalloway）的用語裡挑幾個字來用（「雲雀」、「躍」、「出事」），仿效潮湧而來的記憶：

> 啊，這雲雀！這一躍！感覺似乎一向如此，她可以聽到鉸葉輕輕地那麼一聲吱，當她倏地推開落地窗，也縱身躍入波頓（Bourton）這裡開放的空氣中。好清新，好平和，當然比這還要靜謐的，是一大清早的空氣：像海水輕輕一拍，像浪花輕輕一吻，沁涼、冷冽，但又肅穆（對那時年方十八歲的她而言），就像她心頭的感覺，站在敞開的窗口，驀然有種不祥的感覺，好像要出事了……[42]

意識流未必一定「流」得像吳爾芙這麼一洩如注，暢快恣意。有些內心話不是左彎右拐，就是繞圈圈或鼓突彈跳，例如八十七頁的肯·凱席（Ken

---

41 出自康德拉小說《海隅逐客》（*An Outcast of the Islands*, 1896），第四篇，第二章。麥基引文略有失誤，中譯依照康拉德原文作校訂。

42 此段引文出自《達洛威夫人》第一篇，麥基引文略有漏字，由譯者依據吳爾芙原文逕行改正。

Kesey, 1935-2001)、八十三頁的大衛‧閔茲作品舉例。也因此，一些寫作學派把「意識流」（stream of consciousness）和「內心對白」（inner dialogue）互換著用，當作同義詞一般。但在本書當中，我對二者有不同的定義。分界線就在下面這個問題的答案：是誰在對誰講話？「意識流」用的是第三人稱非角色的嗓音在對讀者說話（例如上述吳爾芙的例子），「內心對白」則是某一角色的嗓音以第一人稱或第二人稱在對自己講話，例如八十八頁的納博可夫（Vladmir Nabokov, 1899~1977）作品舉例。

內屬角色的嗓音

小說作品當中，內屬角色這一面是以角色專屬的嗓音在講話。對白，如同我先前所界定的，只要是故事角色帶有目的的發言都算在內，不論是雙人對談，抑或對別的角色講的、對讀者說的，甚或角色對自己說的，都涵蓋在其中。我們在第一章提過，由於小說裡的戲是靠讀者的想像在演的，內屬角色這方面的技巧，能夠施展的幅度就比舞台或大小銀幕都要廣闊得多。內屬角色於小說作品能用的手法有六：（1）戲劇對白；（2）第一人稱作直接訴說；（3）間接對白；（4）內心對白；（5）周邊語言；（6）混用技巧（後兩種技巧，參見本書第五章）。

【戲劇對白】

小說裡的戲劇對白，少見韻文劇那樣的強度。不過，在類型與作者角色塑造的限制之內，還是可以用語言比喻來強化場景，效果不下於舞台和銀幕。第一人稱主述，通常以「我說」、「他／她說」來搬演場景，全文都是戲劇而不作評說。

勞伯‧華倫（Robert Penn Warren, 1905~1985）寫的《國王的人馬》（All the King's Men），是由傑克‧柏頓（Jack Burden）這個角色作主述，是小說核心角色威利‧史塔克（Willie Stark）的助理。史塔克綽號「大老闆」（the Boss），是個心狠手辣的政客。他為了抹黑政敵爾文法官（Judsege Irwin）的名聲，需要挖出對方不為人知的醜事。

請注意史塔克在這裡是怎麼拿尿布到棺材的幾十年光陰來比喻人生：

> 　　事情的開端，就像我說過的，是那天「大老闆」坐在他那輛黑色凱迪拉克裡疾駛過夜色的時候，他對我說……「總會挖到什麼的。」
> 　　我說：「說不定不在法官身上。」
> 　　他回說：「人都是在原罪中孕育、在腐壞中誕生，一路從尿布的臭過渡到裹屍布的臭。總會有東西好挖的。」[4]

【直接講述】

第一人稱主述，算是舞台上自言自語和銀幕內屬角色旁白的近親。於此三者，角色開口都是直接對著沉迷於故事中的那人在講話。通常以主人翁主述自己的故事為多，偶爾也有配角代勞來講故事。直接講述可以激動一點或平靜一點，可以客觀一點或主觀一點，該有什麼口氣聲調，端賴主述的性情而定。這裡的舉例是吉卜齡筆下的主人翁回想過去眺望大海的經驗，對讀者描述當時開闊、平靜、客觀如實的快樂心境：

> ……返程途中的支那船駛過，劃開白花花的浪頭向外翻湧，不到百碼開外，它開著淺叉加滾繩邊的檣帆朝外側膨脹，像是氣鼓鼓的臉頰……43

　　又或者是，第一人稱主述的視界可能因為情緒激動或神智不清而窄化或盲目。例如肯・凱席的《飛越杜鵑窩》（*One Flew Over the Cuckoo's Nest*），一開始安排精神病院的病人「老大」布隆登（"Chief" Bromden）作開場白：

---

43 麥基此段引文有誤，經過查證，應是出自吉卜齡（Rudyard Kipling, 1866~1936）一九〇四年出版的短篇小說集《交通與發現》（*Traffics and Discoveries*）當中的〈合法理由〉（*Their Lawful Occassions*）這一句：The outflung white water at the foot of a homeward-bound Chinaman not a hundred yards away, and her shadow-slashed rope-purfled sails bulging sideways like insolent cheeks。中譯依照吉卜齡原著作過校正。

他們就在那裡。穿白色衣服的黑人在我起床之前就在走廊那邊演活春宮，還搶在我出去之前把地拖乾淨，我才沒能逮個正著。我一從宿舍走出去就看到他們在拖地，他們三個人，全都凶巴巴的，對什麼都要生氣，對做事的時間生氣，對做事的地方生氣，對一起做事的人生氣。他們一這樣子生起氣來，就最好別讓他們看見我。所以我沿著牆邊慢慢摸過去，安靜得和我布鞋裡的灰一樣。可是他們偏偏有特製的感應器，測得到我心裡在害怕，所以就抬起頭來，三個人一起，眼睛在黑色的臉上亮晶晶的，像老無線電收音機背後的真空管那樣冷冷地在發光。[5]

布隆登全憑想像而未親眼看見的雜交派對，以及可以偵測到恐懼的儀器，添加了隱喻（安靜得像灰）和直喻（像無線電收音機真空管那樣冷冷地在發光）作潤飾，透露出他偏執的內心世界，同時讓人覺得這位老大雖然滿腦子偏執、不正常的想法，卻又十分清楚他在對我們——也就是讀者——說話。

【間接對白】

非角色的第三人稱主述運用起間接對白的時候，潛文本往往就會變成文本。例如八十三頁提過閔茲寫的場景，他筆下的第三人稱主述對讀者道出故事角色沒說出來的話：「但他沒說站在火山口邊緣上跳舞，或乾脆跳進去當祭品什麼的，就是點到為止而已。」

而小說作品以內屬角色的第一或第二人稱說出間接對白時，潛文本就只能從暗示來推敲，因為第一人稱的主述不會知道自己的潛意識在做什麼。例如朱利安・巴恩茲《回憶的餘燼》當中的這一幕：主人翁韋伯斯特要向舊情人討回一封信，舊情人不肯給，但他認為那封信理當歸他所有，於是想要控告舊情人，前去找律師商談：

古納先生性子沉著、樣子瘦骨嶙峋，不在乎沒人講話。畢竟不講話和講話一樣都要客戶付錢。

「韋伯斯特先生。」

「古納先生。」

接下來的四十五分鐘內，我們倆就先生來、先生去的，由我付錢聽他提供專業意見。他跟我說，如果我去報警，想說動警方去指控一個熟齡女子偷竊，而且她才剛喪母──這做法在他看來算是愚蠢。這一點頗合我意。我不是說他的建議，而是他的說法。「愚蠢」，比「失當」或「不宜」要好上太多了。[6]

他是贊同古納的用語沒錯，但是在他的伶牙俐齒之下，讀者可以感覺到韋伯斯特其實一肚子火。

【內心對白】

演員在舞台和大小銀幕上，是透過演技將沒講出來的演出來，但仍然壓在潛文本裡沒有出聲。不過，長、短篇小說家倒是可以把潛文本變成文本，就看他們想不想把角色沒說的直接寫出來。所以，內屬角色的直接講述相對於內心對白，最主要的差別在於聽的人是誰。第一人稱的聲音訴說的對象是讀者，內心對白的對象就是自己了。

例如《蘿莉妲》（Lolita）這部小說一開始就是納博可夫筆下的主人翁亨伯特・亨伯特（Humbert Humbert）自我陶醉的一段話：

蘿莉妲，我的生命之光！我的胯下之火！我的罪！我的魂！蘿！莉！妲！舌尖從上顎出發走三步，到了三，點到牙齒。蘿！莉！妲！

亨伯特不是在跟我們說話。我們是坐在外面聽他朝內看的心靈沉浸在回憶當中。為了捕捉這番情慾混和著膜拜的自我陶醉，納博可夫把情愛的比喻寫成祈禱文，然後把重點放在亨伯特的舌尖發「T」這個音去押頭韻（to tap, at three, on the teeth. Lo. Lee. Ta.）。

亨伯特這一番自慰的幻想，可以拿來和大衛・閔茲的短篇小說〈叩擊〉（The

Knocking）當中的一段作比較。這篇小說裡的主人翁躺在他紐約公寓的床上，一邊直接對我們說話，一邊聽著他樓上的房客在掛畫或修理什麼東西。他內屬角色的嗓音帶領我們跟著他跳來跳去的思緒走，一下從現在跳回先前，一下又從先前跳回現在。

尖銳刺耳，敲在金屬上頭的聲響，沒多大聲也不小聲，穿透了夏日午后的尋常噪音——第五街轟隆隆的車流、高跟鞋踢踢踏踏、計程車按喇叭、嗡嗡嗡的人聲——帶著一種縈繞不去的純淨質感，像是拐杖包覆了金屬的尖端，長長一聲，嗖地從腦袋這一邊拉到另一端，在某天下午冒了出來……又來了，這樣的叩擊經常在下午近傍晚時傳來，因為他知道，他就是知道，這時候我肯定是深陷在沉思當中無法自拔，奮力在思索——要不然還能做什麼！——我對自己過去所作所為感到如此悲傷究竟是怎麼回事，安安靜靜、一語不發地，拋出我歸納得出的定理：愛是空洞、無謂的震動，一旦被另一人的靈魂抓到頻率，開始形成某種東西，感覺像是永恆的（就像我們的婚姻），之後又開始消蝕、稀釋，變得飄忽，幾乎聽不見聲音（赫德遜河邊住宅的最後那一段時光），到最後，終於一絲不剩，唯有什麼也推動不了的空氣（因為失去而生成深沉、凝固的靜默：瑪麗不在了，孩子不在了）。[44]

內心的對白是模仿自由聯想，會在角色的腦海中跳來跳去。若我們朝畫面的裂隙一瞥，可以抓到不可說的痕跡。

總而言之，從舞台到銀幕到書頁，對白的性質、需求、表達力，在在有不小的差別。舞台的對白裝飾最多，銀幕的對白最為精簡，小說的對白最為多變。

---

44 大衛・閔茲此文登載於《紐約客》（*The New Yorker*）雜誌二〇一〇年三月號。中譯依閔茲原文作過校正。

05
表達（三）：技巧

語言比喻

文學可用的比喻手法，例如隱喻（metaphor）、直喻（simile）、借代（synecdoche）、轉喻（metonymy），再到頭韻（alliteration）、諧音（assonance）、逆喻（oxymoron）、擬人（personification）等等，名目繁多。語言能耍的手法、能玩的花樣真要細數道來，可以有好幾百種。這些遣辭用字的法門，不僅為說出來的話語增添華采，也帶出引申義，和話語之下沒說出來、不能說出來的潛文本共鳴共振。

舉例來看，田納西‧威廉斯寫的舞台劇《慾望街車》（*A Streetcar Named Desire*），白蘭琪‧杜布瓦（Blanche DuBois）這位美國南方的遲暮佳麗，脆弱到一摧即折，正處於精神、情感崩潰的邊緣。她在第六景見到了米契（Mitch）。他是個寂寞、敏感的勞工階級單身漢，還必須照顧病重垂死的母親。一天晚上，兩人約會過後，相互傾訴各自過往的人生際遇；他們的運途南轅北轍，卻同樣寫滿了痛苦。兩人相互傾心，終於帶出下面這一刻：

> 米契：（慢慢把白蘭琪擁進懷裡）妳的人生需要有個伴。我的人生
> 也需要有個伴。我的伴會不會是妳呢，白蘭琪？

白蘭琪瞅著他看了好一會兒，眼神一片空白，然後嗚咽一聲，依偎在他的懷裡。她輕聲啜泣，想擠出話來。米契吻上她的額頭，然後是她的眼睛，最後是她的唇。波卡舞曲飄得愈來愈遠。白蘭琪深吸一口氣，送出長長的一聲聲啜泣，透著感激。

白蘭琪：有時——真的有神啊——這麼快呢。[45]

　　最後一句只用了五個英文字，就匯聚出澎湃洶湧的意義和感情。「真的有神啊」幾個字，不是拿米契去比擬神祇，而是在說白蘭琪有如得救上天堂一般喜難自勝。不過，我們也猜想這應該不是她第一次領受這樣的神恩。

　　「有時」、「這麼快」幾個字則暗示白蘭琪以前便曾多次蒙男士拯救，只是那些突如其來拯救了她的男士，想必也突如其來拋棄了她，否則她不會還耗在這裡，不會依然被孤單逼得飛蛾撲火，再次緊緊攀附著陌生人不放。不過寥寥幾個字，觀眾馬上就看出當中隱含的行為模式：白蘭琪在男性面前始終以受害者的姿態去激發他們內心的白馬王子現身。他們拯救了她，但之後又拋棄了她，原因就有待我們去挖掘了。而這一次，她遇到的米契，可會不同於以往？

　　田納西・威廉斯祭出比喻，勾得人耳朵一豎，就把白蘭琪人生的悲涼調性提點出來，同時在觀眾腦中勾起疑問，心頭不禁一震。

　　作者遣辭用字寫出來的對白，光譜的一頭是傳達心靈、精神性意義，另一頭則是情慾經驗的描寫，形色不一而足。例如角色說起歌手的嗓音如何，可以拿「lousy」（長蟲）或是「sour」（臭酸）來形容。這兩個詞都說得通，但「長蟲」算是「死比喻」（dead metaphor）[46] 了，原先的意思是「爬滿臭蟲」。「臭酸」倒還有生趣，觀眾一聽到，嘴角大概就翹起來了。下面兩句台詞，以哪一句更能撩撥觀者的感覺？「她走路像模特兒在走台步」，還是「她走起來像一曲輕緩、挑情的歌」？同樣的意思，寫成對白可以有千萬種花樣，

---

45 麥基此段引文略有小誤，由譯者自行訂正。
46 「死比喻」（dead metaphor），指該比喻用得太多、太寬、太浮濫，以致失去原始的意象，用起來沒有生動的韻味。

不過，大體上是以愈偏向感官知覺的修辭，效果愈見深刻，愈發教人難忘。[1]

修辭只在用上的那一句裡發揮作用，但由於對白能將一段又一段充斥衝突的話語帶出戲劇效果，時機和時間差的技巧也就可以加進來施展手腳：連珠砲的快節奏對上沉默無聲的停頓，一洩千里的連綴句對上斷斷續續的零碎字，妙答對上強辯，文謅謅的陽春白雪對上沒文法的下里巴人，單音節對上多音節，斯文有禮對上汙言穢語，逼真對上詩意，輕描淡寫對上誇大其詞，這類文體學和文字遊戲的例子多到不可勝數。不論人生唱得出來多少支曲子，對白一概有能耐跟著起舞。

我已經強調過好幾次，作者創作的天地無限寬廣，這裡也還要再重提一次。我再三重複這點，是希望作者可以確實明瞭：*形式不會限制表達力，反而會激發表達力*。這本書談的是撐起對白的形式，但絕對不會歸納寫對白的公式。有選擇才有創造。

周邊語言

演員一出現在觀眾面前，全身上下無不透著形形色色的周邊語言，但凡與字詞無關的細微聲調變化和肢體動作，都會強化字詞傳達出來的意義和感覺——例如臉部表情、手勢、姿態、語速、音高、音量、節奏、音調、重音，甚至人際距離，也就是角色之間的站位，也是有作用的。演員傳遞的周邊語言，講的是「姿態對白」（gesticulate dialogue）。觀眾的眼睛抓到這些微表情（microexpression），頂多只需要四分之一秒。[2]但是在書頁上，周邊語言就需要借助語言比喻來加強描寫了。

下述例子摘錄自〈一九九五年八月的鐵路事故〉（*Railroad Incident, August 1995*）。這是大衛・閔茲所寫的短篇小說，描寫四個流浪漢晚上圍坐在篝火旁，忽然看到一個半裸男子從暗處冒了出來。

他們看出原來是個男子，一身步入中年的鬆軟，走路微瘸，但還

是透著些許尊貴、拘謹的痕跡，抬腳的樣子好像高價鞋還穿在腳上，仍帶著份量；不過，說不定他們根本沒看出這些事，一直到他走到他們身邊、開口講話；他張開嘴說話，輕輕一聲你們好，母音拉得比較開，嘴型像是珍貴的貝殼……[3]

（大衛‧閔茲喜歡寫短篇小說，我猜正是因為他舞文弄墨的絕招路數太多，要講上好幾百篇故事才有辦法盡數施展。）

混搭手法

小說能用的手法可以擇一施展，也可以混合並用。諾曼‧梅勒（Norman Mailer,1923-2007）在《一場美國夢》（*An American Dream*）下面這一段對話中，就把直接對白、第一人稱直接敘述、周邊語言，不論直義或是比喻，直接縮合為一：

「妳想離婚。」我說。

「是吧我看。」

「就這樣要離？」

「不是就這樣，親愛的，而是這麼多這樣。」她打了個呵欠，姿勢很漂亮，一時間看來有點像個十五歲的愛爾蘭小女僕。「你今天沒來跟狄兒黛樂說再見……」

「我又不知道她要走了。」

「你當然不知道。你怎麼會知道？你有兩個禮拜沒打電話過來了。成天只知道找你那些小姑娘又親又咬的。」她不知道那時候我一個小姑娘也沒有。

「她們現在沒那麼小了。」怒火開始在我身上延燒，這時候已經燒到心窩，燒得我覺得肺好像乾得像枯葉，心臟蓄積的壓力大概都要爆炸了。

「妳那蘭姆酒給我一口。」我說。[47][4]

這裡簡單提一下不同媒介的改編問題：若是想把文學作品改編為電影，要注意長、短篇小說家多半把最高妙的語言留給主述去講，而不是戲劇場景中的對白——正如上述梅勒的手法。

文學作品改編成電影會遇上不小的扞格，原因在哪裡一目瞭然：攝影機拍不出心思。文思細密的敘述性故事，其內心對白沒辦法往旁邊橫移一步，就從書頁搬上銀幕。所以，改編一定要再作改寫，一定要從裡到外把故事重新再想像過一遍，將小說的敘事對白改頭換面為影視的戲劇對白才行。這絕非易事。

台詞句式

台詞句式是以關鍵字為樞紐，因此必須找出對一句台詞意思最要緊的那一個字或詞。作者可以把關鍵字放在句頭、句尾或是句中，依據其選擇寫出下述三種基本的對白句式：懸疑、累進、平衡。

懸疑句 (The Suspense Sentence)
勾起好奇心就會驅動求知欲——這是我們拆解謎團、尋找答案的知性需求。帶起同理心就會牽動連繫感——這是我們將心比心、求他人福祉的感性需求。生命的理智面和情緒面兩方合一，就會產生懸疑。而懸疑也可以歸納為一句話，那就是：好奇心被注入同理心。

懸疑之所以抓得住讀者／觀眾，在於下述這些帶著情感的疑問有如排山倒海灌進讀者／觀眾的腦中，勾住他們的注意力不放：「接下來會出什麼狀況？」「這樣子之後會怎樣？」「那主角會怎麼做？他有什麼感覺？」因而有所謂的「劇情重大疑點」（major dramatic question, MDQ）懸浮在上空，牢牢將故

---

47 麥基引文略有失誤，由譯者自行訂正。

事從頭到尾罩在下方：「後來會怎樣？」這些疑問緊緊揪住人心，教人渾然忘了時間。隨著劇情推向高潮，懸疑愈來愈濃，最終會來到此去無回的轉捩當口，重大疑點跟著水落石出，接著就是劇終。

好奇加上關心，推送出貫串故事的懸疑弧線，但若是我們深入放大去看，會看出探究的心思其實瀰漫在故事的每一環節當中，不論輕重。每一景／場（scene）都找得到它飽含懸疑的轉捩點，當中的每一段話從第一句到最後一句，都要抓得住觀眾的注意力；連最小的單位，對白裡的一句台詞，都不脫小小的懸疑。故事要講得精采絕倫，就要一景接著一景、一段對話接著一段對話、一句台詞接著一句台詞，無不在將觀眾的理性、感性牢牢抓住入戲，片刻不會鬆脫。讀者一刻也不會停下，觀眾一刻也不會分心。

而要讓大家的眼睛定在書頁上、將大家的耳朵定在舞台和銀幕上，最重要的法寶就是掉尾句。所謂「掉尾句」，是把核心意思壓到句子的尾巴才說出來。把修飾語或次要的意思往前挪，主要的意思壓到最後，這樣的掉尾句便能拖住人的興趣不放。

舉例來看：「既然不讓我做，幹嘛又給我那個 _____ ？」這樣一句台詞填入下面哪一個字詞，可以帶出明確的意思？「眼色」？「槍」？「吻」？「點頭」？「相片」？「錢」？「報告」？「微笑」？「電子郵件」？「聖代」？只要是名詞，幾乎全都可以帶出明確的意思。掉尾句的句式不開門見山就把意思講得清楚明白，而是吊著讀者／觀眾的胃口，非得要從第一個字聽到最後一個字才能搞清楚，這樣就能帶起疑竇。

換句話說，掉尾句就是懸疑句。

例如下述雅思敏娜・黑薩寫的舞台劇《都是 Art 惹的禍》（*Art*, 1994）的開場；英譯出自克里斯多福・漢普頓（Christopher Hampton, 1946~ ）。我在每一句意思裡的關鍵字上頭加黑點標示出來。

馬克（Marc），一個人在台上。
馬克：我朋友塞哲（Serge）買了幅畫。油畫，五呎乘四呎大小；白色的。背景全白。你要是瞇起眼用力看，大概就看得出上面有幾條細細的

白色斜線。

塞哲是我老朋友裡的老朋友，奮鬥有成，在當皮膚科醫生，十分醉心於藝術。

我禮拜一時去看了這幅畫。其實塞哲禮拜六才剛拿到手。但他垂涎很久了，有好幾個月吧，這幅白底上有白線的畫。

塞哲的家。

白底的油畫上有細細的白色斜痕，用畫架擺立在地板上。塞哲盯著他的畫，十分興奮。馬克細心端詳畫作。塞哲轉向馬克看著他看畫。長長一陣靜默。兩人都沒出聲，無聲的情緒暗潮洶湧。

馬克：很貴？

塞哲：二十萬。

馬克：二十萬？

塞哲：尚‧德洛尼（Jean Delauney）願意出二十二萬從我手裡搶過去。

馬克：那是誰？

塞哲：你是指德洛尼？

馬克：從沒聽過。

塞哲：德洛尼欸！德洛尼藝廊啊！

馬克：那個德洛尼藝廊願意出二十二萬來跟你搶？

塞哲：不是，不是藝廊，是他。德洛尼本人。他自己要收藏。

馬克：那為什麼德洛尼沒買？

塞哲：賣給私人客戶更重要啊。這叫市場流通。

馬克：嗯，嗯……

塞哲：怎樣？（馬克沒吭聲）你沒站對地方。要從這角度看。看到那些線條沒有？

馬克：這人……叫什麼……？

塞哲：畫家啊？安屈奧（Antrios）。

馬克：很出名？

塞哲：非常、非常出名。

（停頓）

馬克：塞哲，你該不會真的拿二十萬法郎買了這幅畫吧？

塞哲：欸，你不懂，就是這價碼。安屈奧嘛。

馬克：你真的拿二十萬法郎買這幅畫？

塞哲：早該想到你會抓錯重點。

馬克：你花二十萬法郎買這鬼東西？

塞哲，像是單獨一人在場。

塞哲：我這朋友馬克人是相當聰明的，我一直很珍惜兩人的友誼，他的工作不錯，在當航空工程師，但他是那種所謂「新式」的知識份子，不光是現代主義的天敵，好像還拿糟蹋現代主義來自鳴得意，真搞不懂……[48]【5】

　　這兩段自言自語的敘述對白，以及夾在中間的戲劇對白場景，總計表達出四十五點意思，當中有四十點是以懸疑句的構造出現。即使有地方簡單提了一下周邊語言（馬克和塞哲非語言的面部表情），還是一樣是把重點壓到末尾「無聲的情緒」這裡。

　　懸疑句不僅是戲劇力最強的句式，喜劇效果也最大。口頭講的笑話幾乎全都是拿懸疑句收尾打出笑點，驀然斬斷堆疊的張力、帶出笑聲。

　　黑薩和漢普頓都把關鍵字壓到最後，既帶得句子活潑生動，也牢牢抓住了觀眾的注意力，將衝擊的火力集中在最後一句爆發，而且往往還是喜趣的一擊。

累進句

累進這手法的歷史有多悠久了？亞里斯多德（Aristotle, 384-322 BC）早在兩千三百

---

48 麥基引文有誤，由譯者依據漢普頓英譯本作校正。

年前就在提倡這樣的手法。在他的《修辭學》（*On Rhetoric*）第三卷第九章中，便針對組織緊密的掉尾懸疑句，相較於組織鬆散、自由推進的累進句，二者有何差別進行探討。這兩種句式正好相反，互成鏡像：懸疑式組織把次要的字詞往前放，把核心的字詞往後推；累進式構造則把核心的字詞往前放，再依序排放次要的字詞來推展或修飾句義的重點。

這裡就來看看某乙對白的台詞句式：

某甲：還記得傑克嗎？

某乙：（點頭）那時候，白煙在他頭頂上繚繞，像怒氣的光暈，菸屁股掛在嘴邊都要燒到嘴唇了，除了使勁地在拖備胎，嘴裡還要罵千斤頂，手忙腳亂在換爆掉的輪胎⋯⋯

（神情有一點落寞）

某乙：⋯⋯那是我最後一次看到他。

我們若是把句式反過來，將上述懸疑句變成累進句：

某甲：還記得傑克嗎？

某乙：（神情有一點落寞）上次就是最後一次，他手忙腳亂在換輪胎，嘴裡要罵千斤頂，手上還要拖備胎，菸屁股叼在嘴邊都要燒到嘴唇了，白煙繚繞在他頭頂上，像怒氣的光暈。

雖然隨意推展的累進句式，戲劇力比起懸疑句可能較為薄弱，卻不算草率隨便。只要技巧高明，累進句勾畫出來的是漸次疊加、愈趨細膩的主題圖像，像滾雪球一樣，賦予對白像口語對話一樣的順勢自然，由字詞推展出宜人的節奏。

懸疑的句式是有不少優點，但也不乏缺點。首先，由於意思的重點一直往後推，要壓到結尾，可能給人矯揉造作的感覺。再者，懸疑要是拖得長一點，讀者／觀眾可能要被迫記住許多句義的枝節，捱到最後才有辦法把複雜的句

義完全統合起來。若不懂得拿捏分寸、適可而止，懸疑句也會和寫得不好的累進句一樣累贅鬆垮。

　　懸疑句式和累進句式分別落在相對的兩端：一邊是把核心字句放在開頭，另一邊是拉到結尾，二者之間還有形形色色的無數變體。

　　例如「排比句式」（Parallel design）就是把長度、意思、句式差不多的句子連結起來，製造對比和強調，例如：

　　當我踏入那間教會，也踏入新的人生。

平衡句式

把核心字詞放在句子中間，次要句子分別夾在頭尾兩端，就叫做平衡句式（Balanced Sentence）：

　　傑克的性愛、賭博成癮的問題已經夠危險了，我覺得這傢伙絕對有刺激上癮症，要是再把他玩攀岩、高空跳傘算進來的話，

　　懸疑句不論是串接或排比，都是對白當中驅迫力、戲劇力最強大的句式。所以，想要製造緊張、強調、繁縟、笑聲的時候，就可以把核心字詞壓後。但反過來，累進句式和平衡句式便是最貼近言談、最自然流暢的句式。不過，過猶不及，任何技巧用得太多都會變得像壁紙圖案一樣單調，像機器人一樣僵硬。所以，對白在傳達角色確實活在這一刻、說了什麼之餘，要再推動觀眾入戲、蓄積張力，就必須結合幾種句式並用才行。

混合句式（Mixed Designs）

《無間警探》（*True Detective*）第一季第三集，主人翁之一，羅斯汀・柯爾（Rustin Cohle），對另兩位警探吉爾博（Gilbough）和帕帕尼亞（Papania）講述他的世界觀。我同樣在句子裡的核心字詞上頭加黑點標示出來。請注意，這裡的核心字詞都放在句子中段的位置。（DB 是警方用語，意指死屍〔dead body〕）

這個⋯⋯這個就是我在說的。我說的就是這個,當我在說時間、死亡、還有轉眼成空的時候。好吧,這裡面是有更大的概念在攪和,主要是我們這整個社會是造了什麼孽,搞得我們都有一樣的幻覺。整整十四小時盯著 DB 看,就會讓你開始想這些事。你們這樣子做過沒?你盯著他們的眼睛看,就算是照片也一樣,是死是活都不重要,這樣你就看得出來他們的心思。你們知道你會看到什麼嗎?他們樂得這樣子就好⋯⋯當然不是一開始就這樣,可是⋯⋯到了最後一刻,就是這樣。絕對是解脫,不會錯。懂嗎?因為他們原本都很害怕,但到了這時候,他們終於明白原來是這麼簡單,只要⋯⋯撒手就好。對,他們看清楚了,到了最後那十億分之一秒的那一刻,他們看清楚了⋯⋯自己到底是什麼。你,你自己,人生這一整場大戲,從頭到尾不過是一堆自以為是、愚蠢的意志什麼的,東拼西湊出來的東西,扔了也罷。到最後終於搞懂,你根本就不用抓得這麼緊。終於搞清楚你這一生,你愛的那些,恨的那些,記得的那些,痛苦的那些,全都不過是那麼一回事。全都不過是同樣的一場夢,你在一間上鎖的房間裡作的一場夢,你以為自己身而為人的一場夢。而且就跟許多的夢一樣,到最後都會出現一個惡魔。[49]

　　羅斯汀這一段總共表達了二十多點意思,其中有十二點用的是懸疑句,剩下的就是平衡、排比、累進的句式混合著用。結果就是這麼長的一段話,既吊住觀眾的興趣、堆疊起觀眾的興趣,也酬答了觀眾的興趣,同時有如自然流露的心聲,近乎恍惚神遊。請注意這一部影集的主創(creator)兼編劇尼克‧皮佐拉圖(Nic Pizzolatto, 1975~),還為羅斯汀這段長長的話加上一個隱喻作壓軸:人生如夢。就像樂曲的裝飾音為樂段添加華采,修辭的手法一樣能為懸疑句添加撥動心弦的裝飾。

---

49 這一幕戲裡,三人在辦連環殺人重大案件的警探面前攤開一大堆女性死者屍體的照片。

精簡

意味深長的對白，最後一個重要條件便是精簡——意思是言簡意賅，用最少的字講出最豐富的意思。但凡寫得好的作品，尤其是對白，都符合小威廉‧史壯克（William Strunk Jr, 1869~1946）和 E. B. 懷特（E. B. White, 1899~1985）兩人在《文體要素》（*The Elements of Style*）當中提出來的「精簡」原則：「鏗鏘有力的文筆率皆簡潔精鍊。句子不應該有非必要的字詞，段落不應該有非必要的句子，這道理一如繪畫不應該有非必要的線條，機器不應該有非必要的零件。這不是要求句句簡短，也不是要求細節一概刪除只描述梗概，而是要求作者字字句句一定要言之有物。」[6]

不是空洞，而是精簡。

「非屬必要就刪」，就成了史壯克和懷特兩人論寫作的金科玉律。各位就為自己行行好，把這幾個字貼在電腦螢幕上面，乖乖照做。全天下沒有什麼話，不管多長多短，值得讀者／觀眾多費力氣去吸收一個不必要的字。廢話只會惹人討厭。刪！

（蘇菲亞‧柯波拉執導的《愛情，不用翻譯》，對白就將精簡原則發揮得盡善盡美。參見第十八章的討論）

停頓

停頓放在你來我往的對話當中，用途不少。已經走到轉捩點卻遲疑一下不講話，會拉高讀者／觀眾心頭的緊張，一個個屏氣凝神等著看接下來的發展，也強調出事態有多嚴峻。但要是過了轉捩點才停頓，則能夠讓讀者／觀眾稍稍緩一口氣，消化一下陡然一變的狀況，領會一下變化後的情勢。

停頓出現在危機之前，會卡住情緒的流洩。寫得好的場景會帶動讀者／觀眾的好奇和關心往天翻地覆的那一刻流過去。讀者／觀眾會問自己：「接下來會怎樣？變成那樣的話，女主角該怎麼辦？情況又會變成怎樣？」如此的推動力蓄積得愈來愈高，驟然被停頓壓住，會將力量壓縮起來，等到轉捩

點一轉過去，備受壓制的能量就會一口氣爆發，帶動場景衝到高潮的那一拍。

然而，若是濫用停頓——和對話一樣——原本近悅遠來，也會磨損成令大家退避三舍。其他技巧都要運用的精簡原則，在停頓這個技巧一樣重要。對白要是一停、再停、又停，以示強調、強調、再強調，到後來等於什麼都沒強調了。就像「狼來了」一樣，手法玩得愈浮濫，效果就愈少。等到作者寫到某一場景真的需要把手法的效力發揮到淋漓盡致時，就會發覺先前用得太多，把機鋒都磨鈍了。

所以，停頓要安排在哪裡才好，也要小心拿捏。情節推展的節奏不該磨蹭就要勇往直前，這樣一來，真的到了踩煞車時，定住不動的那一刻才抓得到注意力。愛停就停，不是白吃的午餐；只要一停，都要付出代價。

沉默

文字簡約、步調敏捷，意義內隱多於外顯——這樣的對白會吊得讀者／觀眾迫不及待往下看；但若是文字冗贅，步調拖沓，意義外顯多於內隱，可就在對讀者／觀眾大澆冷水了。囉囉嗦嗦的對白，宛如老牛拖破車，只會逼得讀的人以走馬看花為宜，看的人以充耳不聞為要。所以，一如悲哀的場景常常需要喜趣來作調劑，話太多的時候就要懂得閉嘴。

不過，怎樣叫做「太多」，倒是每一則故事、每一幕場景都有不同，斷難定於一尊，端視個人的品味和判斷來作決定。要是覺得你寫的話比演的戲還多，那就換檔，改以眼睛為寫作的目標而非耳朵，以畫面取代言語。

各位不妨拿以下的問題來考自己：這一幕要是我全以影像來寫，將角色該做的事、故事該有的情節，一概寫成用畫面表現而不加一句對白，那麼應該怎麼做？下面這兩種做法可以擇一用來發揮畫面的威力：

一，周邊語言。姿態和臉部表情，嚴格來說不算語言，卻可以將字詞的言外之意和言下之意說得淋漓盡致。所以，與其要角色張嘴說「對／不對」、「我同意／我不同意」、「我覺得你是對的／我覺得你錯了」這樣的肯定句、否定句來打亂場景，還不如用點頭示意、眼神一掃、伸手比劃來把戲撐起來。

這一點對於寫電視、電影劇本尤其重要。只要做得到，就要在字裡行間留下餘地讓演員去發揮創意。由於攝影機可以把人臉放大好幾倍，心思和情緒會像在眼睛深處、在皮膚底下湧動如海面的波濤。角色不發一語，就是在邀請攝影機靠近深入。好好運用它。

二，肢體動作。只要有機會就問自己以下的問題：我這個角色在這裡的行動和反應，若不用口語，是否有肢體動作可以表達？發揮想像力去勾畫文字畫面，不要「光說不練」。

例如英格瑪·柏格曼某部電影裡的一幕場景。它的片名取得也很巧，就叫做《沉默》（_The Silence,_ 1963）。片中有一名女子在旅館的餐廳裡任由自己讓侍者勾引。這樣的戲該怎麼寫呢？

侍者是不是遞菜單給女子，一一唸出當日的特餐？他會向女子推薦自己最喜歡的菜色嗎？或是讚美女子的衣著品味？他有沒有問女子是否在旅館過夜？是遠行嗎？是否問女子對該地熟不熟悉？隨口提起他再過一小時就下班了，可以當嚮導帶女子四處看看？唉，都是在講話、講話、講話！

柏格曼的處理手法如下：侍者不管有心還是無意，掉了一條餐巾在女子座椅旁邊的地板上。他慢慢彎下腰去撿餐巾，順便一路又吸又聞，從女子的頭頂往下到腿間再到腳邊。女子作出反應，深吸一口氣，帶著喜悅長歎一聲。之後，柏格曼把鏡頭切換到旅館房間，女子和侍者在床上激情交纏。侍者和女子兩人在餐廳那一場勾引戲，散發強烈的情慾，純屬影像，只用肢體，不發一語，再由女子發出那一聲吸氣與長歎，帶到轉捩點。

沉默無語是精簡到極致的語言。

第二部
診斷你的對白

【導論】
對白的六大任務

對白要發揮效力，就要同時做到這六件事：

1. 只要開口講話便有內在行動。

2. 每一拍的行動、反應都會強化場景，以轉捩點為軸心，不斷蓄積劇情的能量。

3. 台詞裡的陳述和影射具有解說的功能。

4. 每個角色各有其語言格調。

5. 一拍一拍往前流洩的氣勢牢牢抓住讀者／觀眾，使他們被敘述的浪頭帶著走，渾然忘了時間。

6. 對白的語言聽在讀者／觀眾耳裡，在演出的背景中是恰如其份的，也符合角色的性格，以便令他們繼續投入虛構的故事中。

　　這六件事情要能兼籌並顧，才有辦法寫出精采的對白。現在，就讓我們來看看有哪些問題會打斷氣勢、帶出扞格。

06
可信度的瑕疵

可信度

我們為肢體動作設定的可信度標準，同樣適用於角色說出來的話語。不論是在舞台、電影、電視上，對白一概要能激發演員作出可信的演出才行。而長、短篇小說中的場景，也一定要能激發讀者想像角色做出可信的行為舉止才行。所以，不論角色的心理有多複雜、氣勢有多凌厲，不論故事有多澎湃的情感、多深刻的意涵，只要角色開口講話，於性格、背景、類型等方面都顯得不倫不類的話，讀者／觀眾就不會相信。不可信的對白，會摧毀讀者／觀眾看戲的興致，其威力絕對不亞於獨奏會的刺耳樂音。

空洞、虛偽的對白，不是用自然主義開藥方就治得好的。各位在搭火車、飛機、公車的時候，不妨留神聽一下其他乘客的對話，馬上便能明瞭東家長、西家短的瞎扯閒聊，絕對不能照搬上舞台、書頁或大小銀幕。現實裡的閒話，零碎絮叨有如籃球運球。日常的口語中，不太能找到生動、共鳴、深意等條件，言不及義這一點更為嚴重。例如開會談生意，通常一連講上幾小時都找不出哪裡用了最淺顯的隱喻、直喻、修辭或意象之類的。

日常會話和對白的根本差異，不在字詞運用的數量、選擇或組織方式。

二者真正的差別在於內容。對白裡的意義是濃縮的，會話的意義是稀釋的。因此，不論背景和類型再怎麼寫實，可信的對白也不會模仿現實。

事實上，可信度和真實度怎樣都拉不上必然的關係。角色即使身處幻境，例如《愛麗絲夢遊仙境》（Alice's Wonderland），講的話雖然是現實世界裡的人絕對講不出來的，但出於角色之口、放在角色置身的背景，卻能給人真實感。

不論怎樣的背景，從最合情合理到最離奇詭異，不論哪一類型，從戰爭片到音樂劇，不論講什麼話，從含糊不清的單音節到抒情雋永的韻文，對白聽起來都應該像是角色自然會講出來的話。是故，我們評估對白的標準叫做「虛構可信」，而不是「實際為真」。角色所用的字詞和句法要講求逼真，但不應該連一般人平常講話的累贅貧乏也模仿，反而應該放進故事所在的世界、所屬的類型，講出聽起來像模像樣的當地用語。

角色在舞台、書頁、大小銀幕上怎麼講話，讀者／觀眾都會相信角色在舞台下、書頁外、銀幕背後也是這樣子講話，而不管故事的背景有多奇幻。即使是像吉列摩・戴托羅（Guillermo del Toro, 1964- ）的《羊男的迷宮》（Pan's Labyrinth）那樣不可思議的世界，或像歐仁・尤內斯庫的舞台劇《國王駕崩》（Exit the King）那般荒誕不經，或像 T. S. 艾略特的戲劇《教堂凶殺案》一樣句句詩韻歌律，又或像羅伯・葛瑞夫斯（Robert Graves, 1895-1985）的長篇小說《我是克勞德》（I, Claudius）那般古色古香，一個個角色開口講話未必確有其事，但一定要若有其事。

但是話說回來：不管任何人，都有可能在任何時候說出任何的話來。所以，對白究竟可信與否，該如何判斷才好？我們怎麼知道一句台詞由角色在劇情的那個時刻講出來是否恰如其份？

審美從來就不是科學。它先天就是既依靠感覺，也憑靠思索。所以，審美必須仰賴千錘百鍊的直覺，仰賴個人以知識、經驗，以及與生俱來的品味，打磨出「就是這樣」的感覺。所以，對於自己寫出來的對白，該如何判斷？你必須懂得聽出字裡行間的弦外之音，感應前因後果是否扞格不諧。角色的口語行動必須能對應上心裡的動機，對白聽起來才會像真的，也就是內心的欲求和外在的對策看起來要相輔相成。

作者對自己的作品作判斷，能做到多好，有賴作者自行發覺。不過，在此為各位列出幾條指南，供各位找到前進的方向。以下是破壞可信度的幾個重大瑕疵：內容空洞，情緒過激，知道太多，自我洞悉太深，以及錯把藉口當動機。

內容空洞

角色一開口講話，讀者／觀眾立刻就會鑽入話語的潛文本去搜尋動機，以便理解台詞的意義，為後果尋找前因。但若是找不到，對白聽起來就會失真，拖累那一場戲。最常見的例子就像：某角色對另一角色說起兩人都已經知道的事，目的無他，單純為了拯救作者於解說之危。

情緒過激

角色講的話，要是教人覺得比他實際應該有的感覺還要激動，同樣會使讀者／觀眾忍不住要問：「怎麼回事？」然後在潛文本裡找解釋。要是找不到，讀者／觀眾就會認為是這個過度亢奮的角色在發神經，或是寫出這角色的人在小題大作。就一般社會／心理層面來說，情緒強烈的對白必須和情境相輔相成才行。

知道太多

作者必須知道角色知道些什麼。角色是作者的產物，故事的背景、人物，是作者窮盡調查研究、對人類行為累積無盡的觀察，加上吹毛求疵的自省自覺，殫精竭慮才創造出來的。因此，作者和作品之間有一條粗黑的界線。或者說，應該要有這樣的界限劃分。若是作者跨過這一條線，把作者的知識灌注到角色的腦中，讀者／觀眾就會覺得有人在作弊了。銀幕或是舞台上的角色講起

事來頭頭是道，卻是唯作者才有的知識廣度和深度，或是小說裡的第一人稱主人翁回顧往事時，記得一清二楚，也看得一清二楚，超出了角色的經驗，一樣會讓讀者覺得是作者跑出來跟角色猛咬耳朵。

自我洞悉太深

同理，作者一定要注意：角色的自知之深，不能比你更了解自己。角色講起自己時，若是自我洞悉之深連佛洛伊德（Freud）、容格（Jung）、蘇格拉底（Socrates）三人加起來都自歎弗如，讀者／觀眾這時可就不只會覺得不可思議而倒彈，連作者也會被讀者／觀眾斜眼相看。把角色寫成擁有非比尋常、不可盡信的自知之明，等於是作者自己挖坑跳下去。

　　這樣的問題，大概是這樣冒出來的：勤奮過人的作者在筆記本、檔案夾裡塞滿了角色的生平事蹟和心理分析，份量比直接用得上的還多出十倍、二十倍不止。作者進行這樣的準備，當然有其必要，畢竟材料愈多，就找得到愈多新穎獨到、別出心裁的武器來打敗陳腔濫調。然而，既然手上有這麼多東西，難免會有想要全拿出來在全世界面前獻一下寶的衝動，而且很難壓抑下來，導致作者不知不覺踩過了作者、角色的分界線，把筆下的創作變成自家研究成果的傳聲筒。

錯把藉口當動機

作者為角色行為安排的動機，請務求誠實。當角色的行為太過火時，作者往往回頭到角色的童年去找，加進創傷來權充動機。近幾十年，性虐待的情節用得太多，變成僅此唯一的萬用型解釋，不管角色做出什麼極端的事，幾乎無不適用。作者若是愛走這類的心理學捷徑，表示他沒弄清楚藉口和動機是有差別的。

　　動機（溫飽、睡眠、性、權力、庇護、愛、自利等，諸如此類），都是驅迫人性、推動行為的需求。[1]而且，這些是潛意識裡的驅力，一般以不自

覺為多，也以製造問題大於解決問題為主。人類就是因為不想正視自己為什麼會做出這樣、那樣的事，才會發明藉口。

　　想像一下自己正在寫一部政治劇，寫到轉捩的場景，國家領導人要向內閣說明他為何要開戰。自有史以來，某支民族向另一支民族開戰，不出下述兩大理由。一，覬覦外族的勢力。打贏別人，搶過來的土地、奴隸、財富都能加強贏家的實力。二，鞏固自家的權力。統治者唯恐失勢，煽動對外戰爭，轉移國民的注意力，重新將國內的權力置於掌心。（喬治・歐威爾〔George Orwell〕在其傑作《一九八四》〔1984〕中，便將這兩大動機都寫得極有戲劇效果）

　　史上的戰爭動機不外這兩類，只是全天下對外宣戰的統治者沒人這樣子想；就算他真的這樣想，也一定三緘其口。所以，寫到這樣的場景時，就要將動機埋進潛文本，讓領導人在搞自欺欺人把戲的時候，火候也要夠，而你在寫對白時捏造出來的藉口，也必須是其他角色會相信、願意追隨的。

　　人類史上發動戰爭的各式各樣藉口，舉舉大者有：「為神拯救世人」（基督教十字軍、西班牙帝國、鄂圖曼帝國）、「將文明的光輝帶進野蠻的黑暗」（大英帝國）、「彰顯天命」（美洲原住民遭滅族）、「種族淨化」（納粹屠殺猶太人）、「推翻資本主義暴政建立共產主義人民專政」（俄國、中國共產革命）。[2]

　　至於拿藉口包裝成動機的範例，可以參見莎士比亞悲劇《理查三世》（*The Tragedy of Richard III*）第一幕第一景。理查這位天生駝背的格洛斯特公爵（Duke of Gloucester），說他因為身有殘疾，人見人厭，「無法以愛人自勉」，便改以「惡徒」自勵，任何人擋在他和王座之間，一概趕盡殺絕。

　　緊接著在下一景，理查見到了安妮（Anne），也是才剛遭理查暗殺的政敵留在身後的美麗遺孀。安妮對理查恨之入骨，厲聲辱罵，斥之為魔鬼。然而，醜陋如理查，罪惡如理查，還是祭出了高妙的心理戰術，向佳人大獻慇懃，極盡勾引之能事。理查自稱因為安妮美得不可方物，教他一見傾心，無法自拔，為了求得佳人，才不得不對她丈夫痛下殺手。緊接著，理查在安妮面前單膝跪下，奉上長劍，敦促佳人若要為夫報仇，可以就此將他一劍穿心。安妮敬謝不敏。到了這一景快要結束時，使盡了花言巧語加上自艾自憐，理查竟然贏得佳人芳心。

有這樣的勾引手腕，理查分明就是談愛高手。所以，他為什麼要說自己無法愛人呢？因為他要找個藉口來遮掩他貪得無饜的權力欲。

要寫出引人入殼、層面豐厚的可信對白，請先鑽研人類行為的兩大馬達有何差別：一是動機，一是辯解／藉口。之後，再看看若是以有意識的藉口去掩蓋角色的潛意識驅力（或至少針對說不分明的行為硬作強解）能否為角色講出來的話添加深度。

對白寫得假，大多不是自信過強、知道太多的作者筆下出現的記號，而是那些神經緊張、非科班出身的作者才有的毛病。焦慮，是不知不解的副產品。要是除了給角色取個名字之外，其他都不清楚，自然也想像不出角色該作何反應；要是抓不到角色的嗓音，寫作時腦子一團混亂，那麼手上塗塗改改出來的對白，除了假貨也別無其他了。陷在伸手不見五指的迷魂陣中，除了這樣傻傻地寫，也別無選擇。

所以，一分耕耘一分收穫。請使出渾身解數，將筆下的角色裹在所需的所有知識和想像中，但也莫忘要以角色周遭的人物為基底去測試角色的特徵，尤其是，要以自己為基底去測試。畢竟，寫來寫去，到最後仍只有自己這塊試金石可以倚賴。所以，各位不妨自問：「若我是這個角色，身處這樣的情況，我會說什麼呢？」接著，再以最敏銳的真假偵測神經去找出最真誠、最可信的答覆。

通俗劇

祭出「煽情」（melodramatic）這樣的形容詞，就是在說寫得過火了，例如嗓門太尖，暴力太露骨，催淚太浮濫，或是性愛的場面有色情片的影子。但反過來看，莎士比亞的悲劇《奧賽羅》（*The Tragedy of Othello*），劇中因妒生恨的殺機沸揚蒸騰；山姆・畢京柏（Sam Peckinpah, 1925-1984）執導的電影《日落黃沙》（*The Wild Bunch*），把暴力轉化成影像的詩歌；史蒂芬・桑德翰的音樂劇《小夜曲》（*A Little Night Music*），探索深沉的痛苦感情；大島渚的經典電影《感官世界》（*In the*

Realm of the Senses），放縱耽溺於露骨的性愛。以上這些名作，沒有任何一部可以用「煽情」來形容。

早在伊底帕斯（Oedipus）自挖雙眼之前，就有出色的說書人在試探人類經驗的極限。迄今，二十一世紀的藝術家還在這一條路上孜孜矻矻、窺伺刺探，因為大家覺得人性的深度、廣度找不到邊界。你為角色絞盡腦汁設想出來的任何事，不騙你，史上絕對有人早早捷足先登，而且遠超出任何人的想像。

所以，「煽情」一詞雖然是出自「通俗劇」（melodrama），但通俗劇的問題不在表現過火，而在動機不足。

作者若是把一幕戲寫成你來我往都在惺惺作態，生悶氣也硬要殺氣騰騰，或是要角色演得涕泗縱橫，把小挫折弄得像大悲劇，又或是角色的行為舉止偏向大驚小怪，超出實際的利害關係，讀者／觀眾就會把這樣的作品套上「通俗劇」的煽情標籤了。

所以，煽情的對白不是遣詞用字的問題。人類講起話來、做起事來，沒有講不出、做不到的。作者若是想要角色講話帶著激情、哀求、猥褻，甚至暴戾，就必須把角色的動機跟著拉抬到做出這種行動的強度。只要行為和欲求兩端拉到等量齊觀的位置，再進一步問自己：「我是要這個角色把他的意思說得一清二楚，還是點到為止就好？」

這裡就拿這場「拖出去砍了！」的兩種版本來作比較。我們假設《權力遊戲》劇中有一條情節主線是兩個國王打了一場浴血大戰，曠月耗時，終於血腥收場。接著是高潮戲：打贏的國王懶懶地癱坐在王座上，落敗的死對頭跪在他的腳邊，聽候他發落。廷臣問國王：「陛下旨意如何？」國王高聲怒吼：「打碎他每一根骨頭！烤焦他一身皮，剝下來塞進他嘴裡！挖掉他眼珠子！砍掉他的頭！」

又或者是：廷臣問陛下有何旨意，贏家一邊打量自己的手指甲，一邊輕聲說了句：「釘十字架吧。」

「釘十字架」幾個字於潛文本暗指的死狀，恐怖程度不下於怒吼的答覆，不過，二者傳達出來的氣勢，何者為強？是聽了毛骨悚然、殘暴的厲聲恫嚇？還是簡單明瞭、輕描淡寫的「釘十字架」？

這兩種版本中，任一答覆放在這樣的角色身上，都可以說是恰如其份。只不過，這是怎樣的角色呢？前一版本的答覆，透露出一位性格軟弱的國王，任由情緒擺布；後一版本勾勒出的國王性格剛強，將情緒牢牢置於掌握當中。就通俗劇而論，動機和性格從來就拆不開。同樣一件事，可以把某種性格的角色從懸崖邊緣推下去，卻沒辦法把另一種性格的角色從沙發上面推下去。因此，動機、行為二者的天平，在每個角色身上都是獨一無二的，必須放在角色的性格內來推敲，畢竟，角色是先有所感才有所動的。

07
語言的瑕疵

陳腔濫調

所謂陳腔濫調，就是指這樣的場面以前看多了，演員要怎麼演讓人一猜就中，要說什麼，讀者／觀眾在他開口前就可以搶先說出來。

如同野草叢生，青一色沒有變化，作者懶得動腦筋、腦袋空空，就會塞滿陳腔濫調。許多想當作家的人，常以為寫作還不簡單──或者說，不可能有多難──因此也簡單為之，從現成作品的垃圾堆中撿一堆破爛出來，湊出我們聽過、看過不知千萬遍的老套場景，寫出我們聽過、看過千百遍的老套用語，就算大功告成。

懶得動腦的作者，寫出來的東西為什麼一點也不新鮮，這不是什麼亙古之謎，不過，為什麼刻苦用功的職業作家，照樣會拿陳腔濫調來應景？他們的見識應該不止於此吧。這是因為：有些陳腔濫調就是有用。畢竟，很久很久以前，現今覺得老套的說法，在那時候可是福至心靈才有的新穎創意。

例如電影《北非諜影》中，雷諾隊長（Captain Renault）吆喝的這一句命令，「去把可疑份子統統給我找來！」（Round up the usual suspects），便是字字珠璣，五個英文字，簡單明快就把政治腐敗囊括其中。自此而後，「the usual suspects」（可疑份子／慣犯）在幾十本專門收錄陳腔濫調的詞典當中，雄踞陳腔濫調慣犯排行榜的頂端。[1]

回溯至人類遠古的年代，不知是什麼時候，有個山頂洞人在講故事時，首先拿角色眼中泛著淚光來表達悲傷，圍在火堆旁的眾人也無不因此覺得悲傷如潮水湧上心頭。很久很久以前，某位國王的御前有個能說善道的臣子，首先把敵軍設下的陷阱比作蜘蛛織出來的網，聽得廷前眾人無不覺得戰慄如巨浪捲過全身。所以，縱使比喻的光華被時光消磨掉了稜角、成了俗套，原創的精妙在後世依然切中些許肯綮。

以下便有一小串俗套的用語，不時便要見縫插針，鑽進現代作家寫出來的對白當中（為求看得到終點，我把英文成語的條目限定在 ba 開頭）：backseat driver（後座駕駛／光說不練）；back to basics（回歸基本／反璞歸真）；back to square one（回到原點／前功盡棄）；back to the drawing board（重畫一次／重起爐灶）；bad hair day（灰頭土臉日／諸事不順）；bag of tricks（法寶袋／渾身解數）；ballpark figure（球場人數／大致估計）；ball's in your court（球過場了／該你出手）；bang your head against a brick wall（拿頭撞牆／枉費心機）；barking up the wrong tree（跑錯方向／未能對症下藥）；battle royal（你死我活的大群架／激烈的大混戰）……不一而足。

習慣成自然。一般人視情況也愛用陳腔濫調，因為俗套也帶著文化傳承。過去於今依然未去。一般人小時候喜歡的，長大後還是喜歡。也因為這緣故，陳腔濫調才在一般人的日常語言當中作亂。大家愛用是因為不管陳濫與否，俗套的說法老嫗能解。因此，偶爾穿插俗套的說法，有助於增加逼真感。

但要記住：若使用俗套，不論再怎麼仔細拿捏，保鮮期遲早會過去，最後還是會發臭，嚇得大家避之惟恐不及。

所以，對白要寫得新穎、獨到，就要把標準拉高，絕對不拿現成常見的做法將就一下就好——事實上，應該說是絕對不以顯而易見的做法為滿足。可以先寫下來，但一定要再另作發想、實驗，搞得有一點稀奇古怪也無妨，依個人的天份去發揮，想得出來多少，就全部擠出來。角色有什麼古靈精怪的點子冒出來，一概隨他去講。不管什麼天馬行空的想法，只要想得出來就

拿出來玩一玩。這樣一玩，說不定真的可以在各種瘋癲的念頭中挖到無價之寶，瘋狂卻很精采。

　　總之，遣辭用字務求拿捏得當，挑出最好的，其餘割捨。沒人有義務看你自曝其短……除非你自己笨到硬要留下來獻醜。

籠統無奇

以籠統代替確定，這樣的對白就叫做「無主對白」（character-neutral dialogue）。

　　作者若是拿日常生活的無聊閒話來寫對白，常會用「逼真」的訴求來為筆下的貧乏作辯護。作者說的可能沒錯，畢竟大家豎起耳朵客觀去聽在身邊流轉的話語時，平凡無奇、陳腔濫調確實在日常會話的穹窿內四下流轉，迴音裊裊不絕。例如，嚇一跳的時候，大家動輒就把神明請出來，「我的老天爺！」也就順口迸出來。然而，用在對白裡，這類隨手擷拾的現成用語，只會害得演員就算想為角色帶出一窺本色的時刻，也無用武之地。

　　所以，該如何是好？

　　問自己這問題吧：我這個角色大吃一驚，忍不住要求神告佛，像她這樣的人——就是她，不是別人——會怎麼說呢？她若是出身阿拉巴馬州，那麼她是不是會說：「要死了，我的老天！」若是底特律那邊的人，是不是會仰面朝天，哀哀禱告：「老天爺，可否行行好？」又或者是紐約的人，那麼她會不會反而去找妖魔鬼怪，惡狠狠來一句：「欸，這是要我下地獄去是嗎？」不過，不論怎麼選，都要契合角色的性格，是這角色才會講的話，而不是隨便塞到任何人嘴裡都行的。

　　我們會在第三部再深入探討角色專屬的對白。

鋪張賣弄

詹姆斯・喬伊斯（James Joyce, 1882-1941）寫的《一個青年藝術家的畫像》（*A Portrait of the Artist as a Young Man*），接近末尾時有一幕是小說的主人翁史蒂芬・戴德勒斯

（Stephen Dedalus）和朋友林區（Lynch）在爭論美學的問題。史蒂芬為爭論作結的時候，為作者和完成的作品之間的理想關係這樣一搥定音：「藝術家就像造物主，始終位在創造物之內或是之後或是之外或是之上，不可得見，昇華如消弭於無形，無所用心，兀自修剪自己的指甲。」

　　喬伊斯運用這種比擬所揭櫫的寫作技巧，是要將角色和情節融會一氣，以至於講起故事幾乎像是沒有作者。他標舉的理想應用在對白上時，就是要角色講話時符合其嗓音個性，搭配得嚴絲合縫，背後有人拉線操縱的痕跡一概消逝無蹤。角色講出來的一字一句，都在將讀者／觀眾一步步拉進故事裡，愈走愈深入，像中邪一樣無法割捨，直到終了。

　　炫學賣弄卻能夠「鎮」得讀者／觀眾中不了邪。所謂「賣弄」的對白，我指的是作者自鳴得意在炫耀文筆，只管台詞是不是寫得漂亮生動，不管是不是切合角色的性格，擺明要人看看他筆下的功夫有多了得。如此賣弄文筆，要得最糟的情況，讓人感覺彷彿有加油女郎抓著彩球手舞足蹈在為作者精采的身手大聲吆喝：「看哪！我這一句台詞有多妙！」

　　就像說相聲的講到好笑的段子自己先笑，人來瘋的運動員在球門區狂跳慶祝舞，自命不凡的寫手也拿自己的文采自吹自擂。然而，只要有一句台詞使讀者／觀眾覺得這是在為藝術而藝術，那條拴在讀者／觀眾和角色之間的信任紐帶就會應聲而斷。

　　我們在第四章談過「活像」的問題，一般人一旦翻開書本或是坐下看戲，心理的機制就由「真實檔」轉換到「虛構檔」。讀者／觀眾知道，想要參與講故事的儀式，就必須自動把別人想像出來的人物當作是真的、把虛構出來的事當作是真的來作回應——就像我們小時候一樣。因此，信任的紐帶——也就是從遠古起便將讀者／觀眾與作者串聯起來的契約——必須一路貫穿故事首尾，不得中斷。

　　這份約定就是如此，而且不論寫的類型有多寫實或多玄幻，只要讀者／觀眾覺得角色和角色對白兩相契合，這樣的紐帶便不會斷裂。一旦寫作用的手法看起來很招搖，使對白聽起來很造作，讀者／觀眾的信心就開始崩解，紐帶隨之斷裂，戲當然就跟著完蛋。這紐帶若是三番兩次如此斷裂，讀者／

觀眾就會乾脆一把撕毀契約，將閣下的大作扔進垃圾桶。

　　舉凡用於塑造角色的種種手法，例如衣著、姿態、年紀、性別、性情、臉部表情，說話無疑是最容易失真的。彆扭的語法，怪異的措辭，甚至停頓的地方不對，都會帶出蹩腳演技的臭味，也就是裝模作樣的感情、膚淺貧乏的大腦、空洞虛無的心靈。所以，作者寫每一句台詞都帶著壓力，都在考驗作者維繫信任紐帶的功力。

　　於是，身為作者，對於表達力怎麼會忽然換檔變成表演欲，就務必培養出敏銳的鑑別力，才能拿捏好分寸。要做到這一點，首先可以試探一下媒材為語言設下怎樣的界線。書頁上看起來扣人心弦、無可懷疑的，換到舞台上，說不定就難堪得教人演不下去。「真」、「假」的分界線，除了受到作者的手法所影響，也由常規慣例來決定，所以作者得先弄清楚講故事的媒介，然後掌握該媒介的常規慣例，最後發揮最好的判斷力，問自己這個問題：我若是這角色，在這樣的情況下會說什麼？能夠幫助你克制耍帥欲望的，便只有你原本具有的品味，加上後天磨練出來的判斷力。所以，就由你心裡的洞察力為你帶路吧，一有疑慮，就要稀釋。

枯燥無味

鋪張賣弄的反面就是枯燥如黃沙大漠，愛用拉丁語源的多音節英文字詞，寫成又臭又長的句子，串成又臭又長的話語。下面的幾則建議，有助大家避開枯燥，改將對白寫得自然、樸實、像是自動自發而來。但也別忘了，這幾點建議（一如本書的其他建議）都只是方針，不是定律。作者提筆之後都只能自己找路走。

具體優於抽象

到了二十一世紀，還有人會把自己住的地方叫做「敝宅」，把自己開的車叫做「座駕」？機會不大吧。但真要說的話，也不是絕無可能。所以，若是考慮到角色特有的因素而必須設定某種禮法格式，就竭盡所能為角色找到抽象、

籠統的詞彙來用吧。否則，請使用明確具體的字詞來表達事物和行為就好，以便維持真實感。

熟悉優於奇異

你的角色會用「宮／殿」（palais）來指稱自己住的屋子，或把公寓叫做「別館」（pied-à-terre）嗎？機會不大。同理，若你的角色是個狗眼看人低的勢利眼，那麼……或真的是個法國佬，也罷！

短優於長

你會不會寫出這樣的台詞：「他捏造的謊言都是偽造出來的事實」？機會不大。若是「他講話會扭曲事實」，或是簡單一句：「他騙人」，甚至凶一點：「聽他放屁」，可信度都還高一點。

英語寫作的選擇永遠至少有兩種。英語是由兩支語言孕育生成的。一是盎格魯—薩克遜語[50]，這是古日爾曼語的一支方言；另一支是古法語，也就是拉丁文的方言。因此，這時期的辭彙在日後的現代英語中就這樣多出一倍（參見下方說明）。不論什麼東西，在英語中至少可以找得到兩個字來表達。事實上，以英語高達上百萬的字彙，可供選擇的辭彙說是取之不盡、用之不竭也相去不遠。

英語是怎麼多出一倍的？

羅馬人在西元一世紀征服英格蘭之後，雇用移居到盎格利亞（Anglia）和薩克遜（Saxony）一帶的日爾曼、斯堪地納維亞商人協助他們抵擋海盜，鎮壓皮克特（Pict）、居爾特（Celt）等土著叛變的亂事。後來羅馬帝國於西元四一〇年棄守英格蘭，往英格蘭遷徙的盎格魯

---

50 盎格魯—薩克遜（Anglo-Saxon），中古早期出現的用語，特指從歐陸往英格蘭遷徙的日爾曼部族。

一薩克遜人大增，土生土長講高盧語的居爾特人反而被他們排擠到邊緣，羅馬人引入的拉丁語就此湮滅，日爾曼方言通行於英格蘭全境。

不過，六百年後，拉丁語繞著圈子又捲土重來了：西元九一一年，丹麥來的維京人（Viking）征服法蘭西北部海岸一線的土地，冠以自家的稱號，稱為「諾曼第」（Normandy），意思就是「北方人的地」（land of the Norsemen）。這些丹麥人和法蘭西女子通婚，一百五十年後，大家講的語言變成了母親這邊的家鄉話，也就是有千百歷史的拉丁語法蘭西方言。到了西元一〇六六年，諾曼第的威廉國王（King Wilhelm），也就是英國史上的「征服者威廉」（William the Conqueror, c. 1028-1087），率軍越過英吉利海峽打敗英格蘭國王，挾此勝績將法語長驅直入送進英格蘭。

歷史上，凡是遭到外族征服，本土語言一般而言便隨之衰亡。不過，英格蘭這裡倒是例外。也不知是什麼原因，盎格魯─薩克遜的日爾曼方言和諾曼第傳進來的拉丁法蘭西方言融合起來，以至於發展到後來的現代英語辭彙跟著加倍。英語不管講起什麼至少都有兩個字可用，例如日爾曼語源的英文字 fire（火）、hand（手）、tip（尖端）、ham（火腿）、flow（流動），以及法語語源的英文字如 flame（火焰）、palm（手掌）、point（尖端）、pork（豬肉）、fluid（流體）。

有鑑於英語辭彙的數量龐大，在此提議不妨以此作為大原則：少用多音節的字，尤其是帶有 -ation、-uality、-icity 這類拉丁字尾的字，多用簡潔有力、活潑生動的單音節或雙音節字，這種字多半源自英語在古盎格魯─薩克遜這一邊的源頭。不過，不論選用的是日爾曼或法蘭西語源的詞彙，遣辭用字的時候都可以參考下述四條觀察來的心得；

（1）一般人在情緒愈激動的時候，用的字、句會短一點；腦筋愈清楚的時候，用的字、句就長一點。

（2）一般人在比較主動、比較直率的時候，用的字、句會短一點；比較被動、比較躊躇的時候，用的字、句會長一點。

（3）愈聰明的人，句子就愈複雜；沒那麼聰明，句子就短一點。

（4）書讀得多，辭彙就豐富一點，用的字也長一點；書讀得不多，辭彙就少，用的字也短。

回頭再看一次先前用過的例子，拿「他捏造的謊言都是偽造出來的事實」（His fabrications are falsifications of factuality）這句台詞，去和「那個狗雜種騙人」（The son of a bitch lies）作比較。前一句罵人的話，用了多音節、押頭韻、拉丁語源的英文字，這大概要是個頭戴白色假髮、一臉若有所思的訴訟律師，出現在法律題材的喜劇片中嘲諷英國皇家最高法院的拘泥形式與一板一眼，才有可能講出來。至於後一句，只有六個單音節的英文字，那就不拘何人、不拘何地，只要在氣頭上都會脫口而出。

一般人遇到衝突愈趨激烈、危險驟然拉高的時候，講的話也會帶著比較強的情緒、偏向主動、直率、單音節，也比較笨。等到衝突升高到頂點，往往就會講出笨到極點的話，以至於後來後悔莫及。不論哪一類媒介、哪一種故事結構，充斥著衝突的場景不僅撐起敘事，隨著鬥爭推進，場景中的對話也會傾向以上述的四種方式來處理。

另一方面，當你是用以過去式寫作的小說來講故事，回想段落中幾乎不帶衝突的情形便所在多有了。所以，這裡也一樣，容我再提醒一次，本書條列的原則只是描述大致的趨向。天地之大，總是有人不知在哪裡做了什麼，也沒人知道究竟是怎麼回事，硬是顛覆了心理學的每一條學說。寫作也是如此。每一條法則於成立之初，無不事先設定；到了實際創作的時候，準會有矛盾出現。

以博伊德‧克勞德（Boyd Crowder）為例。他是長紅影集《火線警探》當中主人翁亦敵亦友的角色。影集的節目統籌（showrunner）葛瑞姆‧約斯特（Graham

Yost, 1959~）把劇中一整批演員的音色都拉得比較高，唯獨博伊德這個角色，他往回拉了好幾百年，回到影集背景所在的阿帕拉契山區（Appalachian mountain），賦予他美國內戰期間南方「邦聯」（Confederate）政客的講話格調。下面這一段，博伊德正在講上床睡覺這件事：

博伊德

話雖如此，我卻覺得體內有一股倦怠愈來愈強，揮之不去，想找個僻靜的地方過冬，求個安逸和休眠。

在拉丁化法語和古日爾曼語二者最終融合為現代英語之前的數百年期間，拉丁語和法語一直是英格蘭地方的強勢語言。[2]而博伊德就和許多公眾人物一樣，不論來自政界或企業界，追求權勢、名望的欲念推動著他，這一點在影集中從頭到尾一路都是劇情的骨幹。博伊德也像一般貪求權力的人一樣，對於自己出口成章十分自豪，多音節的辭彙洋洋灑灑，在句子一開頭的大寫字母到結尾的句點之間，能塞多少就塞多少，對於下述的忠告嗤之以鼻。

直言優於曲筆

有人會這樣寫嗎？「我揍了那傢伙一拳，忽然意識到，結果是我比他還痛。因為當我把手從衣服口袋抽出來，用盡力氣握緊拳頭，還特別注意大拇指是握在拳頭外面而不是收在拳頭裡，然後使盡吃奶的力氣往他臉上打下去，卻覺得一陣劇痛，也沒辦法再握起拳頭了。」還是這樣子：「我揍了他的下巴一拳，結果打斷了自己的手，痛得要死！」

角色在演出他人生難得幾回有的衝突大戲時，他怎麼講話，就反映出角色鮮明的性情。所以，像這樣的例子，假如你的角色是科學家、神學家、外交官、大教授、某種學問的大學者，或是純粹就愛裝模作樣，確實有可能講出詳細解說、老學究似的話來，但也要在平和、理性的情況下才行。儘管如此，一般的通則仍是以簡單俐落的字詞，寫出直截了當、不做作的句子來為場景定調才好。

這原則不論在書頁、在舞台都成立，但是在銀幕上格外重要。舞台劇的觀眾會特別專心用耳朵聽，讀者讀小說的時候，第一遍沒抓到意思還可以重來，電視觀眾有必要時可以錄下來重看，把沒聽清楚的句子重聽一遍。但是在大銀幕，對白一講出來就過去了。電影觀眾是透過雙眼在集中注意力，而不是耳朵。電影觀眾要是一開始沒聽懂，會問旁邊的人：「他剛才說什麼？」

　　但不論哪一種媒介，沒搞懂對白都是很討厭的事。讀者／觀眾連意思都抓不到了，你寫的句子再精采又怎樣？所以，台詞仍是以從名詞走到動詞，再走到補語的順序為佳——寫得精采的倒裝句例外。清晰至上。

主動優於被動

英文的被動句對白需要使用「連綴動詞」，例如 am、is、are、was、were、be、been，來表達靜態，例如 He isn't very smart.（他不太聰明）；主動句對白，要用動作動詞來表達動態，例如 He'll figure it out for himself.（他會自己搞懂的）。

　　一般人遇上衝突，心理會比較警醒，對自己、周遭的看法趨於積極主動，講出來的話會帶著動作動詞。等到情勢緩和下來，一般人會變得較消極被動，對人生的看法也會多想一下，講的話也就以描述存在狀態的動詞為多。在這裡還是那句老話：這種模式只代表一種傾向趨勢，不是人類行為的規則。儘管如此，在衝突的風暴中，使用狀態動詞會絆住前進的步調，像船隻拖著錨頭前行。

　　句子當中最難察覺的被動狀態，藏在動名詞句式裡。這時候，狀態動詞會帶著 ing 字尾出現在詞組裡，例如 She is playing around.（她正在瞎胡鬧）、They are working hard.（他們正在拚命）、They were coming home yesterday.（他們昨天回家來了）。用動名詞造句寫出來的對白，就算活潑也活潑不到哪裡去。所以，在用動名詞造句以前，先嘗試用主動句來寫：She plays around.（她在瞎胡鬧）、They work hard.（他們很拚命）、They came home yesterday.（他們昨天回家了），看看單用一個直接動詞會不會更適合。

長話短說優於長篇大論

自命不凡的人想要別人知道他有多不凡，會為用字添加音節，為句子添加用字，為段落增添句子，把一段話說成好幾段話。總之，以量取勝而不管質，以長取勝而不顧精鍊，以繞來繞去取勝而不想要簡單明瞭。

舉例來看，伍迪・艾倫和道格拉斯・麥葛拉斯（Douglas McGrath, 1958~）合寫的《百老匯上空的子彈》（*Bullets Over Broadway*），由黛安・韋斯特（Dianne Wiest, 1948~）飾演人老珠黃的百老匯女星海倫・辛克萊（Helen Sinclair），曾經說出這三段花俏的台詞。

她排演時遲到了：

海倫

幫我修腳的美容師突然中風，往前一倒，壓到一根橘色棍子，棍子插進我的腳趾頭，所以得去包紮上藥。

她看向戲院內一片漆黑的觀眾席：

海倫

這老戲院啊──這間教堂──充斥著種種的回憶，到處都是幽靈，啊，艾爾文太太，凡尼亞舅舅，奧菲利亞在這裡，柯黛莉亞在那裡……還有克萊婷轟思卓…… 每一場演出，都是生，每一次落幕，都是死……[51]

---

51 艾爾文太太（Mrs. Alving），挪威著名劇作家易卜生（Henrik Johan Ibsen, 1828~1906）的名作《群鬼》（*Ghosts / Gengangere*, 1881）中的女主角。
凡尼亞舅舅（Uncle Vanya），俄國劇作家契訶夫（Anton Chekhov, 1860~1904）一八九七年發表的同名著作男主角。
奧菲利亞（Ophelia）為莎士比亞劇作《哈姆雷特》中的角色，柯黛莉亞（Cordelia）則出自《李爾王》；克萊婷轟思卓（Clytemnestra）為古希臘悲劇當中的角色。

她和年輕劇作家一起走過紐約中央公園：

海倫

每件事都具有一種無法解釋的意義，比語言本身還要根本。

（他想開口講話，被她伸手蓋住嘴）

噓……噓…… 別出聲……別出聲……我們就這樣子走著，帶著自己
的心思……不洩露出來……安安靜靜地……就讓鳥兒唱牠們的歌，
我們的呢，暫時先藏著不唱吧。

所以，除非是要像伍迪‧艾倫這樣故意挖苦譏刺，一般還是努力以簡馭
繁，拿最少、最真的字詞去表達最多的意思吧。

自道優於學舌

對白應該像是角色在講話，但講的內容必須超出尋常許多。寫得好的作者會
留心世間眾人的話語，但絕少把聽來的話一字不改照抄到紙頁上。若是我們
仔細研究紀錄片，注意聽片中真實的人物在真實生活中是怎麼講話的，或是
去看所謂的實境秀節目，聽節目中的素人演員臨場即興發揮的口白，馬上就
會了解：日常的口語拿到攝影機前來講， 聽起來既彆扭又生澀。虛構可以
把話語往上拉高不少──形式精簡，寓意深邃，層面豐厚，角色獨有，這
些特質都比在人家背後東家長、西家短的閒話勝出許多。正如米開朗基羅
（Michelangelo, 1475-1564）雕刻出來的大理石像，語言也是作者進行雕刻所用的
素材。請不要抄襲真實人生，而要話說人生。

刪除枝節

這裡說的枝節是指這樣的對話：「嗨，你好嗎？」「喔，好啊。」「孩子好
不好啊？」「孩子也都很好。」「天氣真好，對吧？」「是啊，終於好了，
上禮拜一直下雨。」就像許多人愛拿小擺飾去填滿空空如也的書架一樣，筆
力不好的作者也愛拿一些空洞無謂的閒言碎語去為了無生氣的場景充場面，

以為日常寒暄可以增加寫實感。不過，角色穿運動褲不等於是運動好手，同理，角色話家常不等於逼真得和家常一樣。甚至，冗言碎語不僅掏空角色和場景的內涵，還會誤導讀者／觀眾，這樣才更糟。

舞蹈不僅是動作而已，音樂不僅是聲音而已，繪畫不僅是形狀而已，對白也不僅是講話而已。藝術作品不僅是局部的總和，作品的每個局部也不僅是局部。

對白寫得不好，一般都是寫得太淺白，也就是意思就明擺在字面上，沒什麼好再挖掘的了。至於寫得好的對白，就是暗示的多於明講出來的，一字一句的文本都藏著潛文本。讀者／觀眾早已經熟習寫實的傳統，個個訓練有素，先入為主認定每一句台詞在字面之外無不另有深意，否則幹嘛寫出來？是故，看故事的人遇到瑣碎無聊的枝節，也會自動鑽到字面下去尋找深意，想為每個字義找到寓意，一旦找不到，可就既困惑又氣惱，興味索然了。

所以，只要有哪句對白在字面底下找不到未曾明言的心思或感情，要不是趕快加上，否則就馬上砍掉。

08

內容的瑕疵

淺白露骨

寫得淺白露骨，是指角色心裡轉的念頭、情感的波動，無不從角色說的話語便直接表露無遺。蹩腳的對白形形色色，就以淺白露骨最為常見，破壞力也最強大。這樣的對白會把角色壓成扁扁的人形立牌，把場景貶到煽情、濫情的層次。淺白露骨為害之烈，讓我們在此一探究竟。

「虛有其表」（Nothing is what it seems.）這句成語，道盡人生表裡不一的真相：人生的表相，耳聞目擊所得的一言一行……都在其外，是人生的虛；在一言一行之內流動的心思和感情，才是人生之實。

我們在第三章已經提過，人生是同時循著「已說」、「未說」、「不可說」三條軌道在運行的：形諸於外者，是我們日常在私生活、社會中做出來的一言一行（也就是文本）；存乎於內者，是做出一言一行之際，私下暗藏的念頭和感覺（也就是有意識的潛文本）；藏得最深的那一層，就是一個人潛意識的驅迫力、原始性情這一片廣大的領域，個人的內在能量就是由這些推動的（潛意識的潛文本）。

所以，一般人說出來的話、做出來的事，要完全體現其人所想、所感，

是絕無可能的事，理由顯而易見：但凡人的心思和感覺絕大部份是藏在覺察之下的伏流，渾不自知。這樣的心思，本來就不會浮現到表面、由人說出口。不管再怎麼努力想作到坦誠，再怎麼努力想把潛文本的真實放進言行的文本裡去，我們潛意識裡的那一個我，始終是我們一言一行背後那個晃悠悠的魂魄。真實人生如此，虛構的故事亦然：每個文本都有潛文本匯聚在下面湧動。

　　舉例來看，假設你正在諮詢你的心理醫師，把最黑暗的自己、你對別人做過最惡毒的事，滔滔不絕傾訴給醫生聽。眼淚從眼角滑落，痛苦逼使你在躺椅上蜷縮成一團，在哽咽中斷斷續續說出告白。這時你的心理醫生在做什麼呢？記筆記。記些什麼呢？你沒說出來的話。你說不出來的東西。

　　心理醫生又不是負責把你的「口供」一字不漏全記下來的速記員。他的專業訓練就在於看穿你的文本，抓到你未能說的潛文本，也就是你的意識根本想不到、因此也說不出來的那些事。

　　對白寫得淺白露骨，就一古腦地抹煞了意識層面未說出口的心思、欲求，連同潛意識未能說的渴望和驅力一起，獨留說出來的話語，還講得大大方方、明明白白、空空洞洞。換句話說，淺白露骨的對白等於把潛文本改寫到文本裡，以至於角色把心裡的想法、感覺和盤托出，一絲不剩，因此也等於是用全天下沒人會用的方式在講話。

　　拿以下的場面為例：優雅的餐館，僻靜的角落，兩個端麗的人物隔桌對坐。瑩瑩的光輝映照在水晶杯上，映照在這對戀人水汪汪的眼睛裡。悠揚的樂音在背景迴盪，輕緩的微風拂動窗簾。這對戀人同時伸出手來，指尖交握，彼此對視，眼底的柔情密意傾洩而出。兩人同時開口說：「我愛你／我愛妳」，真心誠意。

　　這一幕要是真的拍出來了，準像過馬路時被車輾過的狗：扁扁的！根本就不能演。

　　我說不能演，意思是：演員不是懸絲傀儡，用錢雇來講你要講的話、學你要做的動作。他們是藝術家，首要工作是挖掘角色隱藏在潛文本裡的真正意圖，為你的角色注入生命。然後，他們引燃內在的火種，利用這樣的能量由內而外構造起一層又一層無法用言語形容的複雜內蘊，最後從演員的動作

浮現出來，由姿態、臉部表情、話語表達出來。但我在前面描述的那一幕，潛文本是空的，所以當然演不出來。

　　書頁、舞台、銀幕並非包覆在模糊不清的外膜之下。世人用來講故事的媒材，每一種都是透明的，讓大家有辦法一窺別人沒講出來或講不出來的事。我們觀看電視影集、電影、舞台劇，或是翻閱紙頁讀故事時，眼睛不會羈留在紙頁上的文字上，或舞台、銀幕上的演員身上，而是穿透文本，看到下面的潛文本去，探入角色內心最深的擾亂和悸動。大家在讀到寫得精采的故事時，難道不會感覺像在讀別人的心思、讀別人的感情嗎？心裡難道不會一直有這樣的聲音出現：「我就知道這角色其實是這樣子想、這樣子感受、這樣子在做的。我把他的心理看得比他自己還要清楚，因為他陷在當局者迷的困境。」作者結合演員像這樣由雙方一起爆發出來的創造力，順應的是看故事的人以下的需求：像隻蒼蠅一樣貼在人生大戲的牆上，冷眼看透世間百態的真相。

　　我若是演員，被迫演出上述燭光晚餐的俗套，我的第一反應會以保護我的演藝生涯為優先，不讓爛作者把我搞得像個爛演員。我會主動為這樣的場景添加潛文本，即使和故事毫無關聯也無妨。

　　我的手法大概會像下面這樣；這對情侶為什麼要費事搞出這個像在演電影一樣的場景？他們弄來這些燭光、輕音樂，到底是為了什麼？為什麼他們不像一般人那樣各捧著一碗義大利麵坐在電視機面前就好？這段關係有什麼地方不對勁嗎？

　　我沒說錯，對吧？真實人生裡，什麼時候會用到燭光？事情順利的時候？才怪。要是沒問題，我們會端著義大利麵坐在電視機面前。一般人不都是這樣嗎？！就是因為有問題，才要請出燭光來幫忙。

　　所以，想清楚這一點，放在心上，然後我就可以演出這場戲，讓觀眾看清楚真相其實如下：「沒錯，他是說愛她，但你看，他憂心如焚，生怕會失去她。」這樣的潛文本為場景拓開了實質的深度，成為一名男子孤注一擲以求重燃愛苗。又或者，觀眾可能會把這一幕想成：「他嘴上是說愛她沒錯，但你看，他根本是在密謀要把她甩掉。」意在言外的動作激發起大家的興趣，

就會緊盯著戲裡的男子，看他布置這麼一場浪漫的最後晚餐，拐了個彎來讓女方失望，因為他其實要離開她了。

除了罕見的例外，故事裡的場景絕對不能等於表面看起來那樣。對白的潛文本應該用暗示的就好，不宜點破。上面說的兩種場景變體，潛文本的動機和對策在角色都是有意識但不明講出來的。讀者／觀眾發覺行為表相之下還藏著沒說出來的對策，這樣的內心活動就為場景打開了深度，帶領讀者／觀眾多走幾步去洞悉內情。始終與文本常相左右的潛文本，才是寫實的主導原則。

然而，非寫實是一大例外。它不論哪個類型、次類型——諸如神話、童話、科幻、時間旅行、動畫、音樂劇、靈異、荒謬劇場、動作／探險、滑稽、恐怖、寓言、魔幻寫實、後現代、柴油朋克、復古未來[52]等——都會運用淺白露骨的對白。

非寫實作品中的角色一般偏向套用典型，層面趨於單薄，故事的背景也常設定在想像或誇張的世界，情節走寓言的路線。例如皮克斯動畫（Pixar）出品的《腦筋急轉彎》（Inside Out）。也因此，潛文本在此偏向萎縮，對白也沒有那麼複雜，著重於解說，比較淺白。像《魔戒三部曲》這樣的電影，「膽敢入內，有去無回」[53]這類的台詞，在這裡找不到言下的隱含意義或言外的雙重意義。假如演員硬是要把這句台詞加上一層譏誚，說不定反而招來一陣哄笑，這一幕也會應聲陣亡。

在創作故事的過程中，所有作者都會在某個時間點冒出一個問題，也必須找到答案：我到底在講什麼樣的故事？講故事的人處理現實的手法，不脫這兩大透視方向：一是模仿，一是象徵。

走模仿路線的故事，就是反映或模擬現實人生，落在寫實的各種類型當

---

52 柴油朋克（dieselpunk），二〇〇一年由一名電腦遊戲設計師發明的名稱，後來泛指運用一戰到二戰結束期間的流行美學——例如低俗雜誌、海報、裝飾藝術（art deco）、黑色電影等——創作出來的風格，散見於美術、音樂、電影、小說、工業設計。
　復古未來（retrofuturism），回頭拿前人想像的未來來進行創作的藝術風格。此名詞最早出現於一九六七年的著作《復古未來》（Retro-futurism）。
53 「膽敢入內，有去無回」（Those who venture there never return），英文的奇情、冒險、靈異、鬼怪作品會運用的說法。

中。象徵的故事則將現實人生以誇大或抽象的手法進行加工，落在非寫實的多種類型當中。就「忠於事實」這個標準來看，這兩條路線半斤八兩，談不上孰輕孰重。但凡故事，就是人世的比喻，寫實、非寫實二者的份量，端看作者在表達他的想像世界時，選擇用怎樣的手法去說服讀者／觀眾，引領讀者／觀眾投入。

儘管如此，非寫實和寫實二者的重大差別，有一項就在於潛文本。非寫實一般以削減或是消滅潛文本為多，寫實則是少了潛文本無法獨活。

為什麼呢？

因為在非寫實類型中，想要澄清與淨化角色代表的象徵意義，例如美德、邪惡、愛、貪、純真等等，就必須消弭角色的潛意識，連帶也抹煞了心理的複雜層面。

反之，寫實的首要前提是一個人的想法、感覺絕大部份都落在無意識中，因為這樣，一個人全部的想法、感覺是永遠無法直接、一五一十完整地表達出來。所以，模仿的類型要為角色勾畫層面豐厚、內涵複雜、扞格矛盾的心理，就會拿潛意識浮現的欲求去衝撞有意識的意志。

寫實主義有其複雜的心理和社會層面需要處理，因而幾乎每一句台詞都帶著潛文本。然而，非寫實為了避開這些岔出去的紛雜糾葛，對潛文本自然能免則免。

獨白的謬論

人生每逢重大時刻，都有「行動／反應」這樣的動態在作轉捩的樞紐。在物理的領域，依循牛頓第三運動定律，作用力是與運動相等的反方向力量，而且可以預測。不過，在人文的範疇，意外才是主宰。我們每踏出重要的一步，周遭的世界就會有所反應──只不過幾乎從來不會跟我們預料的一樣。我們的內心、我們的周遭，都會有反應是我們想像不到也預料不到的。畢竟，面對人生的重大時刻，不管我們再怎麼預習，等那一刻真的到來時，從來不會跟我們想的、要的、計畫的一樣。人生的舞台就是從頭到尾都要即興發揮，

無止無休。

　　是故，若是有角色孤單一人呆坐，對著牆壁發愣，他內心流竄的思緒是內心的對白，而不叫做獨白。這股內心的洪流便是現代小說常用的材質。書面故事作者可以帶領讀者進入角色的大腦，細看角色的內心活動：一邊是沉思默想的我，另一邊那個我卻一下懷疑、一下讚許、一下批評、一下爭辯、一下原諒、一下傾聽，不斷在作反應，角色內心的活動不斷在二者之間來回穿梭。這類一來一往無不帶有目的的內心活動，就是對白，只是出之以思緒，而不是開口說話。

　　真正的獨白不會引發回應，而是長長一段、持續不停、不屬於行動也不算是反應的宣洩話語，沒有特定的說話對象，使角色成為作者發表哲理的傳聲筒。不論是大聲說出來，抑或只是在內心裡流轉，角色講出來的話要是太長，而且價值取向[54]一直沒變，就會有淪為毫無生氣、扭捏造作、沉悶乏味的危險。

　　只是，多長叫做太長？一般人平均的英語話速是每秒二到三個字。依這樣的速度，說兩分鐘的話可以多達兩、三百個字。這在舞台或銀幕上是很長的一段話，而且看不到有人或有事情在作回應。三百個字即使放進小說也會占掉一整頁。一連幾頁都是第一人稱的沉吟或回憶，沒有用對位的內心活動來交叉打斷，對讀者的耐性會是嚴峻的考驗。

　　反過來，要是你在寫一幕兩個角色的場景，而且是以某甲從頭講到尾而某乙安靜坐著聽的安排比較好，那麼，長篇的話語就顯得自然而且必要了。不過，寫的時候要千萬記得，即使某甲事前就琢磨好要找某乙當面講上這樣一段長篇大論，當他開始對著某乙宣洩心裡的想法時，場面還是不會完全順著他的意思來走。

　　舉例來看，我們就說某甲認為某乙應該會對他提出的指責作申辯，所以預先準備好一長串尖刻的反擊為腹案，某乙卻只是枯坐在一旁，悶不吭聲，不作任何爭辯。某乙一臉木然的反應，整個打亂了某甲預演好的長篇訓話。

---

54 價值取向（value charge），麥基在《故事的解剖》中指其為「人生意義的正、負向變化」，經常以正（＋）、負（－）來比喻人生價值取向的擺盪（參見《故事的解剖》第 6 頁）。

這樣出乎意料的轉折，會逼得某甲必須隨機應變。這就像我們先前提過的，人生就是不斷在即興發揮，不斷在有行動、有回應。

所以，若這是小說創作，就可以針對某乙反應成謎的狀態，加進某甲的非言語反應，例如在某甲一洩如注的話語當中穿插某甲的眼神、姿態、停頓、結巴支吾等狀況。把某甲貫穿該場景的話語打散成多拍的「行動／反應」，安插在某甲自己身上，以及某甲和默不作聲的某乙之間。

再想像另一種狀況：假設你寫的角色正在對教堂裡的會眾朗讀一篇精心寫就的證道講辭。他在看稿朗讀的時候，會不會偶爾抬眼看一下會眾的反應如何？要是有人的表情看起來很煩，那他會怎樣？他的腦中會不會有思緒在亂竄，一下注意自己的腔調，一下注意自己的姿態，一下注意自己心裡緊張到糾成一團，不時叮嚀自己要深呼吸、放輕鬆、微笑，就這樣一邊唸稿一邊調整這、調整那的？他唸稿時看起來是像獨白，但他內心的活動是很活躍的對白。

讓我們再推進一步來看「行動／反應」法則，想像一下你的角色是天生就愛一開口講話就講一大串的人吧。拿梅麗・史翠普在電影《八月心風暴》（August : Osage County）裡飾演的薇奧莉・魏斯頓（Violet Weston）來看好了。她的言行舉止都是由長篇大論在驅動。只要有她在場，對話就由她當家作主，從來不管別人有什麼想法或感覺。別的角色可能覺得這角色很煩，但你身為作者可絕不能讓觀眾也覺得這角色很煩。所以，你應該像寫出這部電影劇本的崔西・雷茨（Tracy Letts, 1965~）一樣，寫她一開口好像就會嘮叨不休，卻又不是真的要她一開口就嘮叨不休。請仔細看這部電影，注意雷茨是怎樣在推動薇奧莉的長篇大論，而薇奧莉的家人雖然聽得不勝其煩卻只能無奈任由這個話癆轟炸的反應，又是怎麼被雷茨拿來當作樞紐打造出每一場景的戲。

劇作家奧古斯特・史特林堡（August Strindberg, 1849-1912）在一八八九年寫下《強者》（The Stronger）一劇，背景設在一家咖啡廳。這是長達一小時的獨幕劇，由羅敷有夫的 X 女士對上丈夫的情婦 Y 小姐。全場由 X 女士獨挑講話的大梁，但演出時，一聲不吭的 Y 小姐才是觀眾矚目的明星。

角力對白

回想一下我們辛苦熬過的那些不知千百個小時的爛電影、爛影集、爛舞台劇。我總覺得那些膚淺單薄、匱乏空洞的演技，十之八九不該怪在演員頭上。這筆帳應該算在作者、導演硬逼演員去唸那些根本不能演的「角力對白」（duelogue）上。「角力對白」是我拈出來的名稱，意思是指兩個演員捉對廝殺，你一言我一語作對質，把當下的問題講得直接、明白又激動。它聽起來像是有硬邦邦的磚頭聲，因為每一句台詞都講得又直又白，把意思搾得一滴不剩。

舉例來看，電影《神鬼戰士》（Gladiator）裡有一幕是羅馬皇帝柯穆德（Commodus）逮捕政敵麥西穆（Maximus Decimus Meridius），將他關入大牢。當晚，麥西穆發現柯穆德的姊姊露西拉（Lucilla）在他的囚室等他。

> 內景。地牢。夜晚。
> 衛兵把麥西穆押進空空的牢房，用鐵鍊拴在牆上。衛兵走後，露西拉從暗影裡走出來。

露西拉：富貴人家的主母想要英勇過人的豪傑討她們歡心，都很樂意花大錢呢。

麥西穆：我知道妳弟弟會派刺客來，沒想到他派出了絕世高手。

露西拉：麥西穆……他不知道我要來看你。

麥西穆：我的家人活活被送到火刑架上燒死。

露西拉：我不知道這些──

麥西穆：（大喊）──少在我面前睜眼說瞎話。

露西拉：我為他們哭過。

麥西穆：妳為妳父親哭過嗎？（伸手抓住她的頸項）妳為妳父親哭過嗎？

露西拉：我從那天起便活在恐懼的牢裡。沒辦法為自己的父親守喪，因為害怕自己的弟弟。每一天、每一刻活得提心吊膽，因為

自己的兒子是皇位繼承人。啊，我是哭過。

麥西穆：我兒子……完全無辜。

露西拉：我兒子……也是。（略頓）是不是我兒子也要死，你才會相信我？

麥西穆：我相不相信妳有什麼關係？

露西拉：是眾神免你一死，你還不明白嗎？今天，我看到有奴隸比羅馬皇帝還要強大。

麥西穆：眾神免我一死？我可是隨他們定生死的，再強大也只是在討群眾歡心。

露西拉：你的強大就在這裡。群眾就是羅馬。只要群眾在柯穆德的掌握裡，等於一切在他的掌握裡。（略頓）你聽我說，我弟弟有不少敵人，大多數是在元老院裡。但只要群眾追隨他，就沒人敢挺身反抗他──除了你。

麥西穆：他們反對他，卻什麼也沒做。

露西拉：政治家當中還是有些人將生命奉獻給羅馬的。有一個人更是如此。我要是作好安排，你願意見他嗎？

麥西穆：妳還搞不懂嗎？我隨時都會沒命，不是今晚死在牢裡，就是明天死在競技場。我的身份是奴隸，能有什麼本事帶來什麼改變？

露西拉：那個人要的也正是你要的。

麥西穆：（大喊）那就叫他殺了柯穆德。

露西拉：我以前有個認識的人。他是高貴的人，有原則的人，他愛我父親，我父親也愛他，而這人一直在為羅馬鞠躬盡瘁。

麥西穆：這人已經不見了，妳弟弟幹的好事。

露西拉：讓我幫你吧。

麥西穆：對，妳是有可以幫我的地方。忘了妳曾經認識我，也別再到這裡來。（朝外面喊）衛兵，夫人沒事了。

露西拉含淚離去。

亞里斯多德在《詩學》（*The Poetics*）第四章中申論看戲最快樂的就是學習，也就是看穿人類行為的表相，一窺底下的真相。所以，對白若是把角色沒說出口的需求和情緒變成有意識地公告周知，像上述的場景那樣——也就是說，場景要表達的內涵全被你不打自招，毫無保留寫了出來——結果就是斬斷了洞察內情的路，剝奪了讀者／觀眾理所應得的樂趣。更糟的是，你這是在竄改人生。

我們於人生的進退得失都繞著問題打轉，出於本能地運用種種藉口託辭、對策手腕，迴避暗藏在潛意識中說不出口的痛苦事實。一般人對於自己心底深處真正的需求和欲望，鮮少能夠坦然、直接當面對人訴說，反而喜歡拐彎抹角透過第三方來跟對方索討自己想要的東西。

所以，針對對白寫得淺白露骨這個毛病，藥方必須在直接衝突之外去找，也就是要找到第三方，將角力對白轉換成三角會談。

三角會談

三角會談，依照我修訂過的定義，是指衝突中的兩個角色加上他們用來匯流雙方衝突的另一件事之間的三角關係。

舉例來看：

威廉・甘迺迪（William Kennedy, 1928- ）寫的長篇小說《飛毛腿》（*Legs*），講的是黑幫老大「飛毛腿」傑克・戴蒙（Jack "Legs" Diamond, 1897-1931）的生平故事。在第三章裡，傑克回到家便遭妻子愛麗思（Alice）質問，因為傑克的兩個手下奧克西（Oxie）和佛戛蒂（Fogarty）讓愛麗思知道家裡養的那三隻金絲雀，一隻叫做「瑪麗恩」（Marion）是因為牠讓傑克想起自己在外頭養的情婦。下面這一幕中，兩隻金絲雀就被當作第三方來使用。主述是傑克的律師：

我們前腳還沒來得及進屋，愛麗思就衝著傑克揚聲說了一句：「麻煩到這裡來一下，好吧？」她站在前門的門廊，奧克西和佛戛蒂仍

坐在沙發上。兩人都沒動，沒講話，也沒看愛麗思、傑克或是我，即使我們已經進門了。兩人只是直愣愣地看向門外的馬路。

愛麗思打開金絲雀的鳥籠，對傑克說：「這裡面哪一隻是你叫瑪麗恩的啊？」

傑克兩眼飛快掃向佛夏蒂和奧克西。

「你別看他們，他們啥也沒跟我說。」愛麗思說。「是我剛剛聽到他們在講話。頭上有一塊黑斑的這隻嗎？」

傑克沒作聲也沒動。愛麗思一把抓住有黑斑的鳥兒緊緊攢在手裡。

「其實也不用你說——黑斑代表她的黑髮，對不對？對不對？」

傑克還是沒說話。愛麗思一把擰斷小鳥的脖子，扔回籠子裡。「你看我這是有多愛你啊。」說完便舉腳走過傑克身邊要進客廳去。傑克一把抓住她，把她拽回來，自己伸手抓起另一隻鳥，單手把鳥緊緊捏死，再把不停抽搐、眼睛滲血的鳥屍塞進愛麗思胸口的乳溝，對她說：「我也很愛妳。」

就這樣，金絲雀的麻煩全都解決了。

文斯・吉利根（Vince Gilligan, 1967-）向電視網推銷他的長篇影集《絕命毒師》時，提出的短劇摘要是「萬世師表變疤面煞星」[55]。主人翁華特・懷特的人生走到多重衝突匯流的階段，遍及生命的每一層面，分朝四面八方湧動，使得一大批對手集結到他身邊。雖然建立毒品帝國像是華特的「最高意圖」（super-intention），吉利根卻讓華特出場的每個場景，都籠罩在華特的分身海森柏格的陰影下。從第一集開始，華特的欲求和恐懼、行動和反應，在在不過是海森柏格的展現，要全面接掌華特本尊，遂行其天才以贏得最後勝利。海森柏格就是《絕命毒師》當中的第三方。

薩曼・魯西迪（Salman Rushdie, 1947-）的《午夜之子》（Midnight's Children）是寓

---

55 「萬世師表變疤面煞星」（Mr. Chips goes Scarface），Mr. Chips 和 Scarface 都來自電影片名：一九三九年和六九年各拍過一次的教育片《萬世師表》（Good Bye, Mr. Chips），以及一九三二年和八三年各拍過一次的黑幫片《疤面煞星》（Scarface）。

言小說，主人翁薩林・薩奈（Saleem Sinai）有心電感應的能力，但小說裡為衝突作調節的，卻和超自然沒有關係。魯西迪反而是將薩奈遇上的每一場衝突，都放在印度和歐洲二者的文化鴻溝當中。魯西迪把一般當作背景欲求的事情拉出來當作重點，並且把每個場景抹上東、西對抗的陰影，從頭到尾常相左右的第三方就這樣子滲透到小說裡。

薩繆爾・貝克特在許多讀小說、看劇場的人心中是二十世紀首屈一指的大師，經典名作是《等待果陀》（*Waiting for Godot*）。這齣戲是伊斯哈貢（Estragon）、弗拉迪米爾（Vladimir）兩個流浪漢外加一個果陀來回推演的一大堆三角會談（「果陀」之名是出自法語「上帝」的俗稱）。[56] 顧名思義可以知道，這一齣戲便是兩個男子從頭到尾都在等、在盼、在吵，在準備見那個「永遠不會來的人」。等待看似沒有結果，但給了兩個流浪漢理由，可以像他們自己說的「走下去」。

換言之，貝克特用的這第三方，果陀，便象徵頑強不滅的信念，堅持人生只要找到那超脫一切、神祕莫測的什麼，終究會煥發出美麗、深邃的意義，而那個「什麼」……就不知在那什麼地方……等待著我們……

---

56 Godot 連到上帝（God）的說法很流行，貝克特本人倒是覺得太牽強，也後悔安上 Godot 之名引發這麼多附會，畢竟法語的上帝是 Dieu。

09
結構的瑕疵

嘮叨重複

書上的文字原本可以寫得生動又活潑，怎麼會變得死氣沉沉的？戲劇裡的劇情又是怎麼變得不進反退，對白也貧乏無味？想得出來的理由有千百種，但最常見的毛病應該就是作者筆下最大的天敵：嘮叨重複。

對白會感染的嘮叨病毒有二：

（1）一沒注意就嘮叨重複了。眼睛在瀏覽文稿時，「他們在那邊把車移到那邊」這樣的句子可能因為眼光一掃而過而沒發覺。不想冒出這樣的語病，不妨把每一份稿子裡的對白都錄下來放給自己聽一聽。你寫的對白，由自己來演或要別人演過一遍，沒注意到的冗詞贅語就會蹦出來，你也會馬上知道該刪、該改，或是重寫。

（2）節拍一成不變。除了字句重複，感覺一成不變也算是重大的瑕疵。同樣的價值取向一成不變，正值接著正值再接著還是正值，或是負值接著負值再接著還是負值，一拍接一拍，一路下去始終沒變。

感覺一成不變這個問題真要抓的話，很可能滑溜得難以掌握，因為感覺是藏在不同的話語裡。所以，縱使場景看起來沒問題，但不知為何就是讓人

覺得半死不活。

當角色以實際行動去追求他的場景意圖（scene intention），該場景中就一定會有人或事物在某個時刻有所反應。角色以行為帶出來的「行動／反應」，就叫做「節拍」。舉例來看，某甲求某乙聽他說，但某乙不肯聽他說。若是用英文的動名詞來表達動作，這一拍就是 begging / rejecting（求／拒）。（關於劇情節拍的完整定義，請見第十二章）

節拍推著由角色行為帶動的「行動／反應」動態往前走，進而推動場景跟著發展，這樣一拍越過一拍，直到場景中危急價值（value at stake）的價值取向在轉捩點出現變化（參見第十三到十八章所作的場景分析）。然而，要是同樣的節拍一再重複，就會拖垮場景，以致劇情變悶。行為一成不變的毛病，比不小心出現語病還更常見得多，對場景的破壞力也大得多，卻更飄忽，更不容易抓到。例如下面這一段：

> 某甲：我有事情要跟你說。
> 某乙：少來，你別煩我。
> 某甲：這很重要，你一定要聽。
> 某乙：你別來惹我。
> 某甲：你一定要聽，這件事我不說不行。
> 某乙：閉嘴，滾啦！

某甲求某乙聽他說，總共求了三次，而前後三次某乙都不肯聽，講的話也差不多：「說，聽，別，滾」。有些作者面對這種問題時，會拿同義字詞換著用，或是把節拍裡的「行動／反應」掉換過來，以為換個方式寫，節拍就會不同。例如改寫成下面這樣，把拒絕變成行動，哀求變成反應。

> 某乙：你站在那裡很煩欸。
> 某甲：我不是要煩你。我是有事情要跟你說。
> 某乙：我聽夠了。

某甲：我說的事你一個字也沒聽進去。

某乙：因為早就聽了一肚子你說的廢話。

某甲：相信我，這不是廢話。我說的都是真話。

這還可以繼續不斷扯下去。一模一樣的「拒絕／哀求」節拍，不管用的字詞是不是一樣，其實始終未變，也始終沒有進展。

有的作家會為冗辭贅語辯護，說一般人的生活不就是這樣。這話是沒錯，一般人講話是滿囉嗦的。單調重複確實有真實生活的況味……但沒有生命的活力。我的美學主張，要的是洋溢生命活力的敘述。我們講故事畢竟是要拿來當比喻，不是在當影印機。所謂「逼真」，也就是一般人說的「畫龍點睛的細節」（telling detail），是提高可信度的風格對策，不該拿來取代具有創造性的洞見。

而講故事若有哪一件事算是滔天大罪，那就是「悶」，也就是對「報酬遞減率」（law of diminishing returns）置之不理的惡行。「報酬遞減率」說的是：經驗重複得愈頻繁，效果就愈低。吃第一個捲筒冰淇淋十分可口：第二個滋味就差一點了；到了第三個，大概會想吐。其實，同樣的誘因連環出現，不僅效力大減，到頭來還會走到反方向，製造出反效果。

重複的下坡路分成三個步驟：藝術家揚起妙手拿某個技巧來發揮，第一次，作出了預期的效果。但要是他馬上再拿同樣的招式出來用，預期的效果大概就會減半。若是他居然笨到連著來第三次，那可不僅達不到他要的效果，還會來個大迴轉，從背後偷襲製造反效果。

舉例來看，假如你要寫三場相連的戲，三場都很催淚，你也希望觀眾連著看三場就跟著哭上三回。只是，這樣的組織會帶出怎樣的後勁呢？沒錯，觀眾看第一場時應該會哭；到了第二場，大概就是吸吸鼻子；到了第三場，觀眾搞不好會笑掉大牙。不是因為第三場不催淚，說不定它還是這三場中最催淚的，而是因為作者你把觀眾的眼淚催乾了。觀眾看到這裡，只會覺得作者你也未免太滑稽、太遲鈍了，竟以為觀眾會一連乖乖哭上三回！所以，觀眾就幫你把悲劇變成喜劇。報酬遞減律（不僅在真實人生中成立，在藝術創

作上也一樣成立），用在講故事的各類形式和內容——不論慾望、衝突，不論性情、情緒，不論畫面、行動，不論單字、詞組——都無一例外。

　　一般人寫出來的初稿，大多都有節拍重複的問題。為什麼？因為在動筆之初，作者還在為角色尋找專屬的俐落語言，以便寫出來的話語、對答都能一擊中的，使每一組「動作／反應」一槌定音，只是尚未成功，以至於作者拿同樣的節拍替換字詞一用再用，以為量可以取代質，還誤信重複就是強調，自欺欺人。但其實，重複走的是反方向，只會帶來輕蔑。

　　那麼，如何是好？

　　絕不濫竽充數。

　　好的作者會上窮碧落下黃泉，務必竭盡知識、想像的所能，找到最貼切的字詞。好的作者會一改再改，不斷即興發揮，拿這樣一句台詞去和那樣一句台詞比較，腦子裡各式各樣的台詞不斷翻飛，經過自己開口模擬後，再選定、寫下來。

　　坐在窗口看著外面發呆，不會有創意朝你飛來。審美的選擇，唯有在頁面上才會甦醒過來。不管你覺得句子有多無聊，先寫下來再說。腦子裡閃過多少句子，一概全寫下來。不要空等腦子裡的靈感哪天決定不睡了，醒過來扔給你一份大禮。最好的選擇，唯有在腦子轉個不停、筆下不曾須臾歇息的時候，才有機會出現。寫作就是這麼回事。

　　不過，再高明的寫作老手也會撞牆，呆呆看著一拍的戲，發現自己怎麼也找不到最好的做法來寫這一場的這個「行動／反應」。這時，他們懂得有花堪折直須折。他們不會硬要跟鍵盤拚老命，而是作出決定。

　　先前寫過那麼些沒多好的做法，這時他們會回頭再拿出來，問自己：「這些還可以用的做法當中，哪一種最好？有沒有可能組合幾種做法後，可以比這當中任何一種還強？」

　　最後的選擇未必是理想的選擇，但是最接近理想的選擇。反正就是姑且先這樣子打住，看日後改稿時會不會有更好的想法冒出來。不過，至少目前他們已經把雜草叢生的園子稍微修剪過了。

七零八落的台詞

理想上，每一句對白的遣辭用字都應該十全十美，契合角色在那一刻的狀態，馬上達到作者追求的效果。寫壞了的台詞，則像劇情推進的路線上拉了一條絆馬索橫在當中，逼得看不懂的讀者／觀眾不得不翻頁回去重讀、倒帶回去重看，或是乾脆問鄰座的人：「他是在說什麼？」

台詞沒能寫得通達曉暢的理由，在我的想法中可以分成三大類：意思含糊，時機不對，提示失準。

意思含糊

英文的名詞指稱事物，動詞指稱動作。英文的名詞、動詞多如牛毛，從總稱到具體，從籠統到特定，所在多有。特定的名詞或是動詞，通常有助於釐清意思，籠統的名詞和動詞則還需要加上形容詞、副詞作修飾，容易導致意思模糊。

想像你要寫一幕場景，背景設在造船廠。有個水手正在手忙腳亂修理一艘帆船的桅座，一名造船師傅在下面抬頭看，提供指點。下面這兩句台詞，哪一句的意思一聽就明白？是「使勁對準那個大釘子施力」，還是「用榔頭去敲長釘」？

當然是第二句。第一句不僅正經到不自然，還逼得讀者／觀眾得想一想它到底在說什麼，因為「釘子」涵蓋了好幾十種尖頭的扣件，「大」這個形容詞大概泛指兩吋以上的東西都可以，「施」這個動詞的意思模糊，「使勁」則感覺好像多餘的。這麼一來，第一句台詞等於是要讀者／觀眾在腦子裡多拐上兩、三步才能搞清楚意思。

所以，這裡要學的事情就是：每一句台詞用的字詞，假如指稱的都是明確的事物和行為，勾勒出來的畫面就清晰生動，表達出來的意思也簡單明瞭。所以，除非模稜兩可或神祕費解就是你要的效果，籠統的名詞和動詞串接起形容詞、副詞的句式，還是少用為妙。

時機不對

讀者／觀眾一聽懂角色講的話，就會同時將台詞的行動吸收到心裡，緊接著去看另一邊對這個行動的反應。台詞傳達意思的時機若是不對，會打亂「行動／反應」的節奏。一旦讀者／觀眾的興趣經常被打斷，讀者就會扔開書本，電視觀眾就會轉台，劇場觀眾也會趁中場休息開溜。所以，稿子要出手送到世人面前之前，最好再把對白仔細讀過一遍，必要的話，自己把對白演過一遍，好好推敲每一句台詞，抓一下意思浮現的確切時間。

太晚：一段話要是一字接一字囉哩囉嗦拖上好一陣子都沒說到重點，讀者／觀眾一般有這兩種反應，要麼失去耐性直接跳過不管，要麼在重點浮現之前就先猜出來，結果只能呆坐一旁，睜眼目送對白磕磕絆絆地從有氣走到無力。

太早：一段話要是一開始就破題了，意思盡現，之後就剩下喋喋不休拖時間，讀者／觀眾的興致也會早早退燒，看書的人把剩下的話潦草瞥過去就算了，看戲的人乾脆神遊物外。

每一句台詞的意思重點要抓在什麼時間點上最好，訣竅就在我們先前談過的這幾條原則：精簡和句式。（1）以簡馭繁，拿最少的字詞說出最飽滿的意思。（2）嫻熟運用三大基本句式——累進、平衡、懸疑——這樣就能隨心所欲將意思放在你覺得最好的地方，不論開頭、中段、尾端，都可以游刃有餘。

提示失準

一場戲裡的「行動／反應」帶出來的自然節奏，是由意思的釋放與接收在推展。角色在對剛才聽到的話或發生的事有所領會之前，都是虛懸在不進不退、靜觀其變的狀況。不過，一旦某甲領會到（或自以為領會到了）某乙在說或在做什麼的時候，某甲就會作出反應。雖然一般人的反應大多看似出於本能、自動自發、不假思索，但其實是在抓到意思端倪的那一刻觸發的。而某甲那一刻抓到的意思，可能完全歪掉，以至於反應太強、太弱或太奇怪。無論如何，

角色的反應——其實應該說是所有的反應——都要有行動去觸發。

所以，理想上，每段話的最後一個字詞或是詞組，都應該是扣住意思、提示對方作出反應的核心字詞。它放出來的時機不對，在書頁上不是太大的問題，但若是在劇院或攝影棚內，就會打亂場景的節奏、破壞演出了。

核心字詞在某甲的台詞若是太早出現，引發某乙作出反應，但由於某甲還沒說完，某乙只好硬生生把要作的反應嚥下去，乾等某甲把話講完，失準就是這樣子冒出來的。

提示的手法到底要怎麼運用才對，讓我們以下面出自約翰·皮爾麥亞（John Pielmeier, 1949-）寫的《上帝的羔羊》（*Agnes of God*）第一幕第五景的其中一段為例。

年輕的艾格妮斯（Agnes）修女在女修院內生下孩子，新生兒的屍體藏在字紙簍內被人發現，而它就在艾格妮斯染血的床邊，但艾格妮斯堅稱自己仍是處子之身。艾格妮斯生產前數星期，一隻手的掌心才剛出現一個洞。女修院的院長認為這些應該都是神蹟。

但警方懷疑艾格妮斯殺嬰，所以法院指派心理醫生瑪莎·李文斯頓（Martha Livingston）去鑑定艾格妮斯精神是否正常。檢查過艾格妮斯的精神狀態之後，女醫生和女院長作了一番交談。

閱讀下面這段時，請留意台詞的句式是怎麼將核心字詞放在句尾或句尾附近。這樣的手法製造出乾淨俐落的提示和緊湊明快的「行動／反應」節奏：

女院長：欸，我知道妳在想什麼。妳覺得她是神經病，簡單明瞭。

女醫生：不，一點都不簡單。

女院長：我看過那個洞，直接穿過她的掌心。妳覺得神經病會把自己的手搞成這樣？

女醫生：幾百年來一直都有人這麼做——她不是唯一的一個，妳很清楚。她不過是另一個受害人。

女院長：對，上帝的受難者，所以說她是無邪的。她屬於上帝。

女醫生：而我就是要來把她從上帝那裡帶走的，妳是在擔心這個，對吧？

女院長：妳說我能不擔心嗎。

女醫生：嗯，我倒覺得這是在打開她的心靈。

〔女院長：對外界打開？

女醫生：對她自己。〕這樣她才會開始痊癒。

女院長：但這不是妳的職責，不是嗎？妳是來作診斷的，不是來作治
　　　　療。

〔女醫生：這是看法的問題。

女院長：法官的……（看法）。

女醫生：妳的看法。我是來協助她的，〕我看她需要怎樣的協助就怎
　　　　樣協助。這是我身為醫生的職責。

女院長：但不是法院派給妳的職責。妳到這裡來的目的是盡快對她的
　　　　精神是否正常作出鑑定〔，而不是干擾司法的程序。這可是
　　　　法官說的，不是我〕。

女醫生：不是盡快，而是我覺得能多快就多快，而我還沒作出決定。

女院長：妳能為艾格妮斯做的，最仁慈的就是作出鑑定然後放過她。

〔女醫生：放她回法院去？

女院長：對。〕

女醫生：然後呢？我要是說她是瘋子，她就會被關進精神病院。我要
　　　　是說沒瘋，她就要去坐牢。[57]

　　接著，我就來改寫台詞，把核心字詞往前挪到中央。請注意角色說的話
大致相同，但是提示放得不順，「行動／反應」好像抽筋了，場景推展的步
伐也一蹎三蹶。

女院長：欸，妳覺得她是個神經病。簡單明瞭。我知道妳在想什麼。

女醫生：不簡單，一點都不。

---

57 麥基引文略有省略，引文中夾在〔〕內的文字，便是省略的文字，由譯者放回。後文中，麥基會
　　針對這一段引文作改寫，中譯加入的〔〕內文字，就不再放回。

女院長：直接穿過她的掌心欸，妳想神經病會把自己的手搞成這樣？我看過那個洞。

女醫生：幾百年來一直都有人這麼做，不過是另一個受害人。她不是唯一僅有的一個，妳很清楚。

女院長：對，她屬於上帝。上帝的受難者，所以說她是無邪的。

女醫生：妳是在擔心這個，對吧？擔心我是來把她從上帝那裡帶走。

女院長：我能不擔心嗎，妳說。

女醫生：嗯，打開她的心靈，這樣她才會開始痊癒——我倒覺得這件事應該這樣子看。

女院長：妳是來作診斷，不是來作治療的。這才是妳的職責，不是嗎？

女醫生：身為醫生，我的職責是要協助她，而且是依我看她需要怎樣的協助就怎樣協助。

女院長：妳到這裡來的目的，是盡快對她精神是否正常作出鑑定，這才是法院派給妳的職責。

女醫生：是我覺得能多快就多快，不是盡快。

女院長：趕快作出鑑定，放過她。這是妳能為艾格妮斯所做的最仁慈的事了。

女醫生：然後呢？我要是說她沒瘋，她就要去坐牢。我要是說她是瘋子，她就會被關進精神病院。

　　演員碰到寫成這樣的戲，會出的狀況不外下述三種：一是演員彼此搶話，把別人的話攔截砍掉，再來是演員講話彼此重疊，否則就是彬彬有禮、強作忍耐等對方把話講完，結果把戲演得很假。這三種狀況都沒辦法解決提示失準的問題。

　　角色講話要是以累進句式收尾，一般就免不了提示失準的麻煩。所以，把稿子送出去給別人演的時候，先自己大聲唸一唸，錄下來，找一找核心字詞的位置在哪裡。之後再把台詞看過一遍，這次拿螢光筆把核心字詞畫出來，特別注意每段話的最後一句。這樣大概就會看出有的英文字詞，尤其是介系

詞片語，會漂到句尾去（像我的上一句話那樣）。要是這樣，就進行刪節或改寫，讓每一段的提示都正好壓在每句話的最後面。

歪歪扭扭的場景

句式不好也會殃及場景。核心字詞放的地方不對，台詞就會七零八落。場景當然也一樣；轉捩點放的地方不對，太晚、太早或是根本沒有，場景就會歪歪扭扭。場景勾畫得漂亮，表示情節在最恰當的時刻以最恰當的方式在轉捩點推展出轉折。而每個場景的轉捩點要放在哪個時刻才算恰當，因故事而異，無法預估，自成一格。不過，只要時機抓得不對，讀者／觀眾一看就會識破。

太早：

第一拍就蹦出強震，讓情節繞著轉捩點來了個大迴轉，但一鼓作氣之後一路洩氣，角色做的不外是連番的解說，就這樣再而衰三而竭到底。

範例：姑且叫做「戀人鬧掰」的一幕場景

版本一：第一拍就有角色宣布戀情吹了，對方也表同意。這樣當頭一棒的轉折，其「行動／反應」一下子就把愛情的價值取向從正拉到負。之後大概會有一拍「和好如初」的戲，但若是場景一路下去都是兩人嘮叨描述已成往事的戀情，回味共享的美好時光，痛悔共享的惡劣時光，大概會把讀者／觀眾搞到反胃，對場景、角色在心裡猛翻白眼，只想著：「你們已經玩完了，放手好不。」

太晚：

一連好幾拍嘮叨重複的對白囉嘛個沒完，直到讀者／觀眾興味索然，轉捩點才姍姍來遲。

版本二：一對情侶戀情已到盡頭，卻一下回味共享的美好時光，一下痛悔共享的惡劣時光，搞得轉捩點要來不來的，讀者／觀眾卻早早就看到了。等到這一對情侶終於協議分手，讀者／觀眾一點都不覺奇怪，只是呆坐一旁

冷冷想道：「我十分鐘前就看出來了好嗎。」

找不到：

版本三：一對情侶卡在也無風雨也無晴的戀情中漫漫漂移，一下回味共享的美好時光，一下痛悔共享的惡劣時光，卻始終不思考兩人是要乾脆分手還是重修舊好。愛情在這場景裡的價值取向，從一開始就是不冷不熱的溫度，一直持續不變，沒有一個節拍帶出轉捩點來。各節拍或許會拐個彎、帶出衝突，但是連接起來，始終看不到走勢，抓不出弧線，因為場景結束時的核心價值跟開始時一樣。既然沒什麼改變，就表示沒出什麼事。場景從頭到尾不過是虛晃一招的無事忙，看得讀者／觀眾心裡納悶：「前面講這麼多到底是為了什麼？」

所以，在為對白劃分節拍作組織的時候，要琢磨一下場景的走勢。留心一拍又一拍、一句話又一句話要漸次朝轉捩點前進，以轉捩點為軸心作推展，為劇情轉捩的那一拍拿捏好時機，然後在最恰當的一刻出手。場景推展的走勢是要急速衝刺，還是緩步推進，一概掌握在你手中。你自己的判斷力，才是太晚或太早的指標。每個場景的戲，都有其獨立的生命，而每個場景最理想的走勢，有賴作者本人摸索。

四分五裂的場景

讀者／觀眾只要感覺到角色的內在動機和外在對策是對得起來的，這樣的場景就會流洩出生命力。這時，不管角色使出來的手段有多隱晦、迂迴或作偽，角色所說的、做的，怎麼樣都有辦法回頭連上他們潛藏未見的欲求。但若是反過來的狀況，場景就會四分五裂，了無生氣。讀者／觀眾會覺得潛文本在推動場景的驅力，相較於文本所說、所做的事，是有斷層的，也就是內心的意圖和外在的行為連不起來，結果就是場景怎麼看怎麼假。

原本可以寫得很漂亮的場景變得雜亂無章，對白又假又死，在我看來，

理由應該有這四項：（1）內在的欲求雖然完全化為動機，但對白太過平淡，結果把場景打趴了。（2）內在的心願雖然化為動機但是不強，對白卻情溢於辭，搞得場景很煽情。（3）內心的意圖和外在的行為形同陌路，互不相干，以至於讀者／觀眾抓不到場景要傳達的意義，對白也跟著騰空彈跳，找不到關聯。（4）個別角色的欲求並駕齊驅，始終未見交錯，於是未能爆發衝突。沒有衝突，場景就沒有轉捩點，也就無事生變；既然無事生變，對白就偏向解說而顯累贅，場景單薄成無事忙，那讀者／觀眾的反應呢？上焉者，煩，下焉者，亂。

會把場景寫成無事忙的作者，往往是因為力有未逮，就拿囉嗦來作掩飾。說髒話也是常見的選擇，因為他們以為平淡無味的對白加進髒話作調劑，戲劇的熱度就可以拉高一級。才怪。

從《歡樂單身派對》的賽恩菲爾，我們已經知道髒話本身未必有什麼問題，有些時候還非得請出髒話不可。長篇的犯罪影集中，例如《化外國度》、《火線重案組》、《黑道家族》等，角色掛在嘴邊的髒話等於他們那一身的真絲西裝。事實上，角色嘴邊的髒話一停，讀者／觀眾馬上知道要出大事了：不出聲的黑道份子是會要人命的。

想修整有瑕疵的場景，從潛文本或是文本下手都可以。像是從外部開始，先改寫台詞，然後往回走，寫出相應的內在活動。或是可以從內部開始，先處理角色的內心世界，再由潛文本一層層往外重新搭建起角色的深層心理和欲求，直到推演出角色在場景的行動和反應、說的話和做的事。後者的過程需要花時間下苦工，但因為由內而外的做法比較難，若是成功了，效果也大。

改述的陷阱

新手作者總以為寫作的問題就是遣辭用字的問題，所以在覺得需要重寫時，就把有問題的對白換個說法，一換再換就好了。然而，換得愈多，對白就愈淺白露骨，直到後來潛文本被修得精光，場景又悶又假，無可救藥。

其實，場景有問題，絕少是遣辭用字的問題，反而應該要往下，深入去

挖掘劇情的安排和角色的設計，才找得到藥方。對白有問題，其實是因為故事有問題。

第一部和第二部勾畫出對白的複雜糾葛之後，第三部就要著手處理對白的設計和修飾，以符合角色和故事所需。

第三部
如何寫作對白

10
角色專屬的對白

兩種創造力

創意寫作需要發揮兩種創造力：一是講故事的才氣，另一是文學的才氣。講故事的才氣，在於能將日常生活轉化為有深意、感動人的事情與角色，繼而將作品的內部構想——也就是出了什麼事、被誰遇上了——雕琢成為人生的比喻。至於文學的才氣，在於將日常生活的言語轉化為意味深長的對白，繼而將話語的設計——也就是說了什麼話、對誰說的——雕琢成為言語的比喻。結合這兩方面的才氣，才能打造出場景。

出色的作者是用「冰山技巧」來發揮這兩方面才氣：他們推展故事情節時，會把大量的內容劃歸為不說出來的心思、感覺、欲求、活動，壓到場景的潛文本去，不見天日；講故事時，創作出字句的文本作為角色行為的冰山一角，動見觀瞻。現在，讓我們回頭聽聽史上最早在講故事的那些人是怎麼講的。

荷馬堪稱史冊可稽的最古老說書人，憑著記憶娓娓道出二十五萬以上的字句，留下《伊里亞德》（*Iliad*）和《奧德賽》（*Odyssey*）諸般的描述和對白。西元前八〇〇年左右，字母問世，他的史詩得以見諸文字，史上最早的對白也跟著形諸紙面。荷馬的角色會吵架、會罵人，會憶往、會預言。只不過，

儘管這位盲詩人的押韻對句富含意象，講述的話語卻以雄辯為多，少有對答，以至於其角色所作的抉擇和行為，雖然表達出了角色的個性，但角色的對白聽起來卻人人幾無二致。

　　約在同一時期，史冊可稽最古老的舞台演出也問世了，搬演的是拜神的儀式。歌詠隊又唱又跳，以韻文吟誦史上眾神、英雄的事蹟。宗教儀式漸漸推展為劇場，歌詠隊的領唱也往前多站一步，變成了演員，化身為明確可辨的角色。劇作家埃斯奇勒斯（Aeschylus, c. 525/524~c. 456/455 BC）引進第二名演員，發明了「對質」（stichomythia），由兩人面對面你一句、我一句，以簡短的話語作急促的對話。這個希臘字的字面意思就是「一人講一句」（line-talk；stikho 意思是「一行」，muthos 意思是「講話」）。角色一人一句輪流講話，節奏短促，加上話語簡潔、尖銳，兩相交鋒打出強大的戲劇火花，由埃斯奇勒斯寫的《阿伽曼農》（Agamemnon）可見一斑。

　　不過，角色的複雜層面，要等到索福克里斯（Sophocles, c. 497/6-406/5 BC）在《伊底帕斯王》（Oedipus Rex）、《安蒂崗妮》（Antigone）、《艾蕾克特拉》（Electra）等戲劇作品中引進第三位演員，才會推展出來。索福克里斯把古代的人物典型，例如國王、王后、公主、戰士、信使等轉化成有個性、有層次、有專屬嗓音的角色。這幾位史上最早的劇作家認為——後繼的歷代作家，不論選擇哪一種故事媒介，對此也都瞭然於心——角色的心理愈複雜，角色的對白就要愈特別。換言之，角色設計之新穎獨特，最終要落實在角色專屬的對白。

　　看看下面這個例子好了：馬修・麥康納（Matthew McConaughey, 1969~）飾演的警探羅斯汀・柯爾，以及伍迪・哈里遜（Woody Harrelson, 1961~）飾演的警探馬丁・哈特（Martin Eric "Marty" Hart）在電視影集《無間警探》中的對話。兩人在路易斯安那州鄉下看到老式的培靈會（Revival）帳篷布道禮拜時，羅斯汀轉頭對馬丁說：

羅斯汀：你覺得這一群人的智商平均是多少？

　馬丁：你以為踩著高蹺就可以看到德州去嗎？你對這些人又知道多
　　　　少了？

羅斯汀：就幾點觀察和推論囉，我看到的一般傾向是肥胖、貧窮，喜

歡聽童話故事。把自己僅有的幾塊錢放進傳來傳去的小籐籃子裡。馬丁啊，要是說這裡沒人有本事去搞原子分裂，我看應該十拿九穩不會錯。

馬丁：你光看就知道？賤成這樣。不是每個人都喜歡一個人坐在空房間裡對著謀殺手冊打手槍。有些人喜歡合群、參與社區活動，維護一下公眾利益。

羅斯汀：要是那利益就是瞎編童話故事，不要也罷。[58]

　　這場戲的重點在於羅斯汀、馬丁兩人在三角會談出現的衝突。培靈會的禮拜在這裡被拿來當作第三方，讓羅斯汀和馬丁兩人講話的差別可以循著兩個方向表現：一是他們倆對禮拜聚會的看法有衝突。羅斯汀鄙棄不屑，馬丁卻帶著同情。羅斯汀批評他們，馬丁則寬貸他們。二是羅斯汀的邏輯理性對上馬丁的切身感情。羅斯汀維持冷靜客觀，馬丁失去冷靜客觀，結果就是羅斯汀講出來的話明顯比馬丁要慢、要長。

　　拿下面這兩句來比較看看：

　　羅斯汀：「就幾點觀察和推論囉，我看到的一般傾向是肥胖、貧窮，喜歡聽童話故事。」（Just observations and deduction：I see a propensity for obesity, poverty, a yen for fairy tales.）

　　馬丁：「不是每個人都喜歡一個人坐在空房間裡對著謀殺手冊打手槍。」（Not everybody wants to sit alone in an empty room beating off to murder manuals.）

　　請注意：羅斯汀用了抽象、多音節、有拉丁化詞尾 –ion 和 –ity 的字。馬丁就不一樣了，用的是抑揚格（iamb，發音：弱 + 強）、揚抑格（trochee，發音：強 + 弱）的具體意象：alone、empty 和 murder。節目統籌尼克・皮佐拉圖用字精準，將獨行俠羅斯汀和他追求正義的心理，跟合群的馬丁追求親密感的心理，作

---

58 這一段出自第一集第三季，麥基的引文略有小錯，由譯者自行校正。場景中，他們旁觀的培靈會帳篷布道，是美國早年就有新教布道傳統，在偏僻落後地區比較常見。

出對照。

　　不過，要讓角色講出有特色的話，不是拿刁鑽的字句塞進角色的嘴裡就好。自我意識過剩的琢磨和爛演技一樣，是文字版的裝過頭、搶鋒頭。裝腔作勢固然搶戲，但是真情流露才會感人。前者要人看的是他怎麼「裝」，後者要人看的是他怎麼「活」。

　　當代的寫作工作坊不時就強調作家要為自己琢磨出沒人學得來的獨有文氣，叫做「腔調」，但我覺得這樣的說法沒有意義。作家的風格，或者說是作家的「腔調」吧，是沒辦法自己刻意去找出來、做出來的。一個人的「腔調」不是自己選來的，而是自然而然產生的。

　　富有創造力的性格，對於人心世事會有廣濶深邃的領會，隨之孕生、綻放出獨有的寫作風格。才氣將內容擁在懷裡，幾經激烈交纏，孕育出絕無僅有的表達。腔調是天才絞盡腦汁之後，才會從本能自然孕育出來的產物。

　　換句話說，各位在為故事挖掘角色的內涵、意義、情緒、行動，殫精竭慮在為角色注入生命之際，寫出來的成果就是你能力所及的樣子。不論寫得是好是壞，你喜歡或不喜歡，你的腔調就是這樣。一如畫家在畫布上塗塗抹抹，一張又一張，一年又一年，尋找心裡的想像，作家一樣要經年累月磨練文筆，才寫得出自己真正的腔調。

　　這樣的原理在對白一樣成立。原創的角色試著表達內心思緒時，說出來的嗓音便是從角色專屬的性格、經歷、知識、慣用語、口音散發出來的第二天性。角色講出來的語言，理想上應該合情合理、渾然天成、個性鮮明，使得每場戲的每一句台詞都像是臨場一揮而就，除了這個角色在這時候之外，再也找不到第二人選可以講出這樣的話來。

　　我這麼說，不是在宣揚為了分別而製造差別。古怪不等於新穎。二者有別，端視品味來判定。分辨得出怎樣的說法適情適所，怎樣又只是在耍小聰明，這絕非易事，靠的不是先天的才氣，而是後天的學習；需要經年累月一讀再讀優秀作品，一看再看出色的影視劇場，才能磨練出來。各位針對劇情、角色在磨練判斷力的時候，有一件事會成為你的視線焦點，因而看得特別透澈：對白寫作，以辭彙最為重要。

用戲劇來講故事，重點不在作者如何遣辭用字，而是角色在其人生掙扎前行的時候如何遣辭用字。因此，舉凡句法、措辭、步調等話語的組成單位，一概是對白的生命線。不過，能夠最清楚勾勒或透露出角色個性的，就屬角色選用的字詞了，因為它們直指角色的內心。

辭彙與角色塑造的關係

前幾章已經提過英文的名詞在指稱事物，動詞在指稱動作。角色使用辭彙來指稱所知、所見、所感，所以角色選用的字詞至為重要，因為角色講出來的話就像其人的門面，是通往內心深處的入口。被動、含糊、隔靴搔癢的字詞，既會把角色壓得扁平，也會害觀眾聽到發愣。主動、具體、搔到癢處的語言才會勾起一層又一層的洞察，為角色織起繁複層疊的肌理。

至於作者利用角色的口說來創造精采門面，以引導讀者／觀眾進入角色內心深處，這一套發功途徑反而必須反著來，也就是要從角色的內心深處開始，從內涵向外積澱起形式，再推演出效果。

首先，發揮你的感官、視覺能力，為角色想像出內涵（角色在內心風景會看見什麼，感覺到什麼，沒說出什麼，不能說出什麼），然後為角色雕琢對白（說出來的），把寫出來的字句敲進讀者／觀眾的心坎，帶出效果。總而言之，作者必須將角色內心世界的景象轉化為對外說出來的字句。

創作的極限法則

技巧愈難，招式就愈漂亮

有束縛、紀律、限制，激發出來的創意才教人驚艷。反之，無拘無束，自由自在，往往流於散亂蔓生。若是只求輕鬆寫意，挑好走的路走，不必動用多少才氣，不過就像按照數字填色，怎麼塗抹也是俗麗乏味。但若是反過來，選擇費力、費工的路線，需要使出渾身解數，折騰天份鍛鍊出過人的膂力，

逼得想像力緊繃到斷裂的臨界點，這樣才能一舉爆發出震懾的威力。

創造力的極限為作者設下艱鉅的難關，但也因此，貝多芬的交響樂遠非口哨所能比擬，惠斯勒（James Whistler, 1834~1903）的畫作《母親》（Mother, 1871）非信筆塗鴉能望項背，高中的畢業舞會也難與波修瓦舞團（Bolshoi）相提並論。

想要從阻礙中逼出創造的爆發力，這個手法的起點是：讓語言足以匹敵意象。語言是意識思慮的媒介，意象是潛意識思慮的媒介。所以，把腦中最先蹦出來的俗氣措辭寫出來，比起窮極想像力挖掘意象、將它們清晰立體勾畫出來，當然簡單得多。信手拈來一揮而就，寫出來的角色一個個聽起來都像同一個模子印出來的，一字一句都像指甲刮黑板一樣教人頭皮發麻。角色用這種吱嘎聲道出冒牌的人生，然後在這個贗品裡填滿假到沒救的對白，結果就是不合角色，不合場景，沒有感情，沒有真實。

寫對白需要下苦工。比較一下以下的兩種做法：一是用名字把人從腦子裡叫出來（我堂姊茱蒂），另外則是先在腦中勾畫出堂姊明艷動人的模樣——湛藍清澈的雙眸，笑起來瞇得像亞洲人一樣——然後，把她這模樣牢牢印在腦中，開始搜索枯腸，力求找到完美的字句將你看到的茱蒂傳送到讀者心中，而且明艷動人不減分毫。不論是為觀眾外在的眼睛、耳朵而寫，或是為讀者內在的眼睛、耳朵而寫，想寫得生動鮮明，都必須發揮強大之至的集中力。

與語言相依的寫作藝術，作用於解析字句的大腦皮質層。而以純粹的影像來講故事，會與寫作在心理語言學上的本質相牴觸。因此，獨步於書頁、舞台、銀幕的故事大師，都將生命奉獻在這一條牴觸的反向道路上，選擇了艱苦甚至可謂難如登天的手法。他們追求登峰造極，寫出洞悉人心世事、新穎獨到的故事，必須專心致志有如鐐銬加身的苦役，潛入無意識當中人跡罕至的僻壤，挖掘一針見血、意象深邃的語言。

角色講出觸動人心的對白，呼應著角色的內心。在明確、生動、意象飽滿的語言指路下，讀者／觀眾得以進入潛文本，在隱而未發的無意識思緒、情緒當中一探究竟。所以，角色訴諸口語行動以達成內心的欲求時，會變得有如透明一般，可以供人一窺其內心深處。但要是角色講話聽起來像在進行業務報告——偏向籠統、直義、拉丁化、多音節——就會壓扁劇情，縮減場

景的內心活動。角色愈混沌，讀者／觀眾的興致就愈低落。所以，即使你寫的角色本來就悶，你也要用生動靈活的對白表達出他的悶，讓讀者／觀眾看透他了無生趣的靈魂。

慣用語和角色塑造的關係

角色特有的慣用語，建立在句子的頭尾兩端，也就是主詞和述語。主詞（句子講的人或事）加上述語（有關主詞的狀況）合起來便成為對白裡的一句台詞，用來表達角色塑造的兩大層面：知識和個性。台詞中有一面是在傳達前者，另一面傳達的是後者。

雖然角色塑造可以透過對白循多種途徑表達出來，角色的知識一般要靠指稱事物，也就是動詞、名詞來表達，角色的個性一般則由潤飾這些名詞、動詞的修飾語來表達。

知識：假如角色是用模稜的說法，例如「大釘子」，我們就知道他對木工所知不多。籠統的名詞意味著「無所悉」。但若是角色說出明白確定的指稱，例如使用「柄」、「大頭釘」、「牆頭釘」、「木塞機」、「鉛錘」之類的字詞，我們就會覺得他的知識比較豐富。

同一原則也適用於動詞。「核心動詞」（Core verb，相對於情態助動詞〔modal verb〕來說），從籠統到特定都有。例如角色要是說他想起有個人「在房間裡慢慢移動」，我們會覺得他的回憶聽起來很悶。籠統的動詞一樣給人「無所悉」的感覺。但若是將對白寫得活一點，把有人走過房間的樣子說成是「懶懶散散」、「輕鬆快步」、「輕手輕腳」、「垂頭喪氣」、「悠哉游哉」、「蹦蹦跳跳」、「拖拖拉拉」，這一類動詞顯示其人的記憶相當鮮明，對於提到的那個人也有比較深入的認識。使用特定、明確的字詞來指物示事，會給人角色腦筋清楚的感覺。

個性：角色從人生經驗磨練出來的氣質副產品，例如他的信念、心態、個人特質等，主要經由修飾語來表現。

第一，形容詞。兩個角色一起看煙火，其中一人說煙火「好漂亮啊」，

另一人說煙火「好壯觀啊」，兩人性情的差別昭然若揭。

第二，副詞。兩個角色看到一輛摩托車騎過去，其中一人說騎得「真猛」，另一人說騎得「真快」，兩人的差別一樣昭然若揭。

第三，語態。核心動詞涵蓋主動語態到被動語態。主動句是由主詞做出行動，受詞則是行動指向的對象。被動句就反過來，把受詞拿去當主詞。所以，某人講話傾向用「他們家負責規畫婚禮」（主動句），相對於另一人說「婚禮是由他們家規畫的」（被動句），顯示出他們對世事的感覺大相逕庭，也就是性情南轅北轍。

第四，情態助動詞。情態助動詞（英文：could, can, may, might, must, ought, shall, should, will, would，意為：可以、大概、必須、應該、有意）連接起核心動詞，為句子修飾狀態，表示能力、機會、義務、容許等。情態詞傳達的是：

1. 一個人對自己、對周遭世界的感覺。
2. 一個人覺得自己在社會、在人際互動當中扮演怎樣的角色。
3. 一個人對過去、現在、未來的看法。
4. 一個人對於可能有什麼、可以有什麼、必須有什麼的態度。

所以，說「家人可以負責安排婚禮」，相對於「婚禮必須由家人安排才行」，透露的性情可能有天南地北之別。

角色專屬原則

角色的知性活動與知識領域，由名詞和動詞透露出來。修飾語例如形容詞、副詞、語態、情態，表達的是角色的感性和個性。

對於角色的性情應該如何表達，可以自問：「我這角色是怎麼看待人生的？是消極被動？還是積極主動？這角色會怎樣修飾主詞，尤其是述語？」手指往鍵盤敲下去之前，要不時自問：「這角色專屬的對白，應該用怎樣的字詞、意象來寫？對於我這角色的心靈、人生經驗、教育背景來說，有哪些

可以用來表達他的知識（名詞、動詞），以及他個人獨有的氣質（修飾語、情態助動詞）？」

文化和角色塑造的關係

回答這些問題時，也要考慮這件事：你的角色活在人世的每一時刻，不論清醒還是入睡，他的心思不論有意識還是無意識，始終是以他為中樞在吸收無以計數的文化，包括語言、家庭、社會、藝術、體育、宗教，諸如此類，薈萃於一人之身。

角色的人生際遇，年復一年對他或是傷害或是獎賞或是影響，林林總總不計其數。而角色除了浸淫在社會習俗、個人閱歷的汪洋中，角色與生俱來的脾性和體格也會攪和其中，例如美／醜、健康／多病、精明外露／內向害羞、聰明過人／愚騃遲鈍等。這樣兩相交融，便是先天的基因和後天的經歷雜糅出來的特殊合成物，賦予每個角色獨一無二的面貌，講的也是絕無僅有的嗓音。

下一章要實際針對四件作品進行討論，也請各位注意這幾位作者進入角色的心靈之後找到了什麼：通俗文化。

莎士比亞在《凱撒大帝》劇中參照了羅得島巨神像（Colossus of Rhodes），它是古典時代最著名、當然也最高大的青銅像，意味著四處遊歷的卡席歐斯（Cassius）和布魯特斯（Brutus）兩人所搭乘的船隻必然一度行經巨像矗立的港灣，對所見既敬且佩。

艾爾摩・李奧納擷取電影《禿鷹七十二小時》（*Three Days of the Condor*）的畫面交織在他的小說《視線之外》中。《禿鷹七十二小時》是水門事件（Watergate）時期一部賣座電影。李奧納筆下的那幾位角色在可塑性還很大的少年時期大概看過這部電影。

電視影集《超級製作人》中有些段落是以上流階級沉迷的事為主題，例如豪華遊艇、企業合併。

至於美酒，已不再專屬於富豪，學校老師精通此道直追品酒師等級。這

一點在電影《杯酒人生》（台譯《尋找新方向》，參見一八一頁注釋65）當中成了關鍵。

這四則例子中，作者在寫每個場景的時候，都潛入了角色內心去看角色看到了什麼，找出一項文化標誌供角色當作比擬用，將角色的切身生活和藝術作品或美食佳餚連接起來，藉此充實了場景。所以，這裡依然是利用第三方製造三角會談。

思考一下這個問題：一般人究竟是怎麼用話語來表達自己的意思？一般人到底是怎麼說明自己心裡的想法、感覺，把該說的說清楚，以及更重要的，把該做的做好？答案是：將自己知道的點點滴滴挖出來使用。

那麼，大家知道的以什麼居多？文化。不論是人盡皆知的，或是私藏祕傳的，不論是出於正規教育或市井雜談，文化都是我們知識的主要來源。之後，我們再將根植於角色所置身的大自然、都市風景、職場環境、宗教儀式當中的意象，以及從夢境、對未來的期許、白晝與黑夜迸現的種種思緒等擷取出的畫面，添加到知識裡，一併編織起這些我輩熟悉的意象。如此聚合而成的經驗整體，就像畫面的聚寶盆，孕生獨特的對白，由角色脫口而出。

下一章的四則作品研究，就是在說明這幾條原則。

11
四則作品研究

舞台劇《凱撒大帝》

劇情安排是這樣的：元老甲，權大勢眾，萬民擁戴。元老乙在妒羨之餘，力邀元老丙和他聯手扳倒元老甲。所以元老乙遇到元老丙時，把他拉到一旁說悄悄話；

元老乙

你看看元老甲的民氣、權勢。跟他比起來，我們算老幾。

元老乙說的話不過是把明擺在大家眼前的事，以消極被動、不清不楚的字句再說一遍。他的對白真要說有什麼說服力、想像力、可以勾起人興趣的地方，可謂少之又少。

元老乙所作的比較，大概還是會激怒元老丙，達到他想要的目的，但字裡行間沒有意象為對白注入生氣，沒有潛文本開拓出深度。他這一番挑撥說得很無味，元老丙大可一笑置之。

這一段要是交到堪稱史上第一高手的對白大師手中，看看人家怎麼處理

這一刻吧。《凱撒大帝》第一幕第二景：

卡席歐斯（對布魯特斯說）

欸，老兄，他可是像巨人一樣兩腳跨在小小世界的兩頭，我們這些
小人物只能在他那兩條碩大的腿間行走，縮頭縮腦地偷偷給自己找
一塊不光采的墳地就好。

莎士比亞筆下的卡席歐斯在這裡講的話，是極盡渲染之能事。一般人要
花言巧語牽著別人的鼻子走，當然就是這副德性，也就是要使出種種修辭的
伎倆去顛倒黑白、誇大其辭或是搬弄是非。

文中所說的巨人，名列「古代七大奇觀」。這是高度超過一百英尺的太
陽神希利奧斯（Helios）銅像，矗立在愛琴海羅得島（Rhodes）的一處港灣，足跨
港灣兩岸，進出港灣的船隻一概要從巨像的腳下穿行過去。卡席歐斯拿想像
中的偉岸巨像比作凱撒，一腳踏在西班牙半島，一腳踩上敘利亞，將地中海
世界盡納胯下。

然而，請注意莎士比亞為卡席歐斯寫下這樣的說法：「小小的世界」。憑
直覺來說，一般從腦中迸出來的不是應該是「廣大的世界」才對嗎？怎麼會「小
小的」呢？

（我猜）這是因為莎士比亞是進入角色去寫作的。他借力於想像，鑽進
卡席歐斯的心裡，以卡席歐斯的主觀視野來創作，所以他看到的是卡席歐斯
看到的世界，因而寫出從他的眼睛去看會說出來的對白：「小小的世界。」

卡席歐斯和布魯特斯都是羅馬元老院的元老，可以將御用輿圖攤在桌上
細看，每星期也會收到帝國各處傳送回都城的軍情戰報。這樣的人，當然知
道世界有多大：羅馬國威，無遠弗屆。這樣的世界，愚夫愚婦看起來大概確
實很大，但看在他們這些斯文的政界名流眼裡，可就是「小小的」了，事實上，
它還小到可以讓一個人──就是那個胸懷狼子野心的凱撒──就有辦法一舉
拿下、一人獨裁。

想要鑽進角色裡，莎士比亞想必在心裡琢磨過他們的童年，甚至鑽研過，

因為，他是從角色的教育背景去挖掘靈感而寫出一齣戲才會有的對白。

古羅馬的貴族於幼年在學時期都要接受嚴格的演說訓練，因為他們日後從政必須具備精湛的宣言、說服、修辭的技巧，否則將無足以勝任。而公開演講的首要原則便是：「思慮要如智者，說話要如庸才」[59]，意思是講話要像市井小民，多用淺白、單音節的字詞。

所以，看看卡席歐斯總計二十八字的英文對白（Why, man, he doth bestride the narrow world like a Colossus, and we petty men, walk under his huge legs and peep about to find ourselves dishonorable graves.），只有兩個字的音節大於二。

莎士比亞深知，但凡經驗老到的演說家，都懂得拿簡潔俐落的字詞串接成句，給人輕鬆自在又帶著隨興、樸素、真誠的感覺，同時還能炫耀一下自己思路敏捷、口才便給。運用單音節字詞組成自然又悅耳的韻律，需要十分精湛的技巧。卡席歐斯非常冰雪聰明。

其實，《凱撒大帝》劇中的每個角色運用起簡單字詞，無不如魚得水。它的對白幾乎通篇盡屬單音節的字句。有些段落中，莎士比亞甚至有本事寫出一長串單音節單字，數量多達三十多個。[1]

不只如此，卡席歐斯和布魯特斯這兩位貴族元老，對自己的貴族出身還極為自負。所以「小人物」、「縮頭縮腦」、「不光采」等字眼，會讓布魯特斯這名貴族聽起來感覺份外難忍。卡席歐斯就是利用這些刺激的畫面，來煽動布魯特斯刺殺凱撒。

再以對白當中的情態詞來看，由於卡席歐斯其人甘冒大不韙、深思熟慮又身負使命，所以用的是直接的行為動詞（跨，走，偷偷），對於述語則不作修飾。如果作修飾的話，讀起來就會像這樣了：

卡席歐斯

在我看來，那個權大勢盛的凱撒簡直就像兩腳橫跨著我們這小小的
世界，一如碩大無朋的巨像，結果我們這些可憐蟲大概只能在他碩

---

59 「思慮要如智者，說話要如庸才」，原文作：Think as a wise man but speak as a common man，有說法指出自葉慈（William Butler Yeats, 1865~1939），但應該說是葉慈從亞里斯多德那裡轉述來的。

大的雙腿之下小心行走、偷偷張望，看會不會還算走運，有一天為
自己找到一塊可憎、不光采的墳地就好。

　　經過我這樣子改寫後，這個卡席歐斯就顯得軟弱、緊張，滿腦子想的都
是怎樣有機會、怎樣沒機會，怎樣行得通、怎樣又不行，怎樣有把握、怎樣
抓不準，以至於講出來的動詞都帶著「大概」、「只能」、「看會不會」這
類畏畏縮縮的輔助詞。
　　最後一點，而且十分重要，那就是要考慮在卡席歐斯周遭背景中浮動的
種種欲求，以及仕紳地位加諸其人行為的種種束縛。他知道布魯特斯是含蓄
內斂的人，沉默寡言但洞察犀利。兩人同在上流社會長大，依其文化涵養不
會輕易向旁人吐露心事。所以，莎士比亞要鑽進角色去寫對白時，一定要對
角色不會說的，自己先有想法、有感覺。例如，高雅斯文如卡席歐斯，絕對
不會口無遮攔地這樣子說話：

卡席歐斯

凱撒奪權的那德性我實在看不下去了，我知道你也一定恨死那個狗
雜種，所以，趁還沒落到要向他跪地求饒、大拍馬屁之前，我們先
宰了這混蛋傢伙再說。

　　在這二十一世紀，除了嘻哈歌曲還帶有詩的質感之外，其餘全像摻了水
的詩文，味同嚼蠟。莎士比亞式的五步抑揚格（iambic pentameter），看來是無可
得見了。但我們還是應該要求在自己寫出來的場景中，緊繃的張力可以配得
上角色的情感波動，才有辦法打動讀者／觀眾。也因此，我們可以從莎士比
亞的筆端去尋求靈感，以意象為對白添加光采。首先，要從角色的主觀視野
去想像場景，然後從角色的本性和閱歷去挖掘恰當的語言，寫出角色專屬的
對白。

小說《視線之外》

劇情安排是這樣的：在監的犯人逃獄時，挾持了一名女性聯邦探員，把她關進行李廂，自己跟著鑽進去，由逃獄的同夥負責駕駛揚長而去。一匪一警擠沙丁魚般地塞在漆黑的行李廂裡，情難自已相互傾心。逃獄事畢，兩人分道揚鑣卻無法斬斷情絲。到最後，女探員想辦法追查到逃犯的行蹤，在旅館相逢，雖然警匪誓不兩立，兩人卻因為情絲難斷而暫時宣告休兵，共度一晚浪漫良宵。

> 內景。豪華旅館內。夜晚。
> 燭光閃爍，映上俊男逃犯和美女探員晶瑩的眼眸。兩人雙眼對視，含情脈脈。
> 探員：我心裡一團亂，也很害怕。
> 逃犯：我也一樣，但我在努力裝酷就是了。
> 探員：我也是，還害怕你會強暴我。
> 逃犯：這絕對不會發生。我唯一的念頭就是和妳共度浪漫的一夜。
> 探員：那就好，因為，在你那硬漢的外表下面，我猜想應該是個十分深情的男子，只不過我還是沒辦法確定。說不定你的目的只是想勾引我，好讓我幫你逃過追捕。
> 逃犯：不是這樣的。我了解妳還是聯邦探員的身份，我也還是銀行搶匪，而妳有職責在身。我只是覺得妳真的好美，沒辦法不去想我們初相見的時候。
> 兩人輕聲歎氣，小啜一口香檳，掩不住哀傷。

我這樣寫這場戲，用的是麻痺的語言，也就是心裡有什麼想法、感覺，就一五一十全攤開來說。結果呢？癱成一團爛泥，全天下沒有哪個演員扶得起這段阿斗對白。又直又白的對白，把角色的內心戲轉化為外在的語言，害得演員變成一、二、三木頭人。

相反的，讓我們來看看，被我寫成這樣的戲落在艾爾摩‧李奧納的手裡，他是怎麼描寫這場警匪幽會。他可是現代小說寫對白的頂尖高手。

在《視線之外》的第二十章，已經逃之夭夭的銀行搶匪傑克‧佛利（Jack Foley），邀請執法人員凱倫‧西絲柯（Karen Sisco）赴旅館套房一會。這間套房俯瞰著底特律湖濱區。兩人一邊小酌一邊敘舊，聊起先前的越獄事件，以及兩人在女方汽車行李廂內激盪著情色愛慾的危險邂逅：

　　她說：「記不記得你有多聒噪？」

　　他說：「我那時候很緊張。」他替她點菸，然後自己也點了一根。

　　「是喔，那你藏得還真好，看起來很酷的樣子。可是等你也鑽進行李廂……」

　　「怎樣？」

　　「我還以為你會扒光我的衣服。」

　　「我從沒動過這念頭，呃不，一直到——妳記不記得我們聊過費‧唐娜薇（Faye Dunaway）？」

　　「我知道你要說什麼。」

　　「我跟妳說我喜歡那部電影《禿鷹七十二小時》，而妳說妳喜歡電影裡的台詞？比如說他們上過床後的第二天早上，男的說他有事要請她幫忙，而女的說……」

　　「她說，『我有拒絕過你什麼事嗎？』」

　　「我那時候還想了一下，妳說這話的口氣，還有妳誘惑我的樣子。」

　　「或許我有誘惑你，不過我當時沒意識到……男的告訴她說她不是一定得幫他，然後她說……你記得嗎？」

　　「想不起來，妳說。」

　　「她說，『搞上密探的老婊子絕對靠得住。』」

　　「她為什麼要說『老』？」

　　「她在貶低自己。」

「那妳會把自己說成那樣嗎？搞上密探的老婊子？」

「我覺得她當時還是嚇個半死，想表現得輕鬆、上道一點。他們倆上床之前，她嫌他愈來愈粗野，他就說：『啊？我有強暴妳嗎？』而她說：『但是時間還早欸。』我心裡就想，少來了──這女的是在幹嘛？給他作提示嗎？不，我才不會說這種話，絕對不會，也不會說自己是搞上密探的婊子，或任何像這樣的話。」她說。「你知不知道你一直在碰我，我的大腿。」

「喔，又不是隨便亂碰。」

「你說我是你的『祖祖』。」

「那是糖果，裡面啊，甜甜的。這種說法，現在不常聽到人家說了。」他淺淺一笑，輕碰一下她的手。「妳是我的大餐。」[60]

這一幕看似簡單實則不然，而是相當複雜的。李奧納寫的對白，在雙重的暗示畫面之上鋪墊起了好幾層文本意象。最先的雙重畫面在這一段的前幾頁就鋪陳出來了。

第一層：背景的畫面　佛利在心裡想像了許久和凱倫幽會的情景，終於盼到這一天，特地選了一家漂亮的旅館套房，眺望出去，整座城市覆蓋飄飄細雪的夜色美景盡收眼底。輕柔的燈光，輕柔的音樂。兩人搭配起來，像是皇冠威士忌（Crown Royal）廣告看板上的標緻情侶。李奧納對於這般浮華耀眼的俗套安排頗為自得，因為這樣他就可以一而再、再而三拿這個安排來諷刺、掀底。

第二層：滾瓜爛熟的場景　兩人的戀情「於法不容」。佛利是跑路的罪犯，西絲柯則是執法人員。這樣的場景屢見不鮮：史提夫・麥昆（Steve McQueen, 1930-1980）和費・唐娜薇在《天羅地網》（*The Thomas Crown Affair*）片中是如此，亨佛萊・鮑嘉和洛琳・白考兒在《逃獄雪冤》（*Dark Passage*）也是如此，卡萊・

---

60 麥基此段引文有刪節，中譯根據李奧納原書作過校正。

「祖祖」（zoo-zoo），一是美國黑道的行話，指機關槍，特別是烏茲衝鋒槍。另一是美國監獄黑話，指糖果棒。

葛倫（Cary Grant, 1904~1986）和奧黛麗‧赫本（Audrey Hepburn, 1929~1993）在《謎中謎》（*Charade*）還是如此。這可不是什麼隨便的俗套，這是電影的俗套。

之後，男女主角的對話接手，又再添加多重層面。

第三層：逃離「現實」 佛利和西絲柯為他們這幕「電影」場景套上了另一部電影：《禿鷹七十二小時》。兩人談起這部電影中他們最喜歡的幾場戲，因為他們十分清楚自己也等於是活在電影裡。讀者因此也把勞勃‧瑞福（Robert Redford, 1936~）和費‧唐娜薇這兩張人盡皆知的臉孔，重疊在佛利和西絲柯這兩個小說人物的臉上，進而為這一整段情節罩上一層好萊塢的光暈。

第四層：回憶 這對情侶重拾過去在女方汽車行李廂裡的親暱、驚險，於是帶著我們重溫了小說開頭那幾章有如迷你電影的越獄情節。

這時，四層畫面都已經套疊在讀者的腦中：旅館的背景，警匪配對的情景，好萊塢的版本，磨得雪亮的相遇回憶，但這些都只是表相。

在表相之下，李奧納在角色的內心填滿了沒說出來的欲求和夢想。

李奧納運用的是一組「第三方」：《禿鷹七十二小時》和兩人第一次歷險的回憶。兩邊一來一往相映成趣，製造出交錯疊合的三角會話。如同我在第二部作過的說明，透過第三方來鋪陳場景，有助於對白跳脫直白的陷阱。

第五層：潛文本 我們從一句句的對話，感覺得到佛利和西絲柯話中有話，兩人都想將警、匪的身份擱置一旁，從現實生活暫時脫身，跳進洶湧襲來的愛河一償宿願。我們自然也想得到，他們縱使有熾熱的情愛幻想，但也都明瞭兩人有親密關係是一大忌諱，以至於男歡女愛對他們而言不僅危險，甚至要命，卻也因此更加挑情。但他們兩人當中有人說得出心裡的感覺嗎？說不出來。他們倆都無法說清楚，卻仍清楚感覺到了。感覺一說出口，就會被硬生生扼殺了。

當下的情況椎心如刀，李奧納便安排他們回味初次相見時的情景作為逃避。但兩人回味起往事，每提起一件事都會帶出潛文本，暗自透露他們當下的心思。

他們拿驚心動魄的逃獄過程來說笑，拿兩人一路裝酷來打趣，但西絲柯心裡始終清楚，坐在同一張沙發上的這個人，可是滿嘴甜言蜜語後會搞霸王

硬上弓的，佛利也始終知道外頭有一支霹靂小組隨時準備好要逮捕他歸案。兩人當初塞在她車子後座的行李廂內耳鬢廝磨帶起來的情慾洪流，被兩人隨口提起，相互揶揄，一時間頗有天雷勾動地火要燒掉旅館房間的態勢。而且，重要的是，這些一概被他們掩蓋在《禿鷹七十二小時》的機智對話之下。

李奧納便是利用沒說出來的第五層將兩人拉在一起。這樣一來，我們就可以看出他們雖然分踞犯法、執法的兩邊，但是在心底，兩人堪稱天作之合，都是無可救藥的浪漫派，都被老電影勾得無法自拔。

第六層：夢想 由這一層潛文本揭露出來的內情，帶我們進一步想像佛利和西絲柯在作些什麼暗自悵惘的白日夢。男方雖然私下期待女方會願意為他這位勞勃・瑞福而扮演一次費・唐娜薇，看能不能救他一把，但也知道這是緣木求魚。西絲柯可以想像自己演一次費・唐娜薇的樣子，心底也不無期待。只是，她和佛利一樣清楚這是不會成真的幻想。

李奧納想必對於對白情有獨鍾，否則不可能寫得這般精湛，所以請注意：他的角色對於對白也情有獨鍾。他安排兩個角色回味《禿鷹七十二小時》的劇情時，兩人回想的不是人物的樣子或動作姿態，而是人物講的對白，記得一字不差。李奧納本人在看《禿鷹七十二小時》的時候，這些台詞應該都直接命中他的心坎。

看破這個場景的底蘊，讀者有賞嗎？

有，鋪天蓋地的懸疑：他們會不會上床？女方會不會忘了自己是警察而縱放男方跑路？還是女方會逮住他？萬一必須對他開槍，女方會動手嗎？男方逼不得已之下會不會殺了女方？這一對大搞禁忌之愛的有情人，對話看似言不及義，卻牽扯出上述連番的問題，而且還不只如此。

情境喜劇《超級製作人》

第五季第一集：〈消耗戰〉（*The Fabian Strategy*）

這部半小時的喜劇影集是以美國紐約市洛克斐勒中心內的「國家廣播公司」（NBC）辦公室暨攝影棚為故事背景。

艾歷・鮑德溫（Alec Baldwin, 1958~）飾演的約翰・法蘭西斯〔傑克〕・唐納吉（John Francis "Jack" Donaghy），是奇異電氣（General Electric）的「東岸」（East Coast）電視台兼微波爐程式（microwave oven programming）部門副總裁。蒂娜・費飾演的麗茲・雷蒙（Liz Lemon），是傑克手下的製作人兼黃金時段綜藝節目首席編劇。伊麗莎白・班克斯（Elizabeth Banks, 1974~）飾演的艾芙莉（Avery），則是傑克的未婚妻。

　　傑克的口語格調由下面幾段便看得出來。上頭加黑點的詞句勾勒出他的性格，也提點出他的本色。他避暑度假回來的第一天，就打電話給麗茲・雷蒙：

傑克

喂，雷蒙，我和艾芙莉剛度假回來，我們在保羅・艾倫的遊艇上可快活了，那才叫鴻福齊天吶。艾芙莉真是開天闢地以來最完美的女人，活像年輕時的波・德瑞克（Bo Derek），但腦袋裡塞了個高華德（Barry Goldwater）。（略頓）不過，現在回到現實來囉，沒辦法再由英國訓練出來的管家圍成一圈護駕，讓我們在海灘上頭盡情翻雲覆雨。[61]

（保羅・艾倫早年和比爾・蓋茲一起創立微軟）

　　那一天，傑克後來在和麗茲、麗茲的節目製作人一起開會時，擔心起電視台的經營績效不好看，恐怕殃及他們絕頂重要的合併案：

傑克

我們公司一定要擺出很吸金、很吸睛的樣子，有線城（Kable-town）那

---

61 保羅・艾倫（Paul Allen, 1953~），中學時就認識比爾・蓋茲（Bill Gates, 1955~），一起鑽研電腦，大學輟學後和同樣大學輟學的蓋茲一起於一九七五年創立「微軟」，一九八三年因病離開職場，生活的重心便放在投資、推動慈善事業與遊樂，在他的超豪華遊艇上開趴把妹，相當出名。
波・德瑞克（Bo Derek, 1956~），美國波霸艷星，一九八〇年代首屈一指的性感尤物，一九七九年以丈夫為她拍攝的電影《10》（10）暴紅，片名的「10」是指她的身材十全十美。然而，身材撐起來的名氣熬不過歲月，進入一九九〇年代即告過氣。
拜瑞・高華德（Barry Goldwater, 1909~1998），生前為美國政壇保守派大老，連任五屆參議員，一九六四年曾代表共和黨出馬角逐白宮大位。

裡的朋友才會對合併案繼續感興趣，而且我們也只差一點就可以搞定這一切。哈利波特主題公園把英國迷、戀童癖全都迷得暈頭轉向，電影部門還有詹姆斯・柯麥隆（James Cameron）的一部片子在手上，就等著看全世界喜不喜歡。只有 NBC 偏要繼續當環球媒體（Universal Media）那張毫無瑕疵的臉上冒出來的一顆圓鼓鼓白頭粉刺。

到了那天要下班時，麗茲對傑克透露她有愛情關係方面的問題，傑克給了她幾句忠告：

傑克：人不可以只要度假那些的，時候到了，你就應該回家，回到固定的住處，打開行李拿出髒衣服，一起好好過日子。一個說，「這房子需要重新裝潢一下」，然後另一個說，「拜託，艾芙莉，我正坐在座椅式馬桶上欸。」

麗茲：喔，她要重新裝潢房子啊？她不是才剛搬進去。

傑克：艾芙莉很有主見的，我就是愛她這一點。可惜她想把樓上走廊重漆一遍，用仿皮紋（striae faux）漆，叫做什麼「空殼子」（Husk）的。我寧可要現在的顏色，一種紅棕色，叫做「馬鹿舌頭」（Elk Tongue）。

麗茲：那就跟她說「不行」。房子是你的啊。

傑克：所以說，我就知道妳絕對沒跟人談過成熟的感情關係。我要是說「不行」，以後不知道什麼時候會有別的事逼得我一定得說「可以」，而以後的事有可能關係更大。

麗茲：那就說「好」囉。

傑克：我要是讓步，那麼我就不是家裡的主子了。然後在還沒搞清楚怎麼回事之前，她就要逼我穿牛仔褲、讀小說了。

麗茲：是啊，不過，你好像只有「好」、「不好」這兩條路可以走了。

傑克：對大多數的人是這樣沒錯，但其實還有第三條路，叫做「費邊戰術」（Fabian strategy）……這名字是從羅馬大將費邊（Quintus Fabius

Maximus）那裡來的。他專門跑給人追，雷蒙，也就是他不跟人家打，反而退，一直退，退到敵方兵疲馬困、最後自亂陣腳。雖然我痛恨人家拿這招來打仗，但我在私生活的人際關係裡倒是都拿它當基本路線來走。

傑克憑他帥氣的臉蛋、量身訂製的西裝、剪一次要價近五千塊的髮型，在在暗示大家他應該是怎樣的人。但除了外表之外，劇本的作者還以「鴻福齊天」、「毫無瑕疵」、「波・德瑞克」、「很吸金、很吸睛」、「圍成一圈護駕」、「座椅式馬桶」、「空殼子」、「馬鹿舌頭」、「寧可」、「痛恨」等字眼來為他的角色性格定調。情態詞諸如「沒辦法再」、「喜不喜歡」、「人不可以」、「你就應該」「要是／那麼」等，提點出傑克指揮他人的權力欲。這幾段話裡使用的字詞，說明傑克這人精通流行文化、教育背景出眾、性喜趨炎附勢、有資本家氣質、屬於控制型的領導風格，最重要的是，他有一副狗眼看人低、自私自利、嫌貧愛富的嘴臉。綜合起來，這些性格特質為他勾勒出外在的自我，展現在世人面前——這就叫做角色的性格塑造。

不過，辭彙和句法也可以透露出角色的層面。

所謂「層面」（dimension），是由以角色本性為基礎的矛盾拓展開來的。這些心理的梁柱，可以分成兩類：（1）性格塑造和性格本色二者有所矛盾，也就是角色顯露於外的特質，對照起內在的實質有所衝突。也就是說，由可見行為構成表相的那個人，對照起隱藏在面具後的另一個人時，有所衝突。（2）自我對照自我的衝突。

這些層面連往在角色深藏不露的本性當中掙扎撕扯的種種力量，大多是有意識的自我推展出的欲求，相對於潛意識的自我推展出的相反欲求，二者南轅北轍。[2]

由傑克的講話格調，我們可以抓出七個這樣的層面：（1）他在外顯得世故老練（保羅・艾倫的遊艇／英國訓練出來的管家），於私卻偏向野蠻（家裡的主子／圓鼓鼓的白頭粉刺）；（2）肆無忌憚（電影部門還有詹姆斯・柯麥隆的一部片子在手上，就等著看全世界喜不喜歡），但又於心有愧（逼得我一

定得說「可以」）；（3）財務觀念保守（高華德），卻又愛冒險（哈利波特主題公園把英國迷、戀童癖全都迷得暈頭轉向）；（4）教育背景出眾（知道古羅馬大將軍費邊，他可是在西元前二一八年第二次布尼克戰爭〔the Second Punic War〕期間，發明出「你追我跑」這種游擊戰術的人），但又自欺欺人（我在私生活的人際關係裡倒是都拿它當基本路線來走）；（5）對自己的智力很自負（仿皮紋漆），但也知道確實的資訊（仿皮紋漆）。（6）傑克在私生活喜歡用投機取巧的手段來處理事情（退到敵方兵疲馬困、最後自亂陣腳），對於男女關係卻又強加美化（開天闢地以來最完美的女人）；（7）傑克是個務實派（人不可以只要度假那些的），但也是個夢想家（一起好好過日子）。這部影集的導演不時就給傑克來個大特寫，要他在鏡頭前愣愣出神，幻想完美的未來。

然而，縱使層面豐富如傑克‧唐納吉，他也不算是正劇角色。在他的心底，他終究是個喜劇角色，一路被盲目的執迷推著往前走。

不論正劇或喜劇角色，一概都有欲求的目標。在這一點上，二者算是相同的。不過，二者的核心差別，就在於自覺。正劇角色於追尋之際，還保有理智足以適時提醒自己是不是應該退後一步，免得奮鬥未成身先死。喜劇角色不然。喜劇角色的核心欲求會遮蔽他的眼睛，自欺妄想的心理會咬住欲求不放而一意孤行，毫無自覺。這樣的狂熱執念，終其一生對他所作的所有選擇，即使不到擺布的地步，也絕對有重大的影響。[3]

傑克樂天地執迷的貴族式生活，其實比較適合一九二○年代而非現在。「由英國訓練出來的管家圍成一圈護駕，讓我們在海灘上頭盡情翻雲覆雨」，聽起來豈不就像辛普森夫人在高攀溫莎公爵之前寫的日記。[62] 搭乘遊艇度假的景象，也教人想起費滋傑羅小說的情景。[63] 傑克的天命真女，也是高貴一族的

---

62 辛普森夫人（Wallis Simpson, 1896~1986），美國社交名媛，兩度離婚之後，成為英王愛德華八世（Edward VIII, 1894~1972）的情婦。愛德華為她於一九三六年成為「只愛美人不愛江山」的遜位君主，改封號為溫莎公爵。辛普森雖然早年喪父，但因有親戚照顧，加上自己力爭上游，仍能周遊歐美上流社會，過起當時的風流放浪生活，兩次婚姻數度外遇，戀上愛德華八世的時候，第二段婚姻也還未結束。
63 美國小說家費滋傑羅（F. Scott Fitzgerald, 1896~1940）曾應大亨喬治‧貝克（George F. Baker, 1840~1931）之邀，搭乘大亨的船出遊，也將這樣的經歷寫進《大亨小傳》中，小說的主人翁蓋茨比就是因為這一趟出海之遊，首度見識到富豪人生。

艾芙莉，畢業自喬愛特[64]和耶魯。至於傑克，發揮的是普林頓斯校友的本色，不屑穿牛仔褲，也只讀非小說。

傑克講出來的句子語法構造平衡，會用關係子句把全句收攏得豐實飽滿：「我們公司一定要擺出很吸金、很吸睛的樣子，有線城那裡的朋友才會對合併案繼續感興趣，而且我們也只差一點就可以搞定這一切」，以及「我要是說『不行』，以後不知道什麼時候會有別的事逼得我一定得說『可以』，而以後的事有可能關係更重大。」他的對白，聽起來像是一身晚宴服的生意人在大廈頂樓開的雞尾酒會上說的話，開口閉口都是生意經。事實上，晚宴服正是傑克入夜後必備的精心裝束。第一季有一集，麗茲問傑克為什麼在辦公室穿晚宴服，傑克說：「不是已經過六點了嗎？妳把我當什麼了？種田的？」

辭彙和語法一如角色渾身上下的服飾，是角色內在、外在的衣裝。

電影《杯酒人生》（台譯《尋找新方向》）

雷克斯・皮克特（Rex Pickett, 1956~）寫了《杯酒人生》的原著小說與劇本。除了他的第一本小說《杯酒人生》——第二本小說是《聖母》（La Purisima）——二〇〇〇年奧斯卡金像獎最佳短片《我媽在紐約夢見撒旦的門徒》（My Mother Dreams the Satan's Disciples in New York）劇本也是他的手筆。

劇本作家吉姆・泰勒和亞歷山大・佩恩兩人都是電影《侏羅紀公園》系列的《侏羅紀公園3》（Jurassic Park III）掛名編劇（這是該系列小說中寫得最出色的一部）。除此之外，他們搭檔的優異成績還有《天使樂翻天》（Citizen Ruth）、《風流教師霹靂妹》（Election）、《心的方向》（About Schmidt）和《杯酒人生》。佩恩較近期的作品則有身兼編劇、導演的《繼承人生》（The Descendants），以及只負責導演的《內布拉斯加》（Nebraska）。

佩恩和泰勒將皮克特的《杯酒人生》小說改編成劇本，由佩恩執導，上映後拿下一長串國際影展提名和獎項，包括奧斯卡最佳改編劇本獎。由他們

---

64 喬愛特（Choate），指貴族私校「裘特露絲瑪麗學院」（Choate Rosemary Hall），立校超過百年。

俩選擇的題材可以看出，吸引這兩位作家的是人生路上的輸家，以及輸家為了反敗為勝而出現諸般無謂且往往還很滑稽的掙扎。

以類型來說，《杯酒人生》屬於教育劇情類。這個類型的題材很難處理，一般是由下述四條簡單的常規來界定：

1. 主人翁在劇情一開始時的心態，都在否定生命的意義，覺得身邊的一切或是自己的一切都找不到意義。
2. 劇情拉出來的弧線，會將主人翁消沉的觀點往上提升到肯定生命的積極立場。
3. 主人翁會遇到「生命導師」一類的角色，協助他扭轉態度。
4. 劇情最大的衝突源頭會放在主人翁的信念、情緒、習慣和態度。換言之，衝突源頭在於從主人翁自討苦吃的本性衍生出來的內在衝突。

教育劇情用長篇小說來寫，是自然而然的事，因為小說敘事有利於作者直接打進角色內心底層的思慮和感覺。例如皮克特以第一人稱寫就的小說中，主人翁就直接對著讀者的耳朵說悄悄話，把藏在心底的恐懼和懷疑傾吐出來。但是放到大銀幕上，這樣的文學形式就變得難搞得要命，對白要寫得極其高明，才有辦法將作者在小說明白寫出來的，改由角色以言外之意暗示出來。

電影劇本的主人翁邁爾斯（Miles）有個圓滾滾的五短身材，離婚了，寫小說寫不出名堂，在中學當英文老師。雖然銀幕上從頭到尾都沒人說破，但他顯然是個酒鬼，拿品酒當幌子（這是邁爾斯在小說裡自己說出來的），以掩飾自己有酒癮。英文片名「Sideways」（歪的）這個字，在影片當中始終未作說明，但在小說裡就是俚語，意思是「醉醺醺」，所以「歪著走」（go sideways）意思就是醉得一塌糊塗。

故事裡的「導師」，落在聰明又美麗的瑪雅（Maya）頭上。她也離了婚，也熱愛美酒。電影演到中段，邁爾斯和瑪雅兩人，連同邁爾斯的好友杰克和瑪雅的朋友史蒂芬妮（Stephanie），廝混了一整晚，最後四人都跑到史蒂芬妮的家裡，杰克和史蒂芬妮先進了臥室；之後，邁爾斯和瑪雅待在客廳拿史蒂芬

妮收藏的美酒小酌細品。一開始他們聊的是兩人怎麼邂逅的（邁爾斯到一家餐廳用餐，瑪雅正好是那裡的女侍），後來話題一轉，先是談邁爾斯（寫的小說），後來講瑪雅（的農業土壤學碩士學位），最後談到兩人都愛好美酒。

> 瑪雅：你怎麼這麼迷黑比諾（Pinot）？
> 邁爾斯輕輕一笑。
> 瑪雅：我是說，你好像對它情有獨鍾。

邁爾斯聽了這問題笑了笑，臉上帶著悵惘在酒杯裡搜尋答案，然後緩緩開口。

> 邁爾斯：我也說不清。這種葡萄很難種，妳也知道。皮很薄，性子又不穩定，早熟。這品種，也就是說，不像卡本內（Cabernet）那樣容易活。卡本內在哪裡都種得活，不理它還是生龍活虎。黑比諾不一樣，需要隨時隨地細心呵護，妳知道吧？其實，黑比諾只能在這世界上條件十分嚴格、小小的僻靜角落，才長得起來。而且，只有耐性十足、細心十足的農人才養得起，真的。只有真的願意花時間去了解黑比諾的潛質，才有辦法哄得它使出渾身解數、完全施展。我是說，它那風味啊，是這世上最教人迷醉、最精采、最刺激、最微妙……最古老的。

瑪雅覺得他這個答覆既剖白了自己，也打動人的心弦。

（續）
> 邁爾斯：我是說，卡本內是勁頭十足、讓人興奮沒錯，但我感覺起來，不知怎麼的，總像是有一點乏味。這是比較來說的。那妳呢？妳怎麼會這麼愛酒？
> 瑪雅：喔，我想……我……一開始愛上酒，是我前夫帶的路。

邁爾斯：喔。

　瑪雅：你知道吧，他有一間很大、有點炫耀性質的酒窖。

邁爾斯：對。

　瑪雅：之後，我就發覺我的味覺真的很靈敏。

邁爾斯：嗯。

　瑪雅：而我喝得愈多，就愈喜歡酒會帶我去想的事。

邁爾斯：像什麼？

　瑪雅：像他真是個大騙子。

（邁爾斯輕笑出聲）

　瑪雅：不是啦，我其實是在想酒的生命。

邁爾斯：是啊。

　瑪雅：酒是活的東西。我喜歡去想葡萄成長的那一年有些怎樣的狀
　　　　況，夏天的時候太陽是怎樣晒的、有沒有下雨。想那些照料
　　　　葡萄園的人，採葡萄的人；若是陳釀的話，他們又有多少人
　　　　已經不在人世了。我愛酒始終在進化（evolve），每次打開一
　　　　瓶酒，嚐起來的風味就是和我先前不管哪一天開瓶時都不同，
　　　　因為一瓶酒，其實是有生命的。一瓶酒一直在進化，愈來愈
　　　　豐厚，然後，來到巔峰——像你那瓶六一年的。之後，就開
　　　　始穩定走下坡，注定無法回頭。

邁爾斯：嗯。

　瑪雅：那滋味真他媽的銷魂！

　　這時候，輪到邁爾斯心蕩神馳了。由瑪雅臉上的表情，我們看得出時機
成熟了，邁爾斯卻仍定定不動。他要再有個暗示才行，而瑪雅也膽子夠大，
給了暗示：她伸出一隻手搭在邁爾斯的手上。

邁爾斯：但是，妳知道……呃……除了黑比諾我還喜歡別的酒。像最
　　　　近我就很迷雷司令（Riesling）。妳喜歡雷司令嗎？雷司令？

瑪雅點頭，唇邊泛起蒙娜麗莎的微笑。

邁爾斯：（指往某方向）洗手間是在那頭？
　瑪雅：對。

　　邁爾斯站起來走出客廳。瑪雅輕歎一聲，從皮包裡掏出一包「美國精神」香菸（American Spirit）。[65]

　　這一段一如李奧納寫的《視線之外》那一幕，都在勾引挑逗，只不過，這裡的兩位都是極度敏感的人——瑪雅是睿智的地母，邁爾斯則是感情脆弱的壁花男。這一場戲也像我們後面要談的《愛情不用翻譯》，兩人是在交心。不過，他們不是在坦露個人的失意。在表面之下，他們倆做的其實是在自誇和承諾。邁爾斯和瑪雅都在賣力向對方推銷自己的好。

　　邁爾斯在他長篇大論之下的潛文本，是要瑪雅放膽去挑逗他無妨，而瑪雅回答的潛文本，也確實照做了，而且做得很高明。所以，女方對男方的心思表露無遺，甚至還碰了男方的手，用蒙娜麗莎式微笑向他示意「來吧」。但邁爾斯怯場了，一溜煙兒朝洗手間尿遁而去，獨留女方一人枯坐洩氣。

　　這裡要注意的一樣是場景的布局是以三角會談作為核心在打轉。美酒在這裡成了第三方，潛文本便在瓊汁玉液底下搏動。

　　現在我要將他們的對話改寫得露骨又直接，把潛文本裡的自誇和承諾抽出來，明擺在文本裡，完全抹去第三方。

邁爾斯：我這人很難懂。臉皮薄，性子也不穩定。我不是什麼硬漢，
　　　　　沒有鐵打的心臟可以挺過任何打擊。我需要有個舒適、安全

---

65 文中引述電影《杯酒人生》的幾段對話，都經過譯者校訂。
　　《杯酒人生》於台灣的中文片名叫做《尋找新方向》，由於《杯酒人生》這樣的片名抓得很好，在眾多西片的中文片名當中十分難得，故本書不採用了犯了麥基大忌「陳腔濫調」的《尋找新方向》，改用切中劇情神髓的《杯酒人生》。

的小世界讓我窩在裡面才行。我需要有個女人寵我才行。妳
要是耐性十足、忠心十足、細心十足，就有辦法帶出我最美
好的一面。我不會去遷就妳，妳得來遷就我。只要用妳的愛
好好哄我，我就會是最刺激、最精采、是妳三生有幸遇上的
奇男子。

瑪雅：我是對生命懷抱豐沛熱情的女子，時時刻刻，日日夜夜。四
季流逝，我始終在時光燦爛的光輝底下茁壯，嘗遍珍貴的遞
嬗。這時的我芳華正茂——年紀不小，懂得從錯誤當中學習，
但是也不老，還在成長進化，所以，每多過一天，我就更加
豐富一些，更加精采一些。等我到了人生的巔峰，不騙你，
此刻與你在一起，我就是正在走向巔峰，我的滋味絕對美妙，
美妙到無與倫比。請你趕快幹我、一起銷魂吧。

這樣的感覺不是沒人有，連這樣的念頭也不是沒人會有，起碼隱約想過，
但就是沒人會把這些尷尬得要死的事這樣子明白講出口。這幾段赤裸裸的表
白直接放到客廳裡，或塞到閒聊個人想法、期盼的場合裡時，霎時變得無比
粗鄙。好一點的演員看了絕對啞口無言。

但這些就是泰勒和佩恩要筆下的角色去做的事：擺出自己最好的一面，
連天上的月亮都可以答應對方摘下來，拿這些甜言蜜語自吹自擂、誇下海口，
以贏得對方的心。所以，這些行動的節拍要怎樣寫進對白裡？就是讓角色談
一談呀。

而一般人是怎麼談話的？拿他們知道的第三方來利用一下。所以，這兩
個角色知道些什麼呢？邁爾斯和瑪雅在這兩件事上是專家：美酒和自己。對
於前者，他們有的是廣博、實用的知識；對於後者，他們有的是浪漫、美化
的認知。也因此，兩人都拿酒的特質和葡萄栽培的知識來作為自身特質的比
喻，期待對方能夠對自己刮目相看。

我在第三部的開頭就提過，對白的關鍵在於辭彙。某個角色才講得出來
的對白，發源自該角色沒有說出來的欲求，以及為了達成欲求而採取的行動。

將行動化作言語，就是在將角色隱藏的心思和感覺轉換成清楚明白的字詞——也就是，唯有該特定角色在該特定時刻採取該特定行動之時，才會說的確切字詞。

佩恩和泰勒以皮克特的小說為本，加上他們對邁爾斯和瑪雅的了解、洞察，為每個角色創造出角色專屬的嗓音和辭彙。邁爾斯和瑪雅為了挑逗對方，各自借酒言酒語來自況。例如邁爾斯偏向情態的用語，帶著敏感特質的形容詞和副詞，可以拿來和瑪雅放肆大膽的名詞和動詞比較看看。

邁爾斯：「皮薄」、「性子不穩定」、「呵護」、「耐心」、「細心」、「哄」、「迷醉」、「精采」、「刺激」、「微妙」、「很迷」……

瑪雅：「生命」、「活的」、「太陽」、「晒」、「夏天」、「進化」、「豐厚」、「巔峰」、「那滋味真他媽的銷魂」……

也只有這樣的作者才聽得到角色的心聲。

第四部
如何設計對白

12

劇情／場景／對白

我們不時可以看到有些故事寫得不好，對白竟然相當出色，以至於白白浪費掉了。我們也都看過寫得很差的故事，對白則更慘，讀起來好不艱苦。但我們倒是不太常碰到講得很精采的故事卻被寫得很糟糕的對白拖累，原因很簡單：故事講得好，對白就不會差。

爛對白就像潮熱（hectic fever），是在警告故事內在深處出現了感染潰爛的問題。但由於火候不夠的作者常把症狀當成病，頭痛醫頭、腳痛醫腳，於是拚命改寫對白，幫場景大貼 OK 繃，以為角色把話講對了，故事就算講得不對也會不藥而癒。然而，角色和情節的弊病，不是把對白改了又改、不停換字，就可以治好的。

讓我試著把這個道理講得簡單明瞭：你若沒搞清楚自己到底要說什麼，怎麼可能弄清楚你的角色該說什麼。一般人寫故事是怎麼把情節組織起來，怎麼由小而大拼出劇情的全貌，做法因人而異，隨人高興。不過，組織的過程再怎麼亂，作家到了最後還是要對形式（劇情、角色設計）與內容（文化、歷史、心理內涵），彙整出全知如神的認識，由下而上把敘事撐起來，從裡而外把對白寫出來。對白是最後的一步，就像是在潛文本一層一層疊起來後，在最上面抹上文本這一層糖霜。

所以，在往下檢視對白設計之前，先複習一下劇情設計的基本組成。

觸發事件

故事一開始，主角的人生處於還算平穩的狀態。它當然也有悲歡離合、高低起伏，但誰沒有呢？無論如何，主角對於自己的人生還算掌握得住，擁有合情合理的主控權——直到發生某件事打亂這平穩的狀況。這件事，我們稱之為「觸發事件」。

所謂「觸發」，就是引發；所謂「事件」，就是「情節」。這是故事的第一件大事，是故事的發端，把主人翁的人生推得東倒西歪。觸發事件或許出於故意（主人翁決定辭職去創業），或是出於碰巧（店面慘遭雷擊，使生意做不下去）。觸發事件或許把主人翁的人生一把推向好的方向（發明出很棒的新產品），或是推向不好的方向（生意上的競爭對手偷走主人翁的發明）。觸發事件或許是重大的外在事件（主人翁的公司倒閉），或是不為人知的心思（主人翁發自內心體認到他痛恨自己從事的行業）。[1]

故事的價值取向

觸發事件帶來的衝擊，會一舉改變角色人生當中的危急價值。故事的價值（Story values）是正或負的二元價值取向，例如生／死、勇敢／懦弱、真／假、有意義／無意義、成熟／幼稚、希望／絕望、正義／不義、林林總總，不一而足。一則故事內含多少種類、數量和可能組合的故事價值，都不一定，唯獨故事的內容一定是牢牢落在無可替換的核心價值上。

之所以說核心價值「無可替換」，是因為故事的基本屬性就是由核心價值在決定。核心價值一變，故事的類型就跟著改變。舉例而言，作者要是把角色生命中的「愛／恨」抽離出去，改以「道德／敗德」取代，核心價值經這麼一換，作者寫的類型就會從愛情故事幡然變為救贖的劇情了。

各場景的價值未必簡單明瞭，但每一場景最起碼會有一類價值在角色的

人生陷入危急。而這個價值之於故事的核心價值，不是有所關聯就是和它相配。價值取向的變化，是由一幕幕場景以戲劇呈現。

一幕場景剛開始的時候，故事價值可以是純粹正值或純粹負值，否則也可以是正、負相參。之後，由於出現了衝突或揭露了什麼內情，一開始的價值取向於是有所變化，有可能反轉（由正值變成負值，由負值變成正值），或是加強（正值加倍，負值加倍），或是減弱（純粹正值變成偏向正值，純粹負值變成偏向負值）。

價值取向出現變化的那一刻，就是該場景的轉捩點。是故，場景當中的危急價值一旦價值取向有變，就表示劇情有所進展。[2]

欲求叢集

對於自己的人生，每個人無不想掌握合理的主控權。當觸發事件一把推倒了生活的天平，人性的自然反應就是要設法回復平穩。所以，世間的故事不外是要將秩序撥亂反正、要將天平改斜歸正而形諸戲劇。

角色有所行動，是因為有所求而必須有所為，只不過，人生既複雜又紛擾，必須穿行經過欲求的迷宮，讓人暈頭轉向。講故事的藝術，最終就是要將一股又一股的欲求匯聚起來、統合為事件／情節的奔流。在推動故事從頭走向結尾的一幕幕場景中，講故事的人只能從眾多欲求中選擇他要表達的，放進特定場景中。想要了解這樣的過程，就必須檢視欲求的組成，以及欲求是怎麼推動敘事發展。

「欲求」這個東西，可以劃分出五面的層面：

1. 欲求目標
2. 最高意圖
3. 動機
4. 場景意圖
5. 背景欲求

1. 欲求目標

觸發事件出現之後，主人翁有了欲求的目標，亦即他想把人生推回四平八穩狀態就一定要有的東西。這東西或是有實體的，例如他暗藏的一筆錢，或是情境方面的，例如平反不白之冤，也可以是理念上的，例如他的人生信念。舉例來說，主人翁因為工作受辱（觸發的事件）而致名譽受損，生活因此大亂，於是亟欲在職場上扳回一城（欲求的目標），找回平穩狀態。

2. 最高意圖

角色因為有最高意圖在背後驅策，而去追求欲求的目標。所謂最高意圖，就是將主人翁有意識的欲求，改以其心底最深的需求來表明。例如上述的欲求目標（在職場上扳回一城），以最高意圖來表明的話就是：經由外在的勝利，求得內心的平靜。

換言之，欲求目標是落在客觀面的，最高意圖則是落在主觀面：也就是一邊是主人翁想要的東西，另一邊是驅策主人翁的強烈情感需求。作者經由前者可以清楚想見故事走到末了時的危機應該怎樣安排（主人翁的欲求目標屆時究竟是否到手），後者則有助於作者去連接上主人翁的內在感情，亦即推動故事開展的內在需求。

不論在怎樣的故事裡，主人翁的最高意圖都有一點籠統（例如為不白之冤平反、在親密關係中尋找幸福、追尋生命的意義等），但確切的欲求目標（例如壞人死去、理想的伴侶、不自殺的理由），就是故事獨創力的源頭。而不論欲求的目標是什麼，主人翁追求它是因為必須達成其最高意圖：他對於平穩生活的深切渴望。

3. 動機

欲求目標或最高意圖，不可以和動機混為一談。前二者回答的是「什麼」的問題：角色有意識的欲求是什麼？角色無意識的需求又是什麼？動機回答的則是「為什麼」：角色為什麼會覺得他需要那樣的東西？他為什麼要達到那個特定的欲求目標？若是達到目標，他的需求真的就被滿足了嗎？

動機的根源深植於童年，也因此往往不合情理。至於作者對筆下角色之需求和要求的成因需要了解多少，就悉聽尊便了。有的人對動機極為著迷，例如田納西・威廉斯；有的人就置之不理，例如莎士比亞。無論如何，作者在寫場景和對白的時候，對角色有意識和潛意識的欲求有所了解，都是不可或缺的條件。[3]

4. 場景意圖

故事中的角色在追求人生最終目標的路上，他一刻接一刻的奮鬥掙扎就體現在每一幕場景中。場景意圖是指角色即刻的要求，是達到最高意圖這漫漫長途當中的一步。是故，角色在每個場景採取的行動、得到的反應，不是推助他朝欲求目標靠近，就是拉著他愈行愈遠。

作者若是滿足了角色的場景意圖，這個場景就會到此為止。例如在一場警察盤問戲中，嫌犯叫警察不要再問他了，嫌犯的場景意圖是不要再盤問下去，若警察聽了後真的一走了之，這個場景就會不了了之。然而，警察盤問嫌犯，無非是要他吐露祕而不宣的事。所以，從警察的觀點來看，他的場景意圖就是要挖出祕辛。而嫌犯要是真的坦白招了，這個場景也同樣到此為止。場景意圖說的是角色即刻、有意識的欲求，亦即他馬上就要弄到手的東西。[4]

5. 背景欲求

角色選擇怎樣去做，受制於角色的背景欲求。我們每個人對於自己與生活中遇上的每一個人、每一件事處於怎樣的關係狀態，其實向來心裡有數，例如交通安全性、餐廳領班給怎樣的桌位、在同事之間的地位（在此約略提一下公眾生活面的三則例子就好）。

至於私生活面，對於自己和親朋好友或戀人之間的關係，我們一樣相當清楚。對於內在的自我，以及自己的生理、心理、情感、道德的安適程度，我們也理解通曉。

除此之外，我們對於自己在時間洪流裡的位置、過去的經歷，以及對當下飄搖不定的處境、未來的期盼，也是心知肚明。這諸般錯綜複雜的關係，

交織起我們的背景欲求。

　　「關係」之所以成為欲求，原因在於：關係一旦建立起來，就成為我們存在的基石，這個體系也成為我們在人生當中自我感、安全感的來源。一個人的安適，就繫於此。價值為負的關係，我們會想辦法消除；價值為正的關係，就算無法再作提升，也一定要維持下去。而不論正負，我們最起碼希望這些關係是自己可以合理控制的。

　　因此角色的背景欲求不僅鞏固其人生現狀，也會牽制其人的行為。背景欲求交織成一張網，在故事的每一幕場景當中約束角色的行為。這些定型的欲求以維持穩定為要，對角色的行為會有限定、牽制，影響角色願意說出什麼、不願意說出什麼，以求達到目的。

　　原則上，角色於人生累積的正值關係愈多，他的行為舉止就愈含蓄、愈「文雅」。反之亦然：角色若是沒有什麼好在乎的了……那麼他什麼都做得出來。

　　有些文化因為風俗習慣而主張有話直說，有些文化卻同樣因為風俗習慣而有心照不宣的禮儀舉止必須遵守，並且將心裡想的事情留在自己心裡。人類的文化類型極為龐雜，涵蓋的幅度從全是潛文本而文本少之又少的這一頭，到全是文本而潛文本少之又少的反向極端，無所不包。這類相反的極端，在社會科學領域，稱為「高語境」（high-context）文化，以及「低語境」（low-context）文化。[5] 而放在虛構故事中，文本相對於潛文本的比重，就是由語境高低在決定。

　　高語境文化對傳統和歷史有強烈的感情，與時俱變的腳步很慢，許多信念和經驗過了一代又一代依然不見改變。高語境文化講究關係、集體、直覺和思索，在關係緊密的團體當中把人際來往看得極重（例如北美的原住民族）。

　　是故，許多事情在這樣的內團體[66]裡可以留在心裡不說出來，因為團體成員可以很輕易地從大家共有的文化和經驗得出推論。義大利黑手黨便是這樣

66 內團體（in-group），社會學名詞，即「小圈圈」、「自己人」的意思，成員具有共同利益，歸屬感強烈，關係緊密，可能排外。不在內團體的人，自然就是「外團體」（out-group）。

的內團體。在電影《教父》（*The Godfather*）中，麥可‧柯里昂（Michael Corleone）說：「我父親給了他一個他沒辦法拒絕的提議。」這一段勒索情節，別人馬上清楚得要命。然後麥可再對凱‧亞當斯（Kay Adams）把事情點破，因為她不是該內團體的人。[67]

像中東和亞洲之類的高語境文化，民族和社會多樣性都偏低，一般都把團體放在個人之上。內團體的成員說明情況的時候，靠的是大家共通的背景，而非話語。以至於高語境文化內的對話偏向語句精簡，措辭準確，因為在這樣的情境裡，只需寥寥幾個輕描淡寫的字詞，就可以暗暗烘托出複雜的訊息。

反之，低語境文化中的角色，例如北美地區，偏愛費力把事情說得很清楚、很仔細，因為這裡的人不論出身的種族、宗教、階級、國家背景都相當紛歧。

但即使是在相同的大文化環境，一樣會有差別。以美國這兩個地區的人來比較看看：一是出身路易斯安那州的人（高語境文化），一是紐約市的人（低語境文化）。前者只愛講幾個字，大家心照不宣知道就好，其餘就輔以長長的沉默；後者則會把話講得又直白又詳細。

還有，低語境文化中的共通經驗不斷在改變，而且變動很大，於是上一代和下一代容易有代溝。美國這樣的移民社會，眾所皆知父母、子女雙方溝通並不容易，以至於兩邊會大聲嚷嚷半天不停。潛文本浮上來後，角色講話就會比較囉嗦、直白。

對立力量

角色想要達成欲求目標，會有意識或是憑直覺做出一些事，希望引發身邊的人作出有助益、有效力的反應，推著他朝重拾平穩人生的目標靠近。然而，他的行動並未帶動身邊的人一起配合，反而激起了對立，從中阻撓。他所處的世界對其行動的反應不如所願，不是偏離就是正好相反，而且力道強勁。

---

67 電影中，麥可說：「我父親給了他一個他沒辦法拒絕的提議。」凱回問：「什麼提議？」麥可說：「路卡‧布拉奇拿槍抵著他的頭，我父親對他保證，合約上不是他的腦漿就是他的簽名。」

不符合預期的意外發展，很可能推著他離欲求目標愈來愈近，或是愈來愈遠，但不論是正、是負，這樣的變化都不在他當初的盤算之內。

對立力量（forces of antagonism）指的未必是敵人或壞人。有些故事類型需要有壞人，而且如果用對地方，像是《魔鬼終結者》（*The Terminator*），大壞蛋也可以是引人入勝的反派。不過，我這裡說的對立力量，是指由下述四大衝突當中任一或全體發動起來的敵對力量：

1. **物理衝突**：由時間、空間或人造世界、自然世界當中任一事物帶來的洪荒巨力，人力無以回天，例如不夠時間做好什麼事，或是地方相距太遠、來不及取得什麼東西，又或是龍捲風、傳染病等大自然帶來的動亂。奇幻類型在這類的自然力上頭，還可以再加上靈異、魔法等力量，形形色色，離奇詭譎，天馬行空不受限制。

2. **社會衝突**：來自體制、管理體制之人的強大力量。各級政府與其執行的法規制度，各派宗教、軍方、企業、學校、醫院，甚至慈善機構等，都包括在內。每個機構的權力結構都呈金字塔形態。所以，你要如何取得權力？因為什麼事而失去？在這權力金字塔內，怎樣才能往上爬？又是怎麼往下掉的？

3. **私人衝突**：親朋好友、戀人等親密關係有了麻煩，從不忠到離婚，到為了錢而不時小爭吵等，所在多有。

4. **內心衝突**：角色的心理、生理、情緒出現了矛盾掙扎。記憶不符合事實，身體百病叢生，或是情緒混亂壓垮理智，應該如何應對？

在故事的發展動線中，這些層層疊疊的對立力量會積累、凝聚得愈來愈強，一直在拓寬情節、加深劇情。夾纏的糾葛一路堆砌，主人翁也不得不一路挖掘自己的意志力，挖掘自己身、心、靈各方面的潛力，不斷愈來愈奮力，以便重拾生命的平衡。[6]

行動的骨幹

主人翁努力達到欲求目標，這一路的足跡連接起來，就是故事的行動骨幹（spine of action）。主人翁堅持不懈，由最高意圖推動，面對劇情中的反抗力量奮鬥掙扎，故事就這樣從觸發事件一路走過種種發展，直到主人翁終於在危急關頭作出決定、採取行動，將劇情推到高潮，最後化解一切，故事告終。

主人翁（或是任何角色）在一幕又一幕的場景中所做出的每一件事情，或是說出來的每一句台詞，不過是行為上的對策。因為不論表面上有什麼事，不論外在什麼行為抓住我們眼睛、耳朵的注意力，主人翁不屈不撓、主導一切的行動骨幹，會貫穿每個場景的底層。

由於人生的紛擾最常見的來源就是別人，循著行動骨幹而進行的活動中便以談話最為常見。而且，一如故事的五條動線主脈（觸發事件，糾葛推展、危機、高潮、化解），談話也可以分成五個階段：欲求、感覺到有對立、行為的選擇、行動／反應、表達。

這五大階段當中的「表達」，便是將角色的行動帶入他的環境，以話語活動最為常見，但是握緊拳頭、輕吻一下、用力甩出盤子或不懷好意的假笑也算——這些都是非話語的行為，既可以搭配話語，也可以取代話語。

想像一下這樣的情況：你是寫作的新手，努力想打進這一行。然而，在你藏著沒讓別人看到的祕密角落裡，你的人生道路卻是走得歪歪倒倒，總是覺得自己缺少了點什麼。你的夢想是希望終有一天創作有成，像是寫出一部長篇小說、一齣戲劇或一部劇本，展現出類拔萃的筆力（欲求目標），如此一來，那塊感覺少了什麼的地方就會填補起來，生命也就圓滿平衡了。期望在藝術創作上有所成就（最高意圖），就是你辛勤筆耕（行動骨幹）的動力。

所以，為了達到目標，你伏案寫作（場景），打算寫好一頁對白（行為的選擇），希望藉此洞悉你筆下的角色，想出劇情接下來要怎樣推展（場景意圖）。不過，動筆之前，你就已經料到會有種種狀況冒出來搗亂——老媽打電話來亂，小寶貝醒了在哭，生怕失敗的恐懼讓你反胃想吐，心裡一直聽到勸你就此放棄的聲音（對立力量的出處）。儘管有這些搗亂因子，你還是選

擇堅守陣地，繼續伏案創作（行為的選擇）。所以，你塗塗改改同一段、寫了又寫（行動），但每寫過一遍，筆下的對白一下結結巴巴一下又像連珠砲，愈寫愈糟糕（對立力量），搞得你氣急敗壞，一口氣罵出成串不中斷的髒話，「臭他媽的……蠢蛋白痴混帳……」（表達）。忽然間，有如被青天霹靂打到，你的腦子冒出新的切入點（反應）。霎時你文思泉湧，手上飛快敲著鍵盤，打出一句又一句對白（行動），筆下的場景煥然一新，迸現出意料之外的震撼力。完成後，你往後一靠，低聲喃喃說道：「哇，這是哪裡冒出來的？」（表達）。

　　每個欲求、行為出現的那一刻，不論有多瑣碎，即使是在恍惚出神時啜一口咖啡這種無謂到極點的動作，也連綴到你未來的欲求，連綴到你對文學成就的追求上。你的人生就是這樣一刻接一刻順著行動骨幹，從「欲求」走到「感覺有對立」，再到「行為的選擇」，然後來到「行動／反應」，最後則是「表達」。

　　你是如此，你寫出來的角色也是如此。你的人生如此，你寫出來的故事也是如此。[7]

故事推展

一幕幕場景順著行動的骨幹推進，一路上不僅在故事價值的正值、負值之間兩邊來回，同時也會拉開一條衝突發展的弧線。角色為了達到欲求目標而努力奮鬥，對立力量也在增長擴大，逼得角色不得不加碼使勁才能應付，也因此為人生帶來愈來愈大的風險，意志力被迫愈拉愈高，作出的抉擇也愈來愈危險。

　　到最後，主人翁終於走到黔驢技窮的時刻，一籌莫展之際只剩最後一搏可用。面對一生最強勁也最要緊的衝突，主人翁的最後一搏也是他的生活能否重拾平衡的最後依靠。主人翁作出危機時的抉擇，選擇進行驚天動地的一擊，然後付諸行動。而這番高潮出擊，最後是得償所願或事與願違，成敗全在此一舉。故事結束。最後可能還需要有收場的一幕，就看是不是有未了的

小事需要收尾，也讓讀者／觀眾收心或是收驚，整理思緒、調整情緒之類。[8]

轉捩點

理想上，每一幕場景都應該有轉捩點才好。它可以一轉眼就把場景當中的危急價值一古腦兒從正轉向負，或從負轉向正。這樣倏地一變，相較於前一場景的轉捩點，角色離他的欲求目標不是變得更遠（負值），就是更近（正值）。

　　故事就是由轉捩點順著行動骨幹，朝著決定主人翁欲求目標能否達成的故事高潮，一路推進。

　　轉捩點的構成，唯有倚靠以下這兩件事之一，或是二者並具：行動，或揭露。當一件事因為立即、直接的行動，或是因為祕辛、前所不知的事情曝光，就會出現轉折。由於對白既可以表達行為（「我這一走就再也不會回來了」），也可以傳達訊息（「我嫁你是看上你的錢」），所以可以經由行動或揭露（或是兩者同時），扭轉一幕場景的價值取向。場景若是沒有轉捩點，場景的價值取向不論在形式或程度上都沒有變化，該場景就不過是拿解說來當無事忙的過場罷了。一連串的無事忙推展下來，會把故事推到累贅乏味。[9]

場景推展

推展（pogression）就是在先前的行動或事件之後，繼續不斷添加行動和事件。一個場景中出現轉捩點，就是在前一場景的轉捩點上再繼續加料，將故事線拉展開來。每個場景段落（sequence）的事件都會帶起不大不小的變動，對角色生活的影響超過前一場景段落，是好、是壞不一定。每一幕的高潮（act climax）都會帶出重大的衝擊。

　　不過，不論場景為劇情帶來的變化是大、是小或不大不小，場景都是由一拍、一拍的行為堆疊起來再往前推展，所以，每個行動／反應都是疊在前一拍之上，並以場景的轉捩點為軸心在邁進。[10]

節拍

如同物體的運動有牛頓第三定律，人類的言語也一樣，每個行動都會引發反應。所謂節拍，是場景設計的單位，由一個人或一件事在場景中帶出的行動暨反應組合而成。反應一般來說出自另一角色，但也可以出自演出動作的角色本身。

想像一下：某甲辱罵某乙。某乙對此可以有的反應就多著了，像是反脣相譏或是嗤之以鼻。某甲本人對自己做的事也可以有反應，像是道歉，或是雖然對自己口不擇言相當後悔、自責，卻一聲不吭。再不然，某乙也可能因為不懂英語，聽到罵人的話還微笑以對。

場景就是由這樣一刻接一刻的「行動／反應」來來回回建立起來的。理想上，每一拍要疊在前一拍之上、帶著往下一拍推進。場景中的後一拍不斷架在前一拍之上，持續下去便帶出對白的推展，以轉捩點為軸心推動場景內每一拍的開展與邁進。[11]

節拍是怎麼劃分的，看動名詞最容易辨別出來。動名詞是動詞加上「ing」，成為指稱動詞的名詞。以上一段為例，可以標示出四種節拍：辱罵／反脣相譏、辱罵／道歉、辱罵／後悔、辱罵／打招呼（insulting/ridiculing, insulting/apologizing, insulting/regretting, insulting/greeting）。就我所知，利用動名詞來指稱對話底下的行動，是遏阻自己寫出露骨對白的最有效方法。

行為的五道步驟

故事中的角色開始利用說話來達成其目的時，「對話」這種散漫的活動就成了集中的「對白」行為。口說的行動（事實上是整個行為），總計要走過五道明確的步驟：從「欲求」到「對立」，再到「選擇」，然後是「行動」，最後是「表達」。由於一般人的行動和反應常是一瞬間的事，以至於這五道步驟是飛快一閃而過，感覺像糊在一起似的。

不過，人生如此，寫作不然。不論事情發生的速度有多快、如何憑直覺

本能行事，這五道步驟絕不可少。為了把角色一氣呵成的行為看得一清二楚，讓我們用「慢鏡頭」來檢視這五道步驟：

1. **欲求**：角色的人生驟然失序（觸發事件），引發的反應就是揣想他該怎樣去做（或至少覺得必須做些什麼），才能重拾平穩的人生（欲求目標）。達成欲求目標成為他總括一切的使命（最高意圖），推著他去主動追求（行動骨幹）。當他順著故事的骨幹前進時，在每一特定時刻（場景）都有立即的需求必須滿足（場景意圖），以利他朝欲求目標邁進。場景意圖中最重要的欲求，以及最高意圖潛藏在下的推力，都會影響他選擇什麼行動、執行什麼行動。不過，他的背景欲求也會限制他的選擇，因為背景欲求會影響他不能做什麼或不願做什麼。

2. **感覺到對立**：然而，在角色有所行動之前，他必定要先感受到或辨認出是否有對立的力量擋住他的路。在角色對此的理解中，有意識占多大份量、潛意識又占多大份量，以及它是符合事實或有所誤會，端看角色的心理狀態、身處的情勢和作者要講的故事而定。

3. **（行動的）選擇**：接下來，角色就要決定怎樣做才能從他的世界喚起合適的反應，使他朝他的場景意圖推進。這裡也一樣，角色作出選擇是經過慎思熟慮，抑或臨場的即興反應，跟角色的本性、當時的處境有關。

4. **行動**：角色將選擇付諸行動，它可以是肢體行為，也可以訴諸言語，還可以是肢體行為、言語同時並用。欲求是行動的源頭，行動則是對白的源頭。

5. **表達**：角色選擇的行動若必須透過言語來實踐，那麼作者就要寫對白。

作者在創造場景的時候，一定要將這一串聯鎖的行為劃分開來，逐一仔細考慮（至於作者在作這一番「考慮」時，有意識、潛意識占的比重有多大就因人而異了。奧斯卡‧王爾德說過，作家可是會耗費一早上的時間去思考

一個逗點要放哪裡，再耗費一下午的時間去把逗點拿掉。[68] 不過，這是王爾德。有些作家只覺得逗點好礙眼）。最後，不管作者花了多少時間終於寫出完美對白，都得將連鎖的一道道環節再串接起來，讓演員演出或是讀者閱讀的時候有一氣呵成的感覺。

角色到底要什麼？因為什麼因素而沒能得到？他又該怎樣做，才有辦法得到？──在這幾則問題有答案之前，就無從得知角色在第五步驟會說出什麼話。

故事中的場景不是因為有人講話才活過來，而是因為角色經由講話而有所行動才活起來。所以，動筆寫對白之前，一定要先提問題、找答案，由它帶著我們從「欲求」到「對立」、「選擇」、「行動」，順流而下，最後走到「表達」──用對白打造場景，同時也帶來扳轉。

七則作品研究

角色行為的五大步驟串聯一氣、交相應和，形成了前進推展的潛文本，最終在對白找到表達的出口。這是怎麼做到的，我們在這裡不妨以五個戲劇場景作範例詳細一一檢視，當中有兩場取自電視劇本，其餘為舞台劇、小說、電影劇本各一場，再加上兩段小說創作中的敘述對白。這裡的每一位作者在運用衝突時，衝突的平衡、類別、強度各有千秋；怎樣的衝突決定怎樣的行動，怎樣的行動又決定怎樣的話語。是故，角色的行為、節拍的動態，尤其是每個場景的對白調性，在接下來的六章中便各自展露七種不同的鮮明風貌。

平衡式衝突：影集《黑道家族》在〈兩個東尼〉（*Two Tonys*）這一集，主創

---

68 此為早在一八八四年時便已見諸英國報章的花絮（The Topeka Daily Capital, June 5, 1884，以及狄更斯主編的 "Household Words：A Weekly Journal, vol. 8, Nov.1884 to Apr. 1885"），說法大同小異：王爾德（Oscar Wilde, 1854~1900）在寄宿的鄉居遇到看不起文學的大市儈，後者知道他是作家，借機尋釁，問王爾德在忙什麼，王爾德說他在為自己的詩集作校對，而且忙了一整個早上做了一件極重要的事，「拿掉一個逗點。」對方挖苦他：「就這樣？」王爾德一笑說道：「才怪，等再想清楚了，我又把逗點放回去了。」

大衛・蔡斯（David Chase, 1945~）與共同編劇泰倫斯・溫特（Terence Winter, 1960~）放任角色捉對廝殺，拿角力對白拚個你死我活。

喜趣式衝突：影集《歡樂一家親》有一集〈作者啊作者〉（*Author, Author*），由唐・席格（Don Seigel）和傑瑞・佩爾吉金（Jerry Perzigian）合寫，將平衡式衝突放大，瘋到不能再瘋。

非對稱衝突：在舞台劇《太陽底下的葡萄》中，劇作家蘿蘭・漢斯貝里（Lorraine Hansberry, 1930-1965）拿一個角色挑釁叫陣，對上另一角色以沉默無語作為抗衡。

間接衝突：《大亨小傳》中的角色，在費滋傑羅筆下一個個都愛用暗帶作對玄機的話語來擺布別人。

反身式衝突：從兩部小說各挑一段敘述對白來比較用法。《伊瑟小姐》的作者亞瑟・席尼茲勒（Arthur Schnitzler, 1862-1931）在主人翁身上運用這個手法以製造內心衝突，由主人翁的一個自我去對抗另一個自我。《純真博物館》的作者奧罕・帕慕克（Orhan Pamuk, 1952~）則是安排主人翁直接對讀者傾訴其內心的天人交戰衝突。

極簡衝突：在電影《愛情，不用翻譯》片中，編劇蘇菲亞・柯波拉（Sofia Coppola, 1971~）將幾個角色吊在內心掙扎的深淵，任由角色的自我去對抗自我，在過往的衝突陰影當中推演。

接下來幾章都要示範場景分析的操作方法：拆解場景的組成，拉出潛文本的行動，以動名詞作標示，然後挖掘這些行動是怎麼在對白中作表達。訣竅首先在於為場景劃分節拍。

幾十年來，「節拍」一詞在作家筆下推演出三種不同的意思。在劇本創作還在勾勒梗概（outline）的階段，有些影人用這個詞來指稱故事的關鍵轉捩點：「他們在劇情的第一拍相遇，在第二拍相戀。」劇作家和編劇則往往把這個詞加上括弧——像這樣「（beat）」——放進對話欄位，代表略為停頓。不過，為了探討場景的內心活動是如何激發對白，這裡我用的「節拍」是它原本的意思：「動作／反應」的單位。節拍由動作開始，再以它帶出來的反應作結。

場景教人覺得很悶或很假時，原因極少出自對白的語言，反而可以在潛文本裡找到有病灶正在化膿。正因為如此，我們要把場景拆解成一拍一拍，將在潛文本搗蛋作怪的行動和反應挖出來。只要分析得法，就可以看出場景的節拍應該如何重新設計，以及接下來對白應該怎麼重寫。

一組「動作／反應」的模式不論重複多少次，都只算一拍。場景內的節拍若是沒有變化，場景就不會有所推展；而角色的對策若是不變，節拍就不會有變。場景有毛病的時候，最常見的早期徵兆其實是一拍重複多次：角色老是用同一個對策，做大同小異的事，一而再，再而三，只是換個說辭，一段接一段都是換湯不換藥。一再重複的節拍就躲在遣辭用字之下，通常需要逐拍深入推敲，才有辦法把問題揪出來。

不過，在往下討論之前，提醒大家一下：寫作這件事，沒人可以教。我能做的只是勾畫場景的狀態、功能，把場景的組成攤在各位眼前，指出其內在的機能。雖然場景設計的原則可以啟發創意，但原則不等於創造力。接下來六章是針對已完成的作品進行事後諸葛的邏輯分析。不過，我可以作剖析，不等於我知道創作者的創作過程，或是明白他在歷程中的各種體會與經驗。

然而，這一點我倒是敢說：寫作的路線絕少是直線。創造力喜歡曲折：嘗試→錯誤、心情大起→大落、一下左彎一下右拐，改了又改，寫出一稿、二稿、三稿。多一點了解故事、場景設計，功力就增強一點，點子會多冒出來一些，改寫也會有方向，但無論如何，作者必須在個人的創作過程中自己摸著石頭過河，找出發揮天份、施展拳腳的要領，才能從靈感抵達終點的定稿。

13
平衡式衝突

影集《黑道家族》

《黑道家族》在 HBO 從一九九九年一月播出到二〇〇七年六月，全長八十六集，講的是東尼・索波諾（Tony Soprano）[69] 這位美國紐澤西州黑手黨老大的故事，由詹姆斯・甘多費尼（James Gandolfini, 1961-2013）出飾主人翁。大衛・蔡斯是影集的主創，以一組核心矛盾來打造這位性格複雜、多面交疊的角色：東尼雖然做的是暴戾、獨裁、殺人放火的勾當，卻也備受夢魘荼毒，不時爆發恐慌而找不到來由。

東尼明瞭他的恐慌症可能會害他送命，因而找上精神科醫師求助，亦即由蘿蘭・布萊考（Lorraine Bracco, 1954~）飾演的珍妮佛・梅菲醫生（Dr. Jennifer Melfi）。接下來有長達四季的時間，他們的療程一路在道德兩難、情慾潛伏的曖昧張力與東尼的動輒暴怒之間掙扎，直到東尼終於主動將治療叫停。

東尼在第五季第一集終於相信自己是真的深深愛上梅菲醫生，於是展開

---

69 全名為安東尼・約翰・索波諾（Anthony John Soprano），「東尼」為暱稱。下述的劇本內容中可見梅菲醫生以正式的「安東尼」稱呼他，有其字面下的意義。

追求。他先前便常和女醫生調情，但這時他改頭換面，擺出最好的追求姿態，兩度約女醫生共進晚餐。女醫生兩度婉拒，東尼鍥而不捨，最後在女醫生的診療室直接把話挑明來說。

在這裡，我要將他們的當面對質走過一遍，特別去看這幕場景裡的四大模式：（1）行為的五道步驟（欲求、對立、選擇、行動、表達）如何轉化為角色的場景意圖和對策。（2）場景中的「行動／反應」節拍如何推動劇情的進程。（3）危急價值怎樣拉出價值取向的變化弧線。（4）上述這幾層基底如何驅迫、激發角色講出角色專屬的對白。

這樣帶領各位由內而外檢視分析，是為了再次提醒各位：角色開口講出來的話，是先前的一切逐步蓄積出來的最後結果，是堆疊在字句底下之人生各層面游浮到表面的顯象。內在的場景愈雄渾，對白也就愈犀利。

首先，我們若是問東尼他到底要什麼（欲求），又為什麼沒能得到（對立），他應該會說他想要贏得珍妮佛‧梅菲的芳心，但她不肯就範，因為她沒看到另一個東尼，另一個好人東尼。東尼的場景意圖就是要勾引梅菲，而他的對策（行動）便是證明他是個好人。

我們要是拿同樣的問題去問梅菲醫生，她會說她是想要協助東尼克服他的情緒問題（欲求），但是東尼想把兩人的關係從醫病的專業領域拉到私人生活，使得她力不從心（對立）。梅菲的場景意圖是要協助東尼情況好轉，而她的對策（行動）就是把真相扔到東尼眼前。

然而，我們要是看穿東尼耍浪漫的表相，可以感覺到東尼人生的主導價值就是權力。他擺出來的那個「羅密歐」姿態，掩蓋了他潛意識裡的貪欲——不是對性的貪欲，而是對所有權的貪欲。這世界上只有一個人能夠在他身上施展權力：梅菲醫生。所以，他非得作她的主宰不可。

可是，梅菲醫生使出了真相加道德這兩個撒手鐧。她知道東尼不成熟、反社會的本性才是他的真面目。東尼面對她的高道德標準和勇氣（對立），霎時躊躇不前，氣勢減弱。於是他黑暗面的那個自我急著要再占上風，在心底悄悄催促他快把女醫生弄上床，教她欲仙欲死此生不再。他認為這樣一來，女醫生的道德盔甲就會出現裂縫，乖乖依偎在他的臂彎，對他迷戀得無法自

拔。所以，東尼的潛意識欲求（最高意圖）就是要征服梅菲醫生。

梅菲醫生告訴東尼她會在醫療方面協助他，這在她意識的層面當然是心口如一。但我們若看穿她謹守專業份際的個性，可以感覺到在她這樣的個性下面，潛伏的是慎思明辨、客觀中立的反面：一個專愛挑戰極限的冒險家。

讓我們想像一下：梅菲醫生讀大學的時候，有那麼多專科路線可以去選，為什麼偏偏選了臨床精神醫學？現在，再想像一下精神科醫生的一天是怎麼過的。

人生千瘡百孔的心靈不知藏著多少黑暗的窟窿，而有人想要鑽進去一探究竟，那是要有多強大的精神力量和情感的勇氣，才撐得下去。再想想，心理治療師要以同理心去傾聽一個又一個神經質患者吐露他們的悲慘、痛苦、傷心事，一連好幾小時，日復一日始終如斯，這對心理治療師的傷害又有多大。在我看來，一個人除非他在心底深處就是對於挖掘別人處處凶險、步步驚心的心靈叢林有興趣，甚至覺得刺激，否則幾乎沒有誰會願意獻身這樣的職業。

梅菲醫生角色的核心層面，呈現出一種角色塑造為趨吉避凶、真實本性卻喜愛冒險犯難的對沖。影集的作者群為了勾畫她這矛盾的一面，推著她從影集開播到收尾，一路和東尼・索波諾分分合合，始終是剪不斷、理還亂的關係。

梅菲醫生收了東尼・索波諾這位病人之後，沒多久就發現他是心狠手辣的黑手黨老大。發現之初，斬斷醫病關係看似是她唯一的選擇。但後來她克服了心裡的厭惡，繼續治療東尼這個病人。不過，每當她針對東尼的父母提出問題作刺探，卻一定惹得東尼大動肝火，自己主動中斷治療。但等過一陣子他的火氣被時間沖淡之後，女醫生還是願意讓東尼回頭，縱使她心裡清楚東尼日後未嘗不會對她下狠手。

第一季快結束時，東尼對女醫生說，黑幫裡有他的死對頭準備對她下手，因為他們擔心東尼在治療時將黑手黨的祕辛透露給她。於是梅菲醫生不得不躲開一陣子去避風頭，東尼則自己出動逮到殺手，要了殺手的命。危機一旦解除，梅菲醫生和東尼便又重拾療程。梅菲醫生為東尼作心理治療，多年來

時斷時續。從這個模式來看，我們不禁有這樣的疑惑要問：怎麼會有精神科醫生寧可冒生命危險，也要為一個分明就是行事衝動、有反社會人格的犯罪份子進行治療，而且始終無法割捨？可能的答案如下：

女醫生於意識當中固然相當在意應該維持安穩的醫病關係，但這只是掩蓋她真正欲求的表相。她在潛意識裡真正想要的，其實正與安穩相牴觸：她這人熱愛涉險，而且是關乎生死存亡的危險。她的最高意圖要的是心跳如鼓、衝鋒陷陣的感覺，而這感覺，唯有在燒掉保險絲的驚險危急當中才找得到。

這個場景的推展過程中，共拉出三條價值弧線：一是醫／病關係的分分合合，二是東尼心裡的自欺／自覺，再來就是核心價值：梅菲醫生性命的安／危。場景一開始時，這幾條價值弧線的起點，是兩個角色處於合的階段，關係尚屬和諧（正值），東尼還沒看出自己的道德本體（負值），以及最重要的：梅菲醫生直接對她這位凶殘的患者提出這一點，置個人生死於危局（負值）。

這場戲把兩個個性強悍、稜角分明的人塞進平衡式衝突，劃分成十三拍講完。前十二拍是東尼的行動對上梅菲醫生的反應，在最後一拍將這個模式反過來，結果把東尼一腳踢出門外。

接下來的段落中，細體字的部份是根據這場戲的電視播出版本謄寫下來的。還請各位先瀏覽一遍細體字的段落，跳過我穿插進去的分析。讀的時候，注意聽對白在自己腦中默唸的感覺，可以大聲自己演出來會更好，直接感受一下若你身歷其境這場衝突會是怎樣的情緒（不妨先從東尼的觀點開始，然後再換為梅菲醫生的觀點）。

等你對這場戲的弧線掌握了大概，請再重新讀過一遍，對照一下我針對節拍、潛文本、行動所作的分析。

內景。梅菲醫生的診間。傍晚。
前一時段的團體治療病人魚貫而出，東尼走進診間，像個迷路的小男孩。

第一拍

梅菲醫生抬起眼來,看到東尼相當驚訝。

梅菲:安東尼。

東尼垂下眼簾,不太好意思。梅菲醫生大步朝他走去。

梅菲:你好。

東尼:(害羞笑)嗨。

• 行動:東尼發動魅力攻勢。
• 反應:梅菲整裝備戰。
• 潛文本:那天東尼邀梅菲醫生共進晚餐,邀了兩次,兩次都被女醫生婉拒。東尼覺得自己無路可退了,所以進門時擺出敏感、害羞的一面,想贏得女醫生的同情。女醫生看似開心歡迎,但心裡納悶東尼怎麼又回來了,鼓起勇氣準備迎向第三次正面交鋒。

第二拍

東尼:(交給她一只信封)我朋友手上有這個,但是用不到,所以我想呢,呃,說不定我們倆用得上。(解釋)機票……百慕達……(擺一下舞步)……住艾爾波海灘酒店。

梅菲:(吃驚)那麼棒的晚餐我都沒答應了,你覺得我會答應和你去度假?

• 行動:東尼向她求愛。
• 反應:梅菲覺得他在犯蠢。
• 潛文本:機票是東尼自己買的。東尼不僅撒謊,更糟的是他這麼一來,等於把梅菲醫生當伴遊女郎看待。晚餐約會大概要花他兩百美元左右,但入住五星級的艾爾波海灘酒店,花費一口氣就是上千美元起跳。東尼加碼投注,以為她之前拒絕是因為前兩次約會的排場不夠大。

東尼表現之無理和狂妄，惹得梅菲醫生十分不快，但她知道東尼性情火暴，改以明知故問的反問句來回敬東尼的侮辱，避免和他直接衝突。這樣的反問句是源遠流長的對話技巧，提出問題卻沒有意思要對方真的回答，因為問句裡就暗含著答案。所以，梅菲的對白要是改寫成直白的說法，可能會變成這樣：「到底是怎樣的男人會覺得帶我去百慕達，我就會和他上床？大白癡！」

第三拍

東尼：呃，他們用不著了，吶，妳知道的嘛，他們就轉送給我囉，
　　　不然妳說我要怎麼辦？丟掉嗎？

梅菲醫生靜靜站著沒吭聲。

- 行動：東尼宣稱沒有心懷不軌。
- 反應：梅菲避開衝突。
- 潛文本：東尼想把女醫生的責問打發掉，所以裝作他的提議沒有別的居心，說他這純屬務實的考量，想要撇清──他覺得這是他的朋友大方，結果害到了他。

梅菲醫生很清楚機票是東尼自己買來當性賄賂的，但不開口戳破他的假言，反而拿沉默當武器。放在恰當的背景裡時，不講話的威力遠比講話還要強大得多。

第四拍

東尼：（繼續說）妳就答應吧，醫生，妳看我都使出壓箱寶了。妳
　　　這樣下去，搞得我都像半個跟蹤狂了。

梅菲：聽我說，安東尼，我不會跟你去約會，好嗎？不是因為你沒
　　　有魅力，或是我覺得跟你出去不會開心。真的單純只是因為
　　　我不想這麼做。我希望你能尊重我的決定，多少想一下我這

人應該還知道怎樣做對自己比較好，可以嗎？

（兩人停頓許久）

- 行動：東尼在玩裝可憐的把戲。
- 反應：梅菲責怪他。
- 潛文本：東尼指責梅菲以小人之心度君子之腹，再次祭出哀兵策略，服低做小要她心中有愧，使出渾身解數要她憐憫他。

　　結果事與願違。女醫生祭出「不是你，而是我」的對策，把問題往自己身上攬。不過，「我這人應該還知道怎樣做對自己比較好」這句話敲醒了東尼。雖然女醫生一開始是那樣說，但她說到這裡，等於是在暗指他不適合她，因為他這人不太對勁，因為他心理有病。

　　東尼原本是來求愛的，可是等到她話裡有話、暗指他的性情有問題時，東尼潛意識裡的需求就這樣落地生根，牢牢推著他走過全劇直到結束。東尼急著為他人生的核心疑惑找到答案，而這疑惑唯有他這位精神科醫生有辦法為他解答：我這人到底是哪裡有毛病？

第五拍

東尼：不光是因為精神醫療倫理這種事而已，對不對？

梅菲：我想替你保留這條路。這樣等你想回來治療時——假如你想的話——才不會沒辦法回來。到時候我們還可以在哪裡停下來就從那裡接下去治療。

- 行動：東尼想找路脫困。
- 反應：梅菲給了他一條路。
- 潛文本：在意識面上，東尼寧可不去面對自己的真面目，所以，若是女醫生說「對，是醫療倫理的問題沒錯」，東尼會大大鬆一口氣，這場戲也就到此為止。結果，女醫生扔給他的是透過心理治療去認識他自己，

這可是很艱難、很痛苦的功課。

第六拍

東尼：我覺得妳沒搞懂我的意思。我想要妳。

梅菲：我就當作是你在講好聽的話。

東尼：我才不管什麼好不好聽。

梅菲：我知道你不管。

- 行動：東尼打開天窗說亮話。
- 反應：梅菲想辦法拖時間。
- 潛文本：東尼避開那個大問題不講，粗手粗腳地表明目的，希望「為性而性」這個提議可以撩起女方的興趣，岔開她的心思。想也知道不可能。女方反而用不算答案的回答來拖時間，一邊在心裡拿捏自己有多大膽子來講多少實話。

第七拍

東尼：好，那到底是怎樣？沒關係，妳說！（略頓，稍微平靜）妳就……幫我個忙，讓我了解一下到底怎麼回事好嗎？

梅菲：欸，安東尼，你知道的，在治療時，我從來沒有批判過你這個人，或是你做的事。治療師不做這種事。

東尼：好，這我都懂。說下去，說啊。

梅菲：但這要是私人的關係，我覺得我大概就很難忍住不說。

- 行動：東尼在找麻煩了。
- 反應：梅菲也越界了。
- 潛文本：東尼要聽真話，但梅菲醫生知道真話會激怒東尼到什麼程度，所以有所遲疑。但是東尼硬是要追究，所以梅菲醫生在迂迴閃躲了六拍之後終於越界，從專業關係一腳踩進私人關係，連帶也將自己送進嚴峻

的險境。

第八拍

> 東尼：說什麼？
>
> 梅菲：我們的價值觀⋯⋯總之就是很不一樣。

- 行動：東尼把梅菲逼到牆角。
- 反應：梅菲看不起他。
- 潛文本：東尼逼梅菲給他答案，梅菲拿話刺他，也第二次暗示東尼她知道他隱藏的弱點是什麼。

東尼讀潛文本的能力真是非常高明。梅菲說區隔他們兩人的價值觀「就是很不一樣」時，東尼馬上曉得它是政治正確版的「我的價值觀很明顯比你的高尚，但我們別為了這種事情吵架。」

「價值觀」一詞讓東尼吃驚，而藏在這個字眼之下的批評意味讓他更是生氣，但他強壓下了怒氣。

第九拍

> 東尼：妳不喜歡我的價值觀？
>
> 梅菲：你要聽實話？
>
> 東尼：對。
>
> （停頓，氣氛緊繃）
>
> 梅菲：不喜歡。

- 行動：東尼挑釁她。
- 反應：梅菲否定東尼的價值。
- 潛文本：我們都是由一個人的價值觀和他從價值觀出發所做的行為，來評判一個人的價值。梅菲否定東尼這人的價值觀，等於否定了他的價值。

東尼和梅菲醫生針鋒相對，梅菲醫生毫不閃躲，直接表明她對東尼的鄙視，而且它來得那麼突然，威力之大出乎意料，惡霸的氣勢頓時少了好幾分。

第十拍

東尼：那好。（略頓）比方說？

梅菲：（瞥一眼手錶）已經很晚了。

- 行動：東尼好聲好氣再追問。
- 反應：梅菲最後一次鋪台階給他下。
- 潛文本：東尼一時氣餒，唯恐他最怕的狀況要來了，於是放軟聲調。梅菲醫生深知她要是把心裡的看法和盤托出，會傷了東尼，說不定還會讓他暴怒，便主動給他藉口不要打破砂鍋問到底。

第十一拍

東尼：不行不行不行，拜託，沒關係的，妳就說吧，沒關係。

梅菲：呃……你這人不誠實。你不尊重女性。你真的很不尊重別人。

- 行動：東尼主動招來最糟的狀況。
- 反應：梅菲手下留情。
- 潛文本：東尼心裡不是不知道問出「我是哪裡有毛病？」這個問題，得到的答案會把他的自我感覺（sense of self）燙掉一層皮，但他仍然孤注一擲，燙到面目全非也不管。

請注意，梅菲醫生雖然拿苦到無法下嚥的事實正中東尼要害，但她說出來的話為這一擊加了一層棉花。

她大可直接說東尼是騙子、虐待狂，或是其他更難聽的字眼，但她始終冷靜自持：「不誠實」、「真的很不尊重」。

第十二拍

東尼：我不懂得愛人嗎？

梅菲：說不定你有你愛的人，我也不知道。但你對他們為所欲為，
　　　想要什麼一定要得到，用強迫的，或是用威脅的。

- 行動：東尼開始懷疑自己。
- 反應：梅菲發射第一輪砲火。
- 潛文本：東尼長那麼大從沒懷疑過自己對家人、對朋友、對情人的愛，
  一刻也沒有。然而，一待梅菲醫生點破他暴虐的本性，他連回嘴也沒辦
  法，反而用問題代替否認，而它聽起來既是在問梅菲醫生，也像在問他
  自己。

　　一句接著一句，一件事接著一件事，梅菲醫生敲碎了東尼的自負。她很
清楚，貶低東尼的價值、滅東尼的雄風，可能會激得他暴力相向。她面對的
是一種不易取捨的兩難：一邊是實話實說，但可能惹禍上身；另一邊是緘口
不語，明哲保身。而她終究還是選擇出擊，大膽朝最後一拍奮進。

第十三拍

梅菲：（繼續說）我沒辦法那樣過日子。暴力的事情我看不下去，
　　　其他的事也──

東尼：操妳的……

東尼轉身衝出去，用力甩上門，站在前廳大喊：

東尼：……臭婊子！

- 行動：梅菲發射第二輪砲火。
- 反應：東尼拿髒話還擊。
- 潛文本：梅菲醫生在第十二拍抨擊東尼的道德，在第十三拍就放大射程，
  把黑幫整體拉進砲火的攻擊圈內，等於是將東尼身邊所有的人都拖下水。

東尼大可因為梅菲醫生這樣連番侮辱而要了她的命，他又不是沒這樣子做過。但他反而轉身衝了出去，這是因為作者群在這場戲一開始就有所設計。東尼走進梅菲醫生的診所時，正好有十幾個作團體治療的人要離開，魚貫從他身邊走過。梅菲醫生看到東尼杵在一堆人當中，開口叫他。換言之，當時可是有不少證人。東尼若是對女醫生動手，這些人都可以指證他的在場，還叫得出名字。東尼是老江湖，不會冒冒失失犯下這樣的錯，所以改用他嘴裡最傷人的話當武器。

　　最後一拍這樣轉折就出現了尖銳的譏諷。梅菲醫生對東尼說她看不下去暴力的事，我們卻猜想她在潛意識裡說不定很享受暴力和她擦身而過、腎上腺素為此狂飆的感覺。

　　是故，雖然每一拍都是由東尼起頭，作收的最後一拍卻是梅菲醫生祭出以退為進這一招，將這場戲推上高潮。一開始，東尼的每次求愛都被她四兩撥千斤擋掉，到了第四拍，她激得東尼開始問為什麼，到最後，她又帶領著東尼去做他最害怕的事：看清楚自己。所以，加減乘除一番，兩人當中還是梅菲醫生的個性比較強悍。這一場戲從頭到尾的衝突都是她在左右。

潛文本的進程

請先瀏覽一遍下面列出來的潛文本行動，注意這一系列行動在這場戲裡是怎麼推展的：衝突在前四拍逐漸拉高，到了第五拍略微下拉一下，之後又再上揚，一路推進到第十三拍的高潮。接著請再注意這一進程拉出來的弧線是怎麼在推展這場戲裡的三種危急價值：（1）友誼／仇視，醫病關係從正值轉向負值。（2）東尼原本安之若素的自欺（正值的諷刺），轉變成痛苦的自覺（負值的諷刺）。（3）梅菲醫生的危殆／求生，從負值轉變成正值。

　　第一拍：施展魅力／鼓勇應變。
　　第二拍：向她求愛／說他犯蠢。
　　第三拍：自稱無辜／避免衝突。
　　第四拍：裝可憐／指責他。

第五拍：男方找退路／女方給退路。

第六拍：攤開來說／拖時間

第七拍：找麻煩／踩過線

第八拍：把女方逼到牆角／對男方鄙夷不屑

第九拍：激她越界／不屑一顧

第十拍：好聲好氣詢問／最後的下台階

第十一拍：自討苦吃／手下留情

第十二拍；懷疑自己／發射第一輪砲火

第十三拍：發射第二輪砲火／用髒話放大絕

內心的活動是如何顯露於外在的話語，可以拿下面這三點來比較兩人的對話：內容、長短、步調。

內容：東尼在這一場戲上場時帶著滿懷沒人愛的空虛，苦於身而為人的存在危機。在這裡，以前他拿來作為在刀口討生活的種種理由不再成立。一般人在這樣的狀態下自然會有許多疑惑，其中以這兩條最為重大：「我是誰？」以及「這有什麼意義？」

請注意，東尼的台詞有一半是問句，剩下的不是撒謊就是請求，目的不外希望梅菲醫生帶領他看清他亟欲看清楚的自己。唯一沒在求人給予答案的是最後一句，這也說不定是他最軟弱、最無望的呼救。

梅菲醫生進場的時候，處於專業氣勢的巔峰，以滿腹知識自豪。治療技巧是讓她達到目的的力量，藉此照亮病人心靈黑暗的角落。因此，她的台詞都在作陳述說明，針對東尼的疑惑提出解答，只是給得很慢，有些時候還顧左右而言他。

長短：第七章裡提過，一般人氣急敗壞的時候，講話的用字、用詞、句子會比較短。反過來，若是成竹在胸，這三方面都會拉得比較長。

東尼講話便是以單音節的字為多，最長的句子也不過十個英文字。梅菲醫生常用的字以三音節或四音節為主，句子可以長達二十五個英文字。梅菲醫生的每一句話，都有名詞、動詞、受詞。東尼的話往往將意思縮減成「機

票」、「百慕達」、「說下去，說啊」這樣的詞組。

　　步調：在運動賽事中，控制比賽步調的選手的贏面才大。人生也差不多。請先注意東尼講話走的是斷奏（staccato）的短促節奏，梅菲醫生卻是遲緩慵懶的韻律，反映他們兩相矛盾的情緒狀態。接著請拿東尼焦急暴躁的字句（好，那到底是怎樣？怎樣啊？），去比較梅菲醫生徐緩悠長的句子。東尼在一開場的那幾拍像推土機一樣長驅直入一輾而過，但是到最後，這場戲的步調從頭到尾是女醫生的道德力量在主宰。女方從容不迫，男方不時磕磕絆絆，最後敗下陣來，落荒而逃。

　　最後是，第九章裡說過嘮叨重複是好文章的天敵，這算是通則，不過，反面也不是絕對一無是處。這場戲的作者群就運用嘮叨重複，像浪濤拍岸一樣把東尼的怒氣、挫折一下接一下推得愈來愈高。例如「okay」這個字（好／好嗎／沒關係）東尼就講了五次，最後兩次還是在向梅菲醫生保證他不會對她不利——在劇情的高潮，要是可以的話，他真的會動手（「操妳的……臭婊子」）。

　　還沒看過這一場戲的人，請上網找來看，研究這個場景中的對白，在內容、長短、步調上的對比是如何協助疏導演員的演出。

　　情緒在我們的身上似乎是從腹部湧現，再擴散到全身。因此，戲劇指導才會教學生要用五臟六腑去思考，而不是用大腦思考。蹩腳的演員都像是自動木偶，由自己的大腦指揮身上的細線牽動肢體活動；出色的演員就懂得讓衝突沉澱到腰部以下，讓角色滲透自己。

　　唯有當劇本不論是文本或潛文本都能讓演員從肺腑真切感覺得到字句的意思，演員才有辦法憑直覺演出，如此一來，理性和感性才會融會一氣，成為切身、鮮活、渾似自然而然的對白。《黑道家族》的劇本在那個時期堪稱無出其右，詹姆斯‧甘多費尼才有機會剖心挖肺以渾身解數創造出那樣一個東尼‧索波諾，一連贏得艾美（Emmy）、演員工會（Screen Actors Guild）、金球（Golden Globe）等多項大獎。

14
喜趣式衝突

　　故事中的角色，除了從頭到尾都在尋求滿足貫串劇情的首要欲求（最高意圖）之外，在每一景也無不各有各的次要欲求（場景意圖）。然而，我們若是把史上世人講過的故事一則、一則按照性質排列起來，從這一頭的悲劇到另一頭的鬧劇，可以看出正劇角色和喜劇角色在達成意圖這件事上，對白的路線有天差地別的風格。

　　道理很簡單：這兩大基本的角色類型所展現的心理素質南轅北轍。既然想法絕對不一樣，講話自然不會一樣。所以，為其中一種寫對白，需要用上截然不同於另一種的技巧。

　　正劇角色在追求人生的需求時，多少是有自覺的。正劇角色於心理上懂得隨機應變，走到發火的當口曉得要退一步、想一想。「哇，這樣下去搞不好會沒命！」這樣子一想，未必擋得下往前走的腳步，但至少還知道這中間有他料想不到的狀況和風險，例如東尼・索波諾在盛怒之下還夠清醒，知道自己還是別當著他人的面殺人放火比較好。

　　而喜劇角色之所以好笑，就在於其心理不會變通，一心一意只想滿足他那股滲透一切的欲求，像個大近視一樣看不到其他的事。例如下面我要分析的這一場戲：兩個精神科醫生（這樣的專業人士，見識應該不止於此吧）卡

在相煎太急的手足競爭當中，結果心智返祖到殺嬰衝動。

幾百年來，喜劇角色的偏執、誇大妄想都被視為這類角色的「脾性」（humor）。劇作家班·瓊森（Ben Jonson, 1572-1637）於一六一二年為他的喜劇作品《人各有怨》（*Every Man out of His Humour*）寫了一篇詩歌體序言，以中古心理學為依據，指出人的身上都有四種體液——血、痰、黃膽、黑膽——組合隨人而異，各不相同，每個人也都秉其獨一無二的組合而各有專屬的氣質（古人為什麼沒把性的體液也算進去，我也說不上來，但性的體液在我看來是一定會有影響的）。

瓊森拿這個理論為比喻來比擬喜劇演員。依照他的定義，「脾性」起自：

……一種奇特古怪的性質
完全虜獲了某個人，汲取抽引
其人所有的感情、精神、力量
匯聚起來，一古腦兒朝一方奔流。[1]

在講述喜劇的講座上，我會說瓊森所謂的「一種奇特古怪的性質」就是「盲目的執迷」。第十一章已經談過，欲求在喜劇演員身上會拉高到執迷的地步。這種固著狀態將角色牢牢定在其間，無法跳脫。角色自我的每一方面都綁附在其上，否則他就不成為喜劇角色。除此之外，這樣的執迷還會蒙蔽他的眼睛，逼得他一定要滿足這份欲求，如癡如狂，卻看不清自己在這之上的如癡如狂。我們這些外人看來，他是個瘋瘋癲癲的神經病，他卻覺得自己這般執著十分正常。

例如彼得·謝勒（Peter Sellers, 1925-1980）和其他演員飾演過的雅克·克魯索（Jacques Clouseau）督察。他是至少拍過十一部的《粉紅豹》（*Pink Panther*）電影的主人翁。克魯索對自己辦事不牢的秉賦是既瞎又聾且啞，還一心一意追求完美，沒在睡覺的每一分每一秒都心無旁騖，不當上舉世無雙的大偵探誓不干休。

有些喜劇的主人翁，例如伍迪·艾倫在《安妮霍爾》當中飾演的艾維·

辛格（Alvy Singer），以及賴瑞‧大衛（Larry David, 1947-）在喜劇影集《人生如戲》（*Curb Your Enthusiasm, 2000-*）當中飾演的賴瑞‧大衛，則是不斷在剖析自己的執迷，任何發神經的跡象都讓他們避之唯恐不及，小心到病態的地步，唯獨對自己自剖上癮的狀況渾然不覺。這便是盲目的執迷。這兩個傢伙自剖得愈認真、愈賣力，就顯得愈神經，也愈好笑。

　　喜劇主人翁的盲目執著一般就築巢在原本正常的特徵裡，為角色塗上可信的油光，為角色的個性開拓層面，成為獨一無二的人。然而，喜劇的絕招，在於為角色的層面設下限制，原因是：笑話必須有客觀事實為底。當水火不容的概念在我們的腦中對撞，那一刻會引爆笑聲。要是我們沒有在那一刻馬上抓到其間不合邏輯的地方，笑點就會零星四散，教人摸不著頭緒。是故，作者務必將讀者／觀眾的心理牢牢抓住，使之不被同情心打散。

　　第十一章討論到《超級製作人》的案例時，我曾針對「層面」下過定義：角色本性當中一貫的矛盾。它可以是角色塑造於外的特徵，跟角色本性於內的特質有所矛盾，例如在小說《視線之外》當中，傑克‧佛利顯現在外的浪漫魅力，跟他銀行劫匪的道德觀形成矛盾；也可以是內在自我於深層的矛盾，例如馬克白沾滿血腥的稱王野心，相對於他為自己在稱王之路上種種作為而內疚深重的良心。

　　深重的自我矛盾，例如先前在梅菲醫生、東尼‧索波諾兩人身上看到的狀況，會帶領讀者／觀眾因為同理心而對同樣身為凡人的角色處境感同身受，為他們是否安好送出悲憫的關懷。感情之於正劇，多多益善，但是在喜劇裡，同理心、同情心會扼殺笑聲。

　　是故，喜劇主人翁的角色層面比起正劇的同類型人物，幾乎毫無例外都要單薄一些；想在潛意識裡找到他們有內在矛盾的自我，大概可以說是難如登天。喜劇主人翁反而是拿表相去和實相對抗，用角色以為自己是怎樣的人，去和我們知道他其實是笨蛋作對抗。

　　喜劇中跑龍套的角色──科技宅、公主病、健身狂、三八阿花、花花公子、吹牛大王、大嘴巴、書呆子，諸如此類──追求自己的盲目執著時，是亮晃晃且毫無保留的，因為偏執就是他們唯一的特徵。這種時候，各位應該都想得到：

想為這類單面向人物寫出新穎、獨到的對白，絕對是要想破頭的。其實，有許多喜劇就是敗在這一點上。配角一開口講話，多的是把盲目執迷灌進老套的行話和俗濫的反應而已，變不出花樣。

影集《歡樂一家親》

彼得・凱西（Peter Casey, 1950~）、大衛・李（David Lee）和大衛・安裘（David Angell, 1946-2001），從情境喜劇《歡樂酒店》（Cheers, 1982-1993）衍生出《歡樂一家親》這部長青影集，角色是由一個個獨一無二的強迫症怪胎所組成。影集從一九九三年播出，一直到二○○四年，總計拿下破紀錄的三十七座艾美獎。劇情說的是凱西・葛雷默（Kelsey Grammer, 1955~）飾演在廣播電台主持談話節目的精神科醫生費瑟・克雷恩（Frasier Crane），和大衛・海德・皮爾斯（David Hyde Pierce, 1959~）飾演的弟弟奈爾斯（Niles），再加上周邊一些人物在生活中發生的故事。

　　費瑟和奈爾斯有一些共通的盲目執迷，成為他們交織在故事線中不斷穿進、穿出的最高意圖，拉出的弧線貫串全劇十一年總計二百六十四集，統合了整齣影集。費瑟和奈爾斯兩人對於丟臉出醜都怕得要死；他們都渴求社會、知識、文化地位——搞得兩人都自命不凡到了極點，而且往往十分勢利。除此之外，兩人也和全天下自負的喜劇角色一樣，滿腦子都是性。

　　第一季有一集叫做〈作者啊作者〉，費瑟、奈爾斯和出版社簽約要合寫一本書，談手足相爭的心理。兩人既是同胞兄弟又都是精神科醫生，自然覺得寫這樣一本書應該易如反掌。可惜兩人一拖再拖，一直拖到交稿日的前一天都還沒真的動筆。

　　兩人狗急跳牆，住進一家酒店閉關，摒除外務，千辛萬苦、絞盡腦汁終於起了個頭，卻馬上被害怕丟臉的恐懼扼住咽喉：「要是寫不好，別人會怎麼說？」這樣一來，寫作障礙就冒出來擋路，嚇得他們不得動彈。接下來那一整天迄至入夜，兩人把時間都用來大吃大喝，迷你吧台裡的東西被他們消耗一空，但就是一字未寫。

這場戲在一開場的四拍就帶出了丟臉／自負的價值，但這方面的恐懼立即就接上另一條貫串這部影集首尾而且更為重大的執迷主線：兩人相互嫉妒，老是彼此競爭，也就是手足相爭——他們想寫但寫不出來的主題。這一場戲在電視播出的時間是三分十四秒，引爆費瑟和奈爾斯兩人的直接衝突。這兩人的不平衡個性可說不相上下。

這裡，就像前一章的做法一樣，我會分別從兩個角度來談這場戲：一是從外往內看，一拍一拍檢視「行動／反應」如何驅動場景推展，如何改變節拍的價值取向。另一個角度是反過來看，從內往外看，追循行為的每一步驟，從欲求、對立、選擇、行動，一直到最後如何將費瑟、奈爾斯各自的意圖和對策轉化成喜劇的對白。

這一幕戲同樣是用細體字來標示。請先一口氣讀完細體字的部份，之後再加進我的分析重看一遍。

內景，酒店房間。清晨。
奈爾斯在電腦鍵盤前面打瞌睡，費瑟拉開窗簾。

第一拍

費瑟：（看向窗外的天色）哦，天啊！天亮了，禮拜五了！（轉向他弟弟）奈爾斯，我們乾脆承認算了，我們倆根本沒辦法合作。這本書永遠不可能寫出來的。

奈爾斯：是，就你那樣的態度，是寫不出來。

- 行動：費瑟催奈爾斯接受失敗。
- 反應：奈爾斯把失敗怪在費瑟頭上。
- 潛文本：奈爾斯和費瑟一開始的場景意圖是一樣的：兩人都有歸咎的欲求。費瑟還算值得嘉許，因為他不在意一起承擔責任。但奈爾斯不想丟自己的臉，而把責任全都算在哥哥的頭上。這樣一來，兩人馬上反目成仇。接下來的四拍，他們自然就用罵別人為基本對策。起初，兩人罵人的話

還多少拿指控作掩飾，但是愈罵愈難聽，到了第六拍，乾脆也懶得掩飾了。

- 技巧：喜劇寫作需要懂得誇張的巧勁該用在哪裡。過火、離譜的扭曲手法，固然時常帶出笑聲，不過，這手法最主要的作用是要在角色和讀者／觀眾之間拉開距離，還要拉得夠寬，以利讀者／觀眾依據社會公認的正常標準去判斷角色的行為，從而發覺角色的脫節，並覺得滑稽可笑。

　　請注意費瑟的第一句台詞：他大可以簡單說一句「早上了。」但他沒有，反而呼天搶地。喜劇對白就是靠誇張渲染才會精采（雖然輕描淡寫也可以作為一種誇張的手法）。

第二拍

費瑟：你別又來了好不好？拜託，女高音早唱完了，都已經謝幕啦。
　　　我們回家去吧。

奈爾斯：嗯，你這麼隨便就放棄，也沒什麼好奇怪的。你本來就不把
　　　　這件事當成實現夢想的機會，也沒這個必要，對不對？你這
　　　　位電台大牌主持人。

- 行動：費瑟罵奈爾斯笨。
- 反應：奈爾斯罵費瑟勢利。
- 潛文本：費瑟指責奈爾斯對明擺在眼前的事情視而不見。對這樣的人，一般人是用「笨蛋」來稱呼。奈爾斯反過來指責費瑟傲慢，自以為高人一等，看不起別人。對這樣的人，一般人是用「勢利眼」來稱呼。兩人的指控都是在文謅謅地拐彎罵人。

　　奈爾斯和費瑟兩人都是附庸風雅的文化禿鷹，所以，請注意費瑟說他們的作品沒戲唱的時候，指涉了歌劇和劇院。

第三拍

　　費瑟：你發這點小脾氣就是為了這個？啊？你嫉妒我有名？

奈爾斯：我沒發脾氣，也沒嫉妒。我只是受夠了！受夠了從小到大永遠是老二。你不是不知道，我早在你之前不知道多久就立志要跟老媽一樣當精神科醫生了，可是，就因為你比較大，就被你搶先了。結婚你也搶先，老爸盼很久的孫子還是你搶先生了一個。等輪到我施展身手的時候，都是已經嚼過的爛肉。

- 行動：費瑟罵奈爾斯在鬧小孩子脾氣。
- 反應：奈爾斯罵費瑟演的是蹩腳戲卻又專愛搶戲。
- 潛文本：費瑟罵得不是沒有道理。奈爾斯一時失手，像十幾歲的孩子在嘔氣，指責起費瑟故意霸占人生的鎂光燈不放，壞了他的美夢。奈爾斯為了保住面子，把機緣巧合和故意破壞混為一談——誇大到無以復加。
- 技巧：請注意「爛肉」一詞。它的突兀不諧，頓時逗得人輕笑出聲，但這裡的重點是，這個用詞和後面的戲搭得嚴絲合縫。全世界的母親都會先替小寶寶把肉嚼碎了才餵食。所以，這整場戲都帶有《班傑明的奇幻旅程》一類的細膩隱喻，推著兩兄弟返老還童回到包尿布的年歲。如此一來，到了高潮的時候，費瑟才能對奈爾斯重演當年功敗垂成的「殺嬰記」。

第四拍

　　費瑟：過去的事情又不能改變，你在哭ㄇ什麼。

奈爾斯：就算能改變你也不會改，你可是樂得很。

- 行動：費瑟罵奈爾斯是被虐狂。
- 反應：奈爾斯罵費瑟是虐待狂。
- 潛文本：費瑟罵奈爾斯庸人自擾。對於沒事找事自討苦吃的人，一般來說叫做「被虐狂」。奈爾斯反過來罵費瑟就愛看他不好過，而愛看別人

吃苦受罪的人，一般來說叫做「虐待狂」。這對兄弟都是精神科醫生，都知道出拳就要打中不為人知的要害才行。

- 技巧：笑話的設計，分成兩部份：鋪陳（setup）／揭曉（payoff）。鋪陳會蓄積能量，結果揭曉則將能量爆破為哄堂大笑。喜劇的能量來源主要有三：防衛的情感、攻擊的情感、還有性。是故，當我們深入喜劇潛文本的內裡，搞不好會看到很嚇人、很氣人、很狂野的景象。但是話說回來，鋪陳的能量愈強，笑聲就愈大。

各位未必同意我這麼黑暗的詮釋，不過，等看到高潮的時候，各位可以再回頭來看我的詮釋合不合適。

第五拍

費瑟：唉，奈爾斯你怎麼就是放不下呢。

奈爾斯：我哪放得下。我可是天天被提醒自己有多不走運。明明當上精神醫學會理事的人是我，研究成果被學術界敬重的人是我，有四個病人當選公職、進入政壇的人是我，但偏偏是你這顆肥豬頭被印在公車的車廂廣告上。

- 行動：費瑟罵奈爾斯是愛哭包。
- 反應：奈爾斯罵費瑟愛炫耀。
- 技巧：注意作者群在第五拍是怎樣鋪陳笑話的。這個技巧叫做「拉下神壇」。

奈爾斯因為覺得不公平，心有不甘的怒氣充斥著他這方面的鋪陳，但他將怒氣壓在一連串有社會地位的機構之下：「精神醫學會」、「學術界」、「政界公職」。之後，他的絕招使出來卻是個平庸無奇的炸彈：「偏偏是你這顆肥豬頭被印在車廂廣告上。」

- 潛文本：奈爾斯馬上就察覺到費瑟其實對於自己在公共交通工具上的廣告相當自豪。這一點，對他而言是最後一根稻草。丟臉／自負的價值就走到這裡，接下來便由植根於手足相爭的深一層價值上場：你死／我活。

第六拍

費瑟：（氣急敗壞）我才不是肥豬頭。

奈爾斯：拜託，我一直在想你藏在腮幫子裡準備過冬的那些果子到底要塞到什麼時候呢。

- 行動：費瑟為自己的臉辯護。
- 反應：奈爾斯就拿他的臉來消遣。
- 潛文本：到了第六拍這裡，他們的潛文本已經上竄到文本來，所以接下來的節拍多少流於露骨直白。

第七拍

費瑟：哼，最起碼我不是瘦竹竿。

奈爾斯：你說誰瘦竹竿？你這個肥豬頭！

費瑟：我說你，瘦竹竿！

奈爾斯：肥豬頭！

費瑟：瘦竹竿！

奈爾斯：肥豬頭！

費瑟：瘦竹竿！

奈爾斯：肥豬頭！

- 行動：費瑟罵奈爾斯醜八怪。
- 反應：奈爾斯罵費瑟醜八怪。
- 技巧：「瘦竹竿」（spindly），十分特別的用字，出自費瑟之口十分貼切。儘管如此，兩兄弟對罵卻是哥哥費瑟落敗，因為他比較像肥豬頭，奈爾

斯卻不太像瘦竹竿。費瑟被逼到牆角了，就從語言拉高到肢體的層級。

第八拍
　費瑟：你把那幾個字收回去！
奈爾斯：你有本事就要我收回去！

- 行動：費瑟握拳。
- 反應：奈爾斯握拳。
- 潛文本：我這裡說的「握拳」，意思是指他們在那一刻於理智、感情面上都準備要打上一架了。

第九拍
　費瑟：你看我有沒有辦法要你收回。
奈爾斯：我就看你怎樣要我收回。

- 行動：費瑟在看拳頭要往哪裡打。
- 反應：奈爾斯激他出拳。
- 潛文本：在這很短的一拍當中，兩兄弟各自決定這一架要打到什麼地步。費瑟決定一開始不要下重手。

第十拍
　費瑟：好吧，那就……（伸手扯他弟弟的胸毛）……這樣子要你收回。
　奈爾斯痛得一縮。

- 行動：費瑟出手教訓奈爾斯。
- 反應：奈爾斯蓄勢準備反擊。
- 潛文本：奈爾斯吃痛一縮、叫痛一聲，決定全面開戰。
- 技巧：兩人虛聲恫嚇半天之後，扯胸毛就是喜劇裡十分高明的虛招了。

請注意兩人對話中一連出現的要／要／要／要，為兩位演員帶出推進步調、斷奏的節奏感。

第十一拍
費瑟轉身要走，奈爾斯從房間這一頭衝過去一頭跳到費瑟的背上。
兩人扭打成一團，奈爾斯還用鎖頭功按住費瑟的腦袋。
費瑟：（大喊）噢！噢！奈爾斯，住手！我們是精神科醫生，不是
　　　拳擊手！

- 行動：奈爾斯出手打費瑟。
- 反應：費瑟耍詐騙奈爾斯。
- 潛文本：費瑟大可使用簡單的用語：「我們是醫生，又不是打拳的！」
  但他沒有，而是拿虛榮心來哄奈爾斯上當：祭出他們有名望的醫學專業，
  還拿拉丁語系用字「pugilist」（拳擊手）取代平常說的「boxer」（打拳的）。
  這一招有效。

第十二拍
奈爾斯鬆手放開費瑟。
費瑟：沒想到這樣就能騙到你。
費瑟一轉身，輪到他用鎖頭功狠狠對付奈爾斯。

- 行動：奈爾斯敗給費瑟。
- 反應：費瑟出手對付奈爾斯。
- 潛文本：兩人倒退回童年時代，而且從費瑟的賤招看來，他們兩個應該
  常常這樣子打鬧。

第十三拍
費瑟把奈爾斯用力摔到床上，跟著撲在奈爾斯身上，抓住奈爾斯的

脖子開始勒他。

奈爾斯：天哪！天哪！我現在想起來了，你爬到我的嬰兒床來，撲到
　　　　我身上。

- 行動：費瑟要拚個你死我活。
- 反應：奈爾斯嚇得退縮。
- 潛文本：兩人的打鬧召喚出費瑟古早的野蠻本能。奈爾斯飽受驚嚇之際，
  霎時回到嬰兒時期，想起費瑟確實曾經想要他的命。

第十四拍

費瑟：（雙手掐住弟弟的脖子，大喊）你搶走了我媽咪！
費瑟被自己殺人的衝動嚇了一跳，慌忙跳下床、往外跑。

- 行動：費瑟想要勒死弟弟。
- 反應：費瑟趕緊逃離犯案現場。
- 潛文本：這一拍誇張之至，引爆笑聲如雷，因為其能量來自人類原始的
  衝動。「該隱和亞伯」（Cain and Abel）的故事在西方文化是很基礎的原型。
  手足相爭導致手足相殘，發生的頻率其實比大家願意相信的還高。隨便
  找個作父母的人來問就知道。放在正劇裡，上述最後一拍可能是悲劇，
  但喜劇就是要把慘劇包裹在笑聲裡。「你搶走了我媽咪！」搭配凱西·
  葛雷默的瘋狂演出，讓這一拍好笑到不得了。

潛文本的進程

這一場戲拉出的弧線不像拆解開來那麼長。瀏覽下面列出來的潛文本活動，
感覺它急轉直下的勁道。

第一拍：催促奈爾斯承認失敗／把失敗怪在費瑟頭上。
第二拍：罵奈爾斯笨蛋／罵費瑟勢利。

第三拍：罵奈爾斯鬧小孩子脾氣／罵費瑟蹩腳演員愛搶戲。

第四拍：罵奈爾斯被虐狂／罵費瑟虐待狂。

第五拍：罵奈爾斯愛哭包／罵費瑟愛炫耀。

第六拍：為自己的臉辯護／取笑費瑟的臉。

第七拍：罵奈爾斯長得醜／罵費瑟長得醜。

第八拍：握拳／握拳。

第九拍：決定出手要打哪裡／激他出手。

第十拍：出手對付奈爾斯／蓄勢準備還擊。

第十一拍：出手對付費瑟／使詐哄騙奈爾斯。

第十二拍：敗在費瑟手下／還擊奈爾斯。

第十三拍：拚個你死我活／嚇得退縮。

第十四拍：勒住弟弟的脖子／逃離犯案現場。

　　兩兄弟一開始是抨擊對方的個性，之後愈來愈下流，先是嘲笑對方長相的缺點，之後作情感攻擊，到最後暴力相向幾乎鬧出人命。總計十四拍的兄弟鬩牆，鬧得觀眾狂笑噴淚。

喜劇對白的技巧

以殘忍帶出笑聲，是與亙古同壽的常見手法。打從人類會講故事起，藝術家便一直在正劇和喜劇之間劃出一條亮晃晃的分界線，也就是控制觀眾對痛苦的感受。在道地的正劇，人人都會吃苦受害；在喜劇當中，沒人吃苦受害──至少不是真的受害。

　　喜劇角色是會滿地打滾、會放聲尖叫、會撞牆倒彈、會撕扯頭髮，但都作得誇張瘋癲，讀者／觀眾看了安之若素，只會舒舒服服往後一靠、放聲大笑，一個個心情篤定，知道不會有事。但若沒有明確的喜趣風格，讀者／觀眾自然會為角色的痛苦而神傷。在喜劇作者這邊，同理心是死路一條。悲憫抹煞笑聲。所以，喜劇的技巧就在於把讀者／觀眾固著在冷眼旁觀、批判思

辨、不動感情的心態當中——也就是站在痛苦不會波及的安全地帶，八風吹不動。

下述短短的四項技巧，可以拉開隔岸觀火的情感距離，帶出笑聲。

（1）清晰：不僅同理心的移情作用會杜絕笑聲，模稜、困惑和各種混淆也是笑聲的天敵。想讓笑聲源源不絕，就必須事事講求清晰明瞭，而且從潛文本就要開始。假如角色不安好心，讀者／觀眾未必抓得到是哪種壞心，但一定要抓到角色就是不安好心。

遣辭用字也是。堆砌一堆模糊、累贅的字詞，這種對白準會堵住笑聲。想寫喜劇的話，請回頭去看第五、第六、第七章裡羅列的風格原理。每一點都完全適用於喜劇寫作。請特別著重精簡和清晰這兩大原則。講得最精采的笑話，用的字詞一定最精簡、最精確。

（2）誇張：喜劇對白落在因、果兩端的落差裡，就會精采。誇張的手法以這兩種技巧最常見，一是把小小的起因放大，作嚴重的渲染——「你搶走了我媽咪！」——或是反過來把嚴重的起因縮小，輕輕一筆帶過——「哈利波特主題公園把英國迷、戀童癖全都迷得暈頭轉向」。喜劇的誇張手法有許多種形式：運用方言、前言不對後語、白字錯植、模仿、自吹自擂、冷嘲熱諷等等，還可以一路推到嘮叨和胡謅。

（3）時機：先前就已經提過，笑話是以兩大組成作樞紐：鋪陳和揭曉，也就是鋪墊出一擊中的的笑點。先以鋪陳在讀者／觀眾心裡勾起攻擊、自衛或情慾等情緒，然後等笑點出現一舉打爆蓄積的情緒能量，就能激發哄堂大笑。所以，笑點蹦出來的時機，一定要抓準鋪陳的情緒能量蓄積到巔峰的那一刻。時機太早，笑不太起來，時機太晚，笑不太出來。除此之外，笑點之後敬請就此收手，免得笑聲被悶住。

以下這兩則例子出自《超級製作人》：

「艾芙莉真是開天闢地以來最完美的女人，活像年輕時的波·德瑞克，但腦袋裡塞了個高華德。」伊麗莎白·班克斯飾演的艾芙莉，以及波·德瑞克，都能激起情慾的能量（鋪陳），而拜瑞·高華德這位一九六〇年代美國的右翼政客，便是情慾的反面。這樣一對比，就引爆了這一股能量（笑點）。

「我要是讓步，那麼我就不是家裡的主子了。然後在還沒搞清楚怎麼回事之前，她就要逼我穿牛仔褲、讀小說了。」這裡則是男尊女卑的侵略型能量（鋪陳），因為（在傑克眼裡屬於）女性陰柔舉止的「讀小說」（笑點）而破功。

請注意，這兩則笑話都使用了掉尾句（懸疑句）。句子裡的笑點就掛在最後為笑話作結，而且之後沒有再馬上接什麼，讓觀眾在下一拍開始來搶注意力之前，有緩衝的時間可以笑上一笑。以前雜耍界有一句老話：「別一腳踩死自己的笑。」

在前述《歡樂一家親》的場景當中，請注意笑點的字詞都是以掉尾句在處理：「大牌主持人」、「嚼過的爛肉」、「車廂廣告」、「肥豬頭」、「瘦竹竿」、「拳擊手」、「我媽咪」。

只有奈爾斯在第六拍說的一句台詞算是例外，笑點從最後往前挪了一點：「拜託，我一直在想你藏在腮幫子裡準備過冬的那些果子到底要塞到什麼時候呢。」這裡的笑點在果子。我覺得這一句要是改成：「拜託，都要過冬了，我一直在想你那些果子還要藏多久呢」，說不定笑聲會更大，但沒看到演員用這樣的對白演出，誰也說不準。

（4）扞格：鋪墊笑話的時候，鋪陳和笑點之間的關係一定要敲出扞格對撞的火花，也就是原本衝突、矛盾的兩件事忽然迎頭撞上。潛伏在《歡樂一家親》這場戲底下的扞格，把教養很好的兩個成年人打回童年時期的野蠻自我。精神病醫生難道不是應該看得出自己有什麼偏執嗎？但他們沒有，於是也無力自制。事實上，他們還正好相反，恣意放任自己的偏執去作亂。在編劇的妙筆下，他們為了達成欲求而一步步做出來的事，也正是確保他們無法達到目的所必須做的事，結果就是那本寫不出來的書被他們演了出來。

15

非對稱衝突

舞台劇《太陽底下的葡萄》

蘿蘭·漢斯貝里寫的這一齣舞台劇，一九五九年三月十一日在紐約首演，由薛尼·鮑迪（Sidney Poitier, 1927~）、克勞蒂亞·麥克尼爾（Claudia McNeil, 1917~1993）、露比·迪伊（Ruby Dee, 1922~2014）、小路易·葛塞（Louis Gossett Jr, 1936~）擔綱演出。這是美國百老匯劇院第一次推出黑人女性寫的舞台劇，還拿下了「紐約劇評人獎」（New York Drama Critics' Circle Award）。兩年後由漢斯貝里親自改編成電影。

這齣戲講的是一九五〇年代芝加哥南區一戶小公寓裡一家黑人的故事。楊格（Younger）家才剛為大家長華特（Walter）辦過葬禮。華特說是一輩子工作操勞到死也差不多，身後為妻子莉娜（Lena）留下了一萬美元的人壽保險。莉娜想拿三分之一出來作頭期款去買一棟獨棟房子，再用三分之一讓女兒貝妮（Bennie）讀完醫學院，剩下的三分之一就分給兒子華特·李（Walter Lee）。

華特·李和兩個好朋友想合開一家店賣酒，但是缺現金。下述這一場戲的劇情就由華特·李的場景意圖在推動：說動妻子露絲（Ruth）幫他把一萬美元全部要到手。露絲對丈夫要投資創業不太放心，也知道莉娜絕對不會把錢全數給華特·李，不管是為了什麼事，遑論是要開店賣酒。所以，露絲的場

景意圖和華特兩相牴觸：露絲不想當華特計謀的打手。

　　夫、妻兩人互扯後腿，不讓對方達成意識裡的欲求（對立力量）。這樣一來，場景就出現了非對稱衝突。華特‧李硬逼著劇情朝他要的轉折推進，露絲也想盡辦法要避開衝突。

　　但這是顯露在表相的衝突。把場景往底層裡推，這兩個角色真正要的到底是什麼呢？華特‧李在當司機幫人開車，就算有工作也還是沒出路。他覺得開酒類專賣店能賺錢，而有錢就有尊嚴，能夠獨立自主，妻子和兒子崔維斯（Travis）應該就會敬重他。華特‧李要的是：贏得自尊（最高意圖）。

　　但華特‧李有所不知，他的妻子已經懷有兩個月的身孕，有了第二胎。由於生活困苦，他的妻子暗自打算要拿掉這個孩子。她和丈夫一樣，也在有錢白人家裡做事，在當幫傭。她的夢想是有固定的收入，有自己的房子，過像樣的日子。露絲迫切的需求：安穩的生活（最高意圖）。

　　這裡還是和前兩章一樣，用細體字表示劇本場景，穿插我對場景節拍和寫作技巧的分析。請先將細體字的段落讀過一遍。這是漢斯貝里寫的場景。仔細聽場景內的語言在你心裡的聲音，能自己大聲唸出來會更好。請注意作者用的字詞短促、鏗鏘有力，以及文法簡單之至，特別是漢斯貝里筆下的節奏，注意她遣辭用字的韻律如何和角色情緒作搭配。一旦抓到這場戲推展的感覺，就再配合我的分析重讀一遍。

　　第一幕，第一景
　　楊格家的公寓廚房。露絲在做早餐，丈夫華特‧李走了進來。

　　我覺得大家要是把戲劇內的場景想成是迷你劇，會滿有用的，也就是一樣由小型的觸發事件當引信，帶出場景的劇情。這裡的這一幕，就是華特‧李將他想要開店賣酒的計畫扔了出來，瞬間打亂了這一天的清晨。

第一拍
　　華特：你猜早上我在浴室想什麼？

露絲：（用嫌惡的表情看他一眼，回頭去做她的事）不猜。

- 行動：華特要和她講話。
- 反應：露絲給他臉色看。

請注意這一景接下來的鋪墊。漢斯貝里筆下沒有任何一拍是和別的節拍重複的。

第二拍

華特：唉，妳老是一副不開心的樣子！

露絲：你自己說我們的生活有什麼好開心的！

- 行動：華特說她專門殺風景。
- 反應：露絲說他們的日子不好過。

第三拍

華特：妳到底要不要知道我在浴室想什麼？

露絲：你想什麼我會不知道嗎！

- 行動：華特一定要她聽他說。
- 反應：露絲不覺得有什麼好聽的。

漢斯貝里在這場戲一開始的前三拍，就迅速鋪墊出兩人過了多年捉襟見肘的苦日子，練就了一身拿嘴刀互砍的本事。

第四拍

華特：（沒理她）我在想昨晚我和威利‧哈里斯講的那件事。

露絲：（馬上掐死話頭）威利‧哈里斯那個大嘴巴又不是什麼好東西。

- 行動：華特不管她。
- 反應：露絲嘲諷他。

第五拍

華特：會跟我講話的人都是那種「不是什麼好東西的大嘴巴」，對不對？妳真的知道什麼是「不是好東西的大嘴巴」嗎？查理‧艾特金（Charlie Atkins）一樣也是「不是好東西的大嘴巴」，對吧？那時候他拉我一起去開乾洗店，妳看看現在——人家一年淨賺十萬呢。一年十萬！妳還叫人家大嘴巴！

露絲：（受不了）噢，華特‧李……（坐到桌邊，把頭埋在交疊的兩條手臂裡）

- 行動：華特怪她。
- 反應：露絲藏起她的內疚。

　　請注意漢斯貝里用的手法：她在這裡為後來揭曉那一刻所作的鋪陳，是罕見其匹的絕佳範例。這一刻，不論觀眾或其他角色都沒人知道露絲懷孕，而且在考慮墮胎。這一場戲推演下去，觀眾的第一印象可能會覺得華特訴的苦說不定有些道理，露絲悲觀的心態確實像在扯華特的後腿，但這是漢斯貝里為快到來的揭曉所作的巧妙鋪陳。等到露絲懷孕的事情揭露之後，大家就忽然懂了她脾氣易怒、陰沉的真正原因。之後再看她這角色、看這一場戲、看場景的潛文本時，會因為恍然大悟而有另一番領悟，深刻、意外，但回顧起來合情合理。

　　因此，出飾露絲的演員一定要演出心裡深藏祕密的痛苦、害怕，但又把祕密蓋得滴水不漏。如此一來，第一幕來到高潮的那一刻，該場景的鋪陳終於揭曉時，才不至於破壞觀眾發現真相的體會。

　　例如漢斯貝里安排露絲坐在桌邊把頭埋在兩隻手臂裡，看起來像是被華

特纏得很無奈，但其實她很可能是因為害喜、想壓下噁心想吐的感覺。演員說不定會不露痕跡把這一點演出來，但絕不會演成一手緊緊抱住肚子的樣子，以免向觀眾洩露了天機。

第六拍

華特：（站起身，低頭看她）妳厭煩了，對吧？厭倦這一切，我，兒子，我們過的日子——這破爛的老鼠窩，這裡的一切，是不是？（她沒抬頭，沒回答）。妳厭倦得要死——整天抱怨發牢騷，就是不肯做點什麼幫我一下，不是嗎？這麼久了，妳就是沒一件事願意站在我這邊，對吧？

露絲：華特，你現在別煩我。

華特：男人總是想要有個女人願意站在他的背後支持他……

露絲：華特……

- 行動：華特罵露絲自私。
- 反應：露絲投降。

露絲不再回嘴，靜靜聽他說，或至少裝得像在聽的樣子。與其和死咬不放的華特纏鬥下去，這樣還簡單一點。華特把這情況看作是他講贏了，所以改變口氣，開始講好話哄她。

第七拍

華特：媽什麼都聽妳的。妳也知道，比起我或貝妮，她比較聽妳的。她把妳看得比較重。所以，妳只要找一天早上和她一起喝喝咖啡，跟平常一樣聊天（坐到露絲身邊，示範起他覺得露絲可以怎樣做、用怎樣的口氣講話）——跟平常一樣喝咖啡，妳知道吧，隨口說一句像是妳一直在考慮「華特‧李很有興趣的那件事」，隨口帶出開店那些事，再喝一口咖啡，就像

妳只是順口提起，也沒覺得這事有多重要——接下來，妳也知道，她都聽進去了，也會問妳一些問題，等晚上我回家時——我再把詳細的情況跟她說。這件事絕對不是什麼撈了錢就跑的生意，寶貝。我真的都想清楚了，我和威力還有波波一起。

露絲：（眉頭一皺）波波？

- 行動：華特哄她。
- 反應：露絲發覺不對勁。

華特沒想到他示範的咖啡聚會看在女性眼裡會像是在嘲弄。事實上，觀眾說不定也不會發覺，搞不好還覺得好玩，因為在一九五九那年頭，性別歧視的言行俯拾即是，而且幾乎無從辨識。不過，漢斯貝里不然。這是她的另一次出色鋪陳。她把華特‧李的性別歧視擺在這裡當暗樁，如此一來，到這一景要結束時，華特‧李抨擊全天下的黑人女性都背棄黑人男性時，就可以挖出來用了。

第八拍

華特：是啊。妳看，我們打算開的這一家賣酒的小店資金要七萬五，依我們算，一開始用在店面的資金大概是三萬，所以意思是，每人要出一萬。當然啦，還得再額外花幾百塊錢，免得等一輩子都等不到那些小丑把你的執照批下來——

露絲：你是說賄賂？

- 行動：華特講起生意經。
- 反應：露絲像是看到大難臨頭。

第九拍

華特：（皺眉，不耐煩）怎麼這樣說。看吧，我就說妳們這些女人家，
　　　怎麼永遠這樣不懂人情世故。寶貝，這世上，妳不先送錢給
　　　別人打點一下，哪有辦法要人幫你做什麼。

露絲：華特，你別再煩我了！

- **行動：華特向妻子證明他多懂人情世故。**
- **反應：露絲不理他的蠢事。**

露絲的道德感很重。考慮要墮胎已經夠她痛心的了，畢竟墮胎在一九五
○年代還不合法，屬於重罪，所以她一定很想找人談一談心事。但是，看看
漢斯貝里多麼聰明，把這些都壓在潛文本下面。

第十拍

露絲：（抬頭定定盯著華特，平靜地說）趕快把蛋吃了，都快涼了。

華特：（從俯視的姿勢直起身子，看向別處）來了，又來了。男人
　　　對自己的女人說，我有個夢想，他的女人卻說：把蛋吃了。（傷
　　　心的樣子，但氣勢轉強）男人說：我要拿下這世界，寶貝！
　　　女人卻說：把蛋吃了，去上班。（變慷慨激昂）男人說：我
　　　要扭轉我的人生，我快憋死了，寶貝。他的女人還是在說——
　　　（十分痛苦，雙拳往大腿一搥）——你的蛋要涼了！

- **行動：露絲安撫他。**
- **反應：華特指責露絲背叛。**

第十一拍

露絲：（柔聲）華特，那又不是我們的錢。

華特沒再作聲，轉過身。

- 行動：露絲揮舞道德大錘。

- 反應：華特認輸。

- 第一個轉捩點：這場戲走的不是一條動線而是兩條。第一條動線開始是
  正值，華特想要說服露絲幫他說項，跟他母親要到錢。他祭出哀兵攻勢，
  指出他先前有過作生意發達的機會卻被露絲搞砸了，所以這一次露絲應
  該幫忙他，因為這是露絲欠他的。除此之外，露絲是他老婆，在道德上
  也有義務支持丈夫勇於創業。

  不過，打算花錢行賄，當然導致他「道德」的立場被削弱不少。而露絲
  最後指出他們根本沒有權利去要那一筆錢，粉碎了他這一番振振有詞。
  他已故的父親拿幾十年的血汗換來的這筆錢屬於莉娜，不是他們該得的。
  哄騙老母親把錢拿出來，是不道德的事。第十一拍就這樣出現了負值的
  轉折，一舉打碎華特的場景意圖。華特也知道事實勝於雄辯，所以一時
  沒作聲，在心裡整理思緒，準備展開另一番攻勢，因此提出新的場景意圖：
  他要掙脫人生一事無成的困局。

第十二拍

華特：（像是沒聽到，甚至不看她）早上我照鏡子時，看著鏡子裡
　　　的自己，好好想了想。我都三十五了，結婚也十一年了，有
　　　個兒子睡客廳（把聲音放得很輕、很輕）──我能給他的，
　　　就是跟他說白人的有錢大老爺是怎麼過日子的……

露絲：把蛋吃了，華特。

華特：媽的什麼蛋……媽的從頭到尾都是蛋！

露絲：吃完就去上班。

- 行動：華特求露絲同情他。

- 反應：露絲置之不理。

第十三拍

華特：（看向露絲）妳看妳，我在跟妳說我的心事——（反覆不斷搖頭）妳卻只會說把蛋吃了去上班。

露絲：（疲倦）親愛的，你說的永遠都是這些。我每天聽，白天聽，晚上聽，可是你從來不說點別的。（聳聳肩）好吧，你的意思是，你想當阿諾德先生，不想當他的司機，唔——那我也想住白金漢宮。

- 行動：華特指責露絲不愛他。
- 反應：露絲指責華特活在幻想裡。

第十四拍

華特：這世界上的有色人種女子就是有這種毛病……不懂得要支持自家的男人，讓男人覺得自己也是號人物，也做得成大事。

露絲：（淡淡的口氣，但是傷人）這世界上的有色人種男子還是有人在做事的。

- 行動：華特把自己一事無成怪在露絲頭上。
- 反應：露絲把華特一事無成怪在華特頭上。
- 第二個轉捩點：使出自傷自憐和哀兵政策，但露絲一概無動於衷之後，華特改用起歪理：因為全天下的黑人女子是這德性，才搞得全天下的黑人男子一事無成。露絲是黑人，因此華特沒出息就要怪露絲。但是他的論點又被露絲一把戳破，既道出事實，也奉上言外之意：也不是沒有黑人男子出頭天的。華特沒出息，要自己負責。露絲打中了要害，華特心裡清楚。露絲一語道破難堪的事實，把這一場戲推到雙倍負值。

第十五拍

華特：但不是有色人種女子的功勞。

露絲：唔，我看我這有色人種女子是連自己都幫不了。

- 行動：華特緊咬著他的蹩腳理由不放。
- 反應：露絲對他的自欺欺人嗤之以鼻。

第十六拍

華特：（低聲咕噥）我們這群男人就被綁死在一群小鼻子小眼睛的
　　　有色人種女子身邊。

露絲不發一語，轉開視線。

- 行動：華特安慰自己受傷的自尊心。
- 反應：露絲退縮回她的恐懼。

接下來看看漢斯貝里的這一串節拍是怎麼推展的。她以一件迷你的觸發事件為開端：華特開開心心想談一件事，露絲卻冷冷回了一聲沒好氣的「不猜」。從第一拍到第六拍，漢斯貝里鋪墊一拍又一拍朝負值推進。露絲和華特每次的一來一往都堆在前一拍之上，痛苦之後還要更痛苦，羞辱之後還要更羞辱，感情和希望一併跟著岌岌可危。

第一拍：華特想和露絲談話／露絲不想談。
第二拍：說她殺風景／說他們過的是苦日子。
第三拍：一定要她聽／她就是不想聽（覺得沒什麼好聽的）。
第四拍：不管她的態度／嘲弄他的點子。.
第五拍：華特怪她／露絲藏起內疚。
第六拍：罵她自私／認輸放棄。

露絲不得已先棄守一下，聽聽華特要說什麼。
華特在第七拍示範「咖啡聚會」的時候，這一場戲蒙上了些許輕鬆、幾

近乎有趣的情調。氣氛好轉，朝正值上升，我們也開始覺得露絲說不定會站在他那邊。但華特一提起波波（Bobo），露絲的反應就透露事有蹊蹺了，場景也一下子朝負值擺盪回去，而且持續放大著朝第十一拍的第二個轉捩點推進。

第七拍：哄騙露絲／發覺不對勁。
第八拍：講起生意經／看見災難將至。
第九拍：證明他多懂人情世事／鄙夷他是個蠢蛋。
第十拍：安撫他／罵她背棄他。
第十一拍：揮舞道德大錘／吃癟落敗。

華特的場景意圖在第十一拍推進到高潮。這時，華特曉得露絲是絕對不會幫他從他媽媽那裡弄到錢了，也就是說華特又吃了一場敗仗。這一記打擊，讓他一時沒了聲音，這個場景也順勢喘一口氣，等華特鼓起怒氣，爆發出場景的第二條動線。

首先，華特必須想辦法為自己受傷的自尊心包紮一下。所以他在第十二拍要露絲替他想一想，但是到了第十三和十四拍，他又回過頭把自己的沒出息全怪在她和全天下的黑人女性頭上，逼得露絲最後拿出事實來堵他的嘴。

第十二拍；央求同情／不理會央求。
第十三拍：指控露絲不愛他／指控華特活在幻想裡。
第十四拍：把自己的沒出息怪在露絲頭上／把他的沒出息怪在他頭上。

第二條動線和這個場景同時在第十四拍推到高潮，露絲逼華特承認他過得不好全是自己的責任。

第十五拍：緊咬著他的蹩腳理由不放／對他的自欺欺人嗤之以鼻。
第十六拍：安慰他受傷的自尊心／回到她的恐懼中。
最後兩拍是化解的動線，緩和緊張的氣氛，由華特退回自傷自憐，露絲

退縮回她懷了第二胎的祕密恐懼中。

下面是指稱夫妻兩人行動、反應的字詞。這一場戲的非對稱衝突便由它們推展開來：

華特的行動：想要談談、堅持要談、責怪、哄騙、證明、指控，相對於露絲的反應：不想談、迴避、放棄、安撫、不理會、退縮。

由接下來這一串台詞，可以看出作者選擇怎樣的字詞和情態來帶出行動：

華特帶著挑釁的指責：
妳還叫人家大嘴巴。
妳就是不肯做點什麼幫我一下，不是嗎？
男人總是想要有個女人願意站在他的背後支持他。
我快憋死了，寶貝！

露絲的退守型反應：
噢，華特‧李……
你現在別煩我。
那又不是我們的錢。
我看我是連自己都幫不了。

這場戲拉出來的劇情弧線，把主要價值從正值拉到了負值：希望變絕望，安定變危險，成功變失敗，自尊變自暴自棄。剛開始的時候，華特滿懷希望要出人頭地，掙得自尊。露絲則是緊緊攀住她對安定的希望不放。但戲裡「行動／反應」的節拍以愈來愈快的速度，把露絲推得離安穩的未來愈來愈遠，把華特推得離賺大錢的立即目標愈來愈遠，因此也離他建立自尊的畢生願望愈來愈遠。此外，由於我們感覺得到這對夫妻雖然在吵架，但爭執的底下還是有深切的愛，於是這一場戲的高潮就將他們的婚姻推到危急的境地。這個場景結束的時候，陷在負值的低點：華特懷抱的希望變成了絕望，露絲要的安定變成了危機。

想了解漢斯貝里的才氣有多高，可以留意她在這一場戲必須立即拉開情節弧線時是以價值變化為軸心在處理，也同時用到第二條動線去為華特拉開長程的角色弧線。

角色弧線（character arc）是角色於道德、心理、情感方面出現深刻又重大的變動，或是變好，或是變壞，表現在樂觀／悲觀、成熟／幼稚、犯罪／贖罪，諸如此類的價值上。角色內心拉出的弧線也可能從正值（關懷）走向負值（殘忍），例如《教父》第二集中的麥可；或是從負值（自私）走向正值（愛人），例如《今天暫時停止》（Groundhog Day）片中的菲爾（Phil）。

所以作者在故事的開端，就一定要將角色的價值是在正值或負值清楚建立起來，這樣觀眾才能了解並感受到弧線的變化。在這齣舞台劇中，道德出現變化的角色就只有華特。所以漢斯貝里運用第十二到第十六拍這一段，將華特的本性和渴望改變的心理，巧妙作出鋪陳。

漢斯貝里在往前推進的這五拍對白當中，將華特要為自己、為家人掙得尊嚴的急切心理表達出來，也將他其實二者皆無的狀況生動地表現出來。漢斯貝里在第一幕將華特的最高意圖拉到負值（自尊心大損），之後便拽著他往下走，跌進更深的地獄，在第二幕的高潮淪為自暴自棄，備受家人嫌惡。到最後，漢斯貝里還是救下華特，安排他作出抉擇，付諸實踐，並在全劇的高潮贏回自尊，以及妻子、家人對他的敬與愛。華特這角色的弧線從自暴自棄到自尊自重，也拉高了《太陽底下的葡萄》的格局，凌駕一般常見的那些講述種族歧視的社會劇。

現在，我們就拿這場精采的戲來看看怎樣搞破壞，為各位示範同樣的對白節拍如何在惡搞之下，可以淪為反向推進：

我們就假設漢斯貝里把轉捩點安排在這一場的一開始：當華特問露絲想不想知道他在想什麼，露絲說：「怎麼不知道。你在想你爸的人壽保險啊，華特，但那又不是我們的錢！那是你媽的。你就別動歪腦筋了。還有，我早就聽膩你抱怨那一套出不了頭天的鬼話，還把你的沒出息全怪在我頭上。你啊，華特，做過的錯事全都要你自己負責。」

華特的反應，還是可以繼續拿露絲不站在他這邊來抱怨，也仍可以吹噓開店賣酒能有多發達，勸他母親把錢拿出來有多容易，以及他有多痛恨他過的是這樣的日子，也把一切都怪在露絲這種黑人女性的典型心態上。關於這筆錢、他的盤算、他的人生、他對妻子的感覺，必須有的解說都順勢扔了出來。觀眾需要知道的事一件也不會少，但會覺得無聊透頂，因為華特拿這一套來說，一點意義也沒有。露絲已經說過「不猜」了，也心口如一不去猜。所以，這場戲就沒了張力也沒有懸疑，只能跌跌撞撞往前衝，一頭撞成一堆零零碎碎的解說而已。

我們也可以換個方式來破壞它，也就是把轉捩點壓後，晚一點再出來，拿幾個節拍來重複使用，拉長這一場戲。像是華特可以把當初要是開成乾洗店他可以賺進多少，一點一點細數道來，或是大肆讚揚威利和波波做生意的手腕有多出色、有什麼優點；再不然就是把開店賣酒的計畫說得天花亂墜，還說賺到錢後要為露絲和兒子買毛皮大衣、買珠寶首飾、買新房子等等。

等到露絲說那一筆錢是他媽媽的、不是他的，終於封死華特的嘴後，他還是可以再拿上百年來黑人女性始終在扯黑人男性後腿的事來說，長篇大論說一大堆，一直說到露絲怒斥他閉嘴為止。但觀眾對這些一樣興味索然，畢竟一件又一件事已經一遍又一遍硬生生敲進大家的腦袋裡了。等到轉捩點終於到來，衝擊力也只剩一半不到，因為先前的解說讓觀眾聽得很煩了。請注意漢斯貝里並非不使用重複，例如華特講「蛋」的那一段（第十拍），但這是為了給演員三記重拍，以蓄積情緒達到巔峰，如此而已。

要不還可以更慘，她寫這一場戲時乾脆不安排轉捩點，只用三頁來寫一場早餐桌邊的夫妻對話，講丈夫開店創業的計畫，講老母親手裡的錢，講他們的婚姻有多糟糕，講黑人男性的命運、黑人女性的命運。但是她沒有，而是寫出一個剖露、動人、往前推進的場景，一拍接一拍敲出了兩個轉捩點，進而為她這一齣戲作出了鋪墊。

如同我們在這裡分析的這一場戲，每個場景在理想上都應該既是鋪陳也是揭曉。場景中的角色對話之後，都會造成變化，因此，現在說的話便是在為先前發生的事作揭曉。一如已經揭曉的事會在對白當中迴響，現在說的話

也會為後來的場景鋪墊效果。

　　就像《黑道家族》、《歡樂一家親》這些範例，漢斯貝里以其精湛技巧打造出華特‧李這個角色，也為薛尼‧鮑迪贏得東尼獎（Tony Award）、金球獎（Golden Globe）、英國影藝學院金像獎（BAFTA）提名。

　　十三、十四、十五章這幾個生動精采的場景，都要演員以痛苦的轉捩點為軸心，奏出情緒激烈的大和弦。接下來，我們就來看看作家在小說場景中寫出清冷的情調和壓抑的行動，會是什麼模樣。

16
間接衝突

小說《大亨小傳》

費滋傑羅在《大亨小傳》第一章就向讀者介紹了故事的主述：尼克・卡若威（Nick Carraway）。尼克到紐約市的華爾街求發展，租下長島西卵（West Egg）的一棟房子居住。他有個鄰居叫做傑・蓋茨比（Jay Gatsby），是個財富多得驚人的年輕人，而他的錢是賣私酒賺來的。西卵是富豪特區，但是論起時髦，就遠不及隔著一灣水涯，同樣是富豪特區但非常排外的東卵（East Egg）了。

尼克有個親戚，美麗的黛西（Daisy），就和富豪丈夫住在東卵這一區的豪宅裡。黛西的丈夫湯姆・布肯南（Tom Buchanan），體格壯碩，就讀長春藤名校（Ivy League）時是運動選手。布肯南家邀請尼克前去共進晚餐。餐會上，他遇見了喬丹・貝克（Jordan Baker）小姐，是個網球明星，也和布肯南家一樣出身上流社會。

費滋傑羅以第一人稱尼克的角度來寫這部小說。我從費滋傑羅的小說挑出一節，拆成八拍來分析。這一幕由四人在餐前先小酌一杯開場。貝克小姐對尼克說：

第一拍

「你住西卵那裡啊。」她的口氣相當輕蔑。「我認識一個人也住那裡。」

「我不認識誰——」

「你應該認得蓋茨比嘛。」

「蓋茨比？」黛西直接盤問。「蓋茨比誰啊？」

第二拍

我還沒來得及說他是我鄰居，僕人就來宣布可以用餐了。湯姆‧布肯南伸出一隻繃得緊緊的手臂強行勾起我的手臂，推著我走過去，像在把棋子往另一格推去似的。

纖細，慵懶，雙手輕輕搭在臀上，我們前方那兩位年輕女子向外走到盈漾著玫瑰色的露台，迎進夕陽。四枝蠟燭擺在桌上，燭光隨著減弱的風勢搖曳閃爍。

第三拍

「點什麼蠟燭！」黛西反對，皺起眉頭，伸手用指尖捻掉燭火。

第四拍

「再兩星期就到一年最長的一天了。」她看著我們，明艷照人。「你們是不是老是在等一年當中白晝最長的那天，卻每一次都沒注意到？我就老是在等一年當中白晝最長的那天，也每一次都沒注意到。」

第五拍

「那我們應該計畫一下。」貝克小姐一邊打呵欠，一邊在桌邊坐下，彷彿準備上床睡覺一樣。

「那好，」黛西說。「我們計畫什麼？」一臉無助轉頭向我看來。

「一般人都做什麼？」

我還沒回答，她的眼睛忽然盯住她的小指頭，神情驚訝。

「看啦！」她訴苦道。「受傷了。」

我們都跟著看過去：有一塊指節發青。

第六拍

「你弄的，湯姆。」她語帶責難。「我知道你不是故意的，但就是你弄的。」

第七拍

「嫁給野人就是這下場，高大笨重、四肢發達頭腦簡單的傢伙──」

「我最討厭『四肢發達頭腦簡單』這幾個字。」湯姆頂回去，口氣很不高興。「就算是開玩笑也不行。」

第八拍

「四肢發達頭腦簡單。」黛西硬是不從。

這一場到這裡結束。

在我開始作分析前，先講一下「觀點」（point of view）這件事。

首先，觀點的定義如下：在故事世界的全域空間（global space）中，作者或導演把讀者／觀眾放在那裡去聽、去看故事的地方。所謂「全域空間」，我是指結合了三百六十度環繞主體的水平角度，以及三百六十度環繞主體垂直角度的空間。

在劇場裡，我們是坐在買票得來的座位上，以該座位限定的觀點在看舞台人生。每一個角色的行動和反應，無時無刻不是明擺在我們眼前。我們的眼光也多少可以隨時自由地在不同的角色之間遊走，不過，舞台劇觀眾能作的觀點選擇，也僅止於此，而且還會被導演的手法和演員的聲音、動作大幅度左右。

但在電影、電視劇中，就是攝影機在看什麼、我們就看什麼了。攝影機在講故事的全域空間裡遊走的時候，攝影機控制我們觀點，但沒有嚴格約束我們的觀點。因為，我們只要統合場景建立鏡頭，輔以團體鏡頭（group shot）、雙人鏡頭（two-shot）或是特寫鏡頭（close-up）等等，不只推演得出鏡頭內的狀況，也可以推演出鏡頭外的狀況，於是我們常會將沒有親眼看到的行動和反應想像出來。

小說在選擇觀點這件事上，創作者施展的自由度最大，但是在讀者這邊，小說卻是束縛力最大的講故事媒介。小說一如其他媒介，可以從故事中實體世界的任何地方去看故事的場景，但也會加上某個角色心智世界的主觀角度。小說作者一旦選定了主述的人稱（第一，第三，或是奇怪的第二人稱），他的眼睛就以這角度像探照燈一樣照看故事的一切。作者等於是把我們的感知牢牢握在他的掌心裡。

我們在跟著作者的文字走時，作者要帶我們去哪裡隨他高興：穿過作者筆下世界的地方、時代、社會也好，鑽進某一角色的思慮深處，窺探湧動的種種藉口、自欺、夢想也好；甚至鑽得更深，進入角色的潛意識去揭露他原始的好惡、夢魘的恐怖、遺失的記憶。

只要處理得巧妙，觀點就是有這樣的威力拉著我們跟著敘述一起走，所看、所聞僅限於講故事的人要我們看到、聽到的，除此之外再無其他——除非我們故意不跟著走，硬是要從敘事中抽身，啟動想像力發功。

所以，在下述的分析當中，我講到湯姆‧布肯南眼見黛西猝然伸手捻熄蠟燭有什麼反應時，我是在模擬費滋傑羅定稿之前大概是怎麼思考這一場戲的。費滋傑羅一定也和世間每一位出色的作家一樣，這裡絕對寫過許多版本，改了又改，一下刪一下加，一下挪前一下拉後，一下這樣子措辭，一下那樣子替換，直到他覺得終於圓滿為止。而他在連番改寫這場戲的時候，想必是輪番從每個角色的角度把它細細想過一遍，儘管他知道最終還是要從尼克的角色來決定他怎麼寫這個故事。

現在，讓我們回到這個場景：想想看，你精心準備了浪漫的燭光晚餐，卻被另一半隨手捻熄了蠟燭，不吭一聲，連瞥你一眼也沒有。你會作何感想？

作何反應？湯姆心裡應該會冒火才對。所以，想對費滋傑羅這場迷你劇內蘊的一切作透徹分析，就必須把他寫下定稿之前在心裡的想像重新勾畫出來，包括費滋傑羅選擇以影射而非白描來寫的反應。

觸發事件

這場戲開始的時候，黛西和湯姆的生活看似安逸而平衡。結婚／離婚的價值取向在這裡還是正值。不過，黛西暗自覺得婚姻生活很沉悶。她心裡的刺激／沉悶價值取向，這時是落在最低點。

第一拍

- 行動：喬丹透露蓋茨比就住在西卵。
- 反應：黛西壓下心裡的驚訝。

第一拍帶出了小說的觸發事件：黛西發現傑・蓋茨比搬到她附近落腳了，而且喬丹和尼克都認得這個人。這樣一透露，馬上就讓黛西的生活開始失衡。結婚／離婚的正值開始朝負值衰減，蓋茨比為她帶來的興奮感重新往上浮現。

黛西在十幾二十歲時狂熱愛上了傑・蓋茨比。他們「窮小子／富家女」的愛情故事，後來因為蓋茨比從軍加入第一次世界大戰而告結束。兩人分手未久，原本就有野心想縱橫社交界的黛西，高攀上了富家少爺湯姆・布肯南。後來這幾年，蓋茨比發跡，有錢、有名到眾人側目。黛西絕對看過或是聽過有關蓋茨比豐功偉業的報導。她說不定也知道蓋茨比買下水灣對岸的大片產業。其實，蓋茨比買下那一棟豪宅，就是為了隔著窄窄的一灣流水就能看到黛西家窗口的燈光。

而黛西問這一句「蓋茨比誰啊？」心裡其實很清楚他們說的正是傑・蓋茨比，只是她巧妙地用問句來掩飾心裡真的很驚訝她的老情人現在真的算是鄰居了，甚至她有朋友認得他，而她還有親戚就住在他家附近。

蓋茨比搬到她家附近，而且無疑是因為她的緣故才搬到西卵這裡來。一了解這一點，黛西生活的天平就此打翻，心裡勾起了想要見他的欲望。重燃

愛苗？婚外情？拋棄現任丈夫？誰知道她打算走得多遠。黛西因為浮躁薄情、說變就變的性情，要她對未來拿出確定的計畫，是她做不到的事，不過，有一件事倒是清楚得多：她的最高意圖最起碼是要見見傑·蓋茨比。也就是說，蓋茨比就這樣成了她的欲求目標。

這麼一來就把兩項核心價值拉到戲裡來攪和了：結婚／離婚，以及煩悶／激情，也就是安穩的婚姻，相對於她和蓋茨比之間的激情。她想要贏得後者，就會危及前者。

黛西面對的選擇是：該維持婚姻和諧，還是發動愛情戰爭？這場戲開始的時候，黛西婚姻的價值取向還是正值（晚餐之前，他們夫妻倆還和和氣氣的），但是她的激情是負值（蓋茨比不在她的接觸範圍內）。

除了見蓋茨比，黛西到底想從他那邊得到什麼，費滋傑羅就故意藏在潛文本裡了。不過，請注意黛西作出的選擇：置婚姻安危於不顧，直接找丈夫開戰。

第二拍

- 行動：四人朝晚餐桌邊走去。
- 反應：黛西打算給湯姆難看。

黛西的麻煩在於不能逕行拿起話筒打電話給蓋茨比。憑她的自負和虛榮，她做不到。不只她丈夫，還有她高攀上的嚴苛、勢利的上流社會，要是發現她竟然倒追臭名遠播的蓋茨比，釀成的醜聞絕對會讓她死無葬身之地。

所以，她當機立斷，憑直覺本能在尼克、喬丹面前演出了一場戲，看看他們當中會不會有誰或是兩人都會去向蓋茨比透露一下口風，說布肯南夫妻失和了。黛西主動操縱情勢，把場景推向轉捩點。她的場景意圖於是變成了：在外人面前公然讓她丈夫丟臉。至於湯姆的場景意圖，這樣推測應該沒錯：避免在外人面前丟臉。兩人直接衝突的欲求，就為這個場景布下對抗的條件。

湯姆·布肯南要家裡的傭人在晚餐桌上擺蠟燭。他這麼做或許單純是為了黛西，但也可能想拿這一點浪漫的情調去幫尼克和喬丹牽牽紅線。其實，

尼克和喬丹後來是有過一段夏日戀情沒錯。

第三拍

- 行動：黛西毀了丈夫擺出來的浪漫姿態。
- 反應：湯姆壓下氣惱。

不過，不管湯姆耍浪漫是為了什麼緣故，他們四人走向餐桌時，「皺著眉頭」的黛西看蠟燭不順眼，一把用指頭捻熄了。湯姆的反應是把心頭的氣惱藏起來，什麼話也沒說。他們婚姻的正值本來就在往下掉，等到黛西煩悶的情緒轉成興奮的時候，又再往下掉更多了。

第四拍

- 行動：黛西起了個話頭。
- 反應：黛西把話題轉向自己。

在這一拍，黛西起了個話頭，講起夏至，但沒等別人回應她提的怪問題，她就主動回應自己的行動，把問題拉回自己身上，又把話頭掐死了。結婚／離婚、興奮／沉悶的價值取向都沒受影響，和第三拍時一樣。

第五拍

- 行動：喬丹和黛西一搭一唱搞起小題大作。
- 反應：黛西要大家看她的手頭指。

夏天才剛開始，所以喬丹在接下來這一拍開始的時候，提議大家找點樂子來玩。黛西卻只是把問題再說兩次，還不是對她丈夫說，而是對尼克說。可是，沒等尼克回答，她又馬上把話題收尾，而且收在她的小指頭上。結婚／離婚、興奮／沉悶的價值取向暫時懸而不決。

第六拍

- 行動：黛西指責湯姆弄傷她。
- 反應：湯姆壓下他的反應，沒作聲。

黛西陷入了兩難的危局：她可以讓她丈夫下不了台（負值），藉此向蓋茨比傳送訊息（正值），或是她也可以維護婚姻（正值），但就無法爭取到蓋茨比的關注了（負值）。黛西作的選擇是去指責丈夫害她手指頭瘀青。這時，費滋傑羅依舊安排看不出湯姆有明顯反應，還是一聲不吭。結婚／離婚的價值取向發黑，興奮／沉悶的價值取向反而發亮。

第七拍

- 行動：黛西公然侮辱她丈夫。
- 反應：湯姆下令她不可以再侮辱他。

黛西馬上好整以暇發動冷嘲熱諷，罵起她的丈夫，還特別挑出一組字眼來強調，她明知道湯姆最痛恨的字眼：四肢發達、頭腦簡單。湯姆忍無可忍終於發作。

各位千萬別忘了這幾位都是受過良好教育的上流人士，所以，我用「下令」（ordering）這個動詞來說湯姆的反應，因為這就是他在潛文本裡做的事。湯姆的教養太好，說不出：「媽的，黛西，妳再給我用『四肢發達頭腦簡單』看看！」但是「我最討厭……」這一句話之下掩蓋的就是間接命令句。

黛西侮辱丈夫，一把將結婚／離婚扔到負值裡，而在潛文本內，因蓋茨比而來的興奮感打敗了沉悶。

第八拍

- 行動：黛西第二次給湯姆難堪。
- 反應：湯姆無聲退讓。

黛西不理丈夫的命令，再把丈夫最討厭的字眼說了一遍，還故意強調，就這樣把這一幕推上高潮。湯姆的反應則是再次一聲不吭。

　　黛西在六拍之內打贏了這一場配偶間的權力鬥爭，並且羞辱了湯姆。這場夫妻角力，湯姆落敗，黛西稱勝。

　　這情勢看在旁邊這兩名觀眾眼裡，一個是非常敏感、觀察細微的尼克，一個是專愛東家長、西家短的喬丹，貝克，肯定看得雪亮。黛西對此也心裡有數。她就巴望著他們倆會把小道消息送到蓋茨比那裡。黛西已經給她丈夫難看，也達到她想要的效果。

　　黛西寧取蓋茨比而捨湯姆這一刻，她的婚姻已經名存實亡，而她對未來的興奮期待也攀到了高峰。

小說中的對白與描述

先前便已提過，小說作家一般會把戲劇對白寫得精簡、明瞭、直接（但有例外）。在這場戲裡，總計講出來的字詞是一百二十三個英文字，其中一百零七個是單音節，十四個是雙音節，只有兩個是三音節的。而且，場景當中的角色，沒有人講話用了隱喻或直喻。

　　費滋傑羅是運用語言比喻來充實他的描述，例如「湯姆‧布肯南伸出一隻繃得緊緊的手臂強行勾起我的手臂，推著我走過去，像在把棋子往另一格推去似的」，還有「貝克小姐，一邊在桌邊坐下，彷彿準備上床睡覺一樣」。他用上多音節字的時候，一般用以形容口氣（contemptuously 輕蔑、accusingly 責難、crossly 很不高興），以及行為（slenderly 纖細、languidly 慵懶的、radiantly 艷光照人）的副詞為多。

　　這個場景的能量來自黛西壓在潛文本裡的行動。這是尼克不可能知道的，畢竟他有第一人稱觀點的束縛。所以，費滋傑羅一路扔下一點一滴的暗示，例如黛西「盤問」：「蓋茨比誰啊？」帶領讀者去看穿黛西那一身貌似無邪的薄紗。

轉捩點／場景高潮

這一場戲的劇情弧線在八拍之內，就把布肯南的婚姻大力一推從正值摔到了負值。他的婚姻在第一拍看起來不失體面、忠誠。但到了最後一拍，黛西的行為揭露了他們的婚姻其實滿布著怨恨和難堪，而黛西也正在步步為營，要重回蓋茨比懷抱。這一段下來，重挫婚姻的每一個負值行為，因為黛西希望蓋茨比為她的人生找回刺激冒險，對她而言都成了正值的節拍。黛西的手法很有效：她打贏了對上丈夫的這一仗，給了喬丹和尼克可以傳到蓋茨比那裡去的訊息。

　　這八拍進程的推展如下：
　　第一拍：透露／掩飾
　　第二拍：走路／盤算
　　第三拍：破壞／隱藏
　　第四拍：挑起話題／把話題轉到自己身上
　　第五拍：大聲小題大作／把注意力拉到自己身上
　　第六拍：責難／隱藏
　　第七拍：侮辱／下令
　　第八拍：攻擊／退讓

　　這裡的每一拍都超過前一拍、往轉捩點推展——黛西悍然不顧丈夫下令，硬是要他丟臉——每一拍都是如此，除了第四、第五拍。這兩拍看起來很像對白的推展在鬼打牆，因為它們並未對準黛西的場景意圖。但其實不然，這是費滋傑羅考慮到通篇小說的行動骨幹有另一重更大的目標，才安排了這樣的兩拍。

　　請注意第四和第五這兩拍的模式：黛西提出問題，為大家挑起普通的話題，然後停也不停，不管別人答不答覆，就馬上把大家的注意力又拉回自己身上。費滋傑羅在全書的黛西對白當中，這樣的模式一用再用；有讓人覺得

好玩的，有讓人同情的，也有讓人費解的，反正黛西動輒就要把話題拉回到她身上。換言之，費滋傑羅要我們了解黛西是個非常美麗、非常迷人的自戀狂。

　　而她鬧出這樣的場面，真正的理由是什麼？為什麼她不乾脆違抗丈夫，拋下社會禮法不管，自己跑去找蓋茨比就好？為什麼她就是要透過喬丹、尼克送出裹在薄紗裡的訊息？這是因為自戀狂就是要人把注意力放在自己身上，絕對不能放在別人身上。所以，由蓋茨比來找她，對黛西是絕頂重要的事。非得是蓋茨比主動來找她不可。費滋傑羅在這裡用這幾拍——全書別處還有許多這樣的節拍——表達出《大亨小傳》劇情推進的兩大彼此較勁的行動骨幹：蓋茨比迷上黛西，無法自拔，而黛西也迷上黛西，無法自拔。

17

反身式衝突

「自我」介紹

我們在第一章曾作過以下的定義：任何角色對任何人說的話，都算是對白。這般你來我往的話語，循著三條涇渭分明的路徑在進行：對別人說的，對讀者或觀眾說的，對自己說的。接下來這一章談的是以後兩條路徑為主，也就是直接對讀者訴說，以及一個人內心當中的幾個自我在作對話。雖然這兩種模式應用在舞台和銀幕上有其限制，但是對長、短篇小說家而言，這兩種是第一人稱主述小說寫作的材料。

角色直接對讀者說話，話題一般會落在過去的事，以及其對角色本身的影響（例如《純真博物館》）。至於角色跟自己說話，這些內心對話演出了當下的內心活動。這些一個自我面對另一個自我的戲劇化場景，將幽微的心理狀況推進不可說的深淵（例如《伊瑟小姐》）。這裡還是一樣，兩者的差別在於用講的，以及用演的。

前者的「講」，是那個對自己也不是完全理解的角色，在把他有過的內心衝突講給我們聽，也對我們描述衝突留下的影響。至於後者，就是角色把他深層的心理狀態在我們面前表演出來，在不知不覺中將自己永遠也說不清

楚的內心糾葛化為戲劇場面。毋須多言，「講」和「演」用的是兩種差別很大的技巧。

文學上有源遠流長的習慣做法，賦予讀者像神一樣的能力，可以偷聽到角色內在的心思，但又知道角色不是在對我們講話。這樣的話，那角色到底是在對誰講話？對白的定義畢竟是一個講話的人和一個聽話的人在作雙方交流。所以，除了我們之外，還有誰在聽角色說話？若角色是在對內心的另一個我說話，那他的心靈就不是單一一個了——要是有兩個、甚至好幾個，那角色的心靈是怎麼劃分出這好幾個我？還有，他的心裡到底有幾個我？這一個個的我是誰？彼此之間又是怎麼串聯的？

這些問題在講故事這件事上，既不新鮮，也不獨特。二千五百年前，佛陀就開示他的門徒要破除這些妄念，因為這些妄念都起自有「我」存在的這個前提，而這前提是錯的，因為世間原本就無我。佛陀認為我們有「我」的感覺，是出自人身與感官那無以計數、變幻不定的「識」所衍生出來的妄念副作用。

大約同一時期，蘇格拉底提出了相反的論點。他對學生說，自「我」不光是存在，而且，除非你用盡力氣去了解自己是誰，否則你無法過有意義、有教養的生活。之後的千百年來，關於人在內心裡和自我溝通的相關辯論，就在這分居兩極的哲學觀點當中來回擺盪，再怎麼說至今都仍無解。

科學對這問題倒是站穩了立場。[1]現代科學一如蘇格拉底當年，致力於探察意識隱而未見的性質，同時卻又和佛陀一樣，覺得直覺在誤導我們。我們的第六感說，人的意識根源在雙眼的後方，但是大腦掃描研究的結果發現這同樣是錯覺。我們的意識，其實是好幾種心智作用分別由好幾個大腦區域聯合調控創造出來的。人心其實並未具有由任何實體控制一切的單一自我中樞；所謂的「我」，其實是一種副作用。在人稱意識的「難題」（hard question）上，神經科學倒是靠向佛陀而非蘇格拉底，只是還沒有清楚的結論。[2]

雖然科學尚未能在實體中找到地方安放我們的意識，哲學也仍未能在形而上的範疇掌握我們意識的所在，藝術家倒很清楚在哪裡可以找到自我。藝術吹一聲口哨，自我就像小狗一樣歡天喜地蹦了過來。對於講故事的人來說，

自我一直都在主觀落地生根、蓬勃發展的那一塊地盤安身落戶。

　　不論是不是「妄念」，對自我有所意識，是人之所以為人的根本。而人的自我若是真像科學說的那樣不以特定的某一塊腦葉為限，而是從好幾個源頭同時迸現聚合而成的，那又怎樣？反正再怎麼合都是我自己的，我喜歡就好。但要是像哲學宣稱的那樣，人的自我很不可靠，今天這樣、明天那樣，變來變去，所以不能說是絕對的，那又怎樣？反正再怎麼變都是我自己的，我就愛看它變來變去——但願它愈變愈好。

　　小說作家絞盡腦汁要寫出一個人的內心活動時，哲學的演繹邏輯、科學的歸納邏輯都會把審美的洞察力磨到遲鈍。二者都沒辦法利用主觀由內而外的力量，去發揮言簡意賅、以簡馭繁的威力。荷馬以降每一部偉大的故事作品，都能在人心的自我激發出意義深邃的感情經驗，這也是二者都做不到的。故事不給「難題」答案。故事把它演成戲。

　　對於內心對白的寫作，我覺得最好的途徑就是：把角色的心理當作背景，在這樣的世界布滿一批叫做自我的角色，接著令這一幕心靈風景四散蔓延，任它像都市風景、地景或戰場一樣變化，像是為了搬演故事而做出來的心理「場面調度」（mise-en-scène）。然後，作者踏入這世界，進駐角色的意識中樞，從這個觀點寫出角色的內心對白，針對「當這個人是什麼感覺？」這一問題，以戲劇將答案呈現出來。

　　再回頭談這段簡介一開始的問題：角色對自己講話的時候，除了讀者還有誰在聽？角色到底是在對誰講話？答案是：沉默無語的自我。我們聽到角色自言自語，憑直覺就知道角色的另一面正在聽，也就是角色沉默無語的那一個我。其實，這一點深植在我們的直覺裡，甚至根本不用去思考。我們不需要思考，因為我們想都不用想就知道自己一直在心裡對另一個沉默不語的自己講話。

　　我覺得所有人的心靈都另有一個自立自存、安靜無聲的自己活在那裡，舒舒服服坐著，在看，在聽，在衡量，在儲存記憶。有在練冥想的人一定對這個我十分熟悉。這一個我，可以說是飄在你身後，如影隨形，看著你的一言一行，連你冥想時也是。你若企圖面對這一個我冥想，它馬上轉身又飄到

你背後去了。在你自己心裡，你沒有辦法和自己面對面，但你始終知道那個沒聲音的自己與你常相左右，他也始終知道你想說什麼，始終在聽你說你想說的。

　　小說的內心對白既然是在講話的自己和不講話的自己之間繞來繞去，內心對白自然就帶出反身（reflexivity）的特質來了。

反身式衝突

「反身」一詞在自然科學是指因、果之間呈循環或雙向往覆的關係。行動引發反應而反應又影響行為，而且速度快得跟同時並行差不多（量子物理有一些理論便認為，次原子層級的因、果確實是同時並行的）。行動和反應就這樣連鎖起來，輪轉成漩渦。因是果，果也是因，不論因、果，都無法明確二分。

　　在社會科學領域，「反身」指的是個人、團體、機構、社會當中有一種共依存（codependency）的狀態。反身的漩渦一旦開始，不論行動或是反應都無法明確判定是成因還是後果。因、果兩端交互影響之疾速，看似同時並行，毋須再作決定，甚至思索。

　　放在講故事的藝術裡，反身式衝突就是說角色想要化解本身的困境，卻反過頭來打中自己，因而爆發內心混亂掙扎。由於角色把僵局往內帶，為了化解危機所下的工夫，反而變成起因，導致後果更加惡化。自我的矛盾引發多重的對立力量，源頭變得愈來愈複雜，因變成果，果再成為因，纏捲成愈來愈深的漩渦，直到衝突本身最後變成了衝突無法被化解的原因。

　　反身式衝突在受困的角色一開始自言自語的時候，就轉化成對白。我在第一章便已指出，人的心靈本來就可以自行後退一步，把自己當客體去觀察，也就是一個人暫時切成兩個，由核心的我和其他幾面的我建立起關係，而且往往十分緊要。這樣一來，角色便可以投射出過去的我、不好看的我、比較好的我、未來的我這諸般影像。他可以感覺到自己的良心、自己的潛意識，尤其是自己那個不發一語靜靜傾聽的我。

　　有些時候，這樣的關係不會有衝突，例如我們拿種種藉口、自欺來安慰

自己時，或是把責任歸咎到別人頭上時。然而，我們在必須有所選擇、在是否要義無反顧為所當為、在是否要犧牲自己成全他人、在亟欲制伏躁動擾亂的那一個我時——舉凡內心活動會爆發對立騷動的狀況——我們內在那一個個我在連番纏鬥掙扎當中，往往會跑到反方向去。[3]

反身式衝突於英文可以直接用現在式來表現，或是間接連到過去式。在舞台或大小銀幕上，角色可以在自言自語時用現在式，在對另一角色或是直接對觀眾陳述時用過去式。在書頁上，主人翁可以跟自己的另一個我講話，以現在式表達內心的衝突（例如《伊瑟小姐》）；或者是對讀者講話，以過去式描述以前出現過的反身式衝突（例如《純真博物館》）。

小說《伊瑟小姐》

亞瑟·席尼茲勒是奧地利小說家暨劇作家，從一九〇一年的短篇小說《辜斯特勒上尉》（*Lieutenant Gustl*）起，便開始實驗以意識流的手法寫作，終生不輟。他在一九二四年的中篇小說《伊瑟小姐》當中，通篇以第一人稱的內心對白來寫，讓讀者恣意偷聽同名主人翁苦惱煩亂的思緒。

鋪陳

伊瑟（Else），維也納美麗的十九歲名媛新人，和親戚在奧地利山間的避暑勝地度假期間，收到母親寫來的信，說她的律師父親被人發現從一名客戶那裡偷了好幾萬元，兩天之內若還不出錢來，不是去坐牢，就是要自我了斷。

伊瑟的母親求她救救父親，要她去向馮·竇斯戴先生（Herr von Dorsday）借錢償還竊款。竇斯戴是一名當時也在這水療中心的藝品商，非常富有。伊瑟縱使羞愧得喘不過氣來，還是硬著頭皮向老人家開口求助。竇斯戴說他翌日早上可以去匯款解決她父親的債務，但條件是她當天晚上以性作為交易。

這三件事——伊瑟父親偷錢，伊瑟母親籌錢，竇斯戴求歡——帶出這則故事的觸發事件，把伊瑟的人生一下子震得東倒西歪，進退維谷。如此一來，兩種矛盾的欲求立即湧進她心裡：一是犧牲自己救父母一命，一是犧牲父母

救她自己一命。而不管她選哪一條路走，都必須付出莫大的代價，因為我這裡說「救她自己一命」並非誇飾。伊瑟的自我是和她的道德觀綁在一起的。她要是捨身拯救家人，就必須違背自己的道德觀；她一違背自己的道德觀，就會失去自我。

困在「兩利互斥無法雙全／兩害相權取其輕」的雙重枷鎖當中脫身不得，伊瑟的唯一出口就在她內心的幾個自我當中。於是，這天下午接下來直到晚上，伊瑟一人在旅館內四下晃盪，左思右想陷在天人交戰的混亂當中。她一開始告訴自己不妨屈從，為了家人嚥下羞辱；之後她又改變心意，寧可拒絕寶斯戴，要家人自己去為醜事負責。其間她一度給自己打氣，想像自己獻身寶斯戴之後，說不定可以順勢去當有錢人的情婦，享盡榮華富貴。但是她的良心馬上就又逼著她要挺身捍衛自己的道德，威武不屈，貧賤不移。

這樣的道德困境在主人翁的心靈風景當中演出，往往每況愈下，陷入自我衝突的深淵。例如，去見寶斯戴的時間就要到了，伊瑟在心底自道：

> 這旅館是多大啊。像一座陰森恐怖、透著燈火的魔法城堡。這裡的一切都像龐然巨物。山脈也是。大得嚇人。以前看起來從沒有這麼黑。月亮還沒出來。等它出來，正好趕上演出，草地上的精采演出，馮・寶斯戴先生要他的女奴裸身舞蹈。馮・寶斯戴先生對我而言算什麼？哪，伊瑟小姐，這樣的事妳也拿來自尋煩惱？妳不是準備好要隨便找個男的當他情婦了嗎？一個接一個換都沒問題。這個馮・寶斯戴先生不過是要妳做這樣一件小事，妳就不知如何是好？妳不是已經準備好要為珍珠項鍊、錦緞華服、濱海別墅出賣肉體了？難道妳父親的性命就不值得妳這樣做？

反身對白

這段內心對白總計掠過十四點心思。最前面的七點（從「多大」到「還沒出來」），伊瑟因自己的想像而把內心的恐懼和脆弱投射到周遭可怕、龐大、幾乎不像真實的世界。「魔法」的說法還透露出她依然未脫小孩子的心性。

然後，她的心抓住了第七句的一個詞，「出來」，自由聯想到未來的自己在月光下裸身跳舞，接著試圖藉著「馮・寶斯戴先生對我而言算什麼？」這句反問來甩開「女奴」這個詞的影射，裝作不在乎。

　　只是說時遲那時快，她的心思倏地拐到另一個自我去，而這個自我可是有尖刻、批評的嗓子作武器。接下來五句話，這個尖嘴利舌的自我，讓她左右不是人，去做會被罵、不去做也被罵，連番抽向伊瑟的核心自我。這個尖嘴利舌的自我罵伊瑟偽善：「自尋煩惱」（妳不獻身就等著下地獄）；接著再罵她賤：「隨便找個男的當他情婦」（妳敢這樣做就等著下地獄）；然後罵她懦弱：「妳就不知如何是好」（妳不獻身就等著下地獄）；之後又再罵她一次賤：「出賣肉體」（妳敢這樣做就等著下地獄）；最後是罵她忘恩負義：「妳父親的性命」（妳不獻身就等著下地獄）。

　　伊瑟的心思在自我衝突的漩渦裡不停亂轉。「我到底要當怎樣的人？」一身珠光寶氣的交際花，還是恩將仇報的懦夫？兩者她都避之唯恐不及，不想沾惹上身，但問號一個接一個冒出來，打得她茫然而無所措手足，最後陷入心中無解的僵局。以下小心有雷：這篇小說情節推到高潮的時候，伊瑟的僵局雖有突破，卻是大爆破⋯⋯（伊瑟突然精神失常裸身示人，還服用過量安眠藥）。

　　我們在先前幾則作品範例中已經見過，亢奮的時候句子會變短，理智的時候句子會拉長。恐懼的波濤洶湧衝擊伊瑟的內心之際，她最早的七點心思，平均一點是用四・一個英文字來表達。但尖嘴利舌的那一個自我霸占場子之後，接下來的七句話，就是平均一點用十四・五個英文字來表達了。

進入角色寫作

亞瑟・席尼茲勒出版《伊瑟小姐》時已經六十二歲，卻通篇都以第一人稱十九歲名媛內心的嗓音在講話。這是怎麼辦到的？首先，他既寫舞台劇也寫小說，所以他寫劇作的功力必定大有助益於他為這位角色找到貼切的話語來講話。再來就是人生的閱歷：他在四十一歲時娶了二十一歲的女伶為妻。其實，席尼茲勒一輩子都和年輕女性牽扯不清，她們每一位應該都讓他聽到了先前

從沒聽過的清新嗓音，讓他從另一嶄新的女性觀點去想像人生。

　　但我敢說：除了天份、技巧，外加練得很精的耳朵之外，席尼茲勒本人八成也會演戲——未必是在觀眾面前粉墨登場，但會在他的書桌旁、在他的書房內自己演起來。他把自己變成伊瑟小姐。他進入角色去寫作，這個技巧我們會在第十九章探討。

小說《純真博物館》

奧罕・帕慕克在二〇〇六年獲頒諾貝爾文學獎的兩年後出版了《純真博物館》這部小說，然後和小說家莫琳・佛瑞里（Maureen Freely, 1952-）合作，花了很長時間、費了很大力氣，將英譯本做到盡善盡美。日後出現的其他譯本（迄今已有六十種語言版本），可能都是從英文版譯入，而非土耳其文的原版，因此英譯之忠實至關重要。

鋪陳

帕慕克這部小說講的是一見鍾情但後續衝突不斷的愛情故事。土耳其商人凱末爾（Kemal）把伊斯坦堡的一棟房子重新裝修過，專門收藏紀念品和回憶，名之為「純真博物館」。這座展覽館就如同泰姬瑪哈陵，一樣是愛情的禮讚。凱末爾紀念的是芙頌（Füsun），他精緻秀麗的情人，後來雖然終於成為他的妻子，卻在九年情牽、愛戀熾熱的光陰之後，先他一步棄世。

　　作者運用獨一無二的敘述手法把凱末爾放進展覽館內，當起導覽員為大家解說展覽品。之後，帕慕克把讀者當作進館參觀的訪客，由凱末爾這位導覽員為第一人稱主述向進館參觀的讀者一一作解說。

　　九年濃情烈愛的錘煉下，導覽員凱末爾已變得成熟圓融，但活在回憶中才是展覽館的首要展覽品：凱末爾早前那個不成熟、極端浪漫的自我。這個自我在他年輕時，一心狂熱追求他抓不住的東西。他對自己說他愛上了芙頌，後來——在一定程度上——也真的愛上她。但在心底深處，他真正癡迷的其實是為熾熱情感而狂熱的情感。他尋找的是亙古以來虛無縹緲的絕對追求：

可以為生命帶來圓滿、超脫凡俗的浪漫體驗。芙頌不過是他心無旁騖演出的這一齣戲裡的角色而已。

瘋魔的浪漫派將浪漫的儀式狼吞虎嚥而下：月光下靜靜散步、床上雲雨不休、燭光晚餐、醇厚香檳、古典音樂、情詩與夕陽，諸如此類。然而，這些教人迷醉的儀式，若少了一個精緻的人兒共享，就沒有意義了。所以這場男子愛上浪漫的悲劇，就起源於他對一名女子一見傾心，因為——也僅僅因為如此——該女子擁有傾國傾城的美貌。換言之，年輕的凱末爾是中了「美」的邪：他對轟轟烈烈的貪得無饜、如飢似渴追求，使得簡簡單單的人生成為他想也沒辦法去想的事。

創造出這兩個自我——一個是導覽員凱末爾，另一個是浪漫派凱末爾——作者接下來必須為這兩個自我找到他們各自的嗓音，並解決他寫作對白的三道難題：（1）導覽員自我該用怎樣的口氣和風格去對看展覽的訪客講話？（2）導覽員自我要怎樣將浪漫派自我的無聲內在對白表達出來？（3）我們聽到浪漫派凱末爾講話時，他的嗓音會有怎樣的質感？

當導覽員凱末爾對我們講述下面這段話，解答了上述三道難題：

> 請看這裡有個時鐘，還有這些火柴棒和火柴盒。拿這些出來展覽，是為了給各位提示，了解一下那天我費了十或十五分鐘才終於承認芙頌是不會來了，而我在這漫長的時間內是怎麼過的。我在房間裡走來走去，不時去看窗外，不時忽然停下腳步呆站著，動也不動，去聆聽痛苦在身體裡奔流。公寓裡那些時鐘滴答、滴答地走，我的心會定在秒或是分的上頭，把我的心從煎熬裡抽離。約好的時間接近時，「是今天，她會來見我。現在，她就快到了」這樣的心緒會在我心裡綻放，像春日的繁花。在這種時刻，我就想要時間走快一點，這樣我就可以馬上和我的美人兒重逢了。可是這一分一秒偏偏總是不過去。然後會有那麼一瞬間，我的心頭一片清明，我曉得我是在騙自己，其實我根本就不想要時間過去，因為芙頌說不定根本不會來。等到了兩點鐘，我從來都不知道我是該高興時間終於到了，

還是要傷心每過一分鐘她來的機會就更少一點，而我和心愛的人之間的距離會跟著拉大，像搭船出海的乘客和他留在岸上的人兒愈離愈遠。所以，我會跟自己說，其實也沒過去那麼多分鐘，到後來，我會在腦子裡把時間捆成一個一個小包。我決心不要每一分、每一秒都覺得那麼痛苦，只要五分鐘痛苦一次就好！這樣一來，我就可以把五分鐘的痛苦集合起來在最後痛那麼一下而已。可是，這個方法一樣沒有用，只要我再也無法否認那五分鐘已經過去——當我不得不承認她不會來了，原先強壓下的痛苦就會滲透我，像長釘一樣直直刺進我的心頭……

導覽員凱末爾這段話一開始用的是現在式，好像他就站在一具展覽櫃前面，櫃子裡裝滿了家傳的寶貝，而他正在對訪客作解說。可是「純真博物館」主要還是光陰博物館，首要展覽品是一段戀情的一節節片斷，從時光取來，放進展覽廳中。所以，導覽員凱末爾把浪漫派凱末爾放出來當眾展示時，講話就轉換為過去式，而這個浪漫派凱末爾還困在已經歸檔的往事裡。

導覽員凱末爾只引述了浪漫派凱末爾的話一次，內容是現在式的四組字詞：「是的」、「今天」、「她會來」、「現在」（today, yes, she's coming, now），短促的斷奏飽含著興奮。除了這個例外，導覽員凱末爾都把浪漫派凱末爾內在一條條台詞裡暗含的心思，交付讀者／訪客的想像。第六句起出現了第三個自我，冒出來責備浪漫派凱末爾自欺欺人、太幼稚，只不過轉瞬即逝。

導覽員／訪客是一種儀式關係，比教授／學生還要正式。教授和他的學生是在探索令人興奮的概念，導覽員和參觀的訪客則是聯手一起肅穆敬拜過去。所以，導覽員凱末爾的對白宣洩如注，都是流暢的悼念字句。

這一段總共十一句，三百二十五個英文字，一句平均二十九·五個字。句子中的從屬子句串接下來，為每一句鋪墊出小高潮：「聆聽痛苦在身體裡奔流」、「把我的心從煎熬裡抽離」、「芙頌說不定根本不會來」等等。這一段的拘謹和優雅，也暗示導覽員凱末爾把這一幕重溫又再重溫，不知已對多少訪客重述過多少次，也一次次把遣辭用字琢磨得愈來愈好。

雖然導覽員凱末爾不再是以前那個絕望的浪漫派凱末爾，他對浪漫的懷念難捨，依然隨著嗓音流洩。他既是導覽員，也是詩人。所以，為了把筆下主人翁亢奮的浪漫想像勾勒出來，帕慕克在導覽員凱末爾的敘述當中攙入隱喻和明喻。這位導覽員一下這裡、一下那裡像一般人一樣冒出俗套的說法，例如心緒像春日繁花在浪漫派凱末爾的心裡綻放，意象甜得發膩；或是乘船遠去的旅人遙望獨留岸上的有情人，就像催人淚下的 B 級電影才有的場景。然而，導覽員凱末爾最切近他個人的語言，卻偏向黑暗，並激發痛苦：痛苦穿流過他，接著變成長釘敲進心坎。這是全段最鮮明的意象，時間被他轉化為痛苦的水流，而且還像是在心裡裝了個活門，要開就開，要關就關。

這段話的十一個句子中，除了第一句，每一句都用了「would」這個字。它是助動詞「will」的過去式，可是放在這樣的文脈裡，作者拿這個字當情態詞來用，帶出一種委婉的不確定感。

舉例來說，請各位感覺一下，同樣的意思用硬邦邦的語氣和婉轉的語氣比較起來有何不同：像是「聆聽」和「定在」，相對於「去聆聽」和「會定在」。另外，英文版譯者也沒有用「痛苦滲透了我」，而是用「痛苦就會滲透我」，為那一刻蒙上鬱悶的哀愁。總之，「would」這個字多用幾次，就將現實冷硬的稜角磨得圓滑一點，散發出幽光。在它的映照下，故事雖然發生在角色的想像當中，卻也有如存在於真實世界的過去、在真實存在的房間裡。

「總是不（過去）」的用法，暗示曾重複多次但人所不知，「會跟（自己說）」則暗帶著希望和心願。這用了十次的「would」所帶出的氣氛，教人覺得這些事情似有又若無。一開始的「提示」和「十或十五」這樣的用語，將飄移不定的氣氛擴張開來，直到導覽員凱末爾的對白終於洩了底：這是在一位不及格的浪漫派心頭盤桓不去的往事。

反身式衝突

帕慕克寫作的手法是從反身式衝突的兩大源頭汲取活水：「愛的專橫」，以及「時間的專橫」。

愛的專橫：浪漫派凱末爾遇見美麗的店員芙頌時，已有婚約在身。只是，

一見鍾情如青天霹靂打中了他，人生就此忽然岔到他的掌握之外，順著一道拋物線，射向超凡的浪漫體驗。浪漫派凱末爾把這怪罪於命運，不過，當我們的潛意識把我們的雙手從人生的方向盤扯開時，都會拿命運來當藉口。

天字第一號浪漫派要求愛上的人日日夜夜、時時刻刻不可須臾或離。見不到愛人的相思之苦，帶來更多的苦，畢竟寂寞之苦只會加深寂寞之苦，令人更為愛人不在眼前而神傷難受，而且愈想會愈悲戚。而若愛人最後終於出現了，天知道他的心情會反轉成什麼樣子。

時間的專橫：牆上的時鐘計量時間，但我們心裡的大笨鐘沒有指針。有的時候，幾小時一眨眼的工夫就過去了，有的時候一分鐘拖得比北極的二月天還要漫長。浪漫派凱末爾把心神集中在時間上，因為他覺得這樣應該可以減輕痛苦的折磨：「公寓裡那些時鐘滴答、滴答地走，我的心會定在秒或是分的上頭，把我的心從煎熬裡抽離。」然而，定在時間上頭，只會令時間過得備加難耐。他把時間捆成小包、切成小塊，把時間加快、放慢，千方百計就是要控制時間。但他奮力為時間套上韁繩，只是給時間更強大的力量去折騰他。

這就是「反身」：角色自尋煩惱，並且努力不懈在攪拌煩惱的毒液。不消說，反身式衝突也為講故事的人帶來爆量的機會去運用對白。

最後再提一點：浪漫派凱末爾的愛，被導覽員凱末爾描述成熱切強烈但是自溺自憐。芙頌沒來，他腦子裡想的大可以是：「天哪，她是不是出事了？是不是受傷了？」但他沒這樣子想，反而是將自己苦苦盼望的欣然之情，細細地切成了微秒。浪漫派人士，就如我們常說的，怎麼講都只是在講自己。

18
極簡衝突

引論：文本和潛文本間的天平

每一句對白所說出來的字句直義，相對於沒說出來但讀者／觀眾覺得響徹潛文本的寓意，都應該處於平衡狀態。

這座天平若是歪向一邊，小動機卻引來台詞大爆發，對白就會顯得空洞，場景也會顯得矯情。回想一下第六章對煽情的定義：虛軟無力的需求，卻用了亢奮激動的表達。就像廚師拿濃稠的醬汁去蓋過腐敗食材的臭味，作者拿催淚的哭腔來悶住內容的霉味，弄不好就會帶出煽情的酸腐氣。

而若是天平太過平穩，沒說出來的心思和感覺全部直接擺明在講出來的話裡，如此唯恐天下不知的嚷嚷，就是露骨直白了。場景的內隱和外顯意義，有如鸚鵡學舌一般前呼後應，潛文本上浮成為文本，深度掏空了，台詞入耳就顯得淺薄，演技也跟著哐噹一聲砸鍋。

若是天平的質重於形，以最少字句傳達出最飽滿的意思，對白的可信度和力度就能擴張到最大。借用英國詩人羅伯‧白朗寧（Robert Browning, 1812-1889）的名句來說，「少即是多。」（Less is more.）。[1]可以刪的字就應該刪，尤其是刪掉之後台詞會顯得更顯精采的話。台詞用字簡潔，讀者或是觀眾才有機會

往未曾說的、未能說的更深入窺探。雖然有少許例外，但是言簡意賅占上風的時候，對白才有共鳴迴響。

下面舉的例子，就為用字精簡而寓意深邃、感情飽滿作了最佳示範。

電影《愛情，不用翻譯》

蘇菲亞・柯波拉又編又導推出《愛情，不用翻譯》時，年方三十二歲，是由她執筆搬上銀幕的第四部劇本，由她執導推出的第二部劇情片。這部電影在全世界獲獎無數，包括奧斯卡最佳原創劇本獎。

柯波拉的成長環境中往來的盡是藝術家，也曾赴日多次，當然還像一般人一樣贏得過愛、失去過愛。所以，若我們說個人經歷對柯波拉講的故事有所影響，應該不會錯，但要是把《愛情，不用翻譯》套上自傳色彩，那就不對了。由她的寫作手法反而可以看出來，這是一名書讀得很多、很廣，而且心思玲瓏剔透的藝術家，在運用文字創作表達她對人生幽僻角落的洞察。

在柯波拉的極簡風格寫作手法下，其對白推展不是利用口角把字句當成石頭用彈弓射來射去（《太陽底下的葡萄》當中夫妻的口水戰便是如此），也不靠要心機用字句來布置陷阱（例如《大亨小傳》裡的黛西裝模作樣卻居心叵測），反而是用隱微、間接、疏落的語言，烘托起暗藏至幾乎無形無相卻又深刻感受得到的衝突，縈繞著她筆下的角色，從過去穿出，再穿進現在。

柯波拉在我們下面要談的這場戲裡，就把角色內在的自我與過去的自我同時叫到場上。她將兩個角色的內在自我、過去自我同時揭露出來，卻不必因為困境的壓力而必須有所選擇。

當端出必須在兩利互斥無法雙全，或是在兩害相權取其輕當中作抉擇的戲碼，角色的本性就會顯露無遺，也比較容易轉化為戲劇。柯波拉卻寧可走另一條路：她的角色面對的衝突不在於人生給他們的，而在於人生不給他們的。這一場戲讓觀眾上鉤、吸引住觀眾，並且達到編劇的目的，卻不論直接衝突、間接衝突或反身式衝突都找不到。

鋪陳

要營造出對白極簡、衝擊極強的場景，關鍵就在鋪陳。要是在一場戲開展之前，作者就已經將角色帶到生命的危機點，讀者／觀眾這時就可以感覺到他們的需求在潛文本裡洶湧翻騰。角色對自己的欲求未必意識得到，但是讀者／觀眾知道有這些欲求，感覺得到這些欲求，一個個神經緊繃，等著看接下來有怎樣的發展。看故事看出門道的讀者／觀眾，在角色說出一兩個字或是姿態一擺時，就會看出下面暗含的豐富內容。

《愛情，不用翻譯》便將這樣的絕技施展得爐火純青。電影一開始的場景就用交叉剪接把兩位主人翁擺在對位的關係上：夏綠蒂（Charlotte），剛從耶魯大學畢業，跟著攝影家丈夫四處奔波；鮑伯·哈里斯（Bob Harris），人屆中年的好萊塢明星，以動作片角色出名。兩人一進到東京凱悅花園酒店，我們馬上看出兩人的差距，例如年紀（至少相差三十歲）、名氣（沒人要理夏綠蒂，卻人人都去巴結鮑伯）、婚姻狀況（夏綠蒂要丈夫多關心她，鮑伯要妻子不要煩他）。

那天，兩人注意到彼此擦身而過兩次——一次在電梯裡，後來在大廳休息區又遇上一次。當晚，兩人都無法成眠，不約而同前往酒吧，結果就這樣又巧遇上。

場景意圖

這場戲開始的時候，夏綠蒂和鮑伯看似有一種簡單的共通需求：小酌一杯，消磨時間。不過，要是他們倆真的只是想要小酌一杯就好，大可利用自己房間裡的小酒吧，可是他們沒有。兩人不曾想過，心底卻都有一個希望——找個人講講話——於是都出了房門。所以，一待他們看到對方，他們的場景意圖就變成：講一講話，消磨時間。

場景價值

鮑伯坐在酒吧，夏綠蒂靠近他時，張力陡然繃緊。那天稍早兩人擦身而過的時候，曾經相視一笑，但若不是夏綠蒂生怕鮑伯搞不好是個目中無人的討厭

鬼，就是鮑伯覺得她萬一是瘋狂影迷那就不妙了，於是「我是該跟這個陌生人講話，還是一人獨酌就好？」這問題盤旋在兩人的腦中。這樣的疑慮，將安然獨處與冒險親近之間的對峙張力拉高，為這場戲拉開序幕，牽動他們的抉擇。

然而，一旦兩人鼓起勇氣聊起來，心底深層出於本能的需求就推著兩人從閒聊轉進到傾訴，而待兩人透露了各自不太愉快的處境，親近就戰勝了獨處。這一步接著帶出另一價值：人生的迷失，相對於人生的尋得。迷失／尋得也就成為這個故事的核心價值。

一如英文片名「Lost in Translation」（迷失在翻譯裡）所示，鮑伯和夏綠蒂陷在各自的迷失裡。這個場景開始時，迷失／尋得四平八穩地落在負值，而且隨著場景推展，始終未能和正值沾上邊，反而沉入第十五拍的陰暗灰敗。然而，在這段期間，獨處／親近的價值取向也拉出了弧線、朝明亮延伸，等到巔峰的那一拍時，兩人的關係已經來到立即自然產生親近的地步。

我在每一拍的最後，加上了這一拍的價值取向：（＋）代表正值，（−）代表負值，（＋＋）代表雙倍正值，以此類推。

請先將標示為細體字的場景讀過一遍，抓一下這裡的對白用語趨於極簡的感覺。之後再連同我針對節拍的弧線、潛文本、價值取向所作的批注，一起重讀一遍。

內景。凱悅花園酒店酒吧。夜景。
鮑伯一人獨酌。

第一拍

鮑伯：（對酒保說）他結過兩次婚，娶的都是好女人，也都很漂亮，我是說，是你或我都會著迷的那種女人。可是呢，關於他的傳言一直沒停過。反正我從來沒喜歡過他的演技，所以他是不是直男，我管他去死。

- 行動：鮑伯在酒保面前顯擺。
- 反應：酒保裝作很受用。
- 親近／獨處（－）

柯波拉處理開場時一反平常的套路，不用大家看到膩的一人獨坐酒吧、呆呆陷入沉思畫面，反而拿演藝界的八卦來閒聊。好萊塢明星對著日本酒保東家長、西家短，正好點出鮑伯這角色有多寂寞、多辛酸。這樣的第一拍敲出來的第一音，教人莞爾，也和這場戲推到高潮時那一拍的陰沉，形成對位。

第二拍
夏綠蒂走進酒吧。酒保拉出一張高腳椅，就在鮑伯附近。

夏綠蒂：（對酒保說）謝謝你。
　　　　（對鮑伯說）嗨。
　　　　（坐下時對酒保說）謝謝。

- 行動：酒保替她安排座位。
- 反應：夏綠蒂從善如流。
- 親近／獨處（－）

在為一幕場景作布局的時候，寫對白之前一定要先問自己這個問題：在這一刻，我這角色行動的選擇有哪些？她有哪幾種對策可以選擇？她又會選擇哪一種對策？角色選擇的對策，無不帶出這角色性情的一面，也決定角色會講出怎樣的話來執行這件事。再說一遍，對白是內在活動的外在結果。

所以，夏綠蒂走進沒什麼人的酒吧，卻看見舉世聞名的電影明星一人獨坐在高腳椅上，她的反應、選擇、對策是什麼呢？她可能膽怯退縮乾脆離開，也可以找張桌子自己坐下，留一點私人空間給他，或是坐在兩人可以對話的近處。

酒保替她拉開一張高腳椅時，她在三者之間挑中了最大膽的一種：坐到鮑伯旁邊。雖然可能會尷尬，但她還是選擇坐下，顯示她這人相當沉著自信。

第三拍

　酒保：要點什麼？

夏綠蒂：嗯……還不知道……嗯。

- 行動：酒保招待夏綠蒂。
- 反應：夏綠蒂試探一下別人歡不歡迎她。
- 親近／獨處（−）

這裡一樣還是有幾種選擇：夏綠蒂可以立即點她最愛喝的酒，但是因為冒險靠近別人使她略嫌緊張，所以遲疑了一下，給鮑伯機會作反應。如此一來，她可以從鮑伯的反應來判斷她坐過來是不是真的得人歡迎。

第四拍

　鮑伯：（引用他拍過的廣告）休憩時刻，就要──

　鮑伯：（和酒保齊聲喊出）「山多利！」（Suntory）

夏綠蒂：我要伏特加湯尼（vodka tonic）。

　鮑伯看她一眼，有讚許之意。

- 行動：鮑伯讓她覺得輕鬆自在。
- 反應：夏綠蒂加入。
- 反應：鮑伯讚許她的選擇。
- 親近／獨處（+）

鮑伯選擇消遣自己，讓夏綠蒂覺得如沐春風。對於她點中規中矩的酒，他也點頭表示讚許，於是兩人親近／獨處的感覺向正值推進。兩個陌生人就

這樣坐下來小酌一杯。

鮑伯拿自己來消遣，揭露了這個角色性格的某一層面：演員都把自己的作品（即使是廣告）看得很嚴肅，他卻選擇揶揄自己。這個選擇透露出鮑伯既有藝術家的自負但也自暴自棄，在他內心裡有這樣的矛盾。

第五拍

夏綠蒂：（酒保轉身去為她調酒，她轉向鮑伯）欸，你來這裡有何貴幹？

鮑伯：一、兩件事吧⋯⋯可以躲開我太太一陣子，可以忘記兒子過生日，可以，啊，原本可以演舞台劇的，卻在這裡拿人家兩百萬元為威士忌背書。

夏綠蒂：（張大眼，不可置信）喔！

- 行動：夏綠蒂挑起話題。
- 反應：鮑伯自承人生三大敗筆。
- 反應：夏綠蒂掩飾心頭的震驚。
- 迷失／尋得（－－）

夏綠蒂起了個頭，結果出乎意料。想像一下你要是她，坐在舉世聞名的電影明星旁邊，心想人家過的一定是人人艷羨的生活，只是問候他一下，結果大明星一開口就跟妳說他過得一塌糊塗，這時妳作何反應？「躲開一陣子」，這幾個字沒辦法告訴她鮑伯對於他的婚姻問題是怪在自己身上，還是怪在他太太身上，抑或是兩邊都怪，但他顯然怪自己忘了兒子要過生日，尤其怪自己把錢看得比藝術還重，糟蹋了他的創作生命。

鮑伯這樣子點破自己人生的敗績，不僅令夏綠蒂吃驚，也等於一腳踩過交淺言深的紅線。畢竟，遇到陌生人，我們慣常會保持一點距離。他這一越界，也在夏綠蒂身上施加了一點壓力。個人對於迷失／尋得的價值既然已經進入對話中，她忍不住思忖是不是也該跨出一大步，向親近靠攏，也對鮑伯傾吐一些心事。她做了。鮑伯吐露的事情，把兩人的閒聊一把拽進表白的循環。

第六拍

　　鮑伯：但也不是沒好消息——威士忌還行。
　　她笑了起來。

- 行動：鮑伯安撫她的情緒。
- 反應：夏綠蒂心有戚戚。
- 親近／獨處（+）

　　兩人在這一拍同病相憐，於是又朝親近再靠近一點點。鮑伯在第五拍的表白讓她有一點苦惱，但是他善解人意，知道自己做錯了什麼也頗後悔，所以很快用笑話來調解。夏綠蒂反過來也看出鮑伯覺得尷尬，所以好心笑了笑，沖淡他的懊惱。

第七拍

　　鮑伯：那妳來是做什麼？
　夏綠蒂：嗯，那個，我丈夫是攝影師，他來工作，我呢，嗯，什麼也
　　　　　沒在做，所以就跟來了。還有，我們也有朋友住在這裡。

- 行動：鮑伯起了頭讓她作她的表白。
- 反應：夏綠蒂坦言說出她的生活相當空虛，而且說不定有問題存在。
- 迷失／尋得（－－）

　　從他們倆在第四拍眼神交會那一刻起，他們就開始直率而誠實地對答。小酌閒聊變成了酒後吐真言。鮑伯在第五拍豁了出去，說出自己的心事，現在則在撩撥她跟上。在這裡，夏綠蒂同樣有幾種選擇，例如回答：「啊，我在這裡很開心，我丈夫去拍照，我就去看看老朋友。」但是她沒有，反而吞吞吐吐，用的是被動、冷淡的字詞，暗示她的婚姻生活其實不怎麼光采、沒什麼好說。鮑伯讀出了她潛文本裡的困擾。

第八拍

鮑伯替她點菸。

鮑伯：妳結婚多久了？

夏綠蒂：喔，謝謝你。（略頓）兩年。

鮑伯：長之又長的二十五年。

- 行動：鮑伯預備要獻慇懃。
- 反應：夏綠蒂準備好讓他獻慇懃。
- 反應：鮑伯獻上慇懃。
- 親近／獨處（－－）

夏綠蒂才剛坦白說她的婚姻並不美滿，鮑伯便忍不住對這位美麗的年輕女子獻慇懃，說起他的不美滿婚姻。

請注意這裡柯波拉為這位年長許多的男性安排的手法：他對自己的行動作出反應。他問夏綠蒂她結婚多久了，心裡清楚不管她說的時間是多長，他自己都可以祭出長達四分之一世紀的不諧，遠遠勝出於它。

也請注意夏綠蒂在這裡作的選擇。鮑伯替她點菸，她知道他要獻慇懃了，大可四兩撥千斤說一句「美好的兩年」，就把它擋回去，或者加把勁反問：「為什麼問這個？」可是，她反而順水推舟。

但我們也別弄錯了。這是在求愛，只是有多認真，我們很難說。鮑伯來這一下，很可能純屬男性逞一下雄風的儀式。不過，年過半百的男子在酒吧對年輕女子哀歎自己長之又長、談不上幸福的婚姻，要的不會僅止於同情。

鮑伯獻的慇懃原本應該會把夏綠蒂推開，結果她反而靠得更近。

第九拍

夏綠蒂：說不定你這是中年危機。（略頓）你買了保時捷沒有？

鮑伯：（莞爾一笑）還說呢，我確實在考慮要買保時捷。

- 行動：夏綠蒂打發他獻的慇懃。
- 反應：鮑伯讚美她的機智。
- 親近／獨處（＋）

　　夏綠蒂知道鮑伯獻慇懃充其量也只是逢場作戲，所以揶揄起他的年紀，以便拒絕時可以婉轉一點。而鮑伯也有雅量，表揚她的機智。

第十拍

夏綠蒂：二十五年啊……這個嘛，呃……嗯，了不起。

　鮑伯：唉，妳想想看，人的一生有三分之一的時間用在睡覺，那就直接砍掉八年的婚姻了。這樣一來，你這就，喔，剩下十六年加一點零頭，也就是說，你啊，不過還是個青少年……像婚姻一樣……開車是會開沒錯，只不過……偶爾還是會出點意外。

夏綠蒂：（笑了起來）是啊……

- 行動：夏綠蒂為他在烏雲畫上金邊。
- 反應：鮑伯自承婚姻不順。
- 反應：夏綠蒂稱讚他機智。
- 迷失／尋得（－－）

　　從先前幾幕場景，我們知道夏綠蒂心中對丈夫、對自己的未來藏著憂疑。當她想要稱讚鮑伯的婚姻，他馬上提醒她別忘了現實，也就是依她親身體驗她應該心裡有數：人與人的關係難得盡如人意。鮑伯還巧妙地拿青少年開車比喻婚姻，粉飾一下殘酷的現實。只是，譏誚的答覆無助於帶出希望。但無論如何，夏綠蒂還是以笑聲讚許他對人心世事的洞察入微。

　　請注意第四、第五、第八、第十這幾拍都是三步驟，而不是一般慣用的兩步驟。依平常的狀況，一有新的行動出現，就會立即有行動／反應跟上。

但這幾拍不一樣，走的反而是行動／反應／反應的步驟。當反應帶出另一反應的時候，通常表示角色之間有更深的關係，有更大的親密感。

拿過奧斯卡劇本獎的菲利普‧約登（Philip Yordan, 1914-2003）曾這麼說：「千萬別拿講個不停的對白和長篇大論悶死你的劇本。不是只要出現問句，就一定要有答覆。可以的話，盡量用不出聲的動作姿態來表達情感。當你的角色提出問題，可以多等一下再送出答覆。甚至，說不定角色根本不需要回答，因為沒有答案會更好，讓沒說出口的答覆飄在半空中。」

第十一拍

鮑伯：妳是做什麼的？

夏綠蒂：嗯，其實我也還不知道。我春天的時候才剛畢業。

鮑伯：那妳是讀什麼的？

夏綠蒂：哲學。

鮑伯：喔，真是有「錢途」的一行呢。

夏綠蒂：（笑得不太好意思）是啊……呃，嗯……目前都是在當義工。

• 行動：鮑伯挑起話頭談她自己的事。
• 反應：夏綠蒂自承未來的出路不太妙。
• 迷失／尋得（――）

鮑伯在第十拍中再次自承心事之後，又引導夏綠蒂多談一點自己。夏綠蒂這時也自承她的職業生涯和私生活一樣依然漂流不定。

第十二拍

鮑伯：（笑了笑）嗯，我相信妳一定算得出那些三角函數的。

夏綠蒂：（笑了笑）是啊……

• 行動：鮑伯為她勾畫虛幻的希望。

- 反應：夏綠蒂一笑置之。
- 親近／獨處（＋）
- 迷失／尋得（－）

覺得人生乏味的鮑伯所勾畫的希望，外頭覆蓋著譏誚的厚繭。夏綠蒂回以一笑，讓他知道她聽懂了，之後也反將他一軍：

第十三拍
夏綠蒂：希望你的保時捷會有用。
鮑伯點頭。

- 行動：夏綠蒂一樣回敬以虛幻的希望。
- 反應：鮑伯示意他也聽懂了。
- 親近／獨處（＋＋）
- 迷失／尋得（－－）

他們倆都聽懂：再怎麼不幸福，他們也不會自己騙自己。分享同樣難以下嚥的事實，把他們倆拉得更近了。

第十四拍
夏綠蒂：（敬酒）這就該敬一杯了。
鮑伯：是該敬一杯。乾杯。

- 行動：夏綠蒂舉杯慶祝他們戰勝自欺。
- 反應：鮑伯跟進一起慶祝。
- 親近／獨處（＋＋＋）

這一拍心情高昂的姿態，為這個場景在推到高潮時反而低沉落寞的轉折

作下鋪墊。

第十五拍
較長的停頓。
夏綠蒂：但願我睡得著就好了。
鮑伯：我也是。
兩人又停頓良久。

- 行動：夏綠蒂自承心裡茫茫然。
- 反應：鮑伯自承他也一樣茫茫然。
- 迷失／尋得（－－－）
- 親近／獨處（＋＋＋＋）

「但願我睡得著就好了」，還有「我也是」，這兩句台詞無聲無息帶出潛文本暗藏的痛苦，動人之深，在我的記憶中堪稱無與倫比。

有睡眠，神智才會回復清醒。沒有睡眠，生存淪為不斷滴滴答答瘋狂行走的時鐘。躺在床上輾轉反側，無法止住腦中奔走的思緒，憂懼隨之在腦中翻騰鼓搗。夏綠蒂和鮑伯睡不著。為什麼呢？時差的關係？還是思慮在腦中翻江倒海？

依我對潛文本的解讀，他們無法成眠的原因埋得更深。由他們的表白，可以得知他們自覺在婚姻關係一無所依，在工作環境漂流不定，在內心他們等於茫茫大海上的一葉小舟。他們的心都破了個洞，不是家庭或是工作填補得起來的。夏綠蒂和鮑伯失去了人生的目標。

角色和對白
由電影英文片名可以推敲出這兩位主人翁無法將內心的空虛轉譯為豐實。他們沒辦法在想像中勾畫自己的未來，沒辦法為人生的荒謬解讀出意義。放在浪漫一點的時代，夏綠蒂和鮑伯可以叫做「迷失的心靈」（lost soul）。

這裡請注意柯波拉的美學是如何能不用言語對抗就不用，改以信手拈來的臨場反應悄悄帶出笑靨之後的內心掙扎，之後又把豐沛的內涵擠進最簡省、最單純的單音節英文字裡：「嗯，我相信妳一定算得出那些三角函數的」，以及「祝你的保時捷會有用」。她是怎麼辦到的？

　　首先是，背景故事。就像《純真博物館》那一段，柯波拉大可要她的角色把過去的衝突明白講出來，一樣可以很生動。但是她不取此道，反而把這幾幕戲都壓在銀幕背後，用暗示的方式表現就好。鮑伯和夏綠蒂各自講了三則故事，關於婚姻、事業、私密的自我。每一條故事線都收在茫然迷失當中，用字精簡之至。鮑伯：「躲開我太太／原本能演舞台劇卻跑來為威士忌背書。」夏綠蒂：「他來工作／我什麼也沒在做。」他們把自己不快樂的故事講給對方聽，有魅力，有機智，有自嘲，領著我們繞過他們乏味人生的表相，進入他們內心翻攪不已的衝突。

　　第二，為潛文本設下的停頓。請注意鮑伯和夏綠蒂說話會用「喔……」、「這……」、「是啊……」這類拉長的滑音來起頭，在要講的事情之前先放上略微思索的小停頓。演員也常用「喔……」、「啊……」、「嗯……」這些代表心裡在思索的發音，外加輕笑一下、點一點頭、瞥去一眼，或是兩人對看一眼、恍惚出神一類的停頓來拉開字句。這種種停頓，或短或長，擋下字句從角色嘴裡一洩如注，也招引了觀眾進入他們內心。小小的停頓，打開思緒的天地。

　　第三，自然主義路線的角色塑造。劇中鮑伯·哈里斯這位舉世聞名的演員，講出來的台詞有許多聽起來就像在演出一般，例如「他是不是直男，我管他去死」，「算得出那些三角函數」、「真是有錢途的一行」、「威士忌還行」，他演過的任何一個硬漢都可以套用，這些角色現在也都滲透在他的個性裡。

　　相對於鮑伯，夏綠蒂的辭彙是很鮮明的對比。她的話以被動動詞和一般名詞為主，連用一個形容詞、副詞或最高級來作潤色也找不到，反而使用「希望」、「但願」這樣的字眼，「我不知道」還說了兩次。她講話的口氣宜人，但她的用字反映出她黯淡灰敗、無精打采的人生。

價值進程和對白

一旦我們把講話的活動從角色進行的行動劃分開來，逐步增強的價值取向推著對白從第一拍走到最後一拍，場景的布局就醒目可見了。

柯波拉把她的場景安排成盤旋直下的路線，負值的力量累積到三倍之多，透過一連串每況愈下的表白，主人翁的迷失從慘變成很慘，最後來到極慘。

首先，鮑伯自承他為人夫、人父都是金玉其外敗絮其內，私生活一路都在惺惺作態（慘）；夏綠蒂自承她不過是丈夫的跟屁蟲，他愛工作甚過於愛她（慘）。鮑伯自承見利忘義，應該當個嚴肅演員卻跑來賣酒（很慘）；夏綠蒂承認沒有工作，甚至連想法或計畫也沒有，人生除了擁有婚姻就沒有別的方向、別的目標了（很慘）。然後，最後一拍直教兩人墜入谷底，各自承認無法入眠（極慘）。

柯波拉以表白來安排這場戲，一層層剝開角色的表相，讓兩人看清彼此。這兩個迷失的心靈以表白剝露自我，讓人看個透。

這些表白為什麼給人感覺是循序漸進的，而不是即興隨意的？一開始，鮑伯和夏綠蒂的人生是兩道平行線：兩人的生活，不論哪一方面都是失敗的。柯波拉接著把兩人的表白設計成輪流向下競逐：誰比較慘？是我個人在私生活上的不如意，還是你在事業上的不順遂？

事業的失意。為什麼？因為人際關係不如意是雙方皆有所失，沒有誰可以完全撇清責任，也沒有誰要負完全的責任。人與人之間有麻煩，其中一方可以把大半的愧疚推給對方，減輕自己的負擔。

然而，自己選擇的事業道路若有閃失，那就誰也怪不得了。編出一些藉口去怪「體制」或是流年不利，或許可以吧，但是在心底深處，大家都知道自己若是連「天命的召喚」都會跌跤，那絕對是因為學藝不精、天份不夠、見識不足、判斷不準，或是努力不夠……總之就是事業路上跌跤常見的坑洞。

然而，事業無成真的一定比情愛無著更慘嗎？失業真的比失婚要慘嗎？酒吧這一場戲的關鍵，是要推往「失去自我」的方向。所以這裡的問題不在工作的得與失，而在自我的得與失。

舉例而言，若是有個已婚女子在沃爾瑪超市當店員，婚姻破裂可能就比

被炒魷魚要慘，因為她的自我來自於婚姻的部份可能大於工作。

不過，這部電影裡的這兩個角色都不覺得自我是建立在婚姻關係之上。鮑伯和夏綠蒂在自己身上找到的是藝術家的自我。所以，事業的失意對於鮑伯和夏綠蒂，遠比情愛關係失意要嚴重許多。夏綠蒂甚至說不出她到底有什麼雄心壯志，遑論要經營事業。她在電影的後來會暗示她想當作家，但她一直什麼也沒寫。夏綠蒂除了怪自己還能怪誰？至於鮑伯，有錢，有名，炙手可熱，但他選擇把時間、才華浪費在為酒商搶錢。同理，鮑伯除了怪自己還能怪誰？

柯波拉這一刀下去的下一個轉折就是：哪一種更慘？事業不如意，還是迷失自我？迷失自我！為什麼？因為只要願意，人人都看得清楚事業、名氣、財富甚至創作的成就，都有如過眼雲煙，轉瞬即逝，虛幻不實。好吧，那我們避開公眾領域不就得了？是沒錯，但我們總是要有個歸宿吧。要是在個人的關係裡找不到自己的歸宿，在事業的成就找不到自己的價值，人生還剩下什麼呢？人生在世，終歸要在內心為自己的存在找到生命的價值。

《愛情，不用翻譯》在核心的困境帶出一種生存危機。鮑伯和夏綠蒂沒有明顯可見的理由會不幸福。兩人看起來都有良好的教育、優渥的生活、美滿的婚姻，也有朋友簇擁在身邊——鮑伯更是有全世界影迷簇擁在身邊呢。所以，不對，鮑伯和夏綠蒂並不孤單。他們是迷失。

二者的差別在於：你有事情要對人說卻找不到人說，這叫做孤單。而不管你是和誰在一起，你都沒有事情要對人說，那就叫做迷失。當然，一個人會既孤單又迷失，但二者當中，迷失帶來的痛苦遠大於孤單。

下面我將每個節拍一一條列出來，以動名詞表示行動／反應，也列出它帶來的價值取向。獨處／親近的正值大致是與迷失／尋得的負值交替出現，帶動場景活絡的步調又不至於重複：

第一拍：顯擺／假裝
　　　　親近／獨處（一）
第二拍：請坐／就座

親近／獨處（－）

第三拍：招待／試探

　　　　　親近／獨處（－）

第四拍：歡迎／加入／讚許

　　　　　親近／獨處（＋）

第五拍：挑起／自承／掩飾

　　　　　人生的迷失／尋得（－－）

第六拍：安撫／心有戚戚

　　　　　親近／獨處（＋）

第七拍：起頭／表白

　　　　　人生的迷失／尋得（－－）

第八拍：預備要／準備好／獻慇懃

　　　　　親近／獨處（－－）

第九拍：打發／讚美

　　　　　親近／獨處（＋）

第十拍：給予希望／表白／稱讚

　　　　　人生的迷失／尋得（－－）

第十一拍：起頭／表白

　　　　　人生的迷失／尋得（－－）

第十二拍：給予虛幻的希望／一笑置之

　　　　　親近／獨處（＋）

　　　　　人生的迷失／尋得（－）

第十三拍：給予虛幻的希望／當耳邊風

　　　　　親近／獨處（＋＋）

　　　　　人生的迷失／尋得（－－）

第十四拍：慶祝／慶祝

　　　　　親近／獨處（＋＋＋）

第十五拍：表白／表白

人生的迷失／尋得（－－－）

親近／獨處（＋＋＋＋）

第五、第七、第十、第十一、第十二、第十三等幾拍，角色透露的個人不如意一直持續往上堆。角色從第十拍到第十二拍所作的表白還特別坦誠，特別悲涼。夏綠蒂和鮑伯在第十三、第十四拍為各自殘破的人生舉杯，這份新建立起的親近感稍微提振了一點氣氛，但在第十五拍就急轉直下，墜入強大的反諷。

他們所作的第三次表白最痛苦（但願我睡得著就好了／我也是），隨之而來的停頓比較長，兩人也各自忽然領會到彼此心有靈犀。他們的即刻欲求在第十五拍得到滿足，因為兩人的生命從獨處（－）轉移到親近（＋＋＋＋），只不過仍免不了出現反諷：兩人都睡不著（－－），但兩人還可以聊一聊（＋＋）；兩人都有迷失的心靈（－－－），但也有如鏡像一般「心心相印」（＋＋＋＋）。

各位在看指稱兩位主人翁行動的動名詞時，請注意夏綠蒂和鮑伯的對照有如鏡中映像。兩個人坐在酒吧裡，先是不自覺模仿起另一人的姿勢、動作，之後又應和起對方的潛文本行為。兩人親近的程度，恐怕他們自己也沒發現。

這一場戲的高潮落在整體上算是正面的反諷，以及閃現了一絲希望。這場戲安靜卻動力飽滿、出人意料，將弧線從輕易建立起默契，拉到失意的抑鬱陰沉，再到情愛可望萌芽。最後一拍為電影後續至結尾的發展帶出強烈的懸疑：既然鮑伯和夏綠蒂已經搭上線，兩人會不會從這裡開始發展而尋得人生？

19
練功祕笈

傾聽

掌握言簡意賅的要領，訣竅首先在於訓練自己的眼睛去看透身邊的人沒說出來、不能說出來的底層有些什麼，再訓練自己的耳朵去聽他們說出了什麼。威廉·高德曼（William Goldman, 1931-）應該可以說是電影史上對白寫得最精妙的作家，常有人稱讚他有「好萊塢最敏銳的耳朵」（the best ear in Hollywood）。然而當我們細想下去，「聽人說話的耳朵特別尖」這說法感覺怪怪的。

它勾勒出的意象，像是作家身懷記者或速記員的絕技，坐在公車上聽到身邊有人說話，可以隨即把別人說的話記下來，一字不差。我認得威廉·高德曼，他在紐約搭著公車四處跑是古早以前的事了。不過，不管高德曼挖到什麼，他都是拿作家的身份用耳朵聽，往深處去聽，所以他聽出來的比別人講出來的還要多。

而且要聽真實的生活。當得成作家的人，打從嬰兒期就會主動去聽真實世界裡的人聲——聽韻律，聽聲調，連搞不懂意思的話也聽。不論人在何處，他不時豎起耳朵偷偷注意別人在講的話，抓到有趣的措辭、暗含的意思，隨時在心裡記下或是提筆寫下。

講話就是在做事（Talking is doing）。所以，請各位像威廉‧高德曼一樣在聽人說話時，一心二用去聽出兩層的意思：一是文本，一是潛文本，亦即一層是說出來的話，另一層是做出來的事。聽人講話的時候要注意對方的選字、用詞和語法，注意這些組成單位是怎麼構成他講出來的話。注意聽一般人的選詞用字並非在透露他們在做什麼，而是在遮掩什麼。一旦感覺到別人沒說出來的話，就會挖掘到一般人講話時選用的微妙對策。除此之外，聽的時候還要再挖得更深，挖進別人不可說的，挖進那些默默在他的自覺底下湧動、激發其行動的驅力和欲求。留心去抓別人講話的策略，因為講話就是社交手腕。仔細去聽一個人是怎樣遣辭用字，以便帶領另一人順著他的意思去作出反應，有利於他的欲求。

　　只要常把耳朵貼在社會的牆上，很快就可以領會到：寫對白雖然比平常的話語精簡許多，但你需要的辭彙是由平常的話語建立起來的。當今這個網路世界分分秒秒都在創造奇妙的新字詞，例如「推文」（tweet）、「主題標籤」（hashtag）、「自拍」（selfie）、「自拍神器」（narcisstick），都是科技刺激下的產物。不過，複合的雙關語如「大爺坐相」（manspreading）、「粗獷男」（lumbersexual）、「大麻專員」（budtende）和「棘手字」（linguisticky），則是因為我們天生對說話的熱愛而問世的。[70] 多多留意生活周遭冒出來的這類話語，或是自己發明也行，都可以用來講故事。

　　第二，多讀好東西，改寫壞東西。寫作的人沒在寫作的時候，大多一頭鑽進書堆裡。讀小說，讀戲劇，讀電影和電視劇本，舞台和大小銀幕演出的對白當然也在細看、細聽之列。讀那麼多故事，看那麼多戲，外加日常從耳邊掠過的一句句真實生活對話，如此總合起來的副產品就是會把耳朵磨得特別尖，寫對白的功力非常人所及。

　　昆丁‧泰倫提諾（Quentin Tarantino, 1963- ）寫的對白，在音韻自然和表達精妙二者之間抓到十分巧點的平衡。在真實世界，沒人會像泰倫提諾寫的角色

---

70 narcisstick，自拍時用來加長臂距的自拍棒；manspreading，搭乘公共運輸工具時雙腿往外大大攤開，不讓別人坐在你旁邊，中文俗稱這種人為「開腿族」；lumbersexual，直譯木匠美型男，指強調粗獷性格的型男；budtende，大麻通，在大麻店負責售貨服務的人員；linguisticky，不好懂的字。

那樣子講話，觀眾卻把銀幕上的急口令當成街頭俚言俗語那樣信以為真。田納西・威廉斯寫的對白意象飽滿，流洩有如醒酒瓶中倒出來的醇酒。小說家艾爾摩・李奧納為下里巴人寫出陽春白雪的機巧妙答，功力無人能出其右。這些名家寫出來的對白，聽在耳裡就像日常話語，同時又能讓角色以獨一無二的嗓音講出切實可信的話語。

相反的，要是讀到寫得不好的劇本或故事，也不必急著看扁作者，扔掉作品。回頭再看一遍，這一次動筆幫他改寫，塗掉他寫的字句換成你的。看見爛對白就自己動手改寫，是我所知最快、最有效的練功訣竅。

進入角色寫作

想像故事的場景，有兩種角度可以運用：一是由外往內看，一是由內往外看。

作者若是由外往內看來寫故事的場景，就如同坐在觀眾席上，從第十排正中央端詳角色的人生，觀察自己的想像是怎麼發揮的，看場景在眼前搬演，聽對白從耳邊掠過。這樣的技巧非常自由，各種可能的狀況都可以創造出無限的變體。作者一一檢視手中的選項，以「嘗試錯誤」來測試效果，直到找出最理想的節拍排列，以轉捩點為軸心推展場景。

這種客觀手法雖然靈活開放，卻容易流於膚淺。要是作者始終待在外部，始終把角色「放在那裡」來想像，作者的感覺可能趨於淺薄，捉摸不到在角色內心湧動的是怎樣的情緒波瀾，以及它們怎麼驅使角色有所內在行動，再由行動驅策說出話語，導致角色的對白被內涵、形式的諸般缺陷所拖累。

是故，作者也應該由內而外來寫故事，把自己放在角色生命的中心，放在人性無法被化約、朝「我」呼應的核心當中。從這內在的角度出發，作者就是從角色的眼睛往外看，像是在親身感受自己想像出來的劇情。

換句話說，作者是出飾角色的第一個演員。作者不妨視需要作臨場演出，把筆下的每個角色輪番演過一遍──不論男人、女人、小孩、野獸──藉此由內而外將角色塑造出來。如此一來，作者也就成了筆下的角色，讓角色在當下成為活生生的人，奮力去爭取心裡要的東西，情感、衝動洶湧噴發，做

出一件又一件事，對抗那些挫折個人欲求的反向力量。像這樣，作者才能感覺到角色的感覺，自己的脈搏才會與角色的心跳同步，一起怦怦鼓動。這種寫對白的主觀手法，我稱之為「進入角色寫作」（writing in-character）。

進入角色來寫，用的是戲劇指導的傳奇大師康斯坦丁・史坦尼斯拉夫斯基（Constantin Stanislavski, 1883-1938）提出來的觀念：「魔力假使」（Magic If）。也就是說，不要問「假使我這個角色遇到這情況，他／她會怎麼做？」因為這樣一問，就把你放在角色之外朝裡面看了。也不要問「假使是我遇到這情況，我會怎麼做？」因為你不是角色本身，不管遇到什麼狀況，你有何感覺、會做什麼或說什麼，和你寫的角色會有的行為幾乎沒什麼關係，甚至根本一點關係也沒有。作者應該問的反而是：「假使我是我寫的這個角色，遇到這種狀況會怎麼做？」也就是說，你是由你自己的存在出發來創作，但不是當你自己，而是當你的角色。

其實，只要看看史上著名劇作家的背景，從亞理斯多芬尼（Aristophanes, c.446~c.386 BC）到莎士比亞、莫里哀（Molière, 1622-1673），再到哈洛特・品特（Harold Pinter, 1930-2008），我們會發現他們都是由演員起家。演戲，即使是寫小說的作家，說不定是寫對白最好的基礎訓練。

瑪麗・狄更斯（Mary "Mamie" Dickens, 1838-1896）在她為父親查爾斯・狄更斯寫的傳記當中，談過她父親寫作的情況：

> 我躺在沙發上，努力不讓自己發出半點聲響。我父親正在書桌前振筆疾書，忙著寫作。但他會忽然從椅子一躍而起，衝到掛在書桌附近的鏡子前。我從沙發這邊看得到他映在鏡子裡的臉作出種種奇形怪狀的表情，然後他會衝回書桌，興沖沖振筆疾書一會兒後，再衝回到鏡子前，再演一次作鬼臉的啞劇，接著轉身面對我，卻像是完全沒看到我也在場，開始壓低聲音講話，講得飛快。不過，它一下就結束了。他會馬上再回到書桌邊，安靜地一直寫到要吃午餐才停下。這是我碰過最古怪的事了，而且要到很多年以後才恍然大悟，搞清楚這到底是怎麼回事（還有一些別的事情）。那時我才想通，

以他天生強烈敏銳的情感，他在寫作時也把自己完全扔進正在寫的
角色裡。那一刻，他不僅視而不見周遭的一切，還確實變成了他筆
下寫出來的人物在活動，做出他想像的事。[1]

　　若你想讓寫出來的角色講話更加契合你為他設定的性情，請以狄更斯為
師：自己把角色演出來。讓角色的心思充斥你的大腦，然後動用辭彙、語法、
句法、措辭、修辭、詞組、音韻、成語、步調等語言的構成，為角色組織出
語言。特別留意口語的一些小地方，為角色創造獨一無二的嗓音，一開口就
勾住觀眾的耳朵，烙在觀眾的記憶中長久不去。
　　要是這樣子下過工夫後，卻仍覺得卡在俗套裡走不出來，那麼不妨一試
下面這個建議：關掉電腦，去上幾堂即興演出的課。若你當著同學的面都能
隨機應變講出對白，回家後一個人坐在書桌旁時怎麼可能做不到！
　　一旦由內而外寫出你要的場景，這時要再由外而內把場景重新細思一遍。
火候要磨得精，必須從這兩個方向的角度，把寫下的場景輪番想像一遍又一
遍。最後，退後一步，假裝自己是第一次看到這場景的讀者或觀眾，看看這
樣的場景你感覺如何。
　　磨練對白的寫作技巧，要把字句當作內心活動變成外在行為來推敲琢磨。
等你寫得很順了，字句從想像流暢地傳遞到頁面上一洩千里，只覺得寫出來
的一字一句無不切中肯綮，這時絕對不要停下來搞分析。繼續寫，一直寫。
但要是你寫的場景和你的理智打架，要是你覺得困惑在阻礙你的創意，那該
怎麼辦？問問題。

關鍵問題

作者在為角色琢磨對白的時候，腦中自然會湧現種種疑慮。這裡要以哪一種
感官為主來寫才好？眼睛？還是耳朵？描述得太多，搞不好會堆砌成硬邦邦
的人物塑像。但若對白太多，說不定也會因為冗長累贅而變得像朗誦比賽。
所以，太多到底是多少？太少又是多少？

請針對設計與目的辯論一下：這句台詞對這個角色有何用處？對這一拍又有何用處？對這一幕場景呢？對我要講的故事呢？一如正義女神被覆住雙眼，一手長劍一手天平，每位作者時時都在權衡意象相對於話語、話語相對於沉默的天平，都在每個場景內作裁判拿捏分寸。

　　所謂創造力不在於學會正確的答案，而在於懂得問切中要點的問題。想將你新發想出來的場景內容和對白設計付諸實際創作，有一些問題可以問。我把它們條列在下作為指南，以便各位於塗塗寫寫的過程中得以將才氣擴張到最廣，挖掘到最深。遇到卡關的時候，你可以從每個角色的觀點拿下述的問題一一探究，推助自己回到寫作的正軌。釐清問題的答案，不僅可以重新發動寫作，也可以把你潛伏的才氣挖掘並發揮出來。

　　只要針對下述的問題找到答案，你就抓得到潛文本，也就寫得出犀利的對白：

　　背景欲求：角色在人生、在他和其他角色的關係當中，有哪些背景欲求的叢集（complex）纏繞其間？這一堆糾結的背景欲求，會如何限制、控制他選擇的行動、使用的語言？有什麼行動是他可以不去做的？或至少還不用去做？有哪些話是他可以不要講的？或至少還不用講？

　　欲求目標：角色為了回復生活的平衡，會跟自己說他應該要取得什麼？往潛文本裡找，他是否還有潛意識的欲求？如果有，這兩層欲求有何矛盾？

　　最高意圖：角色是因為什麼需求而逼出他的行動骨幹？只在意識的層面上才有嗎？還是他在潛意識心理面也有別的欲求在作對掣肘？他是不是自己最大的敵人？

　　場景意圖：在故事的這一時刻，角色的場景意圖是什麼？從表面來看，他要的是什麼？對於性格複雜、層次多面的角色，還要再追問：他真正想要的是什麼？他潛意識裡的場景意圖是什麼？他的場景意圖是他為了達成最高意圖而有的一步棋嗎？換言之，這個場景放在故事整體的劇情弧線來看，是否合情合理？

　　動機：這角色為什麼會有這個需要？

　　場景驅力：這個場景是由誰在驅策，是由誰造成的？

對立力量：這個場景的衝突起源於什麼？是起自角色本身嗎？別的角色？還是故事或場景設定？

　　場景價值：角色的人生在這個場景裡有什麼價值陷於危急之中？一開始的價值取向是怎樣的？結束時又是怎樣的？

　　潛文本：在角色表面所做的事情底下，他真正在做的是什麼？角色為了達成場景意圖，可能採取什麼對策？

　　節拍：角色在每一句台詞的潛文本裡所做的事到底是什麼？他做這些行動所引發的反應大約有哪些？這句台詞在這一拍是在哪一面發揮作用？是屬於行動，還是反應？

　　推展：這個場景是怎麼由節拍推展向前？每一拍都踩在前一拍上往前推進嗎？

　　對策：用這樣的字句、用這種方式來說，表示角色是採用怎樣的對策？角色到底希望帶來怎樣的效果？

　　轉振點：場景內的價值在正值／負值動線上是怎麼走的？這個場景的轉振點在哪裡？價值是在這場戲哪一拍的行為裡變成最後的取向值？

　　深層性格：這個場景裡，是哪一個行動抉擇透露出角色的本色？

　　場景推展：這個場景會怎麼推展我要講的故事？

　　由這些問題推進到最後一步：

　　文本：表面上，我這個角色為了得到他想要的東西，會說些什麼？他會選擇使用怎樣的字詞和句子，以此表明他的對策、行動和反應？

　　解說：這一句台詞蘊含了哪些歷史、社會、個人生平的相關事實？它們是不動聲色的戲劇化，還是堂而皇之的敘述？安排的時機會不會太早？太晚？還是掐得正好？

　　角色塑造：角色的口語格調是否契合角色的性情、背景，以及性格塑造的特徵？

　　每一拍都要提出這些問題，也要作出解答。為場景寫對白寫到一半時，要再次提出這些問題，也要再作出解答。場景寫完之後，第三度提這些問題，第三度作出解答。問題問得準了，答案才會準。

後話

「進入角色寫作」這個技巧一開始看起來好像相當艱鉅。不過，我們人生在世，其實一輩子都在憑本能做這件事。每當我們和別人起了爭執，事後我們會做什麼？不就是在想像裡重播畫面，修正這裡、改寫那裡，覺得當初要是這樣子做的話該有多好。也就是說，這時我們進入了自己的大腦，進入了對方的大腦，用想像一拍接一拍重建起爭執的過程。而我敢說，經過重寫的人生片段絕對都比較生動、比較精采。所以，寫對白做的不過就像各位重寫自己的人生片段罷了。

至於為角色寫專屬對白，就需要各位日常多加觀察身邊的人，多讀小說、非小說作品，廣為了解世間眾生的言行舉止。不過，加減乘除過後，角色要寫得好，源頭依然深植在作者的自知自覺。安東・契訶夫（Anton Chekhov, 1860-1904）就說過：「我對人性所知，悉數來自自知。」

最後，各位寫出來的角色，終究是要在各位自身裡去尋找；角色講出來的話，要在各位的想像裡去找。問自己這個「魔力假使」問題：「假使我是這個角色，遇到這樣的情況，我會怎麼做？我會怎麼說？」然後傾聽自己最誠實的回答，因為，你聽到的答覆從來不會錯。你所說的、做的，凡人無不如此。

當各位在自己的人性謎團裡挖得愈深，就會對別人的人性、對別人獨一無二的表達，了解得愈多。而當你對自己愈有自知自覺，就會發覺自己能夠成為許多不同的人。各位可以把這些人物一個個創造出來、一個個演出來，用他們各自的嗓音去講話。

「這杯敬你，親愛的。」[71]

71　"Here's looking at you, kid."，《北非諜影》片中男主角瑞克最後在機場與女主角道別時所說的話。翻譯未有定見，但兩人在巴黎時，瑞克兩次舉起酒杯對女主角說了這句話，因此成為兩人之間的專屬話語，瑞克也在此藉這句話道別。

原書注解

01 對白的完整定義

【1】 John L. Austin, *How to Do Things with Words,* ed. J. O. Urmson and Marian Sbisà. (Oxford, England: Oxford University Press, 1962).

【2】 Hjalmar Söderberg, *Doctor Glas*, trans. Paul Britten Austin (London: The Harvill Press, 2002).

【3】 James E. Hirsh, *Shakespeare and the History of Soliloquies* (Madison, New Jersey: Fairleigh Dickinson University Press, 2003).

【4】 Jay McInerney, *Bright Lights*, Big City (New York: Random House, 1984).

【5】 Bruce Norris, *Clybourne Park* (New York: Faber and Faber, Inc., 2011).

【6】 Jonathan Franzen, *The Corrections* (New York: Farrar, Straus and Giroux, 2001).

02 對白的三種功能

【1】 Edward T. Hall, *The Silent Language* (New York: Anchor Books, 1973). First published 1959.

【2】 Elizabeth Bowen, *Afterthought: Pieces about Writing* (London: Longmans, 1962).

03 表達（一）：內容

【1】 Edward T. Hall, *Beyond Culture* (New York: Anchor Books, 1977).

04 表達（二）：形式

【1】 Peter Brook, *The Empty Space* (New York: Touchstone, 1968).

【2】 Yasmina Reza and Christopher Hampton, *The God of Carnage* (London: Faber and Faber Limited, 2008).

【3】 David Means, *Assorted Fire Events: Stories* (New York: Faber and Faber, Inc., 2000).

【4】 Robert Penn Warren, *All the King's Men* (New York: Harcourt, Brace and Co., 1946).

【5】 Ken Kesey, *One Flew Over the Cuckoo's Nest* (New York: Viking Press, 1964).

【6】 Julian Barnes, *The Sense of an Ending* (New York: Vintage Books, 2011).

05 表達（三）：技巧

【1】 Ezgi Akpinar and Jonah Berger, "Drivers of Cultural Success: The Case of Sensory Metaphors," *Journal of Personality and Social Psychology*, 109(1) (Jul 2015), 20– 34.

【2】 Malcolm Gladwell, Blink (New York: Little, Brown and Company, 2005).

【3】 David Means, *Assorted Fire Events: Stories* (New York: Faber and Faber, Inc., 2000).

【4】 Norman Mailer, *An American Dream* (New York: The Dial Press, 1964).

【5】 Yasmina Reza and Christopher Hampton, *Art* in *Yasmina Reza: Plays 1* (London: Faber and Faber Limited, 2005).

【6】 William Strunk Jr. and E. B. White, *The Elements of Style* (London: Longman, 1997).

06 可信度的瑕疵

【1】 A. H. Maslow, "A Theory of Human Motivation," *Psychological Review*, 50 (1943), 370–96.

【2】 Michael Burleigh, *Sacred Causes* (New York: HarperCollins, 2006).

07 語言的瑕疵

【1】 Betty Kirkpatrick, *The Usual Suspects and Other Clichés* (London: A & C Black Academic and Professional, 2005).

【2】 George Orwell, "Politics and the English Language," *Horizon Magazine*, 13 (1946).

11 四則作品研究

【1】 Mark Van Doren, *Shakespeare* (New York: Doubleday, 1965).

【2】 麥基，《故事的解剖》（*Story*, New York: ReganBooks, HarperCollins, 1997).

【3】 麥基，《故事的解剖》（*Story*）

12 劇情／場景／對白

【1】 麥基，《故事的解剖》（*Story*）

【2】 麥基，《故事的解剖》（*Story*）

【3】 麥基，《故事的解剖》（*Story*）

【4】 麥基，《故事的解剖》（*Story*）

【5】 Hall, *Beyond Culture*.

【6】 麥基，《故事的解剖》（*Story*）

【7】 麥基，《故事的解剖》（*Story*）

【8】 麥基，《故事的解剖》（*Story*）

【9】 麥基，《故事的解剖》（*Story*）

【10】麥基，《故事的解剖》（*Story*）

【11】麥基，《故事的解剖》（*Story*）

14 喜趣式衝突：《歡樂一家親》

【1】 Marvin Carlson, *Theories of the Theatre* (Ithaca and London: Cornell University Press, 1984).

17 反身式衝突：《伊瑟小姐》與《純真博物館》

【1】 Bruce Hood, *The Self Illusion* (New York: Oxford University Press, 2012).

【2】 David Eagleman, *Incognito: The Secret Lives of the Brain* (New York: Pantheon Books, 2011).

【3】 Jurgen Ruesch and Gregory Bateson, *Communication: The Social Matrix of Psychiatry* (New York: W. W. Norton & Co, 1987).

18 極簡衝突：《愛情，不用翻譯》

【1】 這一句原文為 "Well, less is more, Lucrezia: I am judged. "，出自羅伯・布朗寧的戲劇詩〈安德烈亞戴薩托〉（*Andrea del Sarto*, 1855）。

19 練功祕笈

【1】 Mamie Dickens, *Charles Dickens* (Charleston, South Carolina: Nabu Press, 2012).

附錄

相關名詞英中對照

依原文排序：

Act	幕	consciousness	意識
Act climax	幕高潮	Content flaws	內容的瑕疵
Action/adventure genre	冒險／動作片（電影類型）	contradiction	矛盾
Action	行動	Core value	核心價值
Adaptation	改編	Core verb	核心動詞
Aesthetic judgment	審美判斷	Counterpoint narration	主述對位
Aesthetic obstacles	審美障礙	Counterpoint	對位
Archetypes	原型	Credibility flaws	可信度瑕疵
"As if" convention	「活像」的常規	Crimedy	犯罪喜劇
Aside	私語	Crisis	危機
Asymmetric conflict	非對稱衝突	Cumulative design	累進式設計
Background desires	背景欲求	cumulative sentence	累進句
Backstory	背景故事	Design flaws	設計瑕疵
Balanced conflict	平衡式衝突	Desire	欲求
balanced sentence	平衡句	Dialogue	對白
Beat	節拍	Direct phrases	直言
behavior	行為	Direct telling	直接告知
Character arc	角色轉變弧線	Documentary	紀錄片
Character-neutral dialogue	無主對白	"Drama"	「正劇」
Character-specific dialogue	角色專屬對白	Dramatized dialogue	戲劇對白
Characterization	角色塑造	Duality	二元性
Circumlocution	曲筆／迂迴的說法	Duelogue	角力對白
clarity	清晰	Duologue	雙人對話
cliché	陳腔濫調／俗套	economy	精簡
climax	高潮	Education Plot	教育劇情（電影類型）
Close-up, C. U.	特寫鏡頭	Empathy	同理心／移情作用
clutter	枝節	establishing shot	場景建立鏡頭
Comic conflict	喜趣式衝突	etymology	字源
Complex of desire	欲求叢集	exaggeration	誇大
Conflict complex	衝突叢集	Exotic language	奇異用語
		Exposition as Ammunition	解說彈藥

Exposition	解說／背景說明	Joke	笑話
Expression	表達	Justification	辯解
Extreme characters	極端角色	Law of diminishing returns	報酬遞減律
Fantasy	奇幻片（電影類型）	levels of conflict	衝突的層級
Farce	滑稽劇	Line design	對白設計／台詞句式
Figurative language	語言比喻	live-action	真人演出
Film dialogue	電影對白	locution	慣用語
First person	第一人稱	Long speeches	長篇大論
First-person narration	第一人稱敘述	Long words	長字
Forced exposition	強行解說	Low-context cultures	低語境文化
Forces of antagonism	對立力量	"Magic if"	魔力假使
Form	形式	Major media	主要媒介
Free association	自由聯想	Melodrama	通俗劇
full-length shot	全身鏡頭	Mental action	心理的行動
group shot	團體鏡頭	metaphor	隱喻／暗喻／比喻
High-context cultures	高語境文化	Mimicry	學舌
Horror films	恐怖電影	Minimal conflict	極簡衝突
Improvisation	即興演出	Mistimed cues	提示失準
In-character voice	專屬角色的嗓音	Mistimed meaning	時機不對
In-character writing	進入角色寫作	Mixed line designs	混合式對白設計／台詞句式
inciting incident	觸發事件		
Incongruity	不一致	Mixed techniques	混搭手法
incredibility	不可信	Modals	情態詞
Indirect conflict	間接衝突	Monologue fallacy	獨白的謬論
Indirect dialogue	間接對白	Monologue	獨白
individualize	賦予個性	Monosyllabic vocabulary	單音節辭彙
Inner conflict	內心衝突	motivation	動機
Inner dialogue	內心對白	Movie/Film dialogue	電影對白
Interior	內景	Narration	敘述
Intrigue	勾起興趣	Narrative Drive	敘述驅力
Irony	諷刺	Narratized dialogue	敘述對白

Non-character narration	非角色主述	scene intention	場景意圖
Nonrealism	非寫實	scene progression	場景推展
Object of desire	欲求目標	Scene values	場景價值
offscreen	畫外音	Scene	場景
One-character plays	獨腳戲	Second person	第二人稱
One-person performance	一人演出	sequence	場景段落
Pacing	步調	setting	（故事或場景）設定
Paralanguage	周邊語言	setup	鋪陳
paraphrasing trap	改述的陷阱	Short speeches	長話短說
Pause	停頓	Short words	短字
payoff	揭曉	Silence	沉默
Periodic sentence	掉尾句／懸疑句	Silent self	沈默不語的自我
Personal conflict	個人衝突	Social conflict	社會衝突
Personality of character	角色的性情	Social Drama	社會劇（電影次類型）
Physical action	肢體動作	soliloquy	自言自語
Physical conflict	肢體衝突	sparseness	簡潔
Point of view（POV）	觀點	Spine of action	行動骨幹
points-of-view choices	觀點的選擇	Stand-up comedy	單口喜劇
Political Drama	政治劇（電影次類型）	Stichomythia	對質
Polysyllabic vocabulary	多音節辭彙	Story Climax	故事高潮
POV shots	觀點鏡頭	Story design	故事設計
Principle of creative limitation		Story Event	故事事件／情節
創作的極限法則		Story progression	故事推展
Progression	推展	Story Value	故事的價值取向
Redibility	可信度	Story	故事
Reflexive conflict	反身式衝突	Stream of consciousness	意識流
Reflexivity	反身性	stylized realism	風格化寫實主義
Repetition	重覆	subjective camera	主觀鏡頭
Repetitious beats	節拍重覆	Subtextual progression	潛文本推展
Revelation	揭露	Subtext	潛文本
Rhythm	節奏	super-intention	最高意圖

Suspense sentence	懸疑句
Syntax	句法
Text	文本
the said	已說
the Self	自我
the unsaid	未說
the unsayable	不可說
Theatre of the Absurd	荒謬劇場
Third person	第三人稱
Third-person narrator	第三人稱主述
Third-person objective	第三人稱的客觀
Third-person subjective	第三人稱的主觀
Timing of exposition	安排解說的時機
Trialogue	三角會談
Tropes	修辭手法
True character	角色的本色
Turning points	轉捩點
Two-shot	雙人鏡頭
Verbal action	口語行動
Verisimilitude	逼真
Vocabulary	詞彙
Voice	角色的嗓音／腔調
Writing in-character	進入角色寫作

本書中出現的電影片名（依原文排序）

原文片名	中文片名	上映年代	編劇
300	300 壯士：斯巴達的逆襲	2007 年	Zack Snyder, Kurt Johnstad, Michael B. Gordon
A Clockwork Orange	發條橘子	1971 年	Stanley Kubrick
A Fish Called Wanda	笨賊一籮筐	1988 年	John Cleese,Charles Crichton
About Schmidt	心的方向	2002 年	Alexander Payne, Jim Taylor
Adaptation	蘭花賊	2002 年	Charlie Kaufman
All Is Lost	海上求生記	2013 年	J.C. Chandor
Amélie	艾蜜莉的異想世界	2001 年	Guillaume Laurant, Jean-Pierre Jeunet
Annie Hall	安妮霍爾	1977 年	Woody Allen, Marshall Brickman
As Good as it Gets	愛在心裡口難開	1997 年	Mark Andrus, Mark Andrus, James L. Brooks
August：Osage County	八月心風暴	2013 年	Tracy Letts
Barry Lyndon	亂世兒女	1975 年	Stanley Kubrick
Beasts of the Southern Wild	南方野獸樂園	2012 年	Lucy Alibar, Benh Zeitlin
Blue Jasmine	藍色茉莉	2013 年	Woody Allen
Bringing Out the Dead	穿梭鬼門關	1999 年	Paul Schrader
Bullets Over Broadway	百老匯上空的子彈	1994 年	Woody Allen, Douglas McGrath
Charade	謎中謎	1963 年	Peter Stone, Marc Behm
Christmas Story	聖誕故事	1983 年	Jean Shepherd, Leigh Brown, Bob Clark
Citizen Ruth	天使樂翻天	1996 年	Alexander Payne, Jim Taylor
Corpse Bride	地獄新娘	2005 年	John August, Caroline Thompson, Pamela Pettler
Dark Passage	逃獄雪冤	1947 年	Delmer Daves
Dr. Seuss's the Cat in the Hat	魔法靈貓	2003 年	Alec Berg, David Mandel, Jeff Schaffer
Election	風流教師霹靂妹	1999 年	Alexander Payne, Jim Taylor
Forrest Gump	阿甘正傳	1994 年	Eric Roth
Gladiator	神鬼戰士	2000 年	David Franzoni, David Franzoni, John Logan, William Nicholson

Groundhog Day	今天暫時停止	1993 年	Danny Rubin, Harold Ramis, Danny Rubin
Hoffa	最後巨人	1992 年	David Mamet
In the Realm of the Senses	感官世界	1976 年	大島渚
Inside Out	腦筋急轉彎	2015 年	Pete Docter, Ronnie Del Carmen, Pete Docter, Meg LeFauve, Josh Cooley, Michael Arndt, Bill Hader, Amy Poehler, Simon Rich
Jurassic Park	侏羅紀公園	1993 年	Michael Crichton, David Koepp
Jurassic Park III	侏羅紀公園 3	2001 年	Peter Buchman, Alexander Payne, Jim Taylor
Life of Pi	少年 Pi 的奇幻漂流	2012 年	David Magee
Lost in Translation	愛情不用翻譯	2003 年	Sofia Coppola
Memento	記憶拼圖	2000 年	Christopher Nolan
My Dinner with Andre	與安德烈晚餐	1981 年	Wallace Shawn, Andre Gregory
My Mother Dreams the Satan's Disciples in New York	我媽在紐約夢見撒旦的門徒（短片）	2000 年	Rex Pickett
Nebraska	內布拉斯加	2013 年	Bob Nelson
Pan's Labyrinth	羊男的迷宮	2006 年	Guillermo del Toro
Pink Panther	粉紅豹	1963 年	Maurice Richlin, Blake Edwards
Pirates of the Caribbean	神鬼奇航	2003 年	Ted Elliott, Terry Rossio, Stuart Beattie, Jay Wolpert, Ted Elliott, Terry Rossio
Postcards from the Edge	來自邊緣的明信片	1990 年	Carrie Fisher
Pulp Fiction	黑色追緝令	1994 年	Quentin Tarantino, Roger Avary
Sideways	杯酒人生（尋找新方向）	2004 年	Alexander Payne, Jim Taylor
Sophie's Choice	蘇菲的選擇	1982 年	Alan J. Pakula
Spartacus	萬夫莫敵	1960 年	Dalton Trumbo
Star Wars	星際大戰	1977 年 ~	George Lucas
Taxi Driver	計程車司機	1976 年	Paul Schrader
The Big Lebowski	謀殺綠腳趾	1998 年	Ethan Coen, Joel Coen

The Big Sleep	夜長夢多	1946 年	William Faulkner, Leigh Brackett, Jules Furthman
The Departed	神鬼無間	2006 年	William Monahan
The Descendants	繼承人生	2011 年	Alexander Payne, Nat Faxon, Jim Rash
The Devil Wears Prada	穿著 Prada 的惡魔	2006 年	Aline Brosh McKenna
The Empire Strikes Back	星際大戰五部曲：帝國大反擊	1980 年	Leigh Brackett, Lawrence Kasdan, George Lucas
The Godfather	教父	1972 年	Mario Puzo, Francis Ford Coppola
The Grand Budapest Hotel	歡迎來到布達佩斯大飯店	2014 年	Wes Anderson, Hugo Guinness
The Iron Lady	娘子：堅固柔情	2011 年	Abi Morgan
The Lord of the Rings	魔戒三部曲	2001~2003 年	Fran Walsh, Philippa Boyens, Peter Jackson, Stephen Sinclair
The Lovely Bones	蘇西的世界	2002 年	Fran Walsh, Philippa Boyens, Peter Jackson
The Matrix	駭客任務	1999 年	Lilly Wachowski, Lana Wachowski
The Shawshank Redemption	刺激一九九五	1994 年	Frank Darabont
The Silence	沈默	1963 年	Ingmar Bergman
The Terminator	魔鬼終結者	1984 年	James Cameron, Gale Anne Hurd, William Wisher
The Thomas Crown Affair	天羅地網	1968 年	Alan Trustman
The Wild Bunch	日落黃沙	1969 年	Walon Green, Sam Peckinpah, Walon Green, Roy N. Sickner
Thelma and Louise	末路狂花	1991 年	Callie Khouri
Three Days of the Condor	禿鷹七十二小時	1975 年	Lorenzo Semple Jr., David Rayfiel
Tom Jones	風流劍客走天涯	1963 年	John Osborne
Winter Light	冬之光	1963 年	Ingmar Bergman
Y Tu Mamá También	你他媽的也是	2001 年	Carlos Cuarón, Alfonso Cuarón

本書中出現的電視影集劇名（依原文排序）

原文劇名	中文劇名	播映年代	主創
30 Rock	超級製作人	2006~2013 年	Tina Fey
Breaking Bad	絕命毒師	2008~2013 年	Vince Gilligan
Cheers	歡樂酒店	1982~1993 年	James Burrows, Glen Charles, Les Charles
Curb Your Enthusiasm	人生如戲	2000 年~	Larry David
Deadwood	化外國度	2004~2006 年	David Milch
Frasier	歡樂一家親	1993~2004 年	David Angell, Peter Casey, David Lee
Game of Thrones	冰與火之歌：權力遊戲	2011 年~	David Benioff, D.B. Weiss
Glee	歡樂合唱團	2009~2015 年	Ian Brennan, Brad Falchuk, Ryan Murphy
Homeland	反恐危機	2011 年~	Alex Gansa, Howard Gordon
How I Met Your Mother	追愛總動員	2005~2014 年	Carter Bays, Craig Thomas
House of Cards	紙牌屋	2013 年~	Beau Willimon
It's Garry Shandling's Show	山德林劇場	1986~1990 年	Garry Shandling, Alan Zweibel
Justified	火線警探	2010~2015 年	Graham Yost
My Name is Earl	樂透趴趴走	2005~2009 年	Gregory Thomas Garcia
The Sopranos	黑道家族	1999~2007 年	David Chase
The Wire	火線重案組	2002~2008 年	David Simon
True Detective	無間警探	2014 年~	Nic Pizzolatto
Vikings	維京傳奇	2013 年~	Michael Hirst

本書中出現的舞台劇劇名（依原文排序）

原文片名	中文片名	首演年代	劇作家
A Little Night Music	小夜曲	1973 年	Stephen Sondheim
Agamemnon	阿伽曼農	西元前 458 年	Aeschylus
A Raisin in the Sun	太陽底下的葡萄	1959 年	Lorraine Hansberry
A Streetcar Named Desire	慾望街車	1947 年	Tennessee Williams
Agnes of God	上帝的羔羊	1979 年	John Pielmeier
An Evening's Frost	一晚佛洛斯特	1965 年	Donald Hall
Antigone	安蒂崗妮	西元前 441 年	Sophocles
Art	都是 Art 惹的禍	1994 年	Yasmina Reza
As You Like It	皆大歡喜	約 1603 年	William Shakespeare
Blood Wedding	血婚	1933 年	Federico García Lorca
Company	夥伴們	1970 年	Stephen Sondheim
Electra	艾蕾克特拉	不詳	Sophocles
Every Man out of His Humour	人各有怨	1612 年	Ben Jonson
Exit the King	國王駕崩	1962 年	Eugène Ionesco
God of Carnage / Le Dieu du carnage	殺戮之神	2006 年	Yasmina Reza
Hamlet	哈姆雷特	約 1600 年	William Shakespeare
I Am My Own Wife	我的老婆就是我	2003 年	Doug Wright
If You Please/ S'il Vous Plaît	麻煩你	1920 年	André Breton
Krapp's Last Tape	最後一卷錄音帶	1958 年	Samuel Beckett
Mark Twain Tonight	馬克吐溫今夜劇場	1954 年	Hal Holbrook
Murder in the Cathedral	教堂凶殺案	1935 年	T.S. Eliot
Oedipus Rex	伊底帕斯王	約西元前 429 年	Sophocles
Our Town	我們的小鎮	1938 年	Thornton Wilder.

Play	戲	1963 年	Samuel Beckett
The Bald Soprano	禿頭女高音	1950 年	Eugène Ionesco
The Glass Menagerie	玻璃動物園	1944 年	Tennessee Williams
The Iceman Cometh	賣冰的來了	1946 年	Eugene O'Neill
The Stronger	強者	1889 年	August Strindberg
The Tragedy of Julius Caesar	凱撒大帝	1959 年	William Shakespeare
The Tragedy of Macbeth	馬克白	1606 年	William Shakespeare
The Tragedy of Othello	奧賽羅	1603 年	William Shakespeare
The Tragedy of Richard III	理查三世	1592 年	William Shakespeare
The Year of Magical Thinking	奇想之年	2007 年	Joan Didion
Waiting for Godot	等待果陀	1953 年	Samuel Beckett
War and Peace	戰爭與和平（史詩劇）	1869 年	Erwin Piscator
Who's Afraid of Virginia Woolf？	誰怕吳爾芙？	1962 年	Edward Albee

本書中出現的小說、文集名（依原文排序）

原文書名	中文書名	出版年代	作者
1984	一九八四	1949 年	George Orwell
A Portrait of the Artist as a Young Man	一個青年藝術家的畫像	1916 年	James Joyce
A Song of Ice and Fire	冰與火之歌：權力遊戲	1996 年 ~	George R. R. Martin
A Song of Stone	石之歌	1997 年	Iain Banks
A Tale of Two Cities	雙城記	1859 年	Charles Dickens
Alice's Wonderland	愛麗絲夢遊仙境	1865 年	Lewis Carroll (Charles Lutwidge Dodgson)
All the King's Men	國王的人馬	1946 年	Robert Penn Warren
An American Dream	一場美國夢	1965 年	Norman Mailer
Bright Lights, Big City	燈紅酒綠	1984 年	Jay McInerney
Catch-22	第二十二條軍規	1961 年	Joseph Heller
Doctor Glas	葛拉斯醫生	1905 年	Hjalmar Söderberg
Dolores Claiborne	桃樂絲的秘密	1992 年	Stephen King
Enduring Love	愛無可忍	1997 年	Ian McEwan
Fräulein Else	伊瑟小姐	1924 年	Arthur Schnitzler
Heart of Darkness	黑暗之心	1899 年	Joseph Conrad
Hills Like White Elephants	宛如白象的山嶺	1927 年	Ernest Hemingway
I, Claudius	我是克勞德	1934 年	Robert Graves
Iliad	伊里亞德	約西元前 800 年	Homer
Invisible Man	隱形人	1952 年	Ralph Ellison
Jealousy	嫉妒	1957 年	Alain Robbe-Grillet
Legs	飛毛腿	1975 年	William Kennedy
Lieutenant Gustl	辜斯特勒上尉	1901 年	Arthur Schnitzler
Lolita	蘿莉妲	1955 年	Vladimir Nabokov
Mein Kampf	我的奮鬥	1925 年	Adolf Hitler
Midnight's Children	午夜之子	1981 年	Salman Rushdie

Mrs. Dalloway	達洛威夫人	1925 年	Virginia Woolf
Odyssey	奧德賽	約西元前 800 年	Homer
On Rhetoric	修辭學	約西元前 4 世紀	Aristotle
One Flew Over the Cuckoo's Nest	飛越杜鵑窩	1962 年	Ken Kesey
Out of Sight	視線之外	1996 年	Elmore Leonard
Railroad Incident, August 1995	一九九五年八月的鐵路事故	1997 年	David Means
Second Thoughts	轉念	1957 年	Michel Butor
The Corrections	修正	2001 年	Jonathan Franzen
The Elements of Style	文體要素	1920 年	William Strunk Jr.
The French Lieutenant's Woman	法國中尉的女人	1969 年	John Fowles
The Great Gatsby	大亨小傳	1925 年	F. Scott Fitzgerald
The Knocking	叩擊	2010 年	David Means
The Museum of Innocence	純真博物館	2008 年	Orhan Pamuk
The Poetics	詩學	約西元前 335 年	Aristotle
The Sense of an Ending	回憶的餘燼	2011 年	Julian Barnes
The Snows of Kilimanjaro	雪山盟	1938 年	Ernest Hemingway
The Virgin Suicides	死亡日記	1993 年	Jeffrey Eugenides
The Widow Predicament	新寡的窘境	2000 年	David Means

對白的解剖

跟好萊塢編劇教父學習角色說話的藝術，在已說、未說、不可說之間，
強化故事的深度、角色的厚度、風格的魅力

Dialogue: The Art of Verbal Action for The Page, Stage, and Screen

作　　　者	羅伯特‧麥基（Robert McKee）	DIALOGUE: The Art of Verbal Action for The Page, Stage and Screen
譯　　　者	周蔚	by Robert McKee
封 面 設 計	郭彥宏	Copyright © 2016 by Robert McKee
內 頁 排 版	高巧怡	Published by arrangement with McKim Imprint LLC
行 銷 企 劃	蕭浩仰、江紫涓	Complex Chinese translation copyright © 2023 by Azoth Books Co., Ltd.
行 銷 統 籌	駱漢琦	ALL RIGHTS RESERVE.
業 務 發 行	邱紹溢	
營 運 顧 問	郭其彬	
責 任 編 輯	林淑雅	
總 編 輯	李亞南	
出　　　版	漫遊者文化事業股份有限公司	
地　　　址	台北市103大同區重慶北路二段88號2樓之6	
電　　　話	(02) 2715-2022	
傳　　　真	(02) 2715-2021	
服 務 信 箱	service@azothbooks.com	
網 路 書 店	www.azothbooks.com	
臉　　　書	www.facebook.com/azothbooks.read	
營 運 統 籌	大雁文化事業股份有限公司	
地　　　址	新北市231新店區北新路三段207-3號5樓	
電　　　話	(02) 8913-1005	
訂 單 傳 真	(02) 8913-1056	
二 版 1 刷	2023年8月	
二版 3 刷 (1)	2024年4月	
定　　　價	台幣520元	

ISBN　978-986-489-843-5

漫遊，一種新的路上觀察學
www.azothbooks.com
　漫遊者文化

大人的素養課，通往自由學習之路
www.ontheroad.today
　遍路文化‧線上課程

國家圖書館出版品預行編目 (CIP) 資料

對白的解剖 : 跟好萊塢編劇教父學習角色說話的藝術,
在已說、未說、不可說之間, 強化故事的深度、角色
的厚度、風格的魅力/ 羅伯特. 麥基(Robert McKee)
著; 周蔚譯. -- 二版. -- 臺北市 : 漫遊者文化事業股
份有限公司出版 : 大雁文化事業股份有限公司發行,
2023.08
　　面；　公分
譯　自 : Dialogue : the art of verbal action for page,
stage, and screen
ISBN 978-986-489-843-5（平裝）

1.CST: 電影劇本 2.CST: 電視劇本 3.CST: 寫作法
812.31　　　　　　　　　　　　　　　　112012608